老舍 著

老舍小说全集

正红旗下·牛天赐传·小人物自述

长江出版传媒
长江文艺出版社

图书在版编目（C I P）数据

正红旗下 • 牛天赐传 • 小人物自述 / 老舍 著.
武汉 ：长江文艺出版社， 2012.6(2021.10 重印)
(老舍小说全集)

ISBN 978-7-5354-5688-5

Ⅰ. ①正… Ⅱ. ①老… Ⅲ. 长篇小说－小说集－中国－现代 Ⅳ. I246.5

中国版本图书馆 CIP 数据核字(2012)第 045446 号

责任编辑：毛 娟　　责任校对：毛 娟
封面设计：异一设计　　责任印制：邱 莉 杨 帆

出版：长江出版传媒 | 长江文艺出版社
地址：武汉市雄楚大街 268 号　　邮编：430070
发行：长江文艺出版社
http://www.cjlap.com
印刷：三河市百盛印装有限公司

开本：640 毫米×980 毫米　1/16　印张：17.5
版次：2012 年 6 月第 3 版　　2021 年 10 月第 3 次印刷
字数：229 千字

定价：55.00 元

本卷说明

本卷收入两部自传体小说《正红旗下》、《小人物自述》和一部长篇小说《牛天赐传》。

《正红旗下》是在1961年至1962年间于北京所写，未完成。发表于1979年3月至5月《人民文学》第3期至第5期。人民文学出版社1980年6月初版。

《牛天赐传》是在1934年于济南写成。发表于1934年9月至1935年10月《论语》第49期至第60期、第62期至第67期、第69期至第74期。人间书屋1936年3月初版。

《小人物自述》是在1937年于青岛所写，未完成。发表于1937年8月《方舟》第39期。

以上作品，收入本卷时根据初版本、发表时的刊物校勘，并增加了一些必要的简注。

目录

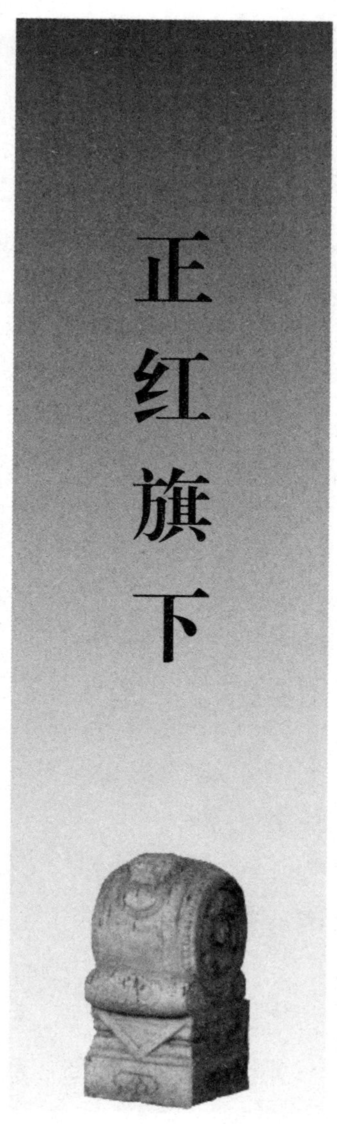

Zhenghongqixia

一

假若我姑母和我大姐的婆母现在还活着，我相信她们还会时常争辩：到底在我降生的那一晚上，我的母亲是因生我而昏迷过去了呢，还是她受了煤气。

幸而这两位老太太都遵循着自然规律，到时候就被亲友们护送到坟地里去；要不然，不论我庆祝自己的花甲之喜，还是古稀大寿，我心中都不会十分平安。是呀，假若大姐婆婆的说法十分正确，我便根本不存在啊！

似乎有声明一下的必要：我生的迟了些，而大姐又出阁早了些，所以我一出世，大姐已有了婆婆，而且是一位有比金刚石还坚硬的成见的婆婆。是，她的成见是那么深，我简直地不敢叫她看见我。只要她一眼看到我，她便立刻把屋门和窗子都打开，往外散放煤气！

还要声明一下：这并不是为来个对比，贬低大姐婆婆，以便高抬我的姑母。那用不着。说真的，姑母对于我的存在与否，并不十分关心；要不然，到后来，她的烟袋锅子为什么常常敲在我的头上，便有些费解了。是呀，我长着一个脑袋，不是一块破砖头！

尽管如此，姑母可是坚持实事求是的态度，和我大姐的婆婆进

正红旗下，正红旗，清代八旗之一。八旗是清代满族的一种军队组织和户口编制，以旗的颜色为号，有镶黄、正黄、镶白、正白、镶红、正红、镶蓝、正蓝八旗（正即整字的简写），凡满族成员都隶属各旗。这是“满洲八旗”。以后又增设“蒙古八旗”和“汉军八旗”。八旗成员，统称“旗人”。

本文作者隶属“满洲八旗”的“正红旗”，所以这篇自传体的长篇小说，即取名为《正红旗下》。

本篇由弥松颐同志注解。

行激辩。按照她的说法，我的母亲是因为生我，失血过多，而昏了过去的。据我后来调查，姑母的说法颇为正确，因为自从她中年孀居以后，就搬到我家来住，不可能不掌握些第一手的消息与资料。我的啼哭，吵得她不能安眠。那么，我一定不会是一股煤气！

我也调查清楚：自从姑母搬到我家来，虽然各过各的日子，她可是以大姑子的名义支使我的母亲给她沏茶灌水，擦桌子扫地，名正言顺，心安理得。她的确应该心安理得，我也不便给她造谣：想想看，在那年月，一位大姑子而不欺负兄弟媳妇，还怎么算作大姑子呢？

在我降生前后，母亲当然不可能照常伺候大姑子，这就难怪在我还没落草儿[①]，姑母便对我不大满意了。不过，不管她多么自私，我可也不能不多少地感激她：假若不是她肯和大姐婆婆力战，甚至于混战，我的生日与时辰也许会发生些混乱，其说不一了。我舍不得那个良辰吉日！

那的确是良辰吉日！就是到后来，姑母在敲了我三烟锅子之后，她也不能不稍加考虑，应否继续努力。她不能不想想，我是腊月二十三日酉时，全北京的人，包括着皇上和文武大臣，都在欢送灶王爷上天的时刻降生的呀！

在那年代，北京在没有月色的夜间，实在黑的可怕。大街上没有电灯，小胡同里也没有个亮儿，人们晚间出去若不打着灯笼，就会越走越怕，越怕越慌，迷失在黑暗里，找不着家。有时候，他们会在一个地方转来转去，一直转一夜。按照那时代的科学说法，这叫作“鬼打墙”。

可是，在我降生的那一晚上，全北京的男女，千真万确，没有一个遇上“鬼打墙”的！当然，那一晚上，在这儿或那儿，也有饿死的、冻死的，和被杀死的。但是，这都与鬼毫无关系。鬼，不管多么顽强的鬼，在那一晚上都在家里休息，不敢出来，也就无从给夜行客打一堵墙，欣赏他们来回转圈圈了。

大街上有多少卖糖瓜与关东糖[②]的呀！天一黑，他们便点上灯

---

① 落草儿，降生。落读作 lào（涝）。

② 糖瓜与关东糖，又叫“灶糖”，祭灶时的供品，用麦芽做成。

笼，把摊子或车子照得亮堂堂的。天越黑，他们吆喝的越起劲，洪亮而急切。过了定更①，大家就差不多祭完了灶王，糖还卖给谁去呢！就凭这一片卖糖的声音，那么洪亮，那么急切，胆子最大的鬼也不敢轻易出来，更甭说那些胆子不大的了——据说，鬼也有胆量很小很小的。

再听吧，从五六点钟起，已有稀疏的爆竹声。到了酉时左右（就是我降生的伟大时辰），连铺户带人家一齐放起鞭炮，不用说鬼，就连黑、黄、大、小的狗都吓得躲在屋里打哆嗦。花炮的光亮冲破了黑暗的天空，一闪一闪，能够使人看见远处的树梢儿。每家院子里都亮那么一阵：把灶王像请到院中来，燃起高香与柏枝，灶王就急忙吃点关东糖，化为灰烬，飞上天宫。

灶王爷上了天，我却落了地。这不能不叫姑母思索思索：“这小子的来历不小哇！说不定，灶王爷身旁的小童儿因为贪吃糖果，没来得及上天，就留在这里了呢！”这么一想，姑母对我就不能不在讨厌之中，还有那么一点点敬意！

灶王对我姑母的态度如何，我至今还没探听清楚。我可是的确知道，姑母对灶王的态度并不十分严肃。她的屋里并没有灶王龛。她只在我母亲在我们屋里给灶王与财神上了三炷香之后，才搭讪着过来，可有可无地向神像打个问心②。假若我恰巧在那里，她必狠狠地瞪我一眼；她认准了我是灶王的小童儿转世，在那儿监视她呢！

说到这里，就很难不提一提我的大姐婆婆对神佛的态度。她的气派很大。在她的堂屋里，正中是挂着黄围子的佛桌，桌上的雕花大佛龛几乎高及顶棚，里面供着红脸长髯的关公。到春节，关公面前摆着五碗③小塔似的蜜供、五碗红月饼，还有一堂干鲜果品。财神、灶王，和张仙④（就是“打出天狗去，引进子孙来”的那位神仙）的神龛部安置在两旁，倒好像她的“一家之主”不是灶王，而

---

① 定更，即初更，晚上七时至九时。

② 问心，拜一拜。心字轻读。

③ 碗，供品的单位量词。旧俗，过年时，献给神佛供品的底座，常垫以饭碗，内盛小米，与碗口齐平，并覆盖红绵纸，然后上面再摞月饼、蜜供等食品，谓之一碗。

④ 张仙，送子之神。传说是五代时游青城山而得道的张远霄。宋代苏洵曾梦见他挟着两个弹子，以为是“诞子”之兆，便日夜供奉起来，以后果然生了苏轼和苏辙两个儿子，都成为有名的文学家。

是关公。赶到这位老太太对丈夫或儿子示威的时候，她的气派是那么大，以至把神佛都骂在里边，毫不留情！“你们这群！”她会指着所有的神像说：“你们这群！吃着我的蜜供、鲜苹果，可不管我的事，什么东西！”

可是，姑母居然敢和这位连神佛都敢骂的老太太分庭抗礼，针锋相对地争辩，实在令人不能不暗伸大指！不管我怎么不喜爱姑母，当她与大姐婆婆作战的时候，我总是站在她这一边的。

经过客观的分析，我从大姐婆婆身上实在找不到一点可爱的地方。是呀，直到如今，我每一想起什么“虚张声势”、“吓唬事”等等，也就不期然而然地想起大姐的婆婆来。我首先想起她的眼睛。那是一双何等毫无道理的眼睛啊！见到人，不管她是要表示欢迎，还是马上冲杀，她的眼总是瞪着。她大概是想用二目圆睁表达某种感情，在别人看来却空空洞洞，莫名其妙。她的两腮多肉，永远阴郁地下垂，像两个装着什么毒气的口袋似的。在咳嗽与说话的时候，她的嗓子与口腔便是一部自制的扩音机。她总以为只要声若洪钟，就必有说服力。她什么也不大懂，特别是不懂怎么过日子。可是，她会瞪眼与放炮，于是她就懂了一切。

虽然我也忘不了姑母的烟袋锅子（特别是那里面还有燃透了的兰花烟的），可是从全面看来，她就比大姐的婆婆多着一些风趣。从模样上说，姑母长得相当秀气，两腮并不像装着毒气的口袋。她的眼睛，在风平浪静的时候，黑白分明，非常的有神。不幸，有时候不知道为什么就来一阵风暴。风暴一来，她的有神的眼睛就变成有鬼，寒光四射，冷气逼人！不过，让咱们还是别老想她的眼睛吧。她爱玩梭儿胡①。每逢赢那么三两吊钱的时候，她还会低声地哼几句二黄。据说：她的丈夫，我的姑父，是一位唱戏的！在那个改良的……哎呀，我忘了一件大事！

你看，我只顾了交待我降生的月、日、时，可忘了说是哪一年！那是有名的戊戌年啊！戊戌政变②！

---

① 梭儿胡，一种纸牌。“玩梭儿胡”又叫“逗梭儿胡”，后文“凑十胡”也是这个意思。

② 戊戌年，一八九八年。戊戌政变，指这年六月光绪皇帝推行的资产阶级维新变法，又叫“百日维新”。

说也奇怪，在那么大讲维新与改良的年月，姑母每逢听到“行头”、“拿份儿”① 等等有关戏曲的名词，便立刻把话岔开。只有逢年过节，喝过两盅玫瑰露酒之后，她才透露一句：“唱戏的也不下贱啊！”尽管如此，大家可是都没听她说过：我姑父的艺名叫什么，他是唱小生还是老旦。

大家也都怀疑，我姑父是不是个旗人。假若他是旗人，他可能是位耗财买脸的京戏票友儿②。可是，玩票是出风头的事，姑母为什么不敢公开承认呢？他也许真是个职业的伶人吧？可又不大对头：那年月，尽管酝酿着革新与政变，堂堂的旗人而去以唱戏为业，不是有开除旗籍的危险么？那么，姑父是汉人？也不对呀！他要是汉人，怎么在他死后，我姑母每月去领好几份儿钱粮呢？

直到如今，我还弄不清楚这段历史。姑父是唱戏的不是，关系并不大。我总想不通：凭什么姑母，一位寡妇，而且是爱用烟锅子敲我的脑袋的寡妇，应当吃几份儿饷银呢？我的父亲是堂堂正正的旗兵，负着保卫皇城的重任，每月不过才领三两银子，里面还每每搀着两小块假的；为什么姑父，一位唱小生或老旦的，还可能是汉人，会立下那么大的军功，给我姑母留下几份儿钱粮呢？看起来呀，这必定在什么地方有些错误！

不管是皇上的，还是别人的错儿吧，反正姑母的日子过得怪舒服。她收入的多，开销的少——白住我们的房子，又有弟媳妇作义务女仆。她是我们小胡同里的“财主”。

恐怕呀，这就是她敢跟大姐的婆婆顶嘴抬杠的重要原因之一。大姐的婆婆口口声声地说：父亲是子爵，丈夫是佐领，儿子是骁骑校③。这都不假；可是，她的箱子底儿上并没有什么沉重的东西。

---

① 行头，戏曲术语，指演员扮戏时所穿戴的衣服、头盔等。行读作 xíng（型）。拿份儿，即“戏份儿”，戏曲演员的工资。最早的工资按月计算，叫“包银”，后来改按场次计算，即是“戏份儿”。

② 票友儿，指不是“科班”出身的、偶一扮演的业余戏曲演员。与下文“玩票”同义。

③ 子爵，古代五等爵公、侯、伯、子、男的第四等。清代子爵又分一二三等，是比较小的世袭爵位。佐领，八旗兵制，以三百人为一“牛录”（后增至四百人），统领“牛录”的军官，满语叫做“牛录额真”。汉译“佐领”，是地位比较低的武官。骁骑校，“佐领”下面的小军官。

有她的胖脸为证，她爱吃。这并不是说，她有钱才要吃好的。不！没钱，她会以子爵女儿、佐领太太的名义去赊。她不但自己爱赊，而且颇看不起不敢赊，不喜欢赊的亲友。虽然没有明说，她大概可是这么想：不赊东西，白作旗人！

我说她“爱”吃，而没说她“讲究”吃。她只爱吃鸡鸭鱼肉，而不会欣赏什么山珍海味。不过，她可也有讲究的一面：到十冬腊月，她要买两条丰台暖洞子[①]生产的碧绿的、尖上还带着一点黄花的王瓜，摆在关公面前；到春夏之交，她要买些用小蒲包装着的，头一批成熟的十三陵大樱桃，陈列在供桌上。这些，可只是为显示她的气派与排场。当她真想吃的时候，她会买些冒充樱桃的“山豆子”，大把大把地往嘴里塞，既便宜又过瘾。不管怎么说吧，她经常拉下亏空，而且是债多了不愁，满不在乎。

对债主子们，她的眼瞪得特别圆，特别大；嗓音也特别洪亮，激昂慷慨地交代：

“听着！我是子爵的女儿，佐领的太太，娘家婆家都有铁杆儿庄稼！俸银俸米到时候就放下来，欠了日子欠不了钱，你着什么急呢！”

这几句豪迈有力的话语，不难令人想起二百多年前清兵入关时候的威风，因而往往足以把债主子打退四十里。不幸，有时候这些话并没有发生预期的效果，她也会瞪着眼笑那么一两下，叫债主子吓一大跳；她的笑，说实话，并不比哭更体面一些。她的刚柔相济，令人啼笑皆非。

她打扮起来的时候总使大家都感到遗憾。可是，气派与身份有关，她还非打扮不可。该穿亮纱，她万不能穿实地纱；该戴翡翠簪子，决不能戴金的。于是，她的几十套单、夹、棉、皮，纱衣服，与冬夏的各色首饰，就都循环地出入当铺，当了这件赎那件，博得当铺的好评。据看见过阎王奶奶的人说：当阎王奶奶打扮起来的时候，就和盛装的大姐婆婆相差无几。

因此，直到今天，我还摸不清她的丈夫怎么会还那么快活。在我幼年的时候，我觉得他是个很可爱的人。是，他不但快活，而且

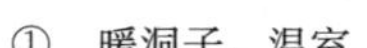

① 暖洞子，温室。

可爱！除了他也爱花钱，几乎没有任何缺点。我首先记住了他的咳嗽，一种清亮而有腔有调的咳嗽，叫人一听便能猜到他至小是四品官儿。他的衣服非常整洁，而且带着樟脑的香味，有人说这是因为刚由当铺拿出来，不知正确与否。

无论冬夏，他总提着四个鸟笼子，里面是两只红颏，两只蓝靛颏儿。他不养别的鸟，红、蓝颏儿雅俗共赏，恰合佐领的身份。只有一次，他用半年的俸禄换了一只雪白的麻雀。不幸，在白麻雀的声誉刚刚传遍九城①的大茶馆之际，也不知怎么就病故了，所以他后来即使看见一只雪白的老鸦也不再动心。

在冬天，他特别受我的欢迎：在他的怀里，至少藏着三个蝈蝈葫芦，每个都有摆在古玩铺里去的资格。我并不大注意葫芦。使我兴奋的是它们里面装着的嫩绿蝈蝈，时时轻脆地鸣叫，仿佛夏天忽然从哪里回到北京。

在我的天真的眼中，他不是来探亲家，而是和我来玩耍。他一讲起养鸟、养蝈蝈与蛐蛐的经验，便忘了时间，以至我母亲不管怎样为难，也得给他预备饭食。他也非常天真。母亲一暗示留他吃饭，他便咳嗽一阵，有腔有调，有板有眼，而后又哈哈地笑几声才说：

"亲家太太，我还真有点饿了呢！千万别麻烦，到天泰轩叫一个干炸小丸子、一卖木樨肉、一中碗酸辣汤，多加胡椒面和香菜，就行啦！就这么办吧！"

这么一办，我母亲的眼圈儿就分外湿润那么一两天！不应酬吧，怕女儿受气；应酬吧，钱在哪儿呢？那年月走亲戚，用今天的话来说，可真不简单！

亲家爹虽是武职，四品顶戴的佐领，却不大爱谈怎么带兵与打仗。我曾问过他是否会骑马射箭，他的回答是咳嗽了一阵，而后马上又说起养鸟的技术来。这可也的确值得说，甚至值得写一本书！看，不要说红、蓝颏儿们怎么养，怎么蹓，怎么"押"，在换羽毛

① 传遍九城，九城，即九门，指明代永乐十八年重修的北京内城九门：正阳、崇文、宣武、安定、德胜、东直、朝阳、西直、阜城。后来人们常以"九门"、"四九城"来代指北京城内外。传遍九城，即传遍了整个儿北京城。后文"誉满九城"也是这个意思。

的季节怎么加意饲养，就是那四个鸟笼子的制造方法，也够讲半天的。不要说鸟笼子，就连笼里的小磁食罐，小磁水池，以及清除鸟粪的小竹铲，都是那么考究，谁也不敢说它们不是艺术作品！是的，他似乎已经忘了自己是个武官，而把毕生的精力都花费在如何使小罐小铲、咳嗽与发笑都含有高度的艺术性，从而随时沉醉在小刺激与小趣味里。

他还会唱呢！有的王爷会唱须生，有的贝勒[①]会唱《金钱豹》[②]。有的满族官员由票友而变为京剧名演员……戏曲和曲艺成为满人生活中不可缺少的东西，他们不但爱去听，而且喜欢自己粉墨登场。他们也创作，大量地创作，岔曲、快书、鼓词等等。我的亲家爹也当然不甘落后。遗憾的是他没有足够的财力去组成自己的票社，以便亲友家庆祝孩子满月，或老太太的生日，去车马自备、清茶恭候地唱那么一天或一夜，耗财买脸，傲里夺尊，誉满九城。他只能加入别人组织的票社，随时去消遣消遣。他会唱几段联珠快书。他的演技并不很高，可是人缘很好，每逢献技都博得亲友们热烈喝彩。美中不足，他走票的时候，若遇上他的夫人也盛装在场，他就不由地想起阎王奶奶来，而忘了词儿。这样丢了脸之后，他回到家来可也不闹气，因为夫妻们大吵大闹会喊哑了他的嗓子。倒是大姐的婆婆先发制人，把日子不好过，债务越来越多，统统归罪于他爱玩票，不务正业，闹得没结没完。他一声也不出，只等到她喘气的时候，他才用口学着三弦的声音，给她弹个过门儿：“登根儿哩登登”。艺术的熏陶使他在痛苦中还能够找出自慰的办法，所以他快活——不过据他的夫人说，这是没皮没脸，没羞没臊！

他们夫妇谁对谁不对，我自幼到而今一直还没有弄清楚。那么，书归正传，还说我的生日吧。

在我降生的时候，父亲正在皇城的什么角落值班。男不拜月，女不祭灶[③]，自古为然。姑母是寡妇，母亲与二姐也是妇女，我虽

---

① 贝勒，满语王或侯的意思，是清代的世袭爵位，地位仅次于亲王和郡王。

② 《金钱豹》，传统戏剧，演孙悟空降伏金钱豹的故事。

③ 男不拜月，女不祭灶，迷信的人认为灶王是一家之主，祭灶之礼，必须由男子祭拜，妇女不得参予；月为太阴星君，中秋拜月，也只能由妇女行之，男子不得参予，故俗谚谓之“男不拜（圆）月，女不祭灶”。

是男的，可还不堪重任。全家竟自没有人主持祭灶大典！姑母发了好几阵脾气。她在三天前就在英兰斋满汉饽饽铺买了几块真正的关东糖。所谓真正的关东糖者就是块儿小而比石头还硬，放在口中若不把门牙崩碎，就把它粘掉的那一种，不是摊子上卖的那种又泡又松，见热气就容易化了的低级货。她还买了一斤什锦南糖。这些，她都用小缸盆扣起来，放在阴凉的地方，不叫灶王爷与一切的人知道。她准备在大家祭完灶王，偷偷地拿出一部分，安安顿顿地躺在被窝里独自享受，即使粘掉一半个门牙，也没人晓得。可是，这个计划必须在祭灶之后执行，以免叫灶王看见，招致神谴。哼！全家居然没有一个男人！她的怒气不打一处来。我二姐是个忠厚老实的姑娘，空有一片好心，而没有克服困难的办法。姑母越发脾气，二姐心里越慌，只含着眼泪，不住地叫："姑姑！姑姑！"

幸而大姐及时地来到。大姐是个极漂亮的小媳妇：眉清目秀，小长脸，尖尖的下颏像个白莲花瓣似的。不管是穿上大红缎子的氅衣，还是蓝布旗袍，不管是梳着两把头，还是挽着旗髻，她总是那么俏皮利落，令人心旷神怡。她的不宽的腰板总挺得很直，亭亭玉立；在请蹲安的时候，直起直落，稳重而飘洒。只有在发笑的时候，她的腰才弯下一点去，仿佛喘不过气来，笑得那么天真可怜。亲戚、朋友，没有不喜爱她的，包括着我的姑母。只有大姐的婆婆认为她既不俊美，也不伶俐，并且时常讥诮：你爸爸不过是三两银子的马甲①！

大姐婆婆的气派是那么大，讲究是那么多，对女仆的要求自然不能不极其严格。她总以为女仆都理当以身殉职，进门就累死。自从娶了儿媳妇，她干脆不再用女仆，而把一个小媳妇当作十个女仆使用。大姐的两把头往往好几天不敢拆散，就那么带着那小牌楼似的家伙睡觉。梳头需要相当长的时间，万一婆婆已经起床，大声地咳嗽着，而大姐还没梳好了头，过去请安，便是一行大罪！大姐须在天还没亮就起来，上街给婆婆去买热油条和马蹄儿烧饼。大姐年轻，贪睡。可是，出阁之后，她练会把自己惊醒。醒了，她便轻轻地开开屋门，看看天上的三星。假若还太早，她便回到炕上，穿好

① 马甲，蒙马之甲，代称骑兵。

衣服，坐着打盹，不敢再躺下，以免睡熟了误事。全家的饭食、活计、茶水、清洁卫生，全由大姐独自包办。她越努力，婆婆越给她添活儿，加紧训练。婆婆的手，除了往口中送饮食，不轻易动一动。手越不动，眼与嘴就越活跃，她一看见儿媳妇的影子就下好几道紧急命令。

事情真多！大姐每天都须很好地设计，忙中要有计划，以免发生混乱。出嫁了几个月之后，她的眉心出现了两条细而深的皱纹。这些委屈，她可不敢对丈夫说，怕挑起是非。回到娘家，她也不肯对母亲说，怕母亲伤心。当母亲追问的时候，她也还是笑着说：没事！真没事！奶奶放心吧！（我们管母亲叫作奶奶。）

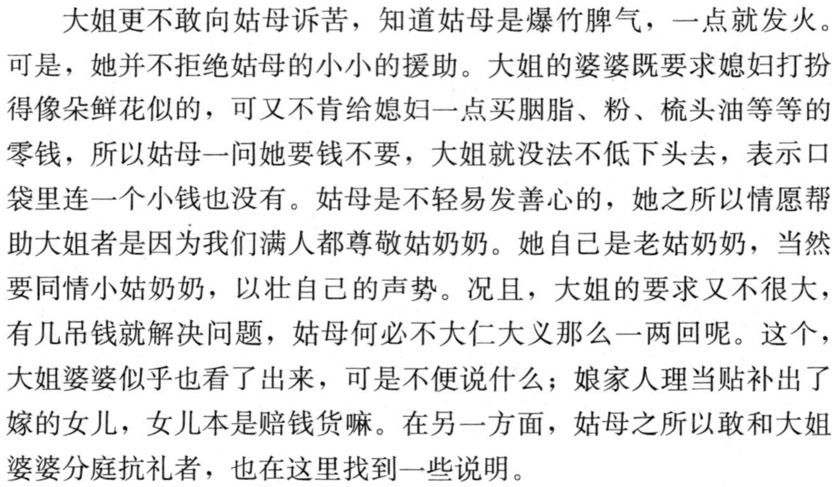

大姐更不敢向姑母诉苦，知道姑母是爆竹脾气，一点就发火。可是，她并不拒绝姑母的小小的援助。大姐的婆婆既要求媳妇打扮得像朵鲜花似的，可又不肯给媳妇一点买胭脂、粉、梳头油等等的零钱，所以姑母一问她要钱不要，大姐就没法不低下头去，表示口袋里连一个小钱也没有。姑母是不轻易发善心的，她之所以情愿帮助大姐者是因为我们满人都尊敬姑奶奶。她自己是老姑奶奶，当然要同情小姑奶奶，以壮自己的声势。况且，大姐的要求又不很大，有几吊钱就解决问题，姑母何必不大仁大义那么一两回呢。这个，大姐婆婆似乎也看了出来，可是不便说什么；娘家人理当贴补出了嫁的女儿，女儿本是赔钱货嘛。在另一方面，姑母之所以敢和大姐婆婆分庭抗礼者，也在这里找到一些说明。

大姐这次回来。并不是因为她梦见了一条神龙或一只猛虎落在母亲怀里，希望添个将来会"出将入相"① 的小弟弟。快到年节，她还没有新的绫绢花儿、胭脂宫粉，和一些杂拌儿②。这末一项，是为给她的丈夫的。大姐夫虽已成了家，并且是不会骑马的骁骑校，可是在不少方面还像个小孩子，跟他的爸爸差不多。是的，他们老爷儿俩到时候就领银子，终年都有老米吃，干吗注意天有多么高，地有多么厚呢？生活的意义，在他们父子看来，就是每天要玩

---

① 出将入相，"出将"和"入相"是传统戏剧舞台上的"上场门"和"下场门"，这里借用"将""相"，有盼成大器的意思。

② 杂拌儿，各种果子做的果脯。

耍，玩得细致，考究，入迷。大姐丈不养靛颏儿，而英雄气概地玩鹞子和胡伯喇①，威风凛凛地去捕几只麻雀。这一阵子，他玩腻了鹞子与胡伯喇，改为养鸽子。他的每只鸽子都值那么一二两银子；“满天飞元宝”是他爱说的一句豪迈的话。他收藏的几件鸽铃都是名家制作，由古玩摊子上搜集来的。

大姐夫需要杂拌儿。每年如是：他用各色的洋纸糊成小高脚碟，以备把杂拌儿中的糖豆子、大扁杏仁等等轻巧地放在碟上，好像是为给他自己上供。一边摆弄，一边吃；往往小纸碟还没都糊好，杂拌儿已经不见了；尽管是这样，他也得到一种快感。杂拌儿吃完，他就设计糊灯笼，好在灯节悬挂起来。糊完春灯，他便动手糊风筝。这些小事情，他都极用心地去作；一两天或好几天，他逢人必说他手下的工作，不管人家爱听不爱听。在不断的商讨中，往往得到启发，他就从新设计，以期出奇制胜，有所创造。若是别人不愿意听，他便都说给我大姐，闹得大姐脑子里尽是春灯与风筝，以至耽误了正事，招得婆婆鸣炮一百零八响！

他们玩耍，花钱，可就苦了我的大姐。在家庭经济不景气的时候，他们不能不吵嘴，以资消遣。十之八九，吵到下不来台的时候，就归罪于我的大姐，一致进行讨伐。大姐夫虽然对大姐还不错，可是在混战之中也不敢不骂她。好嘛，什么都可以忍受，可就是不能叫老人们骂他怕老婆。因此，一来二去，大姐增添了一种本事：她能够在炮火连天之际，似乎听到一些声响，又似乎什么也没听见。似乎是她给自己的耳朵安上了避雷针。可怜的大姐！

大姐来到，立刻了解了一切。她马上派二姐去请“姥姥”，也就是收生婆。并且告诉二姐，顺脚儿去通知婆家：她可能回去的晚一些。大姐婆家离我家不远，只有一里多地。二姐飞奔而去。

姑母有了笑容，递给大姐几张老裕成钱铺特为年节给赏与压岁钱用的、上边印着刘海戏金蟾的、崭新的红票子，每张实兑大钱两吊。同时，她把弟妇生娃娃的一切全交给大姐办理，倘若发生任何事故，她概不负责。

---

① 胡伯喇，一种小而凶的鸟，喙长，利爪，饲养者多以其擒食麻雀为戏。北京土话，称无所事事者为“玩鹞鹰子”，作者以这个细节寓刺游手好闲。

二姐跑到大姐婆家的时候，大姐的公公正和儿子在院里放花炮。今年，他们负债超过了往年的最高纪录。腊月二十三过小年，他们理应想一想怎么还债，怎么节省开支，省得在年根底下叫债主子们把门环子敲碎。没有，他们没有那么想。大姐婆婆不知由哪里找到一点钱，买了头号的大糖瓜，带芝麻的和不带芝麻的，摆在灶王面前，并且瞪着眼下命令："吃了我的糖，到天上多说几句好话，别不三不四地顺口开河，瞎扯！"两位男人呢，也不知由哪里弄来一点钱，都买了鞭炮。老爷儿俩都脱了长袍。老头儿换上一件旧狐皮马褂，不系纽扣，而用一条旧布褡包松拢着，十分潇洒。大姐夫呢，年轻火力壮，只穿着小棉袄，直打喷嚏，而连说不冷。鞭声先起，清脆紧张，一会儿便火花急溅，响成一片。儿子放单响的麻雷子，父亲放双响的二踢脚，间隔停匀，有板有眼：噼啪噼啪，咚；噼啪噼啪，咚——当！这样放完一阵，父子相视微笑，都觉得放炮的技巧九城第一，理应得到四邻的热情夸赞。

不管二姐说什么，中间都夹着麻雷子与二踢脚的巨响。于是，大姐的婆婆仿佛听见了：亲家母受了煤气。"是嘛！"她以压倒鞭炮的声音告诉二姐："你们穷人总是不懂得怎么留神，大概其喜欢中煤毒！"她把"大概"总说成"大概其"，有个"其"字，显着多些文采。说完，她就去换衣裳，要亲自出马，去抢救亲家母的性命，大仁大义。佐领与骁骑校根本没注意二姐说了什么，专心一志地继续放爆竹。即使听明白了二姐的报告，他们也不能一心二用，去考虑爆竹以外的问题。

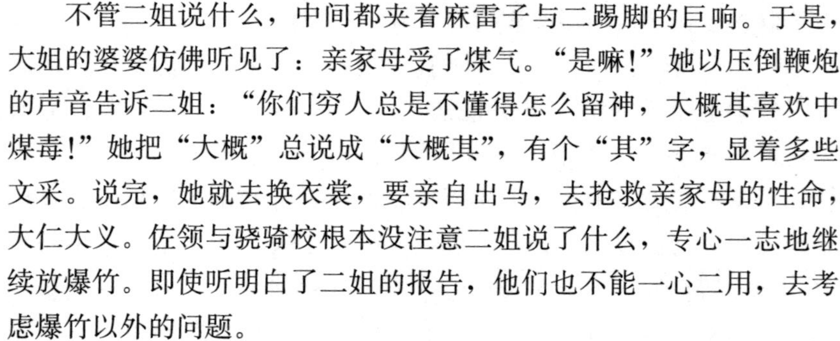

我生下来，母亲昏了过去。大姐的婆母躲在我姑母屋里，二目圆睁，两腮的毒气肉袋一动一动地述说解救中煤毒的最有效的偏方。姑母老练地点起兰花烟，把老玉烟袋嘴儿斜放在嘴角，眉毛挑起多高，准备挑战。

"偏方治大病！"大姐的婆婆引经据典地说。

"生娃娃用不着偏方！"姑母开始进攻。

"那也看谁生娃娃！"大姐婆婆心中暗喜已到人马列开的时机。

"谁生娃娃也不用解煤气的偏方！"姑母从嘴角撤出乌木长烟袋，用烟锅子指着客人的鼻子。

"老姑奶奶！"大姐婆婆故意称呼对方一句，先礼后兵，以便进行歼灭战，“中了煤气就没法儿生娃娃！”

在这激烈舌战之际，大姐把我揣在怀里，一边为母亲的昏迷不醒而落泪，一边又为小弟弟的诞生而高兴。二姐独自立在外间屋，低声地哭起来。天很冷，若不是大姐把我揣起来，不管我的生命力有多么强。恐怕也有不小的危险。

二

姑母高了兴的时候，也格外赏脸地逗我一逗，叫我“小狗尾巴”，因为，正如前面所交代的，我是生在戊戌年（狗年）的尾巴上。连她高了兴，幽默一下，都不得人心！我才不愿意当狗尾巴呢！伤了一个孩子的自尊心，即使没有罪名，也是个过错！看，直到今天，每逢路过狗尾巴胡同，我的脸还难免有点发红！

不过，我还要交代些更重要的事情，就不提狗尾巴了吧。可以这么说：我只赶上了大清皇朝的“残灯末庙”。在这个日落西山的残景里，尽管大姐婆婆仍然常常吹嘮她是子爵的女儿、佐领的太太，可是谁也明白她是虚张声势，威风只在嘴皮子上了。是呀，连向她讨债的卖烧饼的都敢指着她的鼻子说：“吃了烧饼不还钱，怎么，还有理吗?”至于我们穷旗兵们，虽然好歹地还有点铁杆庄稼，可是已经觉得脖子上仿佛有根绳子，越勒越紧！

以我们家里说，全家的生活都仗着父亲的三两银子月饷，和春秋两季发下来的老米维持着。多亏母亲会勤俭持家，这点收入才将将使我们不至沦为乞丐。

二百多年积下的历史尘垢，使一般的旗人既忘了自遣，也忘了自励。我们创造了一种独具风格的生活方式：有钱的真讲究，没钱的穷讲究。生命就这么沉浮在有讲究的一汪死水里。是呀，以大姐的公公来说吧，他为官如何，和会不会冲锋陷阵，倒似乎都是次要的。他和他的亲友仿佛一致认为他应当食王禄，唱快书，和养四只靛颏儿。同样地，大姐丈不仅满意他的“满天飞元宝”，而且情愿随时为一只鸽子而牺牲了自己。是，不管他去办多么要紧的公事或私事，他的眼睛总看着天空，决不考虑可能撞倒一位老太太或自己的头上碰个大包。他必须看着天空。万一有那么一只掉了队的鸽子，飞的很低，东张西望，分明是十分疲乏，急于找个地方休息一下。见此光景，就是身带十万火急的军令，他也得飞跑回家，放起几只鸽子，把那只自天而降的“元宝”裹了下来。能够这样俘获一只别人家的鸽子，对大姐夫来说，实在是最大最美的享受！至于因此而引起纠纷，那，他就敢拿刀动杖，舍命不舍鸽子，吓得大姐浑身颤抖。

是，他们老爷儿俩都有聪明、能力，细心，但都用在从微不足道的事物中得到享受与刺激。他们在蛐蛐罐子、鸽铃、干炸丸子……等等上提高了文化，可是对天下大事一无所知。他们的一生像作着个细巧的，明白而又有点糊涂的梦。

妇女们极讲规矩。是呀，看看大姐吧！她在长辈面前，一站就是几个钟头，而且笑容始终不懈地摆在脸上。同时，她要眼观四路，看着每个茶碗，随时补充热茶；看着水烟袋与旱烟袋，及时地过去装烟，吹火纸捻儿。她的双手递送烟袋的姿态够多么美丽得体，她的嘴唇微动，一下儿便把火纸吹燃，有多么轻巧美观。这些，都得到老太太们（不包括她的婆婆）的赞叹，而谁也没注意她的腿经常浮肿着。在长辈面前，她不敢多说话，又不能老在那儿呆若木鸡地侍立。她须清心选择最简单而恰当的字眼，在最合适的间隙，像舞台上的锣鼓点儿似的那么准确，说那么一两小句，使老太太们高兴，从而谈得更加活跃。

这种生活艺术在家里得到经常的实践，以备特别加工，拿到较大的场合里去。亲友家给小孩办三天、满月，给男女作四十或五十整寿，都是这种艺术的表演竞赛大会。至于婚丧大典，那就更须表演的特别精彩，连笑声的高低，与请安的深浅，都要恰到好处，有板眼，有分寸。姑母和大姐的婆婆若在这种场合相遇，她们就必须出奇制胜，各显其能，用各种笔法，旁敲侧击，打败对手，传为美谈。办理婚丧大事的主妇也必须眼观六路、耳听八方，随时随地使这种可能产生严重后果的耍弄与讽刺大事化小，小事化无。同时，她还要委托几位负有重望的妇女，帮助她安排宾客们的席次，与入席的先后次序。安排得稍欠妥当，就有闹得天翻地覆的危险。她们必须知道谁是二姥姥的姑舅妹妹的干儿子的表姐，好来与谁的小姨子的公公的盟兄弟的寡嫂，作极细致的分析比较，使她们的席位各得其所，心服口服，吃个痛快。经过这样的研究，而两位客人是半斤八两，不差一厘，可怎么办呢？要不怎么，不但必须记住亲友们的生年月日，而且要记得落草儿的时辰呢！这样分量完全相同的客人，也许还是同年同月同日生的呀！可是二嫂恰好比六嫂早生了一点钟，这就解决了问题。当然，六嫂虽晚生了六十分钟，而丈夫是三品顶戴，比二嫂的丈夫高着两品，这就又须从长研究，另作安排了。是的，我大姐虽然不识一个字，她可是一本活书，记得所有的亲友的生辰八字儿。不管她的婆婆要怎样惑乱人心，我可的确知道我是戊戌年腊月二十三日酉时生的，毫不动摇，因为有大姐给我作证！

这些婚丧大典既是那么重要，亲友家办事而我们缺礼，便是大逆不道。母亲没法把送礼这笔支出打在预算中，谁知道谁什么时候死，什么时候生呢？不幸而赶上一个月里发生好几件红白事，母亲的财政表格上便有了赤字。她不能为减少赤字，而不给姑姑老姨儿们去拜寿，不给胯骨上的亲戚①吊丧或贺喜。不去给亲友们行礼等于自绝于亲友，没脸再活下去，死了也欠光荣。而且，礼到人不到还不行啊。这就须于送礼而外，还得整理鞋袜，添换头绳与绢花，甚至得作非作不可的新衣裳。这又是一笔钱。去吊祭或贺喜的时候，路近呢自然可以勉强走了去，若是路远呢，难道不得雇辆骡车么？在那文明的年月，北京的道路一致是灰沙三尺，恰似香炉。好嘛，打扮得漂漂亮亮的，而在香炉里走十里八里，到了亲友家已变成了土鬼，岂不是大笑话么？骡车可是不能白坐，这又是个问题！去行人情，岂能光拿着礼金礼品，而腰中空空如也呢。假若人家主张凑凑十胡什么的，难道可以严词拒绝么？再说，见了晚一辈或两辈的孙子们，不得给二百钱吗？是呀，办婚丧大事的人往往倾家荡产，难道亲友不应当舍命陪君子么？

母亲最怕的是亲友家娶媳妇或聘姑娘而来约请她作娶亲太太或送亲太太。这是一种很大的荣誉：不但寡妇没有这个资格，就是属

---

① 胯骨上的亲戚，比喻关系极远，极不沾边的亲戚。

虎的或行为有什么不检之处的“全口人”① 也没有资格。只有堂堂正正，一步一个脚印的妇人才能负此重任。人家来约请，母亲没法儿拒绝。谁肯把荣誉往外推呢？可是，去作娶亲太太或送亲太太不但必须坐骡车，而且平日既无女仆，就要雇个临时的、富有经验的、干净利落的老妈子。有人搀着上车下车、出来进去，才像个娶亲太太或送亲太太呀！至于服装首饰呢，用不着说，必须格外出色，才能压得住台。母亲最恨向别人借东西，可是她又绝对没有去置办几十两银子一件的大缎子、绣边儿的氅衣，和真金的扁方、耳环，大小头簪。她只好向姑母开口。姑母有成龙配套的衣裳与首饰，可就是不愿出借！姑母在居孀之后，固然没有作娶亲或送亲太太的资格，就是在我姑父活着的时候，她也很不易得到这种荣誉。是呀，姑父到底是唱戏的不是，既没有弄清楚，谁能够冒冒失失地来邀请姑母出头露面呢？大家既不信任姑母，姑母也就不肯往外借东西，作为报复。

于是，我父亲就须亲自出马，向姑母开口。亲姐弟之间，什么话都可以说。大概父亲必是完全肯定了“唱戏的并不下贱”，姑母才把带有樟脑味儿的衣服，和式样早已过了时而分量相当重的首饰拿出来。

这些非应酬不可的应酬，提高了母亲在亲友眼中的地位。大家都夸她会把钱花在刀刃儿上。可也正是这个刀刃儿使母亲关到钱粮发愁，关不下来更发愁。是呀，在我降生的前后，我们的铁杆儿庄稼虽然依然存在，可是逐渐有点歉收了，分量不足，成色不高。赊欠已成了一种制度。卖烧饼的、卖炭的、倒水的都在我们的，和许多人家的门垛子上画上白道道，五道儿一组，颇像鸡爪子。我们先吃先用，钱粮到手，按照鸡爪子多少还钱。母亲是会过日子的人，她只许卖烧饼的、卖炭的、倒水的在我们门外画白道道，而绝对不许和卖酥糖的，卖糖葫芦的等等发生鸡爪子关系。姑母白吃我们的水，随便拿我们的炭，而根本不吃烧饼——她的红漆盒子里老储存着“大八件”一级的点心。因此，每逢她看见门垛子上的鸡爪图案，就对门神爷眨眨眼，表明她对这些图案不负责任！我大姐婆家

① 全口人，指丈夫子女俱全、“有福气”的妇女。口字轻读，作 ke。

门外，这种图案最为丰富。除了我大姐没有随便赊东西的权利，其余的人是凡能赊者必赊之。大姐夫说的好：反正钱粮下来就还钱，一点不丢人！

在门外的小贩而外，母亲只和油盐店、粮店发生赊账的关系。我们不懂吃饭馆，我们与较大的铺户，如绸缎庄、首饰楼、同仁堂老药铺等等都没有什么贸易关系。我们每月必须请几束高香，买一些茶叶末儿，香烛店与茶庄都讲现钱交易；概不赊欠。

虽然我们的赊账范围并不很大，可是这足以逐渐形成寅吃卯粮的传统。这就是说：领到饷银，便去还债。还了债，所余无几，就再去赊。假若出了意外的开销，像获得作娶亲太太之类的荣誉，得了孙子或外孙子，还债的能力当然就减少，而亏空便越来越大。因此，即使关下银子来，母亲也不能有喜无忧。

姑母经常出门；去玩牌、逛护国寺、串亲戚、到招待女宾的曲艺与戏曲票房去听清唱或彩排，非常活跃。她若是去赌钱，母亲便须等到半夜。若是忽然下了雨或雪，她和二姐还得拿着雨伞去接。母亲认为把大姑子伺候舒服了，不论自己吃多大的苦，也比把大姑子招翻了强的多。姑母闹起脾气来是变化万端，神鬼难测的。假若她本是因嫌茶凉而闹起来，闹着闹着就也许成为茶烫坏她的舌头，而且把我们的全家，包括着大黄狗，都牵扯在内，都有意要烫她的嘴，使她没法儿吃东西，饿死！这个蓄意谋杀的案件至少要闹三四天！

与姑母相反，母亲除了去参加婚丧大典，不大出门。她喜爱有条有理地在家里干活儿。她能洗能作，还会给孩子剃头，给小媳妇们铰脸——用丝线轻轻地勒去脸上的细毛儿，为是化妆后，脸上显着特别光润。可是，赶巧了，父亲正去值班，而衙门放银子，母亲就须亲自去领取。我家离衙门并不很远，母亲可还是显出紧张，好像要到海南岛去似的。领了银子（越来分两越小），她就手儿在街上兑换了现钱。那时候，山西人开的烟铺、回教人开的蜡烛店，和银号钱庄一样，也兑换银两。母亲是不喜欢算计一两文钱的人，但是这点银子关系着家中的“一月大计”，所以她也既腼腆又坚决地多问几家，希望多换几百钱。有时候，在她问了两家之后，恰好银盘儿落了。她饶白跑了腿，还少换了几百钱。

拿着现钱回到家，她开始发愁。二姐赶紧给她倒上一碗茶——用小沙壶沏的茶叶末儿，老放在炉口旁边保暖，茶汁很浓，有时候也有点香味。二姐可不敢说话，怕搅乱了母亲的思路。她轻轻地出去，到门外去数墙垛上的鸡爪图案，详细地记住，以备作母亲制造预算的参考材料。母亲喝了茶，脱了刚才上街穿的袍罩，盘腿坐在炕上。她抓些银钱当算盘用，大点儿的代表一吊，小点的代表一百。她先核计该还多少债，口中念念有词，手里掂动着几个铜钱，而后摆在左方。左方摆好，一看右方（过日子的钱）太少，就又轻轻地从左方撤下几个钱，心想：对油盐店多说几句好话，也许可以少还几个。想着想着，她的手心上就出了汗，很快地又把撤下的钱补还原位。不，她不喜欢低三下四地向债主求情；还！还清！剩多剩少，就是一个不剩，也比叫掌柜的或大徒弟高声申斥好的多。是呀，在太平天国、英法联军、甲午海战等等风波之后，不但高鼻子的洋人越来越狂妄，看不起皇帝与旗兵，连油盐店的山东人和钱铺的山西人也对旗籍主顾们越来越不客气了。他们竟敢瞪着包子大的眼睛挖苦、笑骂吃了东西不还钱的旗人，而且威胁从此不再记账，连块冻豆腐都须现钱交易！母亲虽然不知道国事与天下事，可是深刻地了解这种变化。即使她和我的父亲商议，他——负有保卫皇城重大责任的旗兵，也只会惨笑一下，低声地说：先还债吧！

左方的钱码比右方的多着许多！母亲的鬓角也有了汗珠！她坐着发愣，左右为难。最后，二姐搭讪着说了话：“奶奶！还钱吧，心里舒服！这个月，头绳、锭儿粉、梳头油，咱们都不用买！咱们娘儿俩多给灶王爷磕几个头，告诉他老人家：以后只给他上一炷香，省点香火！”

母亲叹了口气：“唉！叫灶王爷受委屈，于心不忍哪！”

“咱们也苦着点，灶王爷不是就不会挑眼了吗？”二姐提出具体的意见：“咱们多端点豆汁儿，少吃点硬的；多吃点小葱拌豆腐，少吃点炒菜，不就能省下不少吗？”

“二妞，你是个明白孩子！”母亲在愁苦之中得到一点儿安慰，“好吧，咱们多勒勒裤腰带吧！你去，还是我去？”

“您歇歇吧，我去！”

母亲就把铜钱和钱票一组一组地分清楚，交给二姐，并且嘱咐了又嘱咐："还给他们，马上就回来！你虽然还梳着辫子，可也不小啦！见着便宜坊[①]的老王掌柜，不准他再拉你的骆驼；告诉他：你是大姑娘啦！"

"啥，老王掌柜快七十岁了，叫他拉拉也不要紧！"二姐笑着，紧紧握着那些钱，走了出去。所谓拉骆驼者，就是年岁大的人用中指与食指夹一夹孩子的鼻子，表示亲热。

二姐走后，母亲呆呆地看着炕上那一小堆儿钱，不知道怎么花用，才能对付过这一个月去。以她的洗作本领和不怕劳苦的习惯，她常常想去向便宜坊老王掌柜那样的老朋友们说说，给她一点活计，得些收入，就不必一定非喝豆汁儿不可了。二姐也这么想，而且她已经学的很不错：下至纳鞋底袜底，上至扎花儿、钉纽绊儿，都拿得起来。二姐还以为拉过她的骆驼的那些人，像王老掌柜与羊肉床子上的金四把[②]叔叔，虽然是汉人与回族人，可是在感情上已然都不分彼此，给他们洗洗作作，并不见得降低了自己的身分。况且，大姐曾偷偷地告诉过她：金四把叔叔送给了大姐的公公两只大绵羊，就居然补上了缺，每月领四两银子的钱粮。二姐听了，感到十分惊异：金四叔？他是回族人哪！大姐说：是呀！千万别喧嚷出去呀！叫上边知道了，我公公准得丢官罢职！二姐没敢去宣传，大姐的公公于是也就没有丢官罢职。有这个故事在二姐心里，她就越觉得大伙儿都是一家人，谁都可以给谁干点活儿，不必问谁是旗人，谁是汉人或回族人。她并且这么推论：既是送绵羊可以得钱粮，若是赠送骆驼，说不定还能作王爷呢！到后来，我懂了点事的时候，我觉得二姐的想法十分合乎逻辑。

可是，姑母绝对不许母亲与二姐那么办。她不反对老王掌柜与金四把，她跟他们，比起我们来，有更多的来往：在她招待客人的时候，她叫得起便宜坊的苏式盒子；在过阴天[③]的时候，可以定买金四把的头号大羊肚子或是烧羊脖子。我们没有这种气派与财力。

---

① 便宜坊，北京的一家卖熟肉和生猪肉的铺子，后成为著名的烤鸭店。便读作biàn（遍）。

② 羊肉床子，羊肉铺。把，即"爷"，在回民中，这样称呼有年纪的人，显得亲切尊敬（与称"爷爷"为"把把"不同）。如常七把即常七爷，金四把即金四爷。

③ 过阴天，指阴天下雨，出不了门，在家寻事消遣。

她的大道理是：妇女卖苦力给人家作活、洗衣裳，是最不体面的事！“你们要是那么干，还跟三河县的老妈子有什么分别呢?”母亲明知三河县的老妈子是出于饥寒所迫，才进城来找点事作，并非天生来的就是老妈子，像皇上的女儿必是公主那样。但是，她不敢对大姑子这么说，只笑了笑，就不再提起。

在关饷发愁之际，母亲若是已经知道，东家的姑娘过两天出阁，西家的老姨娶儿媳妇，她就不知须喝多少沙壶热茶。她不饿，只觉得口中发燥。除了对姑母说话，她的脸上整天没个笑容！可怜的母亲！

我不知道母亲年轻时是什么样子。我是她四十岁后生的“老”儿子。但是，从我一记事儿起，直到她去世，我总以为她在二三十岁的时节，必定和我大姐同样俊秀。是，她到了五十岁左右还是那么干净体面，倒仿佛她一点苦也没受过似的。她的身量不高，可是因为举止大方，并显不出矮小。她的脸虽黄黄的，但不论是发着点光，还是暗淡一些，总是非常恬静。有这个脸色，再配上小而端正的鼻子，和很黑很亮、永不乱看的眼珠儿，谁都可以看出她有一股正气，不会有一点坏心眼儿。乍一看，她仿佛没有什么力气，及至看到她一气就洗出一大堆衣裳，就不难断定：尽管她时常发愁，可决不肯推卸责任。

是呀，在生我的第二天，虽然她是那么疲倦虚弱，嘴唇还是白的，她可还是不肯不操心。她知道：平常她对别人家的红白事向不缺礼，不管自己怎么发愁为难。现在，她得了“老”儿子，亲友怎能不来贺喜呢？大家来到，拿什么招待呢？父亲还没下班儿，正月的钱粮还没发放。向姑母求援吧，不好意思。跟二姐商议吧，一个小姑娘可有什么主意呢。看一眼身旁的瘦弱的、几乎要了她的命的“老”儿子，她无可如何地落了泪。

三

果然，第二天早上，二哥福海搀着大舅妈，声势浩大地来到。他们从哪里得到的消息，至今还是个疑问。不管怎样吧，大舅妈是非来不可的。按照那年月的规矩，姑奶奶坐月子，须由娘家的人来服侍。这证明姑娘的确是赔钱货，不但出阁的时候须由娘家赔送四季衣服、金银首饰，乃至箱柜桌椅，和鸡毛掸子；而且在生儿养女的时节，娘家还须派人来服劳役。

大舅妈的身量小，咳嗽的声音可很洪亮。一到冬天，她就犯喘，咳嗽上没完。咳嗽稍停，她就拿起水烟袋咕噜一阵，预备再咳嗽。她还离我家有半里地，二姐就惊喜地告诉母亲：大舅妈来了！大舅妈来了！母亲明知娘家嫂子除了咳嗽之外，并没有任何长处，可还是微笑了一下。大嫂冒着风寒，头一个来贺喜，实在足以证明娘家人对她的重视，嫁出的女儿并不是泼出去的水。母亲的嘴唇动了动。二姐没听见什么，可是急忙跑出去迎接舅妈。

二哥福海和二姐耐心地搀着老太太，从街门到院里走了大约二十多分钟。二姐还一手搀着舅妈，一手给她捶背。因此，二姐没法儿接过二哥手里提的水烟袋、食盒（里面装着红糖与鸡蛋），和蒲包儿（内装破边的桂花“缸炉”与槽子糕）①。

好容易喘过一口气来，大舅妈嘟囔了两句。二哥把手中的盒子与蒲包交给了二姐，而后搀着妈妈去拜访我姑母。不管喘得怎么难

---

① 蒲包儿，旧时送礼用的点心或水果包，以香蒲编成。缸炉，北京的一种混糖糕点，高庄正六边形，数个连在一起，掰而食之。因为掰得不整齐，所以说是“破边”。炉读作 lòu（漏）。

过，舅妈也忘不了应当先去看谁。可是也留着神，把食品交给我二姐，省得叫我姑母给扣下。姑母并不缺嘴，但是看见盒子与蒲包，总觉得归她收下才合理。

大舅妈的访问纯粹是一种外交礼节，只须叫声老姐姐，而后咳嗽一阵，就可以交代过去了。姑母对大舅妈本可以似有若无地笑那么一下就行了，可是因为有二哥在旁，她不能不表示欢迎。

在亲友中，二哥福海到处受欢迎。他长得短小精悍，既壮实又秀气，既漂亮又老成。圆圆的白净子脸，双眼皮，大眼睛。他还没开口，别人就预备好听两句俏皮而颇有道理的话。及至一开口，他的眼光四射，满面春风，话的确俏皮，而不伤人；颇有道理，而不老气横秋。他的脑门以上总是青青的，像年画上胖娃娃的青头皮那么清鲜，后面梳着不松不紧的大辫子，既稳重又飘洒。他请安请得最好看：先看准了人，而后俯首急行两步，到了人家的身前，双手扶膝，前腿实，后腿虚，一趋一停，毕恭毕敬。安到话到，亲切诚挚地叫出来："二婶儿，您好！"而后，从容收腿，挺腰敛胸，双臂垂直，两手向后稍拢，两脚并齐"打横儿"。这样的一个安，叫每个接受敬礼的老太太都哈腰儿还礼，并且暗中赞叹：我的儿子要能够这样懂得规矩，有多么好啊！

他请安好看，坐着好看，走道儿好看，骑马好看，随便给孩子们摆个金鸡独立，或骑马蹲裆式就特别好看。他是熟透了的旗人，既没忘记二百多年来的骑马射箭的锻炼，又吸收了汉族、蒙族和回族的文化。论学习，他文武双全；论文化，他是"满汉全席"。他会骑马射箭，会唱几段（只是几段）单弦牌子曲，会唱几句（只是几句）汪派的《文昭关》①，会看点风水，会批八字儿。他知道怎么养鸽子，养鸟，养骡子与金鱼。可是他既不养鸽子、鸟，也不养骡子与金鱼。他有许多正事要作，如代亲友们去看棺材，或介绍个厨师傅等等，无暇养那些小玩艺儿。大姐夫虽然自居内行，养着鸽子，或架着大鹰，可是每逢遇见福海二哥，他就甘拜下风，颇有意把他的满天飞的元宝都廉价卖出去。福海二哥也精于赌钱，牌九、

① 汪派，即汪桂芬，清光绪间与谭鑫培、孙菊仙齐名的著名京剧老生。《文昭关》，传统戏剧，演《列国演义》中伍子胥的故事。

押宝、抽签子、掷骰子、斗十胡、踢球、“打老打小”，他都会。但是，他不赌。只有在老太太们想玩十胡而凑不上手的时候，他才逢场作戏，陪陪她们。他既不多输，也不多赢。若是赢了几百钱，他便买些糖豆大酸枣什么的分给儿童们。

他这个熟透了的旗人其实也就是半个、甚至于是三分之一的旗人。这可与血统没有什么关系。以语言来说，他只会一点点满文，谈话，写点什么，他都运用汉语。他不会吟诗作赋，也没学过作八股或策论，可是只要一想到文艺，如编个岔曲，写副春联，他总是用汉文去思索，一回也没考虑过可否试用满文。当他看到满、汉文并用的匾额或碑碣，他总是欣赏上面的汉字的秀丽或刚劲，而对旁边的满字便只用眼角照顾一下，敬而远之。至于北京话呀，他说的是那么漂亮，以至使人认为他是这种高贵语言的创造者。即使这与历史不大相合，至少他也应该分享“京腔”创作者的一份儿荣誉。是的，他的前辈们不但把一些满文词儿收纳在汉语之中，而且创造了一种轻脆快当的腔调；到了他这一辈，这腔调有时候过于轻脆快当，以至有时候使外乡人听不大清楚。

可是，惊人之笔是在这里：他是个油漆匠！我的大舅是三品亮蓝顶子的参领①，而儿子居然学过油漆彩画，谁能说他不是半个旗人呢？我大姐的婚事是我大舅给作的媒人。大姐婆婆是子爵的女儿、佐领的太太，按理说她绝对不会要个旗兵的女儿作儿媳妇，不管我大姐长的怎么俊秀，手脚怎么利落。大舅的亮蓝顶子起了作用。大姐的公公不过是四品呀。在大姐结婚的那天，大舅亲自出马作送亲老爷，并且约来另一位亮蓝顶子的，和两位红顶子的，二蓝二红，都戴花翎，组成了出色的送亲队伍。而大姐的婆婆呢，本来可以约请四位红顶子的来迎亲，可是她以为我们绝对没有能力组织个强大的队伍，所以只邀来四位五品官儿，省得把我们都吓坏了。结果，我们取得了绝对压倒的优势，大快人心！受了这个打击，大姐婆婆才不能不管我母亲叫亲家太太，而姑母也乘胜追击，郑重声

---

① 参领，八旗兵制，五“牛录”设一“甲喇”，统领“甲喇”的军官，满语叫做“甲喇额真”，汉译“参领”，其位在“佐海”之上。亮蓝顶子，即三品官的蓝宝石或蓝色明玻璃顶戴。

明；她的丈夫（可能是汉人！）也作过二品官！

大姐后来嘱咐过我，别对她婆婆说，二哥福海是拜过师的油漆匠。是的，若是当初大姐婆婆知道二哥的底细，大舅作媒能否成功便大有问题了，虽然他的失败也不见得对大姐有什么不利。

二哥有远见，所以才去学手艺。按照我们的佐领制度，旗人是没有什么自由的，不准随便离开本旗，随便出京；尽管可以去学手艺，可是难免受人家的轻视。他应该去当兵，骑马射箭，保卫大清皇朝。可是，旗族人口越来越多，而旗兵的数目是有定额的。于是，老大老二也许补上缺，吃上钱粮，而老三老四就只好赋闲。这样，一家子若有几个白丁，生活就不能不越来越困难。这种制度曾经扫南荡北，打下天下；这种制度可也逐渐使旗人失去自由，失去自信，还有多少人终身失业。

同时，吃空头钱粮的在在皆是，又使等待补缺的青年失去有缺即补的机会。我姑母，一位寡妇，不是吃着好几份儿钱粮么？

我三舅有五个儿子，都虎头虎脑的，可都没有补上缺。可是，他们住在郊外，山高皇帝远。于是这五虎将就种地的种地，学手艺的学手艺，日子过得很不错。福海二哥大概是从这里得到了启发，决定自己也去学一门手艺。二哥也看得很清楚：他的大哥已补上了缺，每月领四两银子；那么他自己能否也当上旗兵，就颇成问题。以他的聪明能力而当一辈子白丁，甚至连个老婆也娶不上，可怎么好呢？他的确有本领，骑术箭法都很出色。可是，他的本领只足以叫他去作枪手①，替崇家的小罗锅，或明家的小瘸子去箭中红心，得到钱粮。是呀，就是这么一回事：他自己有本领，而补不上缺，小罗锅与小瘸子肯花钱运动，就能通过枪手而当兵吃饷！二哥在得一双青缎靴子或几两银子的报酬而外，还看明白：怪不得英法联军直入公堂地打进北京，烧了圆明园！凭吃几份儿饷银的寡妇、大罗锅、大瘸子，和像大姐公公那样的佐领、像大姐夫那样的骁骑校，怎么能挡得住敌兵呢！他决定去学手艺！是的，历史发展到一定的阶段，总会有人，像二哥，多看出一两步棋的。

大哥不幸一病不起，福海二哥才有机会补上了缺。于是，到该

---

① 枪手，代人应试者。

上班的时候他就去上班，没事的时候就去作点油漆活儿，两不耽误。老亲旧友们之中，有的要漆一漆寿材，有的要油饰两间屋子以备娶亲，就都来找他。他会替他们省工省料，而且活儿作得细致。

当二哥作活儿的时候，他似乎忘了他是参领的儿子，吃着钱粮的旗兵。他的工作服，他的认真的态度，和对师兄师弟的亲热，都叫他变成另一个人，一个汉人，一个工人，一个顺治与康熙所想象不到的旗人。

二哥还信白莲教[①]！他没有造反、推翻皇朝的意思，一点也没有。他只是为坚守不动烟酒的约束，而入了“理门”[②]。本来，在友人让烟让酒的时候，他拿出鼻烟壶，倒出点茶叶末颜色的闻药来，抹在鼻孔上，也就够了。大家不会强迫一位“在理儿的”破戒。可是，他偏不说自己“在理儿”，而说：我是白莲教！不错，“理门”确与白莲教有些关系，可是在一般人的心目中，“在理儿”是好事，而白莲教便有些可怕了。母亲便对他说过：“老二，在理儿的不动烟酒，很好！何必老说白莲教呢，叫人怪害怕的！”二哥听了，便爽朗地笑一阵：“老太太！我这个白莲教不会造反！”母亲点点头：“对！那就好！”

大姐夫可有不同的意见。在许多方面，他都敬佩二哥。可是，他觉得二哥的当油漆匠与自居为白莲教徒都不足为法。大姐夫比二哥高着一寸多。二哥若是虽矮而不显着矮，大姐夫就并不太高而显着晃晃悠悠。干什么他都慌慌张张。冒冒失失。长脸、高鼻子、大眼睛，他坐定了的时候显得很清秀体面。可是，他总坐不住，像个手脚不识闲的大孩子。一会儿，他要看书，便赶紧拿起一本《五虎平西》——他的书库里只有一套《五虎平西》[③]，一部《三国志演义》，四五册小唱本儿，和他幼年读过的一本《六言杂字》[④]。刚拿起《五虎平西》，他想起应当放鸽子，于是顺手儿把《五虎平西》

---

① 白莲教，原为明末农民起义组织，清末的义和团运动，继承了白莲教的战斗传统，老百姓仍有时也把义和团叫做白莲教。

② 理门，即“在理会”，又称“在家里”，旧时流行在我国北方的一种会道门。入会者禁烟酒，供奉观音像。

③ 《五虎平西》，演义小说，写宋代狄青平西故事。

④ 《六言杂字》，一种极普通的六言韵文识字读本。

放在窗台上，放起鸽子来。赶到放完鸽子，他到处找《五虎平西》，急得又嚷嚷又跺脚。及至一看它原来就在窗台上，便不去管它，而哼哼唧唧地往外走，到街上去看出殡的。

他很珍视这种想干什么就干什么的“自由”。他以为这种自由是祖宗所赐，应当传之永远，“子子孙孙永宝用”！因此，他觉得福海二哥去当匠人是失去旗人的自尊心，自称白莲教是同情叛逆。前些年，他不记得是哪一年了，白莲教不是造过反吗？

在我降生前的几个月里，我的大舅、大姐的公公和丈夫，都真着了急。他们都激烈地反对变法。大舅的理由很简单，最有说服力：祖宗定的法不许变！大姐公公说不出更好的道理来，只好补充了一句：要变就不行！事实上，这两位官儿都不大知道要变的是哪一些法，而只听说：一变法，旗人就须自力更生，朝廷不再发给钱粮了。

大舅已年过五十，身体也并不比大舅妈强着多少，小辫儿须续上不少假头发才勉强够尺寸，而且因为右肩年深日久地向前探着，小辫儿几乎老在肩上扛着，看起来颇欠英武。自从听说要变法，他的右肩更加突出，差不多是斜着身子走路，像个断了线的风筝似的。

大姐的公公很硬朗，腰板很直，满面红光。他每天一清早就去遛鸟儿，至少要走五六里路。习以为常，不走这么多路，他的身上就发僵，而且鸟儿也不歌唱。尽管他这么硬朗，心里海阔天空，可是听到铁杆庄稼有点动摇，也颇动心，他的咳嗽的音乐性减少了许多。他找了我大舅去。

笼子还未放下，他先问有猫没有。变法虽是大事，猫若扑伤了蓝靛颏儿，事情可也不小。

“云翁！”他听说此地无猫，把鸟笼放好，有点急切地说：“云翁！”

大舅的号叫云亭。在那年月，旗人越希望永远作旗人，子孙万代，可也越爱摹仿汉人。最初是高级知识分子，在名字而外，还要起个字雅音美的号。慢慢地，连参领佐领们也有名有号，十分风雅。到我出世的时候，连原来被称为海二哥和恩四爷的旗兵或白丁，也都什么臣或什么甫起来。是的，亭、臣、之、甫是四个最时行的字。大舅叫云亭，大姐的公公叫正臣，而大姐夫别出心裁地自称多甫，并且在自嘲的时节，管自己叫豆腐。多甫也罢，豆腐也罢，总比没有号好的多。若是人家拱手相问：您台甫[1]？而回答不出，岂不比豆腐更糟么？

大舅听出客人的语气急切，因而不便马上动问。他比客人高着一品，须拿出为官多年，经验丰富，从容不迫的神态来。于是，他先去看鸟，而且相当内行地夸赞了几句。直到大姐公公又叫了两声云翁，他才开始说正经话：“正翁！我也有点不安！真要是自力更生，您看，您看，我五十多了，头发掉了多一半，肩膀越来越歪，可叫我干什么去呢？这不是什么变法，是要我的老命！”

“嗻！是！”正翁轻嗽了两下，几乎完全没有音乐性。“是！出那样主意的人该剐！云翁，您看我，我安分守己，自幼儿就不懂要完星星，要月亮！可是，我总得穿的整整齐齐，干干净净吧？我总得炒点腰花，来个木樨肉下饭吧？我总不能不天天买点嫩羊肉，喂我的蓝靛颏儿吧？难道这些都是不应该的？应该！应该！”

“咱们哥儿们没作过一件过分的事！”

“是嘛！真要是不再发钱粮，叫我下街去卖……”正翁把手搭在耳朵上，学着小贩的吆喝，眼中含着泪，声音凄楚：“赛梨哪，辣来换！我，我……”他说不下去了。

“正翁，您的身子骨儿比我结实多了。我呀，连卖半空儿多给，都受不了啊！”

“云翁！云翁！您听我说！就是给咱们每人一百亩地，自耕自种，咱们有办法没有？”

“由我这儿说，没有！甭说我拿不动锄头，就是拿得动，我要不把大拇脚趾头锄掉了，才怪！”

老哥俩又讨论了许久，毫无办法。于是就一同到天泰轩去，要了一斤半柳泉居自制的黄酒，几个小烧（烧子盖与炸鹿尾之类），吃喝得相当满意。吃完，谁也没带着钱，于是都争取记在自己的账上，让了有半个多钟头。

可是，在我降生的时候，变法之议已经完全作罢，而且杀了几位主张变法的人。云翁与正翁这才又安下心去，常在天泰轩会面。

---

① 台甫，问人家表字时的敬辞。

每逢他们听到卖萝卜的“赛梨哪，辣来换”的呼声，或卖半空花生的“半空儿多给”的吆喝，他们都有点怪不好意思；作了这么多年的官儿，还是沉不住气呀！

多甫大姐夫，在变法潮浪来得正猛的时节，佩服了福海二哥，并且不大出门，老老实实地在屋中温习《六言杂字》。他非常严肃地跟大姐讨论：“福海二哥真有先见之明！我看咱们也得想个法！”

“对付吧！没有过不去的事！”大姐每逢遇到难以解决的问题，总是拿出这句名言来。

“这回呀，就怕对付不过去！”

“你有主意，就说说吧！多甫！”大姐这样称呼他，觉得十分时髦、漂亮。

“多甫？我是大豆腐！”大姐夫惨笑了几声，“现而今，当瓦匠、木匠、厨子、裱糊匠什么的，都有咱们旗人。”

“你打算……”大姐微笑地问，表示嫁鸡随鸡，嫁狗随狗，他去学什么手艺，她都不反对。

“学徒，来不及了！谁收我这么大的徒弟呢？我看哪，我就当鸽贩子去，准行！鸽子是随心草儿，不爱，白给也不要；爱，十两八两也肯花。甭多了，每月我只作那么一两号俏买卖①，就够咱们俩吃几十天的！”

“那多么好啊！”大姐信心不大地鼓舞着。

大姐夫挑了两天，才狠心挑出一对紫乌头来，去作第一号生意。他并舍不得出手这一对，可是朝廷都快变法了，他还能不坚强点儿么？及至到了鸽子市上，认识他的那些贩子们一口一个多甫大爷，反倒卖给他两对鸽铃，一对凤头点子。到家细看，凤头是用胶水粘合起来的。他没敢再和大姐商议，就偷偷撤销了贩卖鸽子的决定。

变法的潮浪过去了，他把大松辫梳成小紧辫，摹仿着库兵②，横眉立目地满街走，倒仿佛那些维新派是他亲手消灭了的。同时，他对福海二哥也不再那么表示钦佩。反之，他觉得二哥是脚踩两只

---

① 俏买卖，销路很好的生意。

② 库兵，看管内府银钱、缎匹、颜料等库的兵丁。

船，有钱粮就当兵，没有钱粮就当油漆匠，实在不能算个地道的旗人，而且难免白莲教匪的嫌疑。

书归正传：大舅妈拜访完了我的姑母，就同二哥来看我们。大舅妈问长问短，母亲有气无力地回答，老姐儿们都落了点泪。收起眼泪，大舅妈把我好赞美了一顿：多么体面哪！高鼻子，大眼睛，耳朵有多么厚实！

福海二哥笑起来："老太太，这个小兄弟跟我小时候一样的不体面！刚生下来的娃娃都看不出模样来！你们老太太呀……"他没往下说，而又哈哈了一阵。

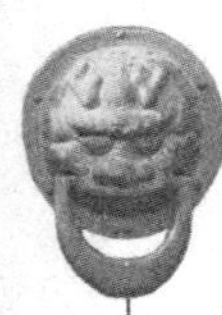

母亲没表示意见，只叫了声："福海！"

"是！"二哥急忙答应，他知道母亲要说什么，"您放心，全交给我啦！明天洗三①，七姥姥八姨的总得来十口八口儿的，这儿二妹妹管装烟倒茶，我跟小六儿（小六儿是谁，我至今还没弄清楚）当厨子，两杯水酒，一碟炒蚕豆，然后是羊肉酸菜热汤儿面，有味儿没味儿，吃个热乎劲儿。好不好？您哪！"

母亲点了点头。

"有爱玩小牌儿的，四吊钱一锅。您一丁点心都别操，全有我呢！完了事，您听我一笔账，决不会叫您为难！"说罢，二哥转向大舅妈："我到南城有点事，太阳偏西，我来接您。"

大舅妈表示不肯走，要在这儿陪伴着产妇。

二哥又笑了："奶奶，您算了吧！凭您这全本连台的咳嗽，谁受得了啊！"

这句话正碰在母亲的心坎上。她需要多休息、睡眠，不愿倾听大舅妈的咳嗽。

二哥走后，大舅妈不住地叨唠：这个二鬼子！这个二鬼子！

可是"二鬼子"的确有些本领，使我的洗三办得既经济，又不完全违背"老妈妈论"② 的原则。

---

① 洗三，婴儿出生第三天，给他洗澡的一种仪式。

② 老妈妈论，陈规陋习。论读作 ling（令儿）。

四

大姐既关心母亲，又愿参加小弟弟的洗三典礼。况且，一回到娘家，她便是姑奶奶，受到尊重：在大家的眼中，她是个有出息的小媳妇，既没给娘家丢了人，将来生儿养女，也能升为老太太，代替婆婆——反正婆婆有入棺材的那么一天。她渴望回家。是的，哪怕在娘家只呆半天儿呢，她的心中便觉得舒畅，甚至觉得只有现在多受些磨炼，将来才能够成仙得道，也能像姑母那样，坐在炕沿上吸两袋兰花烟。是呀，现在她还不敢吸兰花烟，可是已经学会了嚼槟榔——这大概就离吸兰花烟不太远了吧。

有这些事在她心中，她睡不踏实，起来的特别早。也没顾得看三星在哪里，她就上街去给婆婆买油条与烧饼。在那年月，粥铺是在夜里三点左右就开始炸油条，打烧饼的。据说，连上早朝的王公大臣们也经常用烧饼、油条当作早点。大姐婆婆的父亲，子爵，上朝与否，我不知道。子爵的女儿可的确继承了吃烧饼与油条的传统，并且是很早就起床，梳洗完了就要吃，吃完了发困可以再睡。于是，这个传统似乎专为折磨我的大姐。

西北风不大，可很尖锐，一会儿就把大姐的鼻尖、耳唇都吹红。她不由地说出来：“喝！干冷！”这种北京特有的干冷，往往冷得使人痛快。即使大姐心中有不少的牢骚，她也不能不痛快地这么说出来。说罢，她加紧了脚步。身上开始发热，可是她反倒打了个冷战，由心里到四肢都那么颤动了一下，很舒服，像吞下一小块冰那么舒服。她看了看天空，每颗星都是那么明亮，清凉，轻颤，使她想起孩子们的纯洁、发光的眼睛来。她笑了笑，嘟囔着：只要风别大起来，今天必是个晴美的日子！小弟弟有点来历，洗三遇上这么好的天气！想到这里，她恨不能马上到娘家去，抱一抱小弟弟！

不管她怎样想回娘家，她可也不敢向婆婆去请假。假若她大胆地去请假，她知道，婆婆必定点头，连声地说：克吧！克吧！（“克”者“去”也）她是子爵的女儿，不能毫无道理地拒绝儿媳回娘家。可是，大姐知道，假若她依实地“克”了，哼，婆婆的毒气口袋就会垂到胸口上来。不，她须等待婆婆的命令。

命令始终没有下来。首先是：别说母亲只生了一个娃娃，就是生了双胞胎，只要大姐婆婆认为她是受了煤气，便必定是受了煤气，没有别的可说！第二是；虽然她的持家哲理是：放胆去赊，无须考虑怎样还债；可是，门口儿讨债的过多，究竟有伤子爵女儿、佐领太太的尊严。她心里不大痛快。于是，她喝完了粳米粥，吃罢烧饼与油条，便计划着先跟老头子闹一场。可是，佐领提前了遛鸟的时间，早已出去。老太太扑了个空，怒气增长了好几度，赶快拨转马头，要生擒骁骑校。可是，骁骑校偷了大姐的两张新红票子，很早就到街上吃了两碟子豆儿多、枣儿甜的盆糕，喝了一碗杏仁茶。老太太找不到男的官校，只好向女将挑战。她不发命令，而端坐在炕沿上叨唠：这，这哪像过日子！都得我操心吗？现成的事，摆在眼皮子前边的事，就看不见吗？没长着眼睛吗？有眼无珠吗？有珠无神吗？不用伺候我，我用不着谁来伺候！佛爷，连佛爷也不伺候吗？眼看就过年。佛桌上的五供①擦了吗？

大姐赶紧去筛炉灰，筛得很细，预备去擦五供。端着细炉灰面子，到了佛桌前，婆婆已经由神佛说到人间：啊！箱子、柜子、连三②上的铜活就不该动动手吗？我年轻的时候，凡事用不着婆婆开口，该作什么就作什么！

大姐不敢回话。无论多么好听的话，若在此刻说出来，都会变成反抗婆婆，不服调教。可是，要是什么也不说，低着头干活儿呢，又会变成：对！拿蜡扦儿杀气，心里可咒骂老不死的，老不要脸的！那，那该五雷轰顶！

大姐含着泪，一边擦，一边想主意：要在最恰当的时机，去请

① 五供，佛桌上的五件供器：香炉、香筒、油灯和一对烛台。

② 连三，一种三屉两门的长桌。铜活，家具上的铜饰，如铜环、铜锁等。

教婆母怎么作这，或怎么作那。她把回娘家的念头完全放在了一边。待了一会儿，她把泪收起去，用极大的努力把笑意调动到脸上来：奶奶，您看看，我擦得还像一回事儿吗？婆婆只哼了一声，没有指示什么，原因很简单，她自己并没擦过五供。

果然是好天气，刚到九点来钟，就似乎相当暖和了。天是那么高，那么蓝，阳光是那么亮，连大树上的破老鸹窝看起来都有些画意了。俏皮的喜鹊一会儿在东，一会儿在西，喳喳地赞美着北京的冬晴。

大姐婆婆叨唠得一个阶段，来到院中，似乎是要质问太阳与青天，干什么这样晴美。可是，一出来便看见了多甫养的鸽子，于是就谴责起紫乌与黑玉翅来：养着你们干什么？就会吃！你们等着吧，一高兴，我全把你们宰了！

大姐在屋里大气不敢出。她连叹口气的权利也没有！

在我们这一方面，母亲希望大姐能来。前天晚上，她几乎死去。既然老天爷没有收回她去，她就盼望今天一家团圆，连出嫁了的女儿也在身旁。可是，她也猜到大女儿可能来不了。谁叫人家是佐领，而自己的身份低呢！母亲不便于说什么，可是脸上没有多少笑容。

姑母似乎在半夜里就策划好：别人办喜事，自己要不发发脾气，那就会使喜事办的平平无奇，缺少波澜。到九点钟，大姐还没来，她看看太阳，觉得不甩点闲话，一定对不起这么晴朗的阳光。

“我说，”她对着太阳说，“太阳这么高了，大姑奶奶怎么还不露面？一定，一定又是那个大酸枣眼睛的老梆子不许她来！我找她去，跟她讲讲理！她要是不讲理，我把她的酸枣核儿抠出来！”

母亲着了急。叫二姐请二哥去安慰姑母：“你别出声，叫二哥跟她说。”

二哥正跟小六儿往酒里对水。为省钱，他打了很少的酒，所以得设法使这一点酒取之不尽，用之不竭。二姐拉了拉他的袖子，往外指了指。他拿着酒壶出来，极亲热地走向姑母：“老太太，您闻闻，有酒味没有？”

“酒嘛，怎能没酒味儿，你又憋着什么坏呢？”

“是这么回事，要是酒味儿太大，还可以再对点水！”

“你呀，老二，不怪你妈妈叫你二鬼子！”姑母无可奈何地笑了。

“穷事儿穷对付，就求个一团和气！是不是？老太太！”见没把姑母惹翻，急忙接下去：“吃完饭，我准备好，要赢您四吊钱，买一斤好杂拌儿吃吃！敢来不敢？老太太！”

“好小子，我接着你的！”姑母听见要玩牌，把酸枣眼睛完全忘了。

母亲在房里叹了口气，十分感激内侄福海。

九点多了，二哥所料到要来贺喜的七姥姥八姨们陆续来到。二姐不管是谁，见面就先请安，后倒茶，非常紧张。她的脸上红起来，鼻子上出了点汗，不说什么，只在必要的时候笑一下。因此，二哥给她起了个外号，叫“小力笨”①。

姑母催开饭，为是吃完好玩牌。二哥高声答应：“全齐喽！”

所谓“全齐喽”者，就是腌疙疸缨儿炒大蚕豆与肉皮炸辣酱都已炒好，酒也兑好了水，千杯不醉。“酒席”虽然如此简单，入席的礼让却丝毫未打折扣：“您请上坐！”“那可不敢当！不敢当！”“您要不那么坐，别人就没法儿坐了！”直到二哥发出呼吁：“快坐吧，菜都凉啦！”大家才恭敬不如从命地坐下。酒过三巡（谁也没有丝毫醉意），菜过两味（蚕豆与肉皮酱），“宴会”进入紧张阶段——热汤面上来了。大家似乎都忘了礼让，甚至连说话也忘了，屋中好一片吞面条的响声，排山倒海，虎啸龙吟。二哥的头上冒了汗：“小六儿，照这个吃法，这点面兜不住啊！”小六儿急中生智：“多兑点水！”二哥轻轻呸了一声：“呸！面又不是酒，兑水不成了浆糊吗？快去！”二哥掏出钱来（这笔款，他并没向我母亲报账）：“快去，到金四把那儿，能烙饼，烙五斤大饼；要是等的功夫太大，就拿些芝麻酱烧饼来，快！”（那时候的羊肉铺多数带卖烧饼、包子，并代客烙大饼。）

小六儿聪明：看出烙饼需要时间，就拿回一炉热烧饼和两屉羊肉白菜馅的包子来。风卷残云，顷刻之间包子与烧饼踪影全无。最后，轮到二哥与小六儿吃饭。可是，吃什么呢？二哥哈哈地笑了一阵，而后指示小六儿：“你呀，小伙子，回家吃去吧！”我至今还弄

---

① 小力笨，小伙计。

不清小六儿是谁，可是每一想到我的洗三典礼，便觉得对不起他！至于二哥吃了没吃，我倒没怎么不放心，我深知他是有办法的人。

快到中午，天晴得更加美丽。蓝天上，这儿一条，那儿一块，飘着洁白光润的白云。西北风儿稍一用力，这些轻巧的白云便化为长长的纱带，越来越长，越薄，渐渐又变成一些似断似续的白烟，最后就不见了。小风儿吹来各种卖年货的呼声：卖供花①的、松柏枝的、年画的……一声尖锐，一声雄浑，忽远忽近，中间还夹杂着几声花炮响，和剃头师傅的“唤头”② 声。全北京的人都预备过年，都在这晴光里活动着。买的买，卖的卖，着急的着急，寻死的寻死，也有乘着年前娶亲的，一路吹着唢呐，打着大鼓。只有我静静地躺在炕中间，垫着一些破棉花，不知道想些什么。

据说，冬日里我们的屋里八面透风，炕上冰凉，夜间连杯子里的残茶都会冻上。今天，有我在炕中间从容不迫地不知想些什么，屋中的形势起了很大的变化。屋里很暖。阳光射到炕上，照着我的小红脚丫儿。炕底下还升着一个小白铁炉子。里外的暖气合流，使人们觉得身上，特别是手背与耳唇，都有些发痒。从窗上射进的阳光里面浮动着多少极小的，发亮的游尘，像千千万万无法捉住的小行星，在我的头上飞来飞去。

这时候，在那达官贵人的晴窗下，会晒着由福建运来的水仙。他们屋里的大铜炉或地炕发出的热力，会催开案上的绿梅与红梅。他们的摆着红木炕桌，与各种古玩的小炕上，会有翠绿的蝈蝈，在阳光里展翅轻鸣。他们的廊下挂着的鸣禽，会对着太阳展展双翅，唱起成套的歌儿来。他们的厨子与仆人会拿进来内蒙的黄羊、东北的锦鸡，预备作年菜。阳光射在锦鸡的羽毛上，发出五色的闪光。

我们是最喜爱花木的，可是我们买不起梅花与水仙。我们的院里只有两株歪歪拧拧的枣树，一株在影壁后，一株在南墙根。我们也爱小动物，可是养不起画眉与靛颏儿，更没有时间养过冬的绿蝈蝈。只有几只麻雀一会儿落在枣树上，一会儿飞到窗台上，向屋中看一看。这几只麻雀也许看出来：我不是等待着梅花与水仙吐蕊，

---

① 供花，供品上所插的纸制或绒制的花签，如福寿字、八仙人等等。

② 唤头，沿街理发者所持的吆喝工具，铁制，形如巨镊。

也不是等待着蝈蝈与靛颏儿鸣叫，而是在一小片阳光里，等待着洗三，接受几位穷苦旗人们的祝福。

外间屋的小铁炉上正煎着给我洗三的槐枝艾叶水。浓厚的艾香与老太太们抽的兰花烟味儿混合在一处，香暖而微带辛辣。也似乎颇为吉祥。大家都盼望“姥姥”快来，好祝福我不久就成为一个不受饥寒的伟大人物。

姑母在屋里转了一圈儿，向炕上瞟了一眼，便与二哥等组织牌局，到她的屋中鏖战。她心中是在祝福我，还是诅咒我，没人知道。

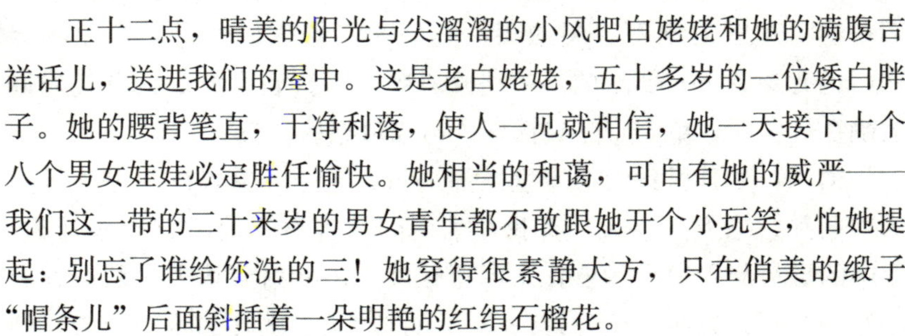

正十二点，晴美的阳光与尖溜溜的小风把白姥姥和她的满腹吉祥话儿，送进我们的屋中。这是老白姥姥，五十多岁的一位矮白胖子。她的腰背笔直，干净利落，使人一见就相信，她一天接下十个八个男女娃娃必定胜任愉快。她相当的和蔼，可自有她的威严——我们这一带的二十来岁的男女青年都不敢跟她开个小玩笑，怕她提起：别忘了谁给你洗的三！她穿得很素静大方，只在俏美的缎子“帽条儿”后面斜插着一朵明艳的红绢石榴花。

前天来接生的是小白姥姥，老白姥姥的儿媳妇。小白姥姥也干净利落，只是经验还少一些。前天晚上出的岔子，据她自己解释，并不能怨她，而应归咎于我母亲的营养不良，身子虚弱。这，她自己可不便来对我母亲说，所以老白姥姥才亲自出马来给洗三。老白姥姥现在已是名人，他从哪家出来，人们便可断定又有一位几品的世袭罔替的官儿或高贵的千金降世。那么，以她的威望而肯来给我洗三，自然是含有道歉之意。这，谁都可以看出来，所以她就不必再说什么。我母亲呢，本想说两句，可是又一想，若是惹老白姥姥不高兴而少给老儿子说几句吉祥话，也大为不利。于是，母亲也就一声没出。

姑母正抓到一手好牌。传过话来：洗三典礼可以开始，不必等她。

母亲不敢依实照办。过了一会儿，打发二姐去请姑母，而二姐带回来的话是：“我说不必等我，就不必等我！”典礼这才开始。

白姥姥在炕上盘腿坐好，宽沿的大铜盆（二哥带来的）里倒上了槐枝艾叶熬成的苦水，冒着热气。参加典礼的老太太们、媳妇们，都先“添盆”，把一些铜钱放入盆中，并说着吉祥话儿。几个花生，几个红、白鸡蛋，也随着“连生贵子”等祝词放入水中。这些钱与东西，在最后，都归“姥姥”拿走。虽然没有去数，我可是知道落水的铜钱并不很多。正因如此，我们才不能不感谢白姥姥的降格相从，亲自出马，同时也足证明小白姥姥惹的祸大概并不小。

边洗边说，白姥姥把说过不知多少遍的祝词又一句不减地说出来：“先洗头，作王侯；后洗腰，一辈倒比一辈高；洗洗蛋，作知县；洗洗沟，作知州！”大家听了，更加佩服白姥姥——她明知盆内的铜钱不多，而仍把吉祥话说得完完全全，不偷工减料，实在不易多得！虽然我后来既没作知县，也没作知州，我可也不能不感谢她把我的全身都洗得干干净净，可能比知县、知州更干净一些。

洗完，白姥姥又用姜片艾团灸了我的脑门和身上的各重要关节。因此，我一直到年过花甲都没闹过关节炎。她还用一块新青布，沾了些清茶，用力擦我的牙床。我就在这时节哭了起来；误投误撞，这一哭原是大吉之兆！在老妈妈们的词典中，这叫作“响盆”。有无始终坚持不哭、放弃吉利的孩子，我就不知道了。最后，白姥姥拾起一根大葱打了我三下，口中念念有词：“一打聪明，二打伶俐！”这到后来也应验了，我有时候的确和大葱一样聪明。

这棵葱应当由父亲扔到房上去。就在这紧要关头，我父亲回来了。屋中的活跃是无法形容的！他一进来，大家便一齐向他道喜。他不知请了多少安，说了多少声“道谢啦！”可是眼睛始终瞭着炕中间。我是经得起父亲的鉴定的，浑身一尘不染，满是槐枝与艾叶的苦味与香气，头发虽然不多不长，却也刚刚梳过。我的啼声也很雄壮。父亲很满意，于是把褡裢中两吊多钱也给了白姥姥。

父亲的高兴是不难想象的。母亲生过两个男娃娃，都没有养住，虽然第一个起名叫“黑妞”，还扎了耳朵眼，女贱男贵，贱者易活，可是他竟自没活许久。第二个是母亲在除夕吃饺子的时候，到门外去叫：“黑小子、白小子，上炕吃饺子！”那么叫来的白小子。可是这么来历不凡的白小子也没有吃过多少回饺子便“回去”了，原因不明，而确系事实。后来，我每逢不好好地睡觉，母亲就给我讲怎么到门外叫黑小子、白小子的经过，我便赶紧蒙起头来，假装睡去，惟恐叫黑、白二小子看见！

父亲的模样，我说不上来，因为还没到我能记清楚他的模样的时候，他就逝世了。这是后话，不用在此多说。我只能说，他是个“面黄无须”的旗兵，因为在我八九岁时，我偶然发现了他出入皇城的那面腰牌，上面烫着“面黄无须”四个大字。

虽然大姐没有来，小六儿没吃上饭，和姑母既没给我“添盆”，反倒赢了好几吊钱，都是美中不足，可是整个的看来，我的洗三典礼还算过得去，既没有人挑眼，也没有喝醉了吵架的——十分感谢二哥和他的“水酒”！假若一定问我，有什么值得写入历史的事情，我倒必须再提一提便宜坊的老王掌柜。他也来了，并且送给我们一对猪蹄子。

老王掌柜是胶东人，从八九岁就来京学习收拾猪蹄与填鸭子等技术。到我洗三的时候，他已在北京过了六十年，并且一步一步地由小力笨升为大徒弟，一直升到跑外的掌柜。他从庆祝了自己的三十而立的诞辰起，就想自己去开个小肉铺，独力经营，大展经纶。可是，他仔细观察，后起的小肉铺总是时开时闭，站不住脚。就连他的东家们也把便宜坊的雅座撤销，不再附带卖酒饭与烤鸭。他注意到，老主顾们，特别是旗人，越来买肉越少，而肉案子上切肉的技术不能不有所革新——须把生肉切得片儿大而极薄极薄，像纸那么薄，以便看起来块儿不小而分量很轻，因为买主儿多半是每次只买一二百钱的（北京是以十个大钱当作一吊的，一百钱实在是一个大钱）。

老王掌柜常常用他的胶东化的京腔，激愤而缠绵地说：钱都上哪儿气（去）了？上哪儿气了！

那年月，像王掌柜这样的人，还不敢乱穿衣裳。直到他庆贺华甲之喜的时节，他才买了件缎子面的二茬儿羊皮袍，可是每逢穿出来，上面还罩上浆洗之后像铁板那么硬的土蓝布大衫。他喜爱这种土蓝布。可是，一来二去，这种布几乎找不到了。他得穿那刷刷乱响的竹布。乍一穿起这有声有色的竹布衫，连家犬带野狗都一致汪汪地向他抗议。后来，全北京的老少男女都穿起这种洋布，而且差不多把竹布衫视为便礼服，家犬、野狗才也逐渐习惯下来，不再乱叫了。

老王掌柜在提着钱口袋去要账的时候，留神观看，哼，大街上新开的铺子差不多都有个“洋”字，洋货店，洋烟店等等。就是那小杂货铺也有洋纸洋油出售，连向来带卖化妆品，而且自造鹅胰宫皂的古色古香的香烛店也陈列着洋粉、洋碱，与洋沤子[①]。甚至于串胡同收买破鞋烂纸的妇女们，原来吆喝"换大肥头子儿"，也竟自改为"换洋取灯儿"[②]！

一听见"换洋取灯儿"的呼声，老王掌柜便用力敲击自己的火镰，燃起老关东烟。可是，这有什么用呢？洋缎、洋布、洋粉、洋取灯儿、洋钟、洋表，还有洋枪，像潮水一般地涌进来，绝对不是他的火镰所能挡住的。他是商人，应当见钱眼开，可是他没法去开一座洋猪肉铺，既卖熏鸡酱肉，也卖洋油洋药！他是商人，应当为东家们赚钱。若是他自己开了买卖，便须为自己赚钱。可是，钱都随着那个"洋"字流到外洋去了！他怎么办呢？

"钱都上哪儿气了？"似乎已有了答案。他放弃了独力经营肉铺，大发财源的雄心，而越来越恨那个"洋"字。尽管他的布衫是用洋针、洋线、洋布作成的，无可抗拒，可是他并不甘心屈服。他公开地说，他恨那些洋玩艺儿！及至他听到老家胶东闹了教案[③]，洋人与二洋人[④]骑住了乡亲们的脖子，他就不只恨洋玩艺儿了。

在他刚一入京的时候，对于旗人的服装打扮，规矩礼节，以及说话的腔调，他都看不惯、听不惯，甚至有些反感。他也看不上他们的逢节按令挑着样儿吃，赊着也得吃的讲究与作风，更看不上他们的提笼架鸟，飘飘欲仙地摇来晃去的神气与姿态。可是，到了三十岁，他自己也玩上了百灵，而且和他们一交换养鸟的经验，就能谈半天儿，越谈越深刻，也越亲热。他们来到，他既要作揖，又要请安，结果是发明了一种半揖半安的、独具风格的敬礼。假若他们来买半斤肉，他却亲热地建议：拿只肥母鸡！看他们有点犹疑，他忙补充上：拿吧！先记上账！

赶到他有个头疼脑热，不要说提笼架鸟的男人们来看他，给他送来清瘟解毒丸，连女人们也派孩子来慰问。他不再是"小山东

---

① 沤子，一种搽脸用的水粉化妆品。

② 取灯儿，火柴。

③ 教案，指十九世纪末，在外国资本主义势力侵入我国内地的情势下，我国人民掀起的反对外国教会侵略的斗争。此处是指一八九九年山东人民反对教会、教民的斗争。

④ 二洋人，又叫"二毛子"，是对入了"洋教"而又仗势欺人的民族败类的蔑称。

儿”，而是王掌柜，王大哥，王叔叔。他渐渐忘了他们是旗人，变成他们的朋友。虽然在三节①要账的时候，他还是不大好对付，可是遇到谁家娶亲，或谁家办满月，他只要听到消息，便拿着点东西来致贺。“公是公，私是私”，他对大家交代清楚。他似乎觉得：清朝皇上对汉人如何是另一回事，大家伙儿既谁也离不开谁，便无妨作朋友。于是，他不但随便去串门儿，跟大家谈心，而且有权拉男女小孩的“骆驼”。在谈心的时候，旗兵们告诉了他，上边怎样克扣军饷，吃空头钱粮，营私舞弊，贪污卖缺。他也说出汉人们所受的委屈，和对洋布与洋人的厌恶。彼此了解了，也就更亲热了。

拿着一对猪蹄子，他来庆祝我的洗三。二哥无论怎么让他，他也不肯进来，理由是：“年底下了，柜上忙！”二哥听到“年底下”，不由地说出来：“今年家家钱紧，您……”王掌柜叹了口气：“钱紧也得要账，公是公，私是私！”说罢，他便匆忙地走开。大概是因为他的身上有酱肉味儿吧，我们的大黄狗一直乖乖地把他送到便宜坊门外。

---

① 三节，五月初五的端阳节、八月十五的中秋节和大年三十的除夕。当此三节，债主子们多来讨账。

五

是的，我一辈子忘不了那件事。并不因为他是掌柜的，也不因为他送来一对猪蹄子。因为呀，他是汉人。

不错，在那年月，某些有房产的汉人宁可叫房子空着，也不肯租给满人和回民。可是，来京作生意的山东人、山西人，和一般的卖苦力吃饭的汉人，都和我们穷旗兵们谁也离不开谁，穿堂过户。某些有钱有势的满人也还看不起汉人与回民，因而对我们这样与汉人、回民来来往往也不大以为然。不管怎样吧，他们是他们，我们是我们，谁也挡不住人民互相友好。

过了我的三天，就该过年。姑母很不高兴。她要买许多东西，而母亲在月子里，不能替她去买。幸而父亲在家，她不好意思翻脸，可是眉毛拧得很紧，腮上也时时抽动那么一下。二姐注意到：火山即将爆发。她赶快去和父亲商量。父亲决定：把她调拨给姑母，作采购专员。二姐明知这是最不好当的差事，可是无法推却。

“半斤高醋，到山西铺子去打；别心疼鞋；别到小油盐店去！听见没有?”姑母数了半天，才狠心地把钱交给小力笨兼专员。

醋刚打回来，二姐还没站稳。“还得去打香油，要小磨香油，懂吧?”姑母又颁布了旨意。

是的，姑母不喜欢一下子交出几吊钱来，一次买几样东西。她总觉得一样一样地买，每次出钱不多，便很上算。二姐是有耐心的。姑母怎么支使，她怎么办。她一点不怕麻烦，只是十分可怜她的鞋。赶到非买贵一些的东西不可了，姑母便亲自出马。她不愿把许多钱交给二姐，同时也不愿二姐知道她买那么贵的东西。她乘院里没人的时候，像偷偷溜走的小鱼似的溜出去。到街上，她看见什么都想买，而又都嫌太贵。在人群里，她挤来挤去，看看这，看看那，非常冷静，以免上当。结果，绕了两三个钟头，她什么也没买回来。直到除夕了，非买东西不可了，她才带着二姐一同出征。二姐提着筐子，筐子里放着各种小瓶小罐。这回，姑母不再冷静，在一个摊子上就买好几样东西，而且买的并不便宜。但是，她最忌讳人家说她的东西买贵了。所以二姐向母亲汇报的时候，总是把嘴放在母亲的耳朵上，而且用手把嘴遮得严严的才敢发笑。

我们的新年过得很简单。母亲还不能下地，二姐被调去作专员，一切都须由父亲操持。父亲虽是旗兵，可是已经失去二百年前的叱咤风云的气势。假若给他机会，他也会像正翁那样玩玩靛颏儿，坐坐茶馆，赊两只烧鸡，哼几句二黄或牌子曲。可是，他没有机会戴上顶子与花翎。北城外的二三十亩地早已被前人卖掉，只剩下一亩多，排列着几个坟头儿。旗下分给的住房，也早被他的先人先典后卖，换了烧鸭子吃。据说，我的曾祖母跟着一位满族大员到过云南等遥远的地方。那位大员得到多少元宝，已无可考查。我的曾祖母的任务大概是搀扶着大员的夫人上轿下轿，并给夫人装烟倒茶。在我们家里，对曾祖母的这些任务都不大提起，而只记得我们的房子是她购置的。

是的，父亲的惟一的无忧无虑的事就是每月不必交房租，虽然在六七月下大雨的时候，他还不能不着点急——院墙都是碎砖头儿砌成的，一遇大雨便塌倒几处。他没有嗜好，既不抽烟，也不赌钱，只在过节的时候喝一两杯酒，还没有放下酒杯，他便面若重枣。他最爱花草，每到夏季必以极低的价钱买几棵姥姥不疼、舅舅不爱的五色梅。至于洋麻绳菜与草茉莉等等，则年年自生自长，甚至不用浇水，也到时候就开花。到上班的时候，他便去上班。下了班，他照直地回家。回到家中，他识字不多，所以不去读书；家中只藏着一张画匠画的《王羲之爱鹅》，也并不随时观赏，因为每到除夕才找出来挂在墙上，到了正月十九就摘下来[①]。他只出来进去，

① 正月十九摘画，北京旧俗，正月十八日“开市”，工人上工，商店开业，学生念书，官兵执差如常。新年期间的一应节日陈设，都应在十九日以前撤去。又，正月十九为“燕九节”，灯节通常要到这个时候才收灯。所以，挂了近二十天的画《王羲之爱鹅》也要摘下来。

劈劈柴，看看五色梅，或刷一刷水缸。有人跟他说话，他很和气，低声地回答两句。没人问他什么，他便老含笑不语，整天无话可说。对人，他颇有礼貌。但在街上走的时候，他总是目不斜视，非到友人们招呼他，他不会赶上前去请安。每当母亲叫他去看看亲友，他便欣然前往。没有多大一会儿，他便打道回府。“哟！怎这么快就回来了？”我母亲问。父亲便笑那么一下，然后用布掸子啪啪地掸去鞋上的尘土。一辈子，他没和任何人打过架，吵过嘴。他比谁都更老实。可是，谁也不大欺负他，他是带着腰牌的旗兵啊。

在我十来岁的时候，我总爱刨根问底地问母亲：父亲是什么样子？母亲若是高兴，便把父亲的那些特点告诉给我。我总觉得父亲是个很奇怪的旗兵。

父亲把打过我三下的那棵葱扔到房上去，非常高兴。从这时候起，一直到他把《王羲之爱鹅》找出来，挂上，他不但老笑着，而且也先开口对大伙儿说话。他几乎是见人便问：这小子该叫什么呢？

研究了再研究，直到除夕给祖先焚化纸钱的时候，才决定了我的官名叫常顺，小名叫秃子，暂缺“台官”。

在这之外，父亲并没有去买什么年货，主要的原因是没有钱。他可是没有忽略了神佛，不但请了财神与灶王的纸像，而且请了高香、大小红烛，和五碗还没有烙熟的月饼。他也煮了些年饭，用特制的小饭缸盛好，上面摆上几颗红枣，并覆上一块柿饼儿，插上一枝松枝，枝上还悬着几个小金纸元宝，看起来颇有新年气象。他简单地说出心中的喜悦：“咱们吃什么不吃什么的都不要紧，可不能委屈了神佛！神佛赏给了我一个老儿子呀！”

除夕，母亲和我很早地就昏昏睡去，似乎对过年不大感兴趣。二姐帮着姑母作年菜，姑母一边工作，一边叨唠，主要是对我不满。“早不来，晚不来，偏偏在过年的时候来捣乱，贼秃子！”每逢她骂到满宫满调的时候，父亲便过来，笑着问问：“姐姐，我帮帮您吧！”

“你？”姑母打量着他，好像向来不曾相识似的：“你不想想就说话！你想想，你会干什么？”

父亲含笑想了想，而后像与佐领或参领告辞那样，倒退着走出来。

街上，祭神的花炮逐渐多起来。胡同里，每家都在剁饺子馅儿，响成一片。赶到花炮与剁饺子馅的声响汇合起来，就有如万马奔腾，狂潮怒吼。在这一片声响之上，忽然这里，忽然那里，以压倒一切的声势，讨债的人敲着门环，啪啪啪啪，像一下子就连门带门环一齐敲碎，惊心动魄，人人肉跳心惊，连最顽强的大狗也颤抖不已，不敢轻易出声。这种声音引起多少低卑的央求，或你死我活的吵闹，夹杂着妇女与孩子们的哭叫。一些既要脸面，又无办法的男人们，为躲避这种声音，便在这诸神下界、祥云缭绕的夜晚，偷偷地去到城根或城外，默默地结束了这一生。

父亲独自包着素馅的饺子。他相当紧张。除夕要包素馅饺子是我家的传统，既为供佛，也省猪肉。供佛的作品必须精巧，要个儿娇小，而且在边缘上捏出花儿来，美观而结实——把饺子煮破了是不吉祥的。他越紧张，饺子越不听话，有的形似小船，有的像小老鼠，有的不管多么用力也还张着嘴。

除了技术不高，这恐怕也与“心不在焉”有点关系。他心中惦念着大女儿。他虽自己也是寅吃卯粮，可是的确知道这个事实，因而不敢不算计每一个钱的用途，免得在三节叫债主子敲碎门环子。而正翁夫妇与多甫呢，却以为赊到如白拣，绝对不考虑怎么还债。若是有人愿意把北海的白塔赊给他们，他们也毫不迟疑地接受。他想不明白，他们有什么妙策闯过年关，也就极不放心自己的大女儿。

母亲被邻近的一阵敲门巨响惊醒。她并没有睡实在了，心中也七上八下地惦记着大女儿。可是，她打不起精神来和父亲谈论此事，只说了声：你也睡吧！

除夕守岁，彻夜不眠，是多少辈子所必遵守的老规矩。父亲对母亲的建议感到惊异。他嗯了一声，照旧包饺子，并且找了个小钱，擦干净，放在一个饺子里，以便测验谁的运气好——得到这个饺子的，若不误把小钱吞下去，便会终年顺利！他决定要守岁，叫油灯、小铁炉、佛前的香火，都通宵不断。他有了老儿子，有了指望，必须叫灯火都旺旺的，气象峥嵘，吉祥如意！他还去把大绿瓦盆搬进来，以便储存脏水，过了“破五”[1] 再往外倒。在又包了一个像老鼠的饺子之后，他拿起皇历，看清楚财神、喜神的方位，以便明天清早出了屋门便面对着他们走。他又高兴起来，以为只要自己省吃俭用，再加上神佛的保佑，就必定会一顺百顺，四季平安！

夜半，街上的花炮更多起来，铺户开始祭神。父亲又笑了。他不大晓得云南是在东边，还是在北边，更不知道英国是紧邻着美国呢，还是离云南不远。只要听到北京有花炮咚咚地响着，他便觉得天下太平，皆大欢喜。

二姐撅着嘴进来，手上捧着两块重阳花糕，泪在眼圈儿里。她并不恼帮了姑母这么好几天，连点压岁钱也没得到。可是，接到两块由重阳放到除夕的古老的花糕，她冒了火！她刚要往地上扔，就被父亲拦住。“那不好，二妞！”父亲接过来那两块古色古香的点心，放在桌上。“二妞，别哭，别哭！那不吉祥！”二姐忍住了泪。

父亲掏出几百钱来，交给二姐：“等小李过来，买点糖豆什么的，当作杂拌吧！”他知道小李今夜必定卖到天发亮，许多买不起正规杂拌儿的孩子都在等着他。

不大会儿，小李果然过来了。二姐刚要往外走，姑母开开了屋门：“二妞，刚才，刚才我给你的……喂了狗吧！来，过来！”她塞到二姐手中一张新红钱票，然后哪的一声关上了门。二姐出去，买了些糖豆大酸枣儿，和两串冰糖葫芦。回来，先问姑母：“姑姑，您不吃一串葫芦吗？白海棠的！”姑母回答了声：“睡觉喽！明年见！”

父亲看出来，若是叫姑母这么结束了今年，大概明年的一开头准会顺利不了。他赶紧走过去，在门外吞吞吐吐地问：“姐姐！不跟我、二妞，玩会儿牌吗？”

“你们存多少钱哪？”姑母问。

“赌铁蚕豆的！”

姑母哈哈地笑起来，笑完了一阵，叱的一声，吹灭了灯！

父亲回来，低声地说：我把她招笑了，大概明天不至于闹翻了

---

[1] 破五，正月初五。旧俗，破五之内不得以生米为炊，妇女不得出门。至初六，方可互相道贺。

天啦！

父女二人一边儿吃着糖豆儿，一边儿闲谈。

“大年初六，得接大姐回来。”二姐说。

“对！”

“给她什么吃呢？公公婆婆挑着样儿吃，大姐可什么也吃不着！”

父亲没出声。他真愿意给大女儿弄些好吃的，可是……

“小弟弟满月，又得……”二姐也不愿往下说了。

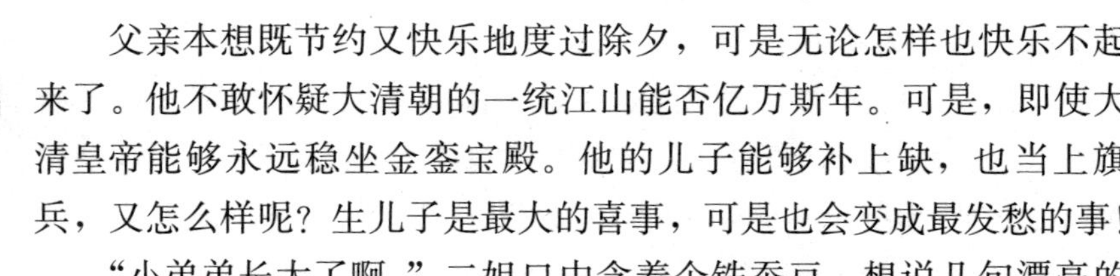

父亲本想既节约又快乐地度过除夕，可是无论怎样也快乐不起来了。他不敢怀疑大清朝的一统江山能否亿万斯年。可是，即使大清皇帝能够永远稳坐金銮宝殿。他的儿子能够补上缺，也当上旗兵，又怎么样呢？生儿子是最大的喜事，可是也会变成最发愁的事！

“小弟弟长大了啊，”二姐口中含着个铁蚕豆，想说几句漂亮的话，叫父亲高兴起来，“至小也得来个骁骑校，五品顶戴，跟大姐夫一样！”

“那又怎么样呢？”父亲并没高兴起来。

“要不，就叫他念多多的书，去赶考，中个进士！”

“谁供给得起呢？”父亲脸上一点笑容也没有了。

“干脆，叫他去学手艺！跟福海二哥似的！”二姐自己也纳闷，今天晚上为什么想起这么多主意，或者是糖豆与铁蚕豆发生了什么作用。

“咱们旗人，但分①能够不学手艺，就不学！”

父女一直谈到早晨三点，始终没给小弟弟想出出路来。二姐把糖葫芦吃罢，一歪，便睡着了。父亲把一副缺了一张“虎头”的骨牌②找出来，独自给老儿子算命。

初一，头一个来拜年的自然是福海二哥。他刚刚磕完头，父亲就提出给我办满月的困难。二哥出了个不轻易出的主意：“您拜年去的时候，就手儿辞一辞吧！”

父亲坐在炕沿上，捧着一杯茶，好大半天说不出话来。他知道，二哥出的是好主意。可是，那么办实在对不起老儿子！一个增

---

① 但分，只要。极甚之辞。

② 骨头，骨牌中的一张，十一点，排列状如虎头。

光耀祖的儿子，怎可以没办过满月呢？

“您看，就是挨家挨户去辞，也总还有拦不住的。咱们旗人喜欢这一套！”二哥笑了笑，“不过，那可就好办了。反正咱们先说了不办满月，那么，非来不可的就没话可说了；咱们清茶恭候，他们也挑不了眼！”

“那也不能清茶恭候！”父亲皱着眉头儿说。

“就是说！好歹地弄点东西吃吃，他们不能挑剔，咱们也总算给小弟弟办了满月！”

父亲连连点头，脸上有了笑容：“对！对！老二，你说的对！”倒仿佛好歹地弄点东西吃吃，就不用花一个钱似的。“二妞，拿套裤！老二，走！我也拜年去！”

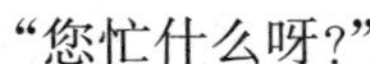

“您忙什么呀？”

“早点告诉了亲友，心里踏实！”

二姐找出父亲的那条枣红缎子套裤。套裤比二姐大着两岁，可并不显着太旧，因为只在拜年与贺喜时才穿用。

初六，大姐回来了，我们并没有给她到便宜坊叫个什锦火锅或苏式盒子。母亲的眼睛总跟着大姐，仿佛既看不够她，又对不起她。大姐说出心腹话来：“奶奶，别老看着我，我不争吃什么！只要能够好好地睡睡觉，歇歇我的腿，我就念佛！”说的时候，她的嘴唇有点颤动，可不敢落泪，她不愿为倾泻自己的委屈而在娘家哭哭啼啼，冲散新春的吉祥气儿。到初九，她便回了婆家。走到一阵风刮来的时候，才落了两点泪，好归罪于沙土迷了她的眼睛。

姑母从初六起就到各处去玩牌，并且颇为顺利，赢了好几次。因此，我们的新年在物质上虽然贫乏，可是精神上颇为焕发。在元宵节晚上，她居然主动地带着二姐去看灯，并且到后门①西边的城隍庙观赏五官往外冒火的火判儿。她这几天似乎颇重视二姐，大概是因为二姐在除夕没有拒绝两块古老花糕的赏赐。那可能是一种试探，看看二姐到底是否真老实，真听话。假若二姐拒绝了，那便是表示不承认姑母在这个院子里的霸权，一定会受到惩罚。

我们屋里，连汤圆也没买一个。我们必须节约，好在我满月的

① 后门，地安门。元宵节张灯，旧时以东四牌楼和地安门为最盛。

那天招待拦而拦不住的亲友。

到了那天，果然来了几位贺喜的人。头一位是多甫大姐夫。他的脸瘦了一些，因为从初一到十九，他忙得几乎没法儿形容。他逛遍所有的庙会。在初二，他到财神庙借了元宝，并且确信自己十分虔诚，今年必能发点财。在白云观，他用铜钱打了桥洞里坐着的老道，并且用小棍儿敲了敲放生的老猪的脊背，看它会叫唤不会。在厂甸，他买了风筝与大串的山里红。在大钟寺，他喝了豆汁，还参加了没白没票的抓彩，得回手指甲大小的一块芝麻糖。各庙会中的练把式的、说相声的、唱竹板书的、变戏法儿的……都得到他的赏钱，被艺人们称为财神爷。只在白云观外的跑马场上，他没有一显身手，因为他既没有骏马，即使有骏马他也不会骑。他可是在入城之际，雇了一匹大黑驴，项挂铜铃，跑的相当快，博得游人的喝彩。他非常得意，乃至一失神，黑驴落荒而逃，把他留在沙土窝儿里。在十四、十五、十六，他连着三晚上去看东单西四鼓楼前的纱灯、牛角灯、冰灯、麦芽龙灯；并赶到内务府大臣的门外，去欣赏燃放花盒，把洋绉马褂上烧了个窟窿。

他来贺喜，主要地是为向一切人等汇报游玩的心得，传播知识。他跟我母亲、二姐讲说，她们都搭不上茬儿。所以，他只好过来启发我：小弟弟，快快地长大，我带你玩去！咱们旗人，别的不行，要讲吃喝玩乐，你记住吧，天下第一！

父亲几次要问多甫，怎么闯过了年关，可是话到嘴边上又咽回去。一来二去，倒由多甫自己说出来：把房契押了出去，所以过了个肥年。父亲听了，不住地皱眉。在父亲和一般的老成持重的旗人们看来，自己必须住着自己的房子，才能根深蒂固，永远住在北京。因作官而发了点财的人呢，“吃瓦片”① 是最稳当可靠的。以正翁与多甫的收入来说，若是能够勤俭持家，早就应该有了几处小房，月月取租钱。可是，他们把房契押了出去！多甫看父亲皱眉，不能不稍加解释：您放心，没错儿，押出去房契，可不就是卖房！俸银一下来，就把它拿回来！

“那好！好！”父亲口中这么说，心中可十分怀疑他们能否再看

① 吃瓦片——以收取房租为生的人。

到自己的房契。

多甫见话不投机，而且看出并没有吃一顿酒席的希望，就三晃两晃不见了。

大舅妈又犯喘，福海二哥去上班，只有大舅来坐了一会儿。大家十分恳切地留他吃饭，他坚决不肯。可是，他来贺喜到底发生了点作用。姑母看到这样清锅冷灶，早想发脾气，可是大舅以参领的身分，到她屋中拜访，她又有了笑容。大舅走后，她质问父亲：为什么不早对我说呢？三两五两银子，我还拿得出来！这么冷冷清清的，不大像话呀！父亲只搭讪着嘻嘻了一阵，心里说：好家伙，用你的银子办满月，我的老儿子会叫你给骂化了！

这一年，春天来的较早。在我满月的前几天，北京已经刮过两三次大风。是的，北京的春风似乎不是把春天送来，而是狂暴地要把春天吹跑。在那年月，人们只知道砍树，不晓得栽树，慢慢的山成了秃山，地成了光地。从前，就连我们的小小的坟地上也有三五株柏树，可是到我父亲这一辈，这已经变为传说了。北边的秃山挡不住来自塞外的狂风，北京的城墙，虽然那么坚厚，也挡不住它。寒风，卷着黄沙，鬼哭神号地吹来，天昏地昏，日月无光。青天变成黄天，降落着黄沙。地上，含有马尿驴粪的黑土与鸡毛蒜皮一齐得意地飞向天空。半空中，黑黄上下，渐渐混合，结成一片深灰的沙雾，遮住阳光。太阳所在的地方，黄中透出红来，像凝固了的血块。

风来了，铺户外的冲天牌楼唧唧吱吱地乱响，布幌子吹碎，带来不知多少里外的马嘶牛鸣。大树把梢头低得不能再低，干枝子与干槐豆纷纷降落，树杈上的鸦巢七零八散。甬路与便道上所有的灰土似乎都飞起来，对面不见人。不能不出门的人们，像鱼在惊涛骇浪中挣扎，顺着风走的身不自主地向前飞奔；逆着风走的两腿向前，而身子后退。他们的身上、脸上落满了黑土；像刚由地下钻出来；发红的眼睛不断流出泪来，给鼻子两旁冲出两条小泥沟。

那在屋中的苦人们，觉得山墙在摇动，屋瓦被揭开，不知哪一会儿就连房带人一齐被刮到什么地方去。风从四面八方吹进来，把一点点暖气都排挤出去，水缸里白天就冻了冰。桌上、炕上，落满了腥臭的灰土，连正在熬开了的豆汁，也中间翻着白浪，而锅边上是黑黑的一圈。

一会儿，风从高空呼啸而去；一会儿，又擦着地皮袭来，击撞着院墙，呼隆呼隆地乱响，把院中的破纸与干草叶儿刮得不知上哪里去才好。一阵风过去，大家一齐吐一口气，心由高处落回原位。可是，风又来了，使人感到玹晕。天、地，连皇城的红墙与金銮宝殿似乎都在颤抖。太阳失去光芒，北京变成任凭飞沙走石横行无忌的场所。狂风怕日落，大家都盼着那不像样子的太阳及早落下去。傍晚，果然静寂下来。大树的枝条又都直起来，虽然还时时轻摆，可显着轻松高兴。院里比刚刚扫过还更干净，破纸什么的都不知去向，只偶然有那么一两片藏在墙角里。窗楞上堆着些小小的坟头儿，土极干极细。窗台上这里厚些，那里薄些，堆着一片片的浅黄色细土，像沙滩在水退之后，留下水溜的痕迹。大家心中安定了一些，都盼望明天没有一点儿风。可是，谁知道准怎么样呢！那时候，没有天气预报啊。

要不怎么说，我的福气不小呢！我满月的那一天，不但没有风，而且青天上来了北归较早的大雁。虽然是不多的几只，可是清亮的鸣声使大家都跑到院中，抬着头指指点点，并且念道着："七九河开，八九雁来"，都很兴奋。大家也附带着发现，台阶的砖缝里露出一小丛嫩绿的香蒿叶儿来。二姐马上要脱去大棉袄，被母亲喝止住："不许脱！春捂秋冻！"

正在这时候，来了一辆咯噔咯噔响的轿车，在我们的门外停住。紧跟着。一阵比雁声更清亮的笑声，由门外一直进到院中。大家都吃了一惊！

六

随着笑声，一段彩虹光芒四射，向前移动。朱红的帽结子发着光，青缎小帽发着光，帽沿上的一颗大珍珠发着光，二蓝团龙缎面的灰鼠袍子发着光，米色缎子坎肩发着光，雪青的褡包在身后放着光，粉底官靴发着光。众人把彩虹挡住，请安的请安，问候的问候，这才看清一张眉清目秀的圆胖洁白的脸，与漆黑含笑的一双眼珠，也都发着光。听不清他说了什么，虽然他的嗓音很清亮。他的话每每被他的哈哈哈与啊啊啊扰乱；雪白的牙齿一闪一闪地发着光。

光彩进了屋，走到炕前，照到我的脸上。哈哈哈，好！好！他不肯坐下，也不肯喝一口茶，白胖细润的手从怀中随便摸出一张二两的银票，放在我的身旁。他的大拇指戴着个翡翠扳指①，发出柔和温润的光泽。好！好啊！哈哈哈！随着笑声，那一身光彩往外移动。不送，不送，都不送！哈哈哈！笑着，他到了街门口。笑着，他跨上车沿。鞭子轻响，车轮转动，咯噔咯噔……笑声渐远，车出了胡同，车后留下一些飞尘。

姑母急忙跑回来，立在炕前，呆呆地看着那张银票，似乎有点不大相信自己的眼睛。大家全回来了，她出了声："定大爷，定大爷！他怎么会来了呢？他由哪儿听说的呢？"

大家都要说点什么，可都想不起说什么才好。我们的胡同里没来过那样体面的轿车。我们从来没有接过二两银子的"喜敬"——那时候，二两银子可以吃一桌高级的酒席！

父亲很后悔："你看，我今年怎么会忘了给他去拜年呢？怎

① 扳指，套在右手拇指上的像牙或晶玉的装饰品，原为射箭钩弓时的用具。

么呢?”

“你没拜年去，他听谁说的呢?”姑母还问那个老问题。

“你放心吧,”母亲安慰父亲，“他既来了，就一定没挑了眼!定大爷是肚子里撑得开船的人!”

“他到底听谁说的呢?”姑母又追问一次。

没人能够回答姑母的问题，她就默默地回到自己屋中，心中既有点佩服我，又有点妒意。无可如何地点起兰花烟，她不住地骂贼秃子。

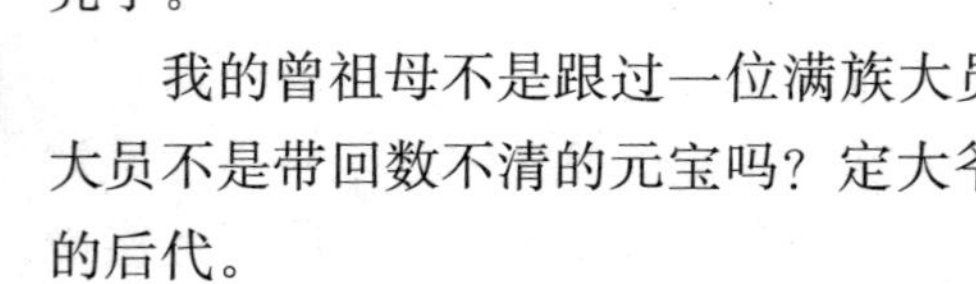

我的曾祖母不是跟过一位满族大员，到云南等处去过吗？那位大员不是带回数不清的元宝吗？定大爷就是这位到处拾元宝的大员的后代。

他的官印①是定禄。他有好几个号：子丰、裕斋、富臣、少甫，有时候还自称霜清老人，虽然他刚过二十岁。刚满六岁，就有三位名儒教导他，一位教满文，一位讲经史，一位教汉文诗赋。先不提宅院有多么大，光说书房就有带廊子的六大间。书房外有一座精致的小假山，霜清老人高了兴便到山巅拿个大顶。山前有牡丹池与芍药池，每到春天便长起香蒿子与兔儿草，颇为茂盛；牡丹与芍药都早被“老人”揪出来，看看离开土还能开花与否。书房东头的粉壁前，种着一片翠竹，西头儿有一株紫荆。竹与紫荆还都活着。好几位满族大员的子弟，和两三位汉族富家子弟，都来此附学。他们有的中了秀才，有的得到差事，只有霜清老人才学出众，能够唱整出的《当锏卖马》②，文武双全。他是有才华的。他喜欢写字，高兴便叫书童研一大海碗墨，供他写三尺大的福字与寿字，赏给他的同学们；若不高兴，他就半年也不动一次笔，所以他的字写得很有力量，只是偶然地缺少两笔，或多了一撇。他也很爱吟诗。灵感一来，他便写出一句，命令同学们补足其余。他没学会满文，也没学好汉文，可是自信只要一使劲，马上就都学会，于是暂且不忙着使劲。他也偶然地记住一二古文中的名句，如“落霞与孤鹜齐飞，秋水共长天一色”之类，随时引用，出口成章。兴之所至，他对什么

---

① 官印，原指官府所用之印，后以敬称人的大名。

② 《当锏卖马》，一出极为流行的京剧，演唱《隋唐演义》中秦叔宝的故事。

学术、学说都感兴趣，对什么三教九流的人物都乐意交往。他自居为新式的旗人，既有文化，又宽宏大量。他甚至同情康、梁的维新的主张与办法。他的心地良善，只要有人肯叫“大爷”，他就肯赏银子。

他不知道他父亲比祖父更阔了一些，还是差了一些。他不知道他们给他留下多少财产。每月的收支，他只听管事的一句话。他不屑于问一切东西的价值，只要他爱，花多少钱也肯买。自幼儿，他就拿金银锞子与玛瑙翡翠作玩具，所以不知道它们是贵重物品。因此，不少和尚与道士都说他有仙根，海阔天空，悠然自得。他一看到别人为生活发愁着急，便以为必是心田狭隘，不善解脱。

他似乎记得，又似乎不大记得，他的祖辈有什么好处，有什么缺点，和怎么拾来那些元宝。他只觉得生下来便被绸缎裹着，男女仆伺候着，完全因为他的福大量大造化大。他不能不承认自己是满人，可并不过度地以此自豪，他有时候编出一些刻薄的笑话，讥消旗人。他渺茫地感到自己是一种史无前例的特种人物，既记得几个满洲字，又会作一两句汉文诗，而且一使劲便可以成圣成佛。他没有能够取得功名，似乎也无意花钱去捐个什么官衔，他愿意无牵无挂，像行云流水那么闲适而又忙碌。

他与我们的关系是颇有趣的。虽然我的曾祖母在他家帮过忙，我们可并不是他的家奴①。他的祖父、父亲，与我的祖父、父亲，总是那么似断似续地有点关系，又没有多大关系。一直到他当了家，这种关系还没有断绝。我们去看他，他也许接见，也许不接见，那全凭他的高兴与否。他若是一时心血来潮呢，也许来看看我们。这次他来贺喜，后来我们才探听到，原来是因为他自己得了个女娃娃，也是腊月生的，比我早一天。他非常高兴，觉得世界上只有他们夫妇才会生个女娃娃，别人不会有此本领与福气。大概是便宜坊的老王掌柜，在给定宅送账单去，走漏了消息：在祭灶那天，那个时辰，一位文曲星或扫帚星降生在一个穷旗兵家里。

是的，老王掌柜和定宅的管事的颇有交情。每逢定大爷想吃熏鸡或烤鸭，管事的总是照顾王掌柜，而王掌柜总是送去两只或三

① 家奴，包衣，指在藩邸勋门永世为奴的人。

只，便在账上记下四只或六只。到年节要账的时候，即使按照三只或四只还账，王掌柜与管事的也得些好处。老王掌柜有时候受良心的谴责，认为自己颇欠诚实，可是管事的告诉他：你想想吧，若是一节只欠你一两银子，我怎么向大爷报账呢？大爷会说：怎么，凭我的身分就欠他一两？没有的事！不还！告诉你，老掌柜，至少开十两，才像个样子！受了这点教育之后，老掌柜才不再受良心的谴责，而安心地开花账了。

定大爷看见了我，而且记住了我。是的，当我已经满了七岁，而还没有人想起我该入学读书，就多亏他又心血来潮，忽然来到我家。哈哈了几声，啊啊了几声，他把我扯到一家改良私塾里去，叫我给孔夫子与老师磕头。他替我交了第一次的学费。第二天，他派人送来一管“文章一品”，一块“君子之风”，三本小书[①]，和一丈蓝布——摸不清是作书包用的呢，还是叫我作一身裤褂。

不管姑母和别人怎样重视定大爷的光临，我总觉得金四把叔叔来贺喜更有意义。

在北京，或者还有别处，受满族统治者压迫最深的是回民。以金四叔叔的身体来说，据我看，他应当起码作个武状元。他真有功夫：近距离摔跤，中距离拳打，远距离脚踢，真的，十个八个壮小伙子甭想靠近他的身子。他又多么体面，多么干净，多么利落！他的黄净子脸上没有多余的肉，而处处发着光；每逢阴天，我就爱多看看他的脸。他干净，不要说他的衣服，就连他切肉的案子都刷洗得露出木头的花纹来。到我会去买东西的时候，我总喜欢到他那里买羊肉或烧饼，他那里是那么清爽，以至使我相信假若北京都属他管，就不至于无风三尺土了。他利落，无论干什么都轻巧干脆；是呀，只要遇上他，我必要求他“举高高”。他双手托住我的两腋，叫声“起”，我便一步登天，升到半空中。体验过这种使我狂喜的活动以后，别人即使津贴我几个铁蚕豆，我也不同意“举高高”！

我就不能明白：为什么皇上们那么和回民过不去！是呀，在北京的回民们只能卖卖羊肉，烙烧饼，作小买卖，至多不过是开个小

---

① 文章一品，毛笔；君子之风，墨；三本小书——《三字经》、《百家姓》、《千字文》，均为儿童启蒙读物。

清真饭馆。我问过金四叔："四叔，您干吗不去当武状元呢?"四叔的极黑极亮的眼珠转了几下，拍拍我的头，才说："也许，也许有那么一天，我会当上武状元！秃子，你看，我现在不是吃着一份钱粮吗?"

这个回答，我不大明白。跟母亲仔细研究，也久久不能得到结论。母亲说："是呀，咱们给他请安，他也还个安，不是跟咱一样吗？可为什么……"

我也跟福海二哥研究过，二哥也很佩服金四叔，并且说："恐怕是因为隔着教[①]吧？可是，清真古教是古教啊，跟儒、释、道一样的好啊!"

那时候，我既不懂儒、释、道都是怎么一回事，也就不懂二哥的话意。看样子，二哥反正不反对跟金四叔交朋友。

在我满月的那天，已经快到下午五点钟了，大家已经把关于定大爷的历史与特点说得没有什么可补充的了，金四叔来到。大家并没有大吃一惊，像定大爷来到时那样。假若大家觉得定大爷是自天而降，对金四把的来到却感到理当如此，非常亲切。是的，他的口中除了有时候用几个回民特有名词，几乎跟我们的话完全一样。我们特有的名词，如牛录、甲喇、格格[②]……他不但全懂，而且运用的极为正确。一些我们已满、汉兼用的，如"牛录"也叫作"佐领"，他却偏说满语。因此，大家对他的吃上一份钱粮，都不怎么觉得奇怪。我们当然不便当面提及此事，可是他倒有时候自动地说出来，觉得很可笑，而且也必爽朗地笑那么一阵。

他送了两吊钱，并祝我长命百岁。大家让座的让座，递茶的递茶。可是，他不肯喝我们的茶。他严守教规。这就使我们更尊敬他，都觉得：尽管他吃上一份钱粮，他可还是个真正的好回回。是的，当彼此不相往来的时候，不同的规矩与习惯使彼此互相歧视。及至彼此成为朋友，严守规矩反倒受到对方的称赞。我母亲甚至建议："四叔，我把那个有把儿的茶杯给你留起来，专为你用，不许

---

① 隔着教，又叫"截着教"，俗称与"汉教"不同之"回教"。

② 格格，清代皇族女儿的称呼。如亲王女儿称"和硕格格"，贝勒女儿称"多罗格格"。

别人动，你大概就会喝我们的茶了吧?”四叔也回答得好：“不！赶明儿我自己拿个碗来，存在这儿!”

四叔的嗓子很好，会唱几句《三娘教子》[1]。虽然不能上胡琴，可是大家部替他可惜：“凭这条嗓子，要是请位名师教一教，准成个大名角儿!”可是，他拜不着名师。于是只好在走在城根儿的时候，痛痛快快地喊几句。

今天，为是热闹热闹，大家恳请他消遣一段儿。

“嗐！我就会那么几句!”金四叔笑着说。可是，还没等再让，他已经唱出“小东人”[2] 来了。

那时候，我还不会听戏，更不会评论，无法说出金四把到底唱的怎样。可是，我至今还觉得怪得意的：我的满月吉日是受过回族朋友的庆祝的。

---

① 《三娘教子》，传统戏剧，演王春娥教子的故事。

② 小东人——《三娘教子》里一句唱词儿的头三字，即小主人之意。

七

在满洲饽饽里，往往有奶油，我的先人们也许是喜欢吃牛奶、马奶，以及奶油、奶酪的。可是，到后来，在北京住过几代了，这个吃奶的习惯渐渐消失。到了我这一代，我只记得大家以杏仁茶、面茶等作早点，就连喝得起牛奶的，如大舅与大姐的公公也轻易不到牛奶铺里去。只有姑母还偶尔去喝一次，可也不过是为表示她喝得起而已。至于用牛奶喂娃娃，似乎还没听说过。

这可就苦了我。我同皇太子还是婴儿的时候大概差不多，要吃饱了才能乖乖地睡觉。我睡不安，因为吃不饱。母亲没有多少奶，而牛奶与奶粉，在那年月，又不见经传。于是，尽管我有些才华，也不能不表现在爱哭上面。我的肚子一空，就大哭起来，并没有多少眼泪。姑母管这种哭法叫作“干嚎”。她讨厌这种干嚎，并且预言我会给大家招来灾难。

为减少我的干嚎与姑母的闹气，母亲只好去买些杨村糕干，糊住我的小嘴。因此，大姐夫后来时常嘲弄我：吃浆糊长大的孩子，大概中不了武状元！而姑母呢，每在用烟锅子敲我的时节，也嫌我的头部不够坚硬。

姑母并没有超人的智慧，她的预言不过是为讨厌我啼哭而发的。可是，稍稍留心大事的人会看出来，小孩们的饥啼是大风暴的先声。是呀，听听吧，在我干嚎的时候，天南地北有多少孩子，因为饿，因为冷，因为病，因为被卖出去，一齐在悲啼啊！

黄河不断泛滥，像从天而降，海啸山崩滚向下游，洗劫了田园，冲倒了房舍，卷走了牛羊，把千千万万老幼男女飞快地送到大海中去。在没有水患的地方，又连年干旱，农民们成片地倒下去，多少婴儿饿死在胎中。是呀，我的悲啼似乎正和黄河的狂吼，灾民的哀号，互相呼应。

同时，在北京，在天津，在各大都市，作威作福的叱喝声，胁肩谄笑的献媚声，鬻官卖爵的叫卖声，一掷千金的狂赌声，熊掌驼峰的烹调声，淫词浪语的取乐声，与监牢中的锁镣声，公堂上的鞭板夹棍声，都汇合到一处，“天堂”与地狱似乎只隔着一堵墙，狂欢与惨死相距咫尺，想象不到的荒淫和想象不到的苦痛同时并存。这时候，侵略者的炮声还隐隐在耳，瓜分中国的声浪荡漾在空中。这时候，切齿痛恨暴政与国贼的诅咒，与仇视侵略者的呼声，在农村，在乡镇，像狂潮激荡，那最纯洁善良的农民已忍无可忍，想用拳，用石头，用叉耙扫帚，杀出一条活路！

就是在我不住哭嚎的时候，我们听见了“义和拳”（后来改为义和团）这个名称。

老王掌柜的年纪越大，越爱说：得回家去看看喽！可是，最近三年，他把回家的假期都让给了年岁较轻的伙计们。他懒得动。他越想家，也越爱留在北京。北京似乎有一种使他不知如何是好的魔力。他经常说，得把老骨头埋在家乡去。可是，若是有人问他：埋在北京不好吗？他似乎也不坚决反对。

他最爱他的小儿子。在他的口中，十成（他的小儿子的名字）仿佛不是个男孩。而是一种什么标准。提到年月，他总说：在生十成的那一年，或生十成后的第三年……讲到东西的高度，他也是说：是呀，比十成高点，或比十成矮着一尺……附带着说，十成本来排三，但是“三成”有歉收之意，故名十成。我们谁也没见过十成，可是认识王掌柜的人，似乎也都认识十成。在大家问他接到家信没有的时候，总是问：十成来信没有？

正是夏天农忙时节，王十成忽然来到北京！王掌柜又惊又喜。喜的是儿子不但来了，而且长得筋是筋、骨是骨，身量比爸爸高出一头，虽然才二十岁。惊的是儿子既没带行李，又满身泥土，小褂上还破了好几块。他急忙带着儿子去买了一身现成的蓝布裤褂，一双青布双脸鞋，然后就手去拜访了两三家满汉家庭，巡回展览儿子。过了两天，不知十成说了些什么，王掌柜停止了巡回展览。可是，街坊四邻已经知道了消息，不断地来质问：怎么不带十成上我们家去？看不起我们呀？这使他受了感动，可也叫他有点为难，只好不作普遍拜访，而又不完全停止巡回。

已是下午，母亲正在西荫凉下洗衣裳；我正在屋中半醒半睡、半饥半饱，躺着咂裹自己的手指头；大黄狗正在枣树下东弹弹、西啃啃地捉狗蝇，王家父子来到。

“这就是十成！”王掌柜简单地介绍。

母亲让他们到屋里坐，他们不肯，只好在院里说话儿。在夏天，我们的院里确比屋里体面：两棵枣树不管结枣与否，反正有些绿叶。顺着墙根的几棵自生自长的草茉莉，今年特别茂盛。因为给我添购糕干，父亲今年只买了一棵五色梅，可是开花颇卖力气。天空飞着些小燕，院内还偶尔来一两只红的或黄的蜻蜓。房上有几丛兔儿草，虽然不利于屋顶，可是葱绿可喜。总起来说，我们院中颇不乏生趣。

虽然天气已相当的热，王掌柜可讲规矩，还穿着通天扯地的灰布大衫。十成的新裤褂呢，裤子太长，褂子太短，可是一致地发出热辣辣的蓝靛味儿。母亲给了王掌柜一个小板凳，他坐下，不错眼珠地看着十成。十成说“有功夫”，无论怎么让，也不肯坐下。

母亲是受过娘家与婆家的排练的，尽管不喜多嘴多舌，可是来了亲友，她总有适当的一套话语，酬应得自然而得体。是呀，放在平日，她会有用之不竭的言词，和王掌柜专讨论天气。今天，也不知怎么，她找不到话说。她看看王掌室，王掌柜的眼总盯着十成的脸上与身上，似乎这小伙子有什么使他不放心的地方。十成呢。像棵结实的小松树似的，立在那里，生了根，只有两只大手似乎没有地方安置，一会儿抬起来，一会儿落下去。他的五官很正，眼珠与脑门都发着光，可是严严地闭着嘴，决定能不开口就不开口。母亲不知如何是好，连天气专题也忘了。愣了一会儿，十成忽然蹲下去，用手托住双腮，仿佛思索着什么极重大的问题。

正在这时候，福海二哥来了。大黄狗马上活跃起来。蹦蹦跳跳地跑前跑后，直到母亲说了声：“大黄，安顿点！”大黄才回到原位去继续捉狗蝇。

二哥坐下，十成立了起来，闭得紧紧的嘴张开，似笑不笑地叫了声“二哥”。

二哥拿着把黑面、棕竹骨的扇子，扇动了半天才说：“十成我想过了，还是算了吧！”

“算了？”十成看了看父亲，看了看二哥。“算了？”他用力咽了口唾沫，“那是你说！”

母亲不晓得什么时候十成认识了福海，也听不懂他们说的是什么，只好去给他们沏茶。

王掌柜一边思索着一边说，所以说的很慢：“十成，我连洋布大衫都看不上，更甭说洋人、洋教了！可是……”

“爹！”十成在新裤子上擦了擦手心上的汗，“爹！你多年不在乡下，你不知道我们受的是什么！大毛子听二毛子的撺掇，官儿又听大毛子的旨意，一个老百姓还不如这条狗！”十成指了指大黄，“我顶恨二毛子，他们忘了本！”

王掌柜和二哥都好一会儿没说出话来。

“也，也有没忘本的呀！”二哥笑着说，笑的很欠自然。

“忘了本的才是大毛子的亲人！”十成的眼对准了二哥的，二哥赶紧假装地去看枣树叶上的一个“花布手巾”①。

王掌柜仍然很慢地说：“你已经……可是没……”

二哥赶快补上：“得啦，小伙子！”

十成的眼又对准了二哥的：“别叫我小伙子，我一点也不小！我练了拳，练了刀，还要练善避刀枪！什么我也不怕！不怕！”

“可是，你没打胜！”二哥冷笑了一下，“不管你怎么理直气壮，官兵总帮助毛子们打你！你已经吃了亏！”

王掌柜接过话去：“对！就是这么一笔账！”

“我就不服这笔账，不认这笔账！败了，败了再打！”十成说完，把嘴闭得特别严，腮上轻动，大概是咬牙呢。

“十成！”王掌柜耐心地说，“十成，听我说！先在这儿住下吧！先看一看，看明白了再走下一步棋，不好吗？我年纪这么大啦，有你在跟前……”

“对！十成！你父亲说的对！”二哥心里佩服十成，而口中不便

---

① 花布手巾，又叫“花大姐儿”，即天牛，一种色黑、长须、背有星点的鞘翅目昆虫。

说造反的话；他是旗兵啊。

十成又蹲下了，一声不再出。

二哥把扇子打开，又并上，并上又打开，发出轻脆的响声。他心里很乱。有意无意地他又问了句："十成，你们有多少人哪？"

"多了！多了！有骨头的……"他狠狠地看了二哥一眼，"在山东不行啊，我们到直隶来，一直地进北京！"

王掌柜猛地立起来，几乎是喊着："不许这么说！"

母亲拿来茶。可是十成没说什么，立起来，往外就走。母亲端着茶壶，愣在那里。

"您忙去吧，我来倒茶！"二哥接过茶具，把母亲支开，同时又让王掌柜坐下。刚才，他被十成的正气给压得几乎找不出话说；现在，只剩下了王掌柜，他的话又多起来："王掌柜，先喝碗！别着急！我会帮助您留下十成！"

"他，他在这儿，行吗？"王掌柜问。

"他既不是强盗，又不是杀人凶犯！山东闹义和团，我早就听说了！我也听说，上边决不许老百姓乱动！十成既跑到这儿来，就别叫他再回去。在这儿，有咱们开导他，他老老实实，别人也不会刨根问底！"二哥一气说完，又恢复了平日的诸葛亮气度。

"叫他老老实实？"王掌柜惨笑了一下，"他说的有理，咱们劝不住他！"

二哥又低下头去。的确，十成说的有理！"嗐！老王掌柜，我要光是个油漆匠，不也是旗兵啊，我也……"

王掌柜也叹了口气，慢慢地走出去。

母亲过来问二哥："老二，都是怎么一回事啊？十成惹了什么祸？"

"没有！没有！'二哥的脸上红了些，他有时候很调皮，可是不爱扯谎，"没事！您放心吧！"

"我看是有点事！你可得多帮帮王掌柜呀！"

"一定！"

这时候，姑母带着"小力笨"从西庙回来。姑母心疼钱，又不好意思白跑一趟，所以只买了一包刷牙用的胡盐。

"怎么样啊？老二！"姑母笑着问。

按照规律，二哥总会回答："听您的吧，老太太！"可是，今天他打不起精神凑凑十胡什么的。十成的样子、话语还在他的心中，使他不安、惭愧，不知如何是好。"老太太，我还有点事！"他笑着回答。然后又敷衍了几句，用扇子打了大腿一下："我还真该走啦！"便走了出去。

出了街门，他放慢了脚步。他须好好地思索思索。对世界形势，他和当日的王爷们一样，不大知道。他只知道外国很厉害。可是，不管外国怎么厉害，他却有点不服气。因此，他佩服十成。不过，他也猜得到，朝廷决不许十成得罪外国人，十成若是傻干，必定吃亏。他是旗兵，应当向着朝廷呢？还是向着十成呢？他的心好像几股麻绳绕在一块儿，撕拉不开了。他的身上出了汗，小褂贴在背上，袜子也粘住脚心，十分不好过。

糊里糊涂地，他就来到便宜坊门外。他决定不了，进去还是不进去。

恰好，十成出来了。看见二哥，十成立定，嘴又闭得紧紧的。他的神气似乎是说：你要捉拿我吗？好，动手吧！

二哥笑了笑，低声地说："别疑心我！走！谈谈去！"

十成的嘴唇动了动，而没说出什么来。

"别疑心我！"二哥又说了一遍。

"走！我敢作敢当！"十成跟着二哥往北走。

他们走得飞快，不大会儿就到了积水滩。这里很清静，苇塘边上只有两三个钓鱼的，都一声不出。两个小儿跑来，又追着一只蜻蜓跑去。二哥找了块石头坐下，擦着头上的汗，十成在一旁蹲下，呆视着微动的苇叶。

二哥要先交代明白自己，好引出十成的真心话来："十成，我也恨欺侮咱们的洋人！可是，我是旗兵，上边怎么交派，我怎么作，我不能自主！不过，万一有那么一天，两军阵前，你我走对了面，我决不会开枪打你！我呀，十成，把差事丢了，还能挣饭吃，我是油漆匠！"

"油漆匠？"十成看了二哥一眼，"你问吧！"

"我不问教里的事。"

"什么教？"

“你们不是八卦教？教里的事不是不告诉外人吗？”二哥得意地笑了笑，“你看，我是白莲教。按说，咱们是师兄弟！”

“你是不敢打洋人的白莲教！别乱扯师兄弟！”

二哥以为这样扯关系，可以彼此更亲热一点；哪知道竟自碰了回来。他的脸红起来：“我，我在理儿！”

“在理儿就说在理儿，干吗扯上白莲教？”十成一句不让。

“算了，算了！”二哥沉住了气，“说说，你到底要怎样！”

“我走！在老家，我们全村受尽了大毛子、二毛子的欺负，我们造了反！我们叫官兵打散了，死了不少人！我得回去，找到朋友们，再干！洋人，官兵，一齐打！我们的心齐，我们有理，谁也挡不住我们！”十成立了起来，往远处看，好像一眼就要看到山东去。

“我能帮帮你吗？”二哥越看越爱这个天不怕地不怕的小伙子。他生在北京，长在北京，没见过像十成这样淳朴，这样干净，这样豪爽的人。

“我马上就走，你去告诉我爹，叫他老人家看明白，不打不杀，谁也没有活路儿！叫他看明白，我不是为非作歹，我是要干点好事儿！你肯吗？”十成的眼直视着二哥的眼。

“行！行！十成，你知道，我的祖先也不怕打仗！可是，现在……算了，不必说了！问你，你有盘缠钱没有？”

“没有！用不着！”

“怎么用不着？谁会白给你一个烧饼？”二哥的俏皮话又来了，可是赶紧控制住，“我是说，行路总得有点钱。”

“看！”十成解开小褂，露出一条已经被汗沤得深一块浅一块的红布腰带来，“有这个，我就饿不着！”说完，他赶紧把小褂又扣好。

“可是，叫二毛子看见，叫官兵看见，不就……”

“是呀！”十成爽朗地笑了一声，“我这不是赶快系好了扣子吗？二哥，你是好人！官兵要都像你，我们就顺利多了！哼，有朝一日，我们会叫皇上也得低头！”

“十成，”二哥掏出所有的几吊钱来，“拿着吧，不准不要！”

“好！”十成接过钱去，“我数数！记上这笔账！等把洋人全赶走，我回家种地，打了粮食还给你！”他一边说，一边数钱。“四吊八！”他把钱塞在怀里。“再见啦！”他往东走去。

二哥赶上去，“你认识路吗？”

十成指了指德胜门的城楼：“那不是城门？出了城再说！”

十成不见了，二哥还在那里立着。这里是比较凉爽的地方，有水，有树，有芦苇，还有座不很高的小土山。二哥可是觉得越来越热。他又坐在石头上。越想，越不对，越怕；头上又出了汗。不管怎样，一个旗兵不该支持造反的人！他觉得自己一点也不精明，作了极大的错事！假若十成被捉住，供出他来，他怎么办？不杀头，也得削除旗籍，发到新疆或云南去！

“也不至于！不至于！”他安慰自己，“出了事，花钱运动运动就能逢凶化吉！”这么一想，他又觉得他不是同情造反，而是理之当然了——什么事都可以营私舞弊，有银子就能买到官，赎出命来。这成何体统呢？他没读过经史，可是听过不少京戏和评书。哪一朝不是因为不成体统而垮了台呢？

再说，十成是要打洋人。一个有良心的人，没法不佩服他，大家伙儿受了洋人多少欺侮啊！别的他不知道，他可忘不了甲午之战，和英法联军焚烧圆明园啊。他镇定下来。十成有理，他也有理，有理的人心里就舒服。他慢慢地立起来，想找王掌柜去。已走了几步，他又站住了。不好！不能去！他答应下王掌柜，帮他留下十成啊！再说，王掌柜的嘴快，会到处去说：儿子跑了，福海知道底细！这不行！

可是，不去安慰王掌柜，叫老头子到处去找儿子，也不对！怎么办呢？

他急忙回了家，用左手写了封信：“父亲大人金安：儿回家种地，怕大人不准回去，故不辞而别也。路上之事，到家再禀。儿十成顿首。”写完，封好，二哥说了声“不好！”赶紧又把信拆开。“十成会写字不会呢？不知道！”

想了好大半天，打不定主意，最后：“算了，就是它！”他又把信粘好，决定在天黑之后，便宜坊上了门，从门缝塞进去。

八

王掌柜本来不喜欢洋人、洋东西，自从十成不辞而别，他也厌恶洋教与二毛子了。他在北京住了几十年，又是个买卖地的人，一向对谁都是一团和气，就是遇见永远不会照顾他的和尚，他也恭敬地叫声大师傅。现在，他越不放心十成，就越注意打听四面八方怎么闹教案，也就决定不便对信洋教的客客气气。每逢他路过教堂，他便站住，多看一会儿；越看，心里越别扭。那些教堂既不像佛庙，又不像道观？而且跟两旁的建筑是那么不谐调，叫他觉得它们里边必有洋枪洋炮，和什么洋秘密，洋怪物。赶上礼拜天，他更要多站一会儿，看看都是谁去作礼拜。他认识不少去作礼拜的人，其中有的是很好的好人，也有他平素不大看得起的人。这叫他心里更弄不清楚了：为什么那些好人要信洋教呢？为什么教堂收容那些不三不四的人呢？他想不明白。更叫他想不通的是：教徒里有不少旗人！他知道旗人有自己的宗教（他可是说不上来那是什么教），而且又传佛教、道教，和孔教。据他想，这也就很够了，为什么还得去信洋教呢？越想，他心里越绕得慌！

他决定问问多二爷。多二爷常到便宜坊来买东西，非常守规矩，是王掌柜所敬重的一个人。他的服装还是二三十年前的料子与式样，宽衣博带，古色古香。王掌柜因为讨厌那哗哗乱响的竹布，就特别喜爱多二爷的衣服鞋帽，每逢遇上他，二人就以此为题，谈论好大半天。多二爷在旗下衙门里当个小差事，收入不多。这也就是他的衣冠古朴的原因，他作不起新的。他没想到，这会得到王掌柜的夸赞，于是遇到有人说他的衣帽过了时，管他叫“老古董”，他便笑着说：“哼！老王掌柜还夸我的这份儿老行头呢！”因此，他和王掌柜的关系就越来越亲密。但是，他并不因此而赊账。每逢王掌柜说："先拿去吃吧，记上账！"多二爷总是笑着摇摇头："不，老掌柜！我一辈子不拉亏空！"是，他的确是个安分守己的人。他的衣服虽然陈旧，可是老刷洗得干干净净，容易磨破的地方都事先打好补钉。

他的脸很长，眉很重，不苟言笑。可是，遇到他所信任的人，他也爱拉不断扯不断地闲谈，并且怪有风趣。

他和哥哥分居另过。多大爷不大要强，虽然没作过、也不敢作什么很大的伤天害理的事，可是又馋又懒，好贪小便宜。无论去作什么事，他的劈面三刀总是非常漂亮，叫人相信他是最勤恳，没事儿会找事作的人。吃过了几天饱饭之后，他一点也不再勤恳，睡觉的时候连灯都懒得吹灭，并且声明："没有灯亮儿，我睡不着！"

他入了基督教。全家人都反对他入教，他可是非常坚决。他的理由是："你看，财神爷，灶王爷，都不保佑我，我干吗不试试洋神仙呢？这年头儿，什么都是洋的好，睁开眼睛看看吧！"

反对他入教最力的是多二爷。多老二也并摸不清基督教的信仰是什么，信它有什么好处或什么坏处。他的最重要的理由是："哥哥，难道你就不要祖先了吗？入了教不准上坟烧纸！"

"那，"多大爷的脸不像弟弟的那么长，而且一急或一笑，总把眉眼口鼻都挤到一块儿去，像个多褶儿的烧卖。此时，他的脸又皱得像个烧卖。"那，我不去上坟，你去，不是两面都不得罪吗了？告诉你，老二，是天使给我托了梦！前些日子，我一点辙也没有①。可是，我梦见了天使，告诉我：'城外有生机。'我就出了城，顺着护城河慢慢地走。忽然，我听见了蛙叫，咕呱，咕呱！我一想，莫非那个梦就应验在田鸡身上吗？连钓带捉，我就捉到二十多只田鸡。你猜，我遇见了谁？"他停住口，等弟弟猜测。

多老二把脸拉得长长的，没出声。

多老大接着说："在法国府……"

多老二反倒在这里插了话："什么法国府？"

"法国使馆嘛！"

---

① 一点辙也没有，一点办法也没有。辙，车辙，借指办法，此处指生计。

“使馆不就结了，干吗说法国府？”

“老二，你呀发不了财！你不懂洋务！”

“洋务？李鸿章懂洋务，可是大伙儿管他叫汉奸！”

“老二！”多老大的眉眼口鼻全挤到一块儿，半天没有放松。“老二！你敢说李中堂[①]是……算了，算了，我不跟你扳死杠！还说田鸡那回事儿吧！”

“大哥，说点正经的！”

“我说的正是最正经的！我呀，拿着二十多只肥胖的田鸡，进了城。心里想：看看那个梦灵不灵！正这么想呢，迎头来了法国府的大师傅，春山，也是咱们旗人，镶黄旗的。你应该认识他！他哥哥春海，在天津也当洋厨子。”

“不认识！”

“哼，洋面上的人你都不认识！春山一见那些田鸡，就一把抓住了我，说：‘多老大，把田鸡卖给我吧！’我一看他的神气，知道其中有事，就沉住了气。我说：‘我找这些田鸡，是为配药用的不卖！’我这么一说，他更要买了。敢情啊，老二，法国人哪，吃田鸡！你看，老二，那个梦灵不灵！我越不卖，他越非买不可，一直到我看他拿出两吊钱来，我才把田鸡让给他！城外有生机，应验了！从那个好日子以后，我隔不了几天，就给他送些田鸡去。可是，到了冬天，田鸡都藏起来，我又没了办法。我还没忘了天使，天使也没忘了我，又给我托了个梦：‘老牛有生机。’这可不大好办！你看，田鸡可以白捉，牛可不能随便拉走啊！有一天，下着小雪，我在街上走来走去，一点辙也没有。走着走着，一看，前面有个洋人。反正我也没事儿作，就加快了脚步，跟着他吧。你知道，洋人腿长，走得快。一边走，我一边念道：‘老牛有生机。’那个洋人忽然回过头来，吓了我一跳。他用咱们的话问我：‘你叫我，不叫我？’唉，他的声音，他的说法，可真别致，另有个味儿！我还没想起怎么回答，他可又说啦：‘我叫牛又生。’你就说，天使有多么灵！牛有生，牛又生，差不多嘛！他敢情是牛又生，牛大牧师，

---

① 李中堂，李鸿章。李曾官至文华殿大学士，在公私礼节上，对“大学士”敬称“中堂”。

真正的美国人！一听说他是牧师，我赶紧说：‘牛大牧师，我有罪呀！’这是点真学问！你记住，牧师专收有罪的人，正好像买破烂的专收碎铜烂铁。牛牧师高兴极了，亲亲热热地把我拉进教堂去，管我叫迷失了的羊。我想：他是牛，我是羊，可以算差不多。他为我祷告，我也学着祷告。他叫我入查经班，白送给我一本《圣经》，还给了我两吊钱！”

“大哥！你忘了咱们是大清国的人吗？饿死，我不能去巴结洋鬼子！”多老二斩钉截铁地说。

“大清国？哈哈！”多老大冷笑着：“连咱们的皇上也怕洋人！”

“说的好！”多老二真急了，“你要是真敢信洋教，大哥，别怪我不准你再进我的门！”

“你敢！我是你哥哥，亲哥哥！我高兴几时来就几时来！”多老大气哼哼地走出去。

一个比别的民族都高着一等的旗人若是失去自信，像多老大这样，他便对一切都失去信心。他觉得自己是天底下最可怜的人，因而他干什么都应当邀得原谅。他入洋教根本不是为信仰什么，而是对社会的一种挑战。他仿佛是说：谁都不管我呀，我去信洋教，给你们个苍蝇吃①。他也没有把信洋教看成长远之计；多咱洋教不灵了，他会退出来，改信白莲教，假若白莲教能够给他两顿饭吃。思索了两天，他去告诉牛牧师，决定领洗入教，改邪归正。

教堂里还有位中国牧师，很不高兴收多大爷这样的人作教徒。可是，他不便说什么，因为他怕被牛牧师问倒：教会不救有罪的人，可救谁呢？况且，教会是洋人办的，经费是由外国来的，他何必主张什么呢？自从他当上牧师那天起，他就决定毫无保留地把真话都禀明上帝，而把假话告诉牛牧师。不管牛牧师说什么，他总点头，心里可是说：“你犯错误，你入地狱！上帝看得清楚！”

牛牧师在国内就传过道，因为干别的都不行。他听说地球上有个中国，可是与他毫无关联，因而也就不在话下。自从他的舅舅从中国回来，他开始对中国发生了兴趣。他的舅舅在年轻的时候偷过人家的牲口，被人家削去了一只耳朵，所以逃到中国去，卖卖鸦片

---

① 给你们个苍蝇吃，故意招人恶心的意思。此指“旗人”信“洋教”的事。

什么的，发了不小的财。发财还乡之后，亲友们，就是原来管他叫流氓的亲友们，不约而同地称他为中国通。在他的面前，他们一致地避免说“耳朵”这个词儿，并且都得到了启发——混到山穷水尽，便上中国去发财，不必考虑有一只、还是两只耳朵。牛牧师也非例外。他的生活相当困难，到圣诞节都不一定能够吃上一顿烤火鸡。舅舅指给他一条明路：“该到中国去！在这儿，你连在圣诞节都吃不上烤火鸡；到那儿，你天天可以吃肥母鸡，大鸡蛋！在这儿，你永远雇不起仆人；到那儿，你可以起码用一男一女，两个仆人！去吧！”

于是，牛牧师就决定到中国来。作了应有的准备，一来二去，他就来到了北京。舅舅果然说对了：他有了自己独住的小房子，用上一男一女两个仆人；鸡和鸡蛋是那么便宜，他差不多每三天就过一次圣诞节。他开始发胖。

对于工作，他不大热心，可又不敢太不热心。他想发财，而传教毕竟与贩卖鸦片有所不同。他没法儿全心全意地去工作。可是，他又准知道，若是一点成绩作不出来，他就会失去刚刚长出来的那一身肉。因此，在工作上，他总是忽冷忽热，有冬有夏。在多老大遇见他的那一天，他的心情恰好是夏天的，想把北京所有的罪人都领到上帝面前来，作出成绩。在这种时候，他羡慕天主教的神甫们。天主教的条件好，势力厚，神甫们可以用钱收买教徒，用势力庇护教徒，甚至修建堡垒，藏有枪炮。神甫们几乎全像些小皇帝。他，一个基督教的牧师，没有那么大的威风。想到这里，他不由地也想起舅舅的话来：“对中国人，别给他一点好颜色！你越厉害，他们越听话！”好，他虽然不是天主教的神甫，可到底是牧师，代表着上帝！于是，在他讲道的时候，他就用他的一口似是而非的北京话，在讲坛上大喊大叫：地狱，魔鬼，世界末日……震得小教堂的顶棚上往下掉尘土。这样发泄一阵，他觉得痛快了一些，没有发了财，可是发了威，也是一种胜利。

对那些借着教会的力量，混上洋事，家业逐渐兴旺起来的教友，他有些反感。他们一得到好处，就不大热心作礼拜来了。可是，他也不便得罪他们，因为在圣诞节给他送来值钱的礼物的正是他们。有些教友呢，家道不怎么强，而人品很好。他们到时候就来礼拜，而不巴结牧师。牛牧师以为这种人，按照他舅舅对中国人的看法，不大合乎标准，所以在喊地狱的时候，他总看着他们——你们这些自高自大的人，下地狱！下地狱！他最喜爱的是多老大这类的人。他们合乎标准：穷，没有一点架子，见了他便牧师长，牧师短，叫得震心。跟他们在一道，他觉得自己多少像个小皇帝了。

他的身量本来不算很矮，可是因为近来吃得好，睡得香，全身越发展越圆，也就显着矮了一些。他的黄头发不多，黄眼珠很小；因此，他很高兴：生活在中国，黄颜色多了，对他不利。他的笑法很突出：咔、咔地往外挤，好像嗓子上扎着一根鱼刺。每逢遇到教友们，他必先咔咔几下，像大人见着个小孩，本不想笑，又不好不逗一逗那样。

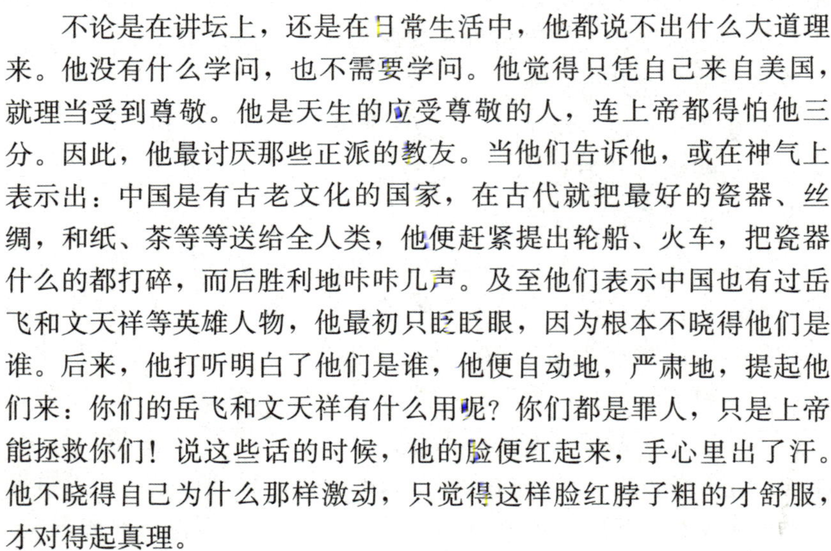

不论是在讲坛上，还是在日常生活中，他都说不出什么大道理来。他没有什么学问，也不需要学问。他觉得只凭自己来自美国，就理当受到尊敬。他是天生的应受尊敬的人，连上帝都得怕他三分。因此，他最讨厌那些正派的教友。当他们告诉他，或在神气上表示出：中国是有古老文化的国家，在古代就把最好的瓷器、丝绸，和纸、茶等等送给全人类，他便赶紧提出轮船、火车，把瓷器什么的都打碎，而后胜利地咔咔几声。及至他们表示中国也有过岳飞和文天祥等英雄人物，他最初只眨眨眼，因为根本不晓得他们是谁。后来，他打听明白了他们是谁，他便自动地，严肃地，提起他们来：你们的岳飞和文天祥有什么用呢？你们都是罪人，只是上帝能拯救你们！说这些话的时候，他的脸便红起来，手心里出了汗。他不晓得自己为什么那样激动，只觉得这样脸红脖子粗的才舒服，才对得起真理。

人家多老大就永远不提岳飞和文天祥。人家多老大冬夏长青地用一块破蓝布包着《圣经》，夹在腋下，而且巧妙地叫牛牧师看见。而后，他进一步，退两步地在牧师前面摆动，直到牧师咔咔了两声，他才毕恭毕敬地打开《圣经》，双手捧着，前去请教。这样一来，明知自己没有学问的牛牧师，忽然变成有学问的人了。

“牧师！”多老大恭敬而亲热地叫：“牧师！牛牧师，咱们敢情都是土作的呀？”

“对！对：‘创世记’[①] 上说得明明白白：上帝用土造人，将生气吹在他鼻内，人就成了生灵。”牛牧师指着《圣经》说。

“牧师！牛牧师！那么，土怎么变成了肉呢？”多大爷装傻充愣地问。

“不是上帝将生气吹在鼻子里了吗？”

“对！牧师！对！我也是这么想，可是又怕想错了！”多大爷把《旧约》的“历代”翻开，交给牧师，而后背诵：“亚当生塞特，塞持生以挪士，以挪士生该南，该南生玛勒列……”[②]

“行啦！行啦！”牧师高兴地劝阻，“你是真用了功！一个中国人记这些名字，不容易呀！”

“真不容易！第一得记性好，第二还得舌头灵！牧师，我还有个弄不清楚的事儿，可以问吗？”

“当然可以！我是牧师！”

多老大翻开“启示录”[③]。“牧师，我不懂，为什么‘宝座中，和宝座四围有四个活物，前后遍体都长满了眼睛’？这是什么活物呢？”

“下面不是说：第一个活物像狮子，第二个活物像牛犊，第三个活物有脸像人，第四个活物像飞鹰吗？”

“是呀！是呀！可为什么遍体长满了眼睛呢？”

“那，”牛牧师抓了抓稀疏的黄头发，“那，‘启示录’是最难懂的。在我们国内，光说解释‘启示录’的书就有几大车，不，几十大车！你呀，先念‘四福音书’[④] 吧，等到功夫深了再看‘启示录’！”牛牧师虚晃了一刀，可是晃得非常得体。

“对！对！”多老大连连点头。在点头之际，他又福至心灵地想出警句：“牧师，我可识字不多，您得帮助我！”他的确没有读过多少书，可是无论怎么说，他也比牛牧师多认识几个汉字。他佩服了

① 创世记，《旧约》的第一章，讲“上帝创造天地”。

② 亚当生塞特，“创世记”第五章的内容。

③ 启示录，《新约》的最后一章。多老大以《圣经》的一头一尾向牧师发问，表示自己已经通读。“宝座中……遍体长满了眼睛”是“启示录”第四章的原文。

④ 四福音书，基督教把凡是耶稣所说的话或其门徒传布的教义，都称为“福音”。《新约全书》中有马太、马可、路加、约翰四福音。均为最基本的教义。

自己：一到谄媚人的时候，他的脑子就会那么快，嘴会那么甜！他觉得自己是一朵刚吐蕊的鲜花，没法儿不越开越大、越香！

“一定！一定！”牛牧师没法子不拿出四吊钱来了。他马上看出来：即使自己发不了大财，可也不必愁吃愁穿了——是呀，将来回国，他可以去作教授！好嘛，连多老大都求他帮助念《圣经》，汉语的《圣经》，他不是个汉学家，还是什么呢？舅舅，曾经是偷牲口的流氓，现在不是被称为中国通么？

接过四吊钱来，多老大拐弯抹角地说出：他不仅是个旗人，而且祖辈作过大官，戴过红顶子。

“呕！有没有王爷呢？”牛牧师极严肃地问。王爷、皇帝，甚至于一个子爵，对牛牧师来说，总有那么不小的吸引力。他切盼教友中有那么一两位王爷或子爵的后裔，以便向国内打报告的时候，可以大书特书：两位小王爷或子爵在我的手里受了洗礼！

“不记得有王爷。我可是的确记得，有两位侯爷！”多老大运用想象，创造了新的家谱。是的，就连他也不肯因伸手接那四吊钱而降低了身分。他若是侯爷的后代呢，那点钱便差不多是洋人向他献礼的了。

“侯爷就够大的了，不是吗？”牛牧师更看重了多老大，而且咔咔地笑着，又给他添了五百钱。

多老大包好《圣经》，揣好四吊多钱，到离教堂至少有十里地的地方，找了个大酒缸①。一进去，多老大把天堂完全忘掉了。多么香的酒味呀！假若人真是土作的，多老大希望，和泥的不是水，而是二锅头！坐在一个酒缸的旁边，他几乎要晕过去，屋中的酒味使他全身的血管都在喊叫：拿二锅头来！镇定了一下，他要了一小碟炒麻豆腐，几个腌小螃蟹，半斤白干。

喝到他的血管全舒畅了一些，他笑了出来：遍身都是眼睛，嘻嘻嘻！他飘飘然走出来，在门外精选了一块猪头肉，一对熏鸡蛋，几个白面火烧，自由自在地，连吃带喝地，享受了一顿。用那块破蓝布擦了擦嘴，他向酒缸主人告别。

---

① 酒缸，酒馆。从前的酒馆，多置有合围的大酒缸，盖以木板或石板，当作酒桌。酒缸，即作酒馆的代称。

吃出点甜头来以后，多老大的野心更大了些。首先他想到：要是像旗人关钱粮似的，每月由教会发给他几两银子，够多么好呢！他打听了一下，这在基督教教会不易作到。这使他有点伤心，几乎要责备自己，为什么那样冒失，不打听明白了行市就受洗入了教。

他可是并不灰心。不！既来之则安之，他必须多动脑子，给自己打出一条活路来。是呀，能不能借着牛牧师的力量，到“美国府”去找点差事呢？刚刚想到这里，他自己赶紧打了退堂鼓：不行，规规矩矩地去当差，他受不了！他愿意在闲散之中，得到好吃好喝，像一位告老还乡的宰相似的。是的，在他的身上，历史仿佛也不是怎么走错了路。在他的血液里，似乎已经没有一点什么可以燃烧起来的东西。他的最高的理想是天上掉下馅饼来，而且恰好掉在他的嘴里。

他知道，教会里有好几家子，借着洋气儿开了大铺子，贩卖洋货，发了不小的财。他去拜访他们，希望凭教友的情谊，得点好处。可是，他们的爱心并不像他所想象的那么深厚，都对他非常冷淡。他们之中，有好几位会说洋话。他本来以为“亚当生塞特……”就是洋话；敢情并不是。他摹仿着牛牧师的官话腔调把“亚当生塞特”说成“牙当生鳃特”，人家还是摇头。他问人家那些活物为什么满身是眼睛，以便引起学术研究的兴趣，人家干脆说“不知道”！人家连一杯茶都没给他喝！多么奇怪！

多老大苦闷。他去问那些纯正的教友，他们说信教是为追求真理，不为发财。可是，真理值多少钱一斤呢？

他只好去联合吃教的苦哥儿们，想造成一种势力。他们各有各的手法与作风，不愿跟他合作。他们之中，有的借着点洋气儿，给亲友们调停官司，或介绍买房子卖地，从中取得好处；也有的买点别人不敢摸的赃货，如小古玩之类，送到外国府去；或者奉洋人之命，去到古庙里偷个小铜佛什么的，得些报酬。他们各有门道，都不传授给别人，特别是多老大。他们都看不上他的背诵“亚当生塞特”和讨论“遍身是眼睛”，并且对他得到几吊钱的赏赐也有那么点忌妒。他是新入教的，不该后来居上，压下他们去。一来二去，他们管他叫作“眼睛多”，并且有机会便在牛牧师的耳旁说他的坏话。牛牧师有“分而治之”的策略在胸，对他并没有表示冷淡，不过赶到再讨论“启示录”的时候，他只能得到一吊钱了，尽管他暗示：他的小褂也像那些活物，遍身都是眼睛！

怎么办呢？

唉，不论怎么说，非得点好处不可！不能白入教！

先从小事儿作起吧。在他入教以前，他便常到老便宜坊赊点东西吃，可是也跟别的旗人一样，一月倒一月，钱粮下来就还上账。现在，他决定只赊不还，看便宜坊怎么办。以前，他每回不过是赊二百钱的生肉，或一百六一包的盒子菜什么的；现在，他敢赊整只的酱鸡了。

王掌柜从多二爷那里得到了底细。他不再怀疑十成所说的了。他想：眼睛多是在北京，假若是在乡下，该怎样横行霸道呢？怪不得十成那么恨他们。

“王掌柜！”多二爷含羞带愧地叫，“王掌柜！他欠下几个月的了？”

“三个多月了，没还一个小钱！”

“王掌柜！我，我慢慢地替他还吧！不管怎么说，他总是我的哥哥！”多二爷含着泪说。

“怎能那么办呢？你们分居另过，你手里又不宽绰！”

“分居另过……他的祖宗也是我的祖宗！”多二爷狠狠地咽了口唾沫。

“你，你甭管！我跟他好好地讲讲理！”

“王掌柜！老大敢作那么不体面的事，是因为有洋人给他撑腰；咱们斗不过洋人！王掌柜，那点债，我还！我还！不管我怎么为难，我还！”

王掌柜考虑了半天，决定暂且不催多老大还账，省得多老大真把洋人搬出来。他也想到；洋人也许不会管这样的小事吧？可是，谁准知道呢？“还是稳当点好！”他这么告诉自己。

这时候，多老大也告诉自己：“行！行！这一手儿不坏，吃得开！看，我既不知道闹出事儿来，牛牧师到底帮不帮我的忙，也还没搬出他来吓唬王掌柜，王掌柜可是已经不言不语地把酱鸡送到我手里，仿佛儿子孝顺爸爸似的，行，行，有点意思儿！”

他要求自己更进一步：“是呀，赶上了风，还不拉起帆来吗！”

可是，到底牛牧师支持他不呢？他心里没底。好吧，喝两盅儿壮壮胆子吧。喝了四两，烧卖脸上红扑扑的，他进了便宜坊。这回，他不但要赊一对肘子，而且向王掌柜借四吊钱。

王掌柜冒了火。已经忍了好久，他不能再忍。虽然作了一辈子买卖，他可究竟是个山东人，心直气壮。他对准了多老大的眼睛，看了两分钟。他以为多老大应当明白这是什么意思，希望他知难而退。可是，多老大没有动，而且冷笑了两声。这逼得王掌柜出了声："多大爷！肘子不赊！四吊钱不借！旧账未还，免开尊口！你先还账！"

多老大没法儿不搬出牛牧师来了。要不然，他找不着台阶儿走出去。"好，王掌柜！我可有洋朋友，你咂摸咂摸[①]这个滋味儿吧！你要是懂得好歹的话，顶好把肘子、钱都给我送上门去，我恭候大驾！"他走了出去。

为索债而和穷旗人们吵闹，应当算是王掌柜的工作。他会喊叫、争论，可是不便真动气。是呀，他和人家在除夕闹得天翻地覆，赶到大年初一见面，彼此就都赶上前去，深施一礼，连祝发财，倒好像从来都没红过脸似的。这回，他可动了真气。多老大要用洋人的势力敲诈他，他不能受！他又想起十成，并且觉得有这么个儿子实在值得自豪！

可是，万一多老大真搬来洋人，怎么办呢？他和别人一样，不大知道到底洋人有多大力量，而越摸不着底就越可怕。他赶紧去找多老二。

多老二好大半天没说出话来，恐怕是因为既很生气，又要控制住怒气，以便想出好主意来。"王掌柜，你回去吧。我找他去！"多老二想出主意来，并且决定马上行动。

"你……"

"走吧！我找他去！请在铺子里等我吧！"多老二是老实人，可是一旦动了气，也有个硬劲。

他找到了老大。

"哟！老二！什么风儿把你吹来了？"老大故意要俏，心里说：

① 咂摸，寻思，反复研究。

你不高兴我入教，睁眼看看吧，我混得比从前强了好多：炒麻豆腐、腌小螃蟹、猪头肉、二锅头、乃至于酱鸡，对不起，全先偏过了！看看我，是不是长了点肉？

“大哥！听着！”老二是那么急切、严肃，把老大的笑容都一下子赶跑，“听着：你该便宜坊的钱，我还！我去给便宜坊写个字据，一个小钱不差，慢慢地都还清！你，从此不许再到那儿赊东西去！”

眼睛多心里痒了一下。他没想到王掌柜会这么快就告诉了老二，可见王掌柜是发了慌，害了怕。他不知道牛牧师愿意帮助他不愿意，可是王堂柜既这么发慌，那就非请出牛牧师来不可了！怎么知道牛牧师不愿帮助他呢？假若牛牧师肯出头，哎呀，多老大呀，多老大，前途光明的没法儿说呀！

“老二，谢谢你的好意，我谢谢你！可是，你顶好别管我的事，你不懂洋务啊！”

“老大！”完全出于愤怒，老二跪下了，给哥哥磕了个响头。“老大！给咱们的祖宗留点脸吧，哪怕是一丁点儿呢！别再拿洋人吓唬人，那无耻！无耻！”老二的脸上一点血色也没有了，双手不住地发颤，想走出去，可又迈不开步。

老大愣了一会儿，噗嗤一笑：“老二！老二！”

“怎样？”老二希望哥哥回心转意。“怎样？”

“怎样？”老大又笑了一下，而后冷不防地说，“你滚出去！滚！”

老二极镇定地、狠狠地看了哥哥一眼，慢慢地走了出来。出了门，他已不知道东西南北。他一向是走路不愿踩死个蚂蚁，说话不得罪一条野狗的人。对于兄长，他总是能原谅就原谅，不敢招他生气。可是，谁想到哥哥竟自作出那么没骨头的事来——狗着[①]洋人，欺负自己人！他越想越气，出着声儿叨唠：怎么呢？怎么这种事叫我碰上了呢？怎么呢？堂堂的旗人会，会变成这么下贱呢？难道是二百多年前南征北战的祖宗们造下的孽，叫后代都变成猪狗去赎罪吗？不知道怎样走的，他走回了家。一头扎在炕上，他哭起来。

多老大也为了难。到底该为这件事去找牛牧师不该呢？去吧，万一碰了钉子呢？不去吧，又怎么露出自己的锋芒呢？嗯——去！

---

① 狗着，须拍马，曲意逢迎。

去！万一碰了钉子，他就退教，叫牛牧师没脸再见上帝！对！就这么办！

“牛牧师！”他叫得亲切、缠绵，使他的嗓子、舌头都那么舒服，以至没法儿不再叫一声，“牛牧师！”

“有事快说，我正忙着呢！”牛牧师一忙就忘了抚摸迷失了的羊羔，而想打它两棍子。

“那，您就先忙着吧，我改天再来！”口中这么说，多老大的脸上和身上可都露出进退两难的样子，叫牧师看出他有些要紧的事儿急待报告。

“说说吧！说说吧！”牧师赏了脸。

大起大落，多老大首先提出他听到的一些有关教会的消息——有好多地方闹了教案。“我呀，可真不放心那些位神甫、牧师！真不放心！”

“到底是教友啊，你有良心！”牛牧师点头夸赞。

“是呀，我不敢说我比别人好，也不敢说比别人坏，我可是多少有点良心！”多老大非常满意自己这句话，不卑不亢，恰到好处。然后，他由全国性的问题，扯到北京：“北京怎么样呢？”

牛牧师当然早已听说，并且非常注意，各地方怎么闹乱子。虽然各处教会都得到胜利，他心里可还不大安静。教会胜利固然可喜，可是把自己的脑袋要掉了，恐怕也不大上算。他给舅舅写了信，请求指示。舅舅是中国通，比上帝都更了解中国人。在信里，他暗示：虽然母鸡的确肥美，可是丢掉性命也怪别扭。舅舅的回信简而明：

“很奇怪，居然有怕老鼠的猫——我说的是你！乱子闹大了，我们会出兵，你怕什么呢？在一个野蛮国家里，越闹乱子，对我们越有利！问问你的上帝，是这样不是？告诉你句最有用的话：没有乱子，你也该制造一个两个的！你要躲开那儿吗？你算把牧师的气泄透了！祝你不平安！祝天下不太平！”

接到舅舅的信，牛牧师看到了真理。不管怎么说，舅舅发了财是真的。那么，舅舅的意见也必是真理！他坚强起来。一方面，他推测中国人一定不敢造反；另一方面，他向使馆建议，早些调兵，有备无患。

“北京怎样？告诉你，连人带地方，都又脏又臭！咔，咔，咔！”

听了这样随便、亲切，叫他完全能明白的话，多老大从心灵的最深处掏出点最地道的笑意，摆在脸上。牛牧师成为他的知己，肯对他说这么爽直，毫不客气的话。趁热打铁，他点到了题：便宜坊的王掌柜是奸商，欺诈教友，诽谤教会。

“好，告他去！告他！”牛牧师不能再叫舅舅骂他是怕老鼠的猫！再说，各处的教案多数是天主教制造的，他自己该为基督教争口气。再说，教案差不多都发生在乡间，他要是能叫北京震动那么一下，岂不名扬天下，名利双收！再说，使馆在北京，在使馆的眼皮子下面闹点事，调兵大概就不成问题了。再说……越想越对，不管怎么说，王掌柜必须是个奸商！

多老大反倒有点发慌。他拿什么凭据去控告王掌柜呢？自己的弟弟会去作证人，可是证明自己理亏！怎么办？他请求牛牧师叫王掌柜摆一桌酒席，公开道歉；要是王掌拒不肯，再去打官司。

牛牧师也一时决定不了怎么作才好，愣了一会儿，想起主意：“咱们祷告吧！”他低下头，闭上了眼。

多老大也赶紧低头闭眼，盘算着：是叫王掌柜在前门外的山东馆子摆酒呢，还是到大茶馆去吃白肉呢？各有所长，很难马上作出决定，他始终没想起对上帝说什么。

牛牧师说了声“阿们”，睁开了眼。

多老大把眼闭得更严了些，心里空空的，可挺虔诚。

“好吧，先叫他道歉吧！”牛牧师也觉得先去吃一顿更实惠一些。

九

眼睛多没有学问，所以看不起学问。他也没有骨头，所以也看不起骨头——他重视，极其重视，酱肉。

他记得几个零七八碎的，可信可不信的，小掌故。其中的一个是他最爱说道的，因为它与酱肉颇有关系。

他说呀：便宜坊里切熟肉的木墩子是半棵大树。为什么要这么高呢？在古时候，切肉的墩子本来很矮。后来呀，在旗的哥儿们往往喜爱伸手指指点点，挑肥拣瘦，并且有时候捡起肉丝或肉块儿往嘴里送。这样，手指和飞快的刀碰到一起，就难免流点血什么的，造成严重的纠纷，甚至于去打官司。所以，墩子一来二去就长了身量，高高在上，以免手指和快刀发生关系。

在他讲说这个小掌故的时候，他并没有提出自己的看法，到底应否把肉墩子加高，使手指与快刀隔离。

可是，由他所爱讲的第二件小事情来推测，我们或者也可以找到点那弦外之音。

他说呀：许多许多旗籍哥儿们爱闻鼻烟。客人进了烟铺，把烟壶儿递出去，店伙必先把一小撮鼻烟倒在柜台上，以便客人一边闻着，一边等着往壶里装烟。这叫作规矩。是呀，在北京作买卖都得有规矩，不准野调无腔。在古时候，店中的伙计并不懂先“敬”烟，后装烟这个规矩，叫客人没事可作，等得不大耐烦。于是，旗人就想出了办法：一见柜台上没有个小小的坟头儿，便把手掌找了伙计的脸去。这样，一来二去，就创造了，并且巩固下来，那条“敬”烟的规矩。

假若我们把这二者——肉墩子与“敬”烟，放在一块儿去咂摸，我们颇可以肯定地说，眼睛多对那高不可及的半棵大树是有意见的。我们可以替他说出来，假若便宜坊也懂得先“敬”点酱肉，够多么好呢！

多老大对自己是不是在旗，和是否应当保持旗人的尊严，似乎已不大在意。可是，每逢他想起那个“敬”烟的规矩，便又不能不承认旗人的优越。是呀，这一条，和类似的多少条规矩，无论怎么说，也不能不算旗人们的创造。在他信教以后。他甚至这么想过：上帝创造了北京人，北京的旗人创造了一切规矩。

对！对！还得继续创造！王掌柜不肯赊给他一对肘子，不肯借给他四吊钱，好！哈哈，叫他摆一桌酒席，公开道歉！这只是个开端，新规矩还多着哩！多老大的脸日夜不息地笑得像个烧卖，而且是三鲜馅儿的。

可是，王掌柜拒绝了道歉！

眼睛多几乎晕了过去！

王掌柜心里也很不安。他不肯再找多老二去。多老二是老实人，不应再去叫他为难。他明知毛病都在洋人身上；可是，怎样对付洋人，他没有一点经验。他需要帮助。一想，他就想到福海二哥。不是想起一个旗人，而是想起一个肯帮忙的朋友。

自从十成走后，二哥故意地躲着王掌柜。今天，王掌柜忽然来找他，他吓了一跳，莫非十成又回来了，还是出了什么岔子？直到王掌柜说明了来意，他才放下心去。

可是，王掌柜现在所谈的更不好办。他看明白：这件事和十成所说的那些事的根子是一样的。他管不了！在外省，连知府知州知县都最怕遇上这种事，他自己不过是个旗兵，而且是在北京。

他可是不肯摇头。事在人为，得办办看，先摇头是最没出息的办法。他始终觉得自己在十成面前丢了人；现在，他不能不管王掌柜的事，王掌柜是一条好汉子的父亲。再说，眼睛多是旗人，给旗人丢人的旗人，特别可恨！是，从各方面来看，他都得管这件事。

“老掌柜，您看，咱们找找定大爷去，怎样？”

“那行吗？”王掌柜并非怀疑定大爷的势力，而是有点不好意思——每到年、节，他总给定府开点花账。

“这么办：我的身分低，又嘴上无毛，办事不牢，不如请上我父亲和正翁，一位参领，一位佐领，一同去见定大爷，或者能有门儿！对！试试看！您老人家先回吧，别急，听我的回话儿！”

云亭大舅对于一个忘了本，去信洋教的旗人，表示厌恶。“旗人信洋教，那么汉人该怎么样呢？”在日常生活里，他不愿把满、汉的界限划得太清了；是呀，谁能够因为天泰轩的掌柜的与跑堂的都是汉人，就不到那里去喝茶吃饭呢？可是，遇到大事，像满汉应否通婚，大清国的人应否信洋教，他就觉得旗人应该比汉人高明，心中有个准数儿，不会先犯错误。他看不起多老大。不管他是眼睛多，还是鼻子多。

及至听到这件事里牵涉着洋人，他赶紧摇了摇头。他告诉二哥：“少管闲事！”对了，大舅很喜欢说“少管闲事”。每逢这么一说，他就觉得自己为官多年，经验富，阅历深。

二哥没再说什么。他们爷儿俩表面上是父慈子孝，可心里并不十分对劲儿。二哥去找正翁。

八月未完，九月将到，论天气，这是北京最好的时候。风不多，也不大，而且暖中透凉，使人觉得爽快。论色彩，二八月，乱穿衣，大家开始穿出颜色浓艳的衣裳，不再像夏天的那么浅淡。果子全熟了，街上的大小摊子上都展览着由各地运来的各色的果品，五光十色，打扮着北京的初秋。皇宫上面的琉璃瓦，白塔的金顶，在晴美的阳光下闪闪发光。风少，灰土少，正好油饰门面，发了财的铺户的匾额与门脸儿都添上新的色彩。好玩鸟儿的人们，一夏天都用活蚂蚱什么的加意饲养，把鸟儿喂得羽毛丰满，红是红，黄是黄，全身闪动着明润的光泽，比绸缎更美一些。

二哥的院里有不少棵枣树，树梢上还挂着些熟透了的红枣儿。他打下来一些，用包袱兜好，拿去送给正翁夫妇。那年月，旗人们比较闲在，探望亲友便成为生活中的要事一端。常来常往，大家都观察的详细，记得清楚：谁家院里有一棵歪脖的大白杏，谁家的二门外有两株爱开花而不大爱结果的“虎拉车”①。记得清楚，自然到时候就期望有些果子送上门来，亲切而实惠。大姐婆婆向来不赠送别人任何果子，因为她从前种的白枣和蜜桃什么的都叫她给瞪死

① 虎拉车，即花红，俗称沙果。虎读作 huǒ（火）。

了，后来就起誓不再种果树。这可就叫她有时间关心别人家的桃李和苹果，到时候若不给她送来一些，差不多便是大逆不道！因此，二哥若不拿着些枣子，便根本不敢前去访问。

多甫大姐夫正在院里放鸽子。他伸着头，随着鸽阵的盘旋而轻扭脖颈，眼睛紧盯着飞动的“元宝”。他的脖子有点发酸，可是“不苦不乐”，心中的喜悦难以形容。看久了，鸽子越飞越高，明朗的青天也越来越高，在鸽翅的上下左右仿佛还飞动着一些小小的金星。天是那么深远，明洁，鸽子是那么黑白分明，使他不能不微张着嘴，嘴角上挂着笑意。人、鸽子、天，似乎通了气，都爽快、高兴、快活。

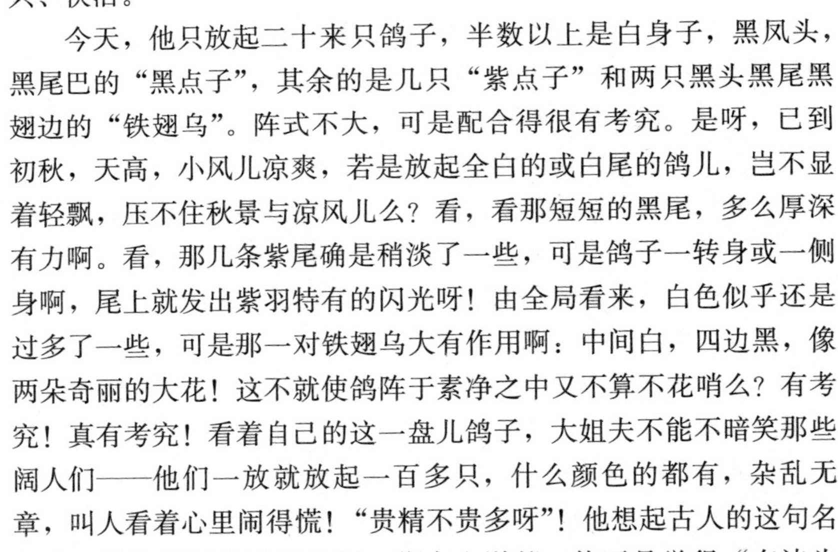

今天，他只放起二十来只鸽子，半数以上是白身子，黑凤头，黑尾巴的“黑点子”，其余的是几只“紫点子”和两只黑头黑尾黑翅边的“铁翅乌”。阵式不大，可是配合得很有考究。是呀，已到初秋，天高，小风儿凉爽，若是放起全白的或白尾的鸽儿，岂不显着轻飘，压不住秋景与凉风儿么？看，看那短短的黑尾，多么厚深有力啊。看，那几条紫尾确是稍淡了一些，可是鸽子一转身或一侧身啊，尾上就发出紫羽特有的闪光呀！由全局看来，白色似乎还是过多了一些，可是那一对铁翅乌大有作用啊：中间白，四边黑，像两朵奇丽的大花！这不就使鸽阵于素净之中又不算不花哨么？有考究！真有考究！看着自己的这一盘儿鸽子，大姐夫不能不暗笑那些阔人们——他们一放就放起一百多只，什么颜色的都有，杂乱无章，叫人看着心里闹得慌！“贵精不贵多呀”！他想起古人的这句名言来。虽然想不起到底是哪一位古人说的，他可是觉得“有诗为证”，更佩服自己了。

在愉快之中，他并没忘了警惕。玩嘛，就得全心全意，一丝不苟。虽然西风还没有吹黄了多少树叶，他已不给鸽子戴上鸽铃，怕声闻九天，招来“鸦虎子”——一种秋天来到北京的鹞子，鸽子的敌人。一点不能大意，万一鸦虎子提前几天进了京呢，可怎么办？他不错眼珠地看着鸽阵，只要鸽子露出点惊慌，不从从容容地飞旋，那必是看见了敌人。他便赶紧把它们招下来，决不冒险。今天，鸽子们并没有一点不安的神气，可是他还不敢叫它们飞得过高了。鸦虎子专会在高空袭击。他打开鸽栅，放出几只老弱残兵，飞到房上。空中的鸽子很快地都抿翅降落。他的心由天上回到胸膛里。

二哥已在院中立了一会儿。他知道，多甫一玩起来便心无二用，听不见也看不见旁的，而且讨厌有人闯进来。见鸽子都安全地落在房上，他才敢开口："多甫，不错呀！"

"哟！二哥！"多甫这才看见客人。他本想说两句道歉的话，可是一心都在鸽子上，爽兴就接着二哥的话茬儿说下去："什么？不错？光是不错吗？看您说的！这是点真学问！我叫下它们来，您细瞧瞧！每一只都值得瞧半天的！"他往栅子里撒了一把高粱，鸽子全飞了下来。"您看！您要是找紫点子和黑点子的样本儿，都在这儿呢！您看看，全是凤头的，而且是多么大，多么俊的凤头啊！美呀！飞起来，美；落下来，美；这才算地道玩艺儿！"没等二哥细细欣赏那些美丽的凤头，多甫又指着一对"紫老虎帽儿"说："二哥！看看这一对宝贝吧！帽儿一直披过了肩，多么好的尺寸，还一根杂毛儿也没有啊！告诉您，没地方找去！"他放低了声音，好像怕隔墙有耳："庆王府的！府里的秀泉，秀把式偷出来的一对蛋！到底是王府里的玩艺儿，孵出来的哪是鸽子，是凤凰哟！"

"嗯！是真体面！得送给秀把式一两八钱的吧？"

"二哥，您是怎么啦？一两八钱的，连看也不叫看一眼啊！靠着面子，我给了他三两。可是，这一对小活宝贝得值多少银子啊？二哥，不信您马上拍出十两银子来，看我肯让给您不肯！"

"那，我还留着银子娶媳妇呢！"

"那，也不尽然！"多甫把声音放得更低了些："您记得博胜之博二爷，不是用老婆换了一对蓝乌头吗？"这时候，他才看见二哥手里的包袱。"二哥，您家里的树熟儿①吧？嘿！我顶爱吃您那儿的那种'莲蓬子儿'，甜酸，核儿小，皮嫩！太好啦！我道谢啦！"他请了个安，把包袱接过去。

进了堂屋，二哥给二位长亲请了安，问了好，而后献礼："没什么孝敬您的，自家园的一点红枣儿！"

大姐进来献茶，然后似乎说了点什么，又似乎没说什么，就那么有规有矩地找到最合适的地方，垂手侍立。

---

① 树熟儿，树上熟透了的果实。

多甫一心要吃枣子，手老想往包袱里伸。大姐婆婆的眼睛把他的手瞪了回去，而后下命令："媳妇，放在我的盒子里去!"大姐把包袱拿走，大姐夫心里凉了一阵。

有大姐婆婆在座，二哥不便提起王掌柜的事，怕她以子爵的女儿的资格，拦头给他一杠子。她对什么事，不管懂不懂，都有她自己的见解与办法。一旦她说出"不管"，正翁就绝对不便违抗。这并不是说正翁有点怕老婆，而是他拥护一条真理——"不管"比"管"更省事。二哥有耐性儿，即使大姐婆婆在那儿坐一整天，他也会始终不动，滔滔不绝地瞎扯。

大姐不知在哪儿那么轻嗽了一下。只有大姐会这么轻嗽，叫有心听的能听出点什么意思来，叫没心听的也觉得挺悦耳，叫似有心听又没心听的既觉得挺悦耳，还可能听出点什么意思来。这是她的绝技。大姐婆婆听见了，瞪了瞪眼，欠了欠身。二哥听到了那声轻嗽，也看见了这个欠身，赶紧笑着说："您有事，就请吧!"大姐婆婆十分庄严地走出去。二哥这才对二位男主人说明了来意。

多甫还没把事情完全听明白，就怒从心中起，恶向胆边生。"什么？洋人？洋人算老几呢？我斗斗他们！大清国是天朝上邦，所有的外国都该进贡称臣!"他马上想出来具体的办法："二哥，您甭管，全交给我吧！善扑营[①]的、当库兵的哥儿们，多了没有，约个三十口子，四十口子，还不算不现成！他眼睛多呀，就是千眼佛，我也把他揍瞎了!"

"打群架吗?"二哥笑着问。

"对！拉躺下，打！打得他叫了亲爹，拉倒！不叫，往死里打!"多甫立起来，晃着两肩，抡抡拳头，还狠狠地啐了两口。

"多甫，"旗人的文化已经提到这么高，正翁当着客人面前，称儿子的号而不呼名了，"多甫，你坐下!"看儿子坐下了，正翁本不想咳嗽，可是又似乎有咳嗽的必要，于是就有腔有调地咳嗽了一会儿，而后问二哥："定大爷肯管这个事吗?"

"我不知道，所以才来请您帮帮忙!"

---

① 善扑营，善扑，摔交。清代设置的善扑营，是专门训练为演习用的摔交、射箭、骑马等技艺的军营。

“我看，我看，拿不准的事儿，顶好不作！”正翁作出很有思想的样子，慢慢地说。

“先打了再说嘛，有什么拿不准的？”多甫依然十分坚决，“是呀，我可以去请两位黄带子①来，打完准保没事！”

“多甫，”正翁掏出四吊钱的票子来，“给你，出去蹓蹓！看有好的小白梨，买几个来，这两天我心里老有点火。”

多甫接过钱来，扭头就走，大有子路负米的孝心与勇气。“二哥，您坐着，我给老爷子找小白梨去！什么时候打，我听您一句话，决不含糊！”他摇晃着肩膀走了出去。

“正翁，您……”二哥问。

“老二，”正翁亲切地叫，“老二！咱们顶好别去蹚浑水！”这种地方，正翁与云翁有些不同：云翁在拒绝帮忙的时候，设法叫人家看出来他的身分，理当不轻举妄动。正翁呢，到底是玩鸟儿、玩票惯了，虽然拒绝帮忙，说的可怪亲切，照顾到双方的利益。“咱们爷儿俩听听书去吧！双厚坪、恒永通，双说‘西游’，可真有个听头！”

“我改天，改天陪您去！今儿个……”二哥心里很不高兴，虽然脸上不露出来——也许笑容反倒更明显了些，稍欠自然一些。他看不上多甫那个虚假劲儿：明知自己不行，却还爱说大话，只图嘴皮子舒服。即使他真想打群架，那也只是证明他糊涂；他难道看不出来，旗人的威风已不像从前那么大了吗？对正翁、二哥就更看不上了。他对于这件事完全漠不关心，他一心想去听《西游记》！

大姐婆婆在前，大姐在后，一同进来。大姐把包袱退还给二哥，里边包着点东西。不能叫客人拿着空包袱走，这是规矩，这也就是婆媳二人躲开了半天的原因。大姐婆婆好吃，存不下东西。婆媳二人到处搜寻，才偶然地碰到了一小盒杏仁粉，光绪十六年的出品。“就行啦！”大姐安慰着婆婆：“反正有点东西压着包袱，就说得过去啦！”

二哥拿着远年的杏仁粉，请安道谢，告退。出了大门，打开包

① 黄带子，清代的宗室，都系着金黄色带子，俗称宗室为“黄带子”。此处是指能在宗室中请出朋友。

袱，看了看，顺手儿把小盒扔在垃圾堆上——那年月，什么地方都有垃圾堆，很“方便”。

十

福海二哥是有这股子劲头的：假若听说天德堂的万应锭这几天缺货，他就必须亲自去问问；眼见为实，耳听是虚。他一点不晓得定大爷肯接见他不肯。他不过是个普通的旗兵。可是，他决定去碰碰；碰巧了呢，好；碰一鼻子灰呢，再想别的办法。

他知道，他必须买通了定宅的管家，才会有见到定大爷的希望。他到便宜坊拿了一对烧鸡，并没跟王掌柜说什么。帮忙就帮到家，他不愿意叫王老头儿多操心。

提着那对鸡——打了个很体面的蒲包，上面盖着红纸黑字的门票，也鲜艳可喜——他不由地笑了笑，心里说：这算干什么玩呢！他有点讨厌这种送礼行贿的无聊，可又觉得有点好玩儿。他是旗人，有什么办法能够从蒲包儿、烧鸡的圈圈里冲出去呢？没办法！

见了管家，他献上了礼物，说是王掌柜求他来的。是的，王掌柜有点小小的、比针尖大不了多少的困难，希望定大爷帮帮忙。王掌柜是买卖地儿的人，不敢来见定大爷，所以才托他登门拜见。是呀，二哥转弯抹角地叫管家听明白，他的父亲是三品顶子的参领——他知道，定大爷虽然有钱有势，可是还没作过官。二哥也叫管家看清楚，他在定大爷面前，一定不会冒冒失失地说出现在一两银子能换多少铜钱，或烧鸡卖多少钱一只。他猜得出，定宅的银盘儿和物价都与众不同，完全由管家规定。假若定大爷万一问到烧鸡，二哥会说：这一程子，烧鸡贵得出奇！二哥这些话当然不是直入公堂说出来的。他也不是怎么说着说着，话就那么一拐弯儿，叫管家听出点什么意思来，而后再拐弯儿，再绕回来。这样拐弯抹角，他说了一个钟头。连这样，管家可是还没有替他通禀一声的表示。至此，二哥也就露出，即使等三天三夜，他也不嫌烦——好在有那对烧鸡在那儿摆着，管家还不至把他轰了出去。

管家倒不耐烦了，只好懒懒地立起来。“好吧，我给你回一声儿吧！”

恰好定大爷这会儿很高兴，马上传见。

定大爷是以开明的旗人自居的。他的祖父、父亲都作过外任官，到处拾来金银元宝，珍珠玛瑙。定大爷自己不急于作官，因为那些元宝还没有花完，他满可以从从容容地享些清福。在戊戌变法的时候，他甚至于相当同情维新派。他不像云翁与正翁那么顾虑到一变法就丢失了铁杆儿庄稼。他用不着顾虑，在他的宅院附近，半条街的房子都是他的，专靠房租，他也能舒舒服服地吃一辈子。他觉得自己非常清高，有时候他甚至想到，将来他会当和尚去，像贾宝玉似的。因此，他也轻看作生意。朋友们屡屡劝他拿点资本，帮助他们开个买卖，他总是摇头。对于李鸿章那伙兴办实业的人，他不愿表示意见，因为他既不明白实业是什么，又觉得“实业”二字颇为时髦，不便轻易否定。对了，定大爷就是这么样的一个阔少爷，时代潮浪动荡得那么厉害，连他也没法子听而不闻，没法子不改变点老旗人的顽固看法。可是，他的元宝与房产又遮住他的眼睛，使他没法子真能明白点什么。所以，他一阵儿明白，一阵儿糊涂，像个十岁左右、聪明而淘气的孩子。

他只有一个较比具体的主张：想叫大清国强盛起来，必须办教育。为什么要办教育呢？因为识文断字的人多起来，社会上就会变得文雅风流了。到端午、中秋、重阳，大家若是都作些诗，喝点黄酒，有多好呢！哼，那么一来，天下准保太平无事了！从实际上想，假若他捐出一所不大不小的房子作校址，再卖出一所房子购置桌椅板凳，就有了一所学堂啊！这容易作到，只要他肯牺牲那两所房子，便马上会得到毁家兴学的荣誉。

定大爷极细心地听取二哥的陈述，只在必要的地方“啊”一下或“哈”一下。二哥原来有些紧张，看到定大爷这么注意听，他脸上露出真的笑意。他心里说：哼，不亲自到药铺问问，就不会真知道有没有万应锭！心中虽然欢喜，二哥可也没敢加枝添叶，故意刺激定大爷。他心里没底——那个旗人是天之骄子，所向无敌的老底。

二哥说完，定大爷闭上眼，深思。而后，睁开眼，他用细润白胖，大指上戴着个碧绿明润的翡翠扳指的手，轻脆地拍了胖腿一下：“啊！啊？我看你不错，你来给我办学堂吧！”

“啊？”二哥吓了一跳。

“你先别出声，听我说！”定大爷微微有点急切地说：“大清国为什么……啊？”凡是他不愿明说的地方，他便问一声“啊”，叫客人去揣摩。“旗人，像你说的那个什么多，啊？去巴结外国人？还不都因为幼而失学，不明白大道理吗？非办学堂不可！非办不可！你就办去吧！我看你很好，你行！哈哈哈！”

“我，我去办学堂？我连学堂是什么样儿都不知道！”二哥是不怕困难的人，可是听见叫他去办学堂，真有点慌了。

定大爷又哈哈地笑了一阵。平日他所接触到的人，没有像二哥这么说话的。不管他说什么，即使是叫他们去挖祖坟，他们也嗻嗻是是地答应着。他们知道，过一会儿他就忘了说过什么。他们也就无须去挖坟了。二哥虽然很精明，可到底和定大爷这样的人不大来往，所以没能沉住了气。定大爷觉得二哥的说话法儿颇为新颖，就仿佛偶然吃一口窝窝头也怪有个意思儿似的。“我看你可靠！可靠的人办什么也行！啊？我找了不是一天啦，什么样的人都有，就是没有可靠的！你就看我那个管家吧，啊？我叫他去买一只小兔儿，他会赚一匹骆驼的钱！哈哈哈！”

“那，为什么不辞掉他呢？”这句话已到唇边，二哥可没敢说出来，省得定大爷又笑一阵。

“啊！我知道你要说什么；我五年前就想辞了他！可是，他走了，我怎么办呢？怎见得找个新人来，买只小兔，不赚三匹骆驼的钱呢？”

二哥要笑，可是没笑出来；他也不怎么觉得一阵难过。他赶紧把话拉回来：“那，那什么，定大爷，您看王掌柜的事儿怎么办呢？”

“那，他不过是个老山东儿！”

这句话伤了二哥的心。他低下头去，半天没说出话来。

“怎么啦？怎么啦？”定大爷相当急切地问。在他家里，他是个小皇帝。可也正因如此，他有时候觉得寂寞、孤独。他很愿意关心国计民生，以备将来时机一到，大展经纶，像出了茅庐的诸葛亮似的。可是，自幼儿娇生惯养，没离开过庭院与花园，他总以为老米白面，鸡鸭鱼肉，都来自厨房；鲜白藕与酸梅汤什么的都是冰箱里产出来的。他接触不到普通人所遇到的困难与问题。他有点苦闷，觉得孤独。是呀，在家里，一呼百诺；出去探望亲友，还是众星捧月；看见的老是那一些人，听到的老是那一套奉承的话。他渴望见到一些新面孔，交几个真朋友。因此，他很容易把初次见面的人当作宝贝，希望由此而找到些人与人之间的新关系，增加一些人生的新知识。是的，新来上工的花把式或金鱼把式，总是他的新宝贝。有那么三四天，他从早到晚跟着他们学种花或养鱼。可是，他们也和那个管家一样，对他总是那么有礼貌，使他感到难过，感到冷淡。新鲜劲儿一过去，他就不再亲自参加种花和养鱼，而花把式与鱼把式也就默默地操作着，对他连看也不多看一眼，好像不同种的两只鸟儿相遇，谁也不理谁。

这一会儿，二哥成为定大爷的新宝贝。是呀，二哥长得体面，能说会道，既是旗人，又不完全像个旗人——至少是不像管家那样的旗人。哼，那个管家，无论冬夏，老穿着护着脚面的长袍，走路没有一点声音，像个两条腿的大猫似的！

二哥这会儿很为难，怎么办呢？想来想去，嗯，反正定大爷不是他的佐领，得罪了也没太大的关系。实话实说吧：“定大爷！不管他是老山东儿，还是老山西儿，他是咱们的人，不该受洋人的欺海！您，您不恨欺压我们的洋人吗？”说罢，二哥心里痛快了一些，可也知道恐怕这是沙锅砸蒜，一锤子的买卖，不把他轰出去就是好事。

定大爷愣了一会儿：这小伙子，教训我呢，不能受！可是，他忍住了气：这小伙子是新宝贝呀，不该随便就扔掉。“光恨可有什么用呢？啊？咱们得自己先要强啊！”说到这里，定大爷觉得自己就是最要强的人：他不吸鸦片，晓得有个林则徐；他还没作官，所以很清廉；他虽爱花钱，但花的是祖辈留下来的，大爷高兴把钱都打了水飘儿玩，谁也管不着……

“定大爷，您也听说了吧，四外闹义和团哪！”

二哥这么一提，使定大爷有点惊异。他用翡翠扳指蹭了蹭上嘴唇上的黑而软的细毛——他每隔三天刮一次脸。关于较比重大的国事、天下事，他以为只有他自己才配去议论。是呀，事实是这样：他的亲友之中有不少贵人，即使他不去打听，一些紧要消息也会送到他的耳边来。对这些消息，他高兴呢，就想一想；不高兴呢，就由左耳进来，右耳出去。他想一想呢，是关心国家大事；不去想呢，是沉得住气，不见神见鬼。不管怎么说吧，二哥，一个小小的旗兵，不该随便谈论国事。对于各处闹教案，他久有所闻，但没有特别注意，因为闹事的地方离北京相当的远。当亲友中作大官的和他讨论这些事件的时候，在感情上，他和那些满族大员们一样，都很讨厌那些洋人；在理智上，他虽不明说，可是暗中同意那些富贵双全的老爷们的意见；忍口气，可以不伤财。是的，洋人不过是要点便宜，给他们就是了，很简单。至于义和团，谁知道他们会闹出什么饥荒来呢？他必须把二哥顶回去："听说了，不该闹！你想想，凭些个拿着棍子棒子的乡下佬儿，能打得过洋人吗？啊？啊？"他走到二哥的身前，嘴对着二哥的脑门子，又问了两声："啊？啊？"

二哥赶紧立起来。定大爷得意地哈哈了一阵。二哥不知道外国到底有多么大的力量，也不晓得大清国到底有多么大的力量。最使他难以把定大爷顶回去的是，他自己也不知道自己有多大力量。他只好改变了口风："定大爷，咱们这一带可就数您德高望重，也只有您肯帮助我们！您要是揣起手儿不管，我们这些小民可找谁去呢？"

定大爷这回是真笑了，所以没出声。"麻烦哪！麻烦！"他轻轻地摇着头。二哥看出这种摇头不过是作派，赶紧再央求："管管吧！管管吧！"

"可怎么管呢？"

二哥又愣住了。他原想定大爷一出头，就能把教会压下去。看样子，定大爷并不准备那么办。他不由地又想起十成来。是，十成作的对！官儿们不管老百姓的事，老百姓只好自己动手！就是这么一笔账！

"我看哪，"定大爷想起来了，"我看哪，把那个什么牧师约来，我给他一顿饭吃，大概事情也就可以过去了。啊？"

二哥不十分喜欢这个办法。可是，好容易得到这么个结果，他不便再说什么。"那，您就分心吧！"他给定大爷请了个安。他急于告辞。虽然这里的桌椅都是红木的，墙上挂着精裱的名人字画，而且小书童隔不会儿就进来，添水或换茶叶，用的是景德镇细磁盖碗，沏的是顶好的双熏茉莉花茶，他可是觉得身上和心里都很不舒服。首先是，他摸不清定大爷到底是怎么一个人，不知对他说什么才好。他愿意马上走出去，尽管街上是那么乱七八糟，飞起的尘土带着马尿味儿，他会感到舒服，亲切。

可是，定大爷不让他走。他刚要走，定大爷就问出来："你闲着的时候，干点什么？养花？养鱼？玩蛐蛐？"不等二哥回答，他先说下去，也许说养花，也许说养鱼，说着说着，就又岔开，说起他的一对蓝眼睛的白狮子猫来。二哥听得出来，定大爷什么都知道一点，什么可也不真在行。二哥决定只听，不挑错儿，好找机会走出去。

二哥对定大爷所用的语言，也觉得有点奇怪。他自己的话，大致可以分作两种：一种是日常生活中用的，里边有不少土话，歇后语，油漆匠的行话，和旗人惯用的而汉人也懂得的满文词儿。他最喜欢这种话，信口说来，活泼亲切。另一种是交际语言，在见长官或招待贵宾的时候才用。他没有上过朝，只能想象：皇上若是召见他，跟他商议点国家大事，他大概就须用这种话回奏。这种话大致是以云亭大舅的语言为标准，第一要多用些文雅的词儿，如"台甫"，"府上"之类，第二要多用些满文，如"贵牛录"，"几栅栏"等等。在说这种话的时候，吐字要十分清楚，所以顶好有个腔调，并且随时要加入"嗻嗻是是"，毕恭毕敬。二哥不大喜爱这种拿腔作势的语言，每一运用，他就觉得自己是在装蒜。它不亲切。可是，正因为不亲切，才听起来像官腔，像那么回事儿。

定大爷不要官腔，这叫二哥高兴；定大爷没有三四品官员的酸味儿。使二哥不大高兴的是：第一，定大爷的口里还有不少好几年前流行而现在已经不大用的土语。这叫他感到不是和一位青年谈话呢。听到那样的土语，他就赶紧看一看对方，似乎怀疑定大爷的年纪。第二，定大爷的话里有不少虽然不算村野，可也不算十分干净的字眼儿。二哥想得出来：定大爷还用着日久年深的土语，是因为不大和中、下层社会接触，或是接触的不及时。他可是想不出，为什么一个官宦之家的，受过教育的子弟，嘴里会不干不净。是不是中等旗人的语言越来越文雅，而高等旗人的嘴里反倒越来越简单、俗俚呢？二哥想不清楚。

更叫他不痛快的是：定大爷的话没头没脑，说着说着金鱼，忽然转到："你看，赶明儿个我约那个洋人吃饭，是让他进大门呢？还是走后门？"这使二哥很难马上作出妥当的回答。他正在思索，定大爷自己却提出答案："对，叫他进后门！那，头一招，他就算输给咱们了！告诉你，要讲斗心路儿，红毛儿鬼子可差多了！啊？"

有这么几次大转弯，二哥看清楚：定大爷是把正经事儿搀在闲话儿说，表示自己会于谈笑之中，指挥若定。二哥也看清楚：表面上定大爷很随便，很天真，可是心里并非没有自己的一套办法。这套办法必是从日常接触到的达官贵人那里学来的，似乎有点道理，又似乎很荒唐。二哥很不喜欢这种急转弯，对鬼子进大门还是走后门这类的问题，也不大感觉兴趣。他急于告别，一来是他心里不大舒服，二来是很怕定大爷再提起叫他去办学堂。

十 一

牛牧师接到了请帖，打听明白了定大爷是何等人，他非常兴奋。来自美国，他崇拜阔人。他只尊敬财主，向来不分析财是怎么发的。因此，在他的舅舅发了财之后，若是有人暗示：那个老东西本是个流氓。他便马上反驳：你为什么没有发了财呢？可见你还不如流氓！因此，他拿着那张请帖，老大半天舍不得放下，几乎忘了定禄是个中国人，他所看不起的中国人。这时候，他心中忽然来了一阵民主的热气：黄脸的财主是可以作白脸人的朋友的！同时，他也想起：他须抓住定禄，从而多认识些达官贵人，刺探些重要消息，报告给国内或使馆，提高自己的地位。他赶紧叫仆人给他擦鞋、烫衣服，并找出一本精装的《新旧约全书》，预备送给定大爷。

他不知道定大爷为什么请他吃饭，也不愿多想。眼睛多倒猜出一点来，可是顾不得和牧师讨论。他比牛牧师还更高兴："牛牧师！牛牧师！准是翅席哟！准是！嘿！"他咂摸着滋味，大口地咽口水。

眼睛多福至心灵地建议：牛牧师去赴宴，他自己愿当跟班的，头戴红缨官帽，身骑高大而老实的白马，给牧师拿着礼物什么的。他既骑马，牧师当然须坐轿车。"对！牛牧师！我去雇一辆车，准保体面！到了定宅，我去喊：'回事！'您听，我的嗓音儿还像那么一回事吧？"平日，他不敢跟牧师这么随便说话。今天，他看出牧师十分高兴。而自己充当跟随，有可能吃点残汤腊水，或得到两吊钱的赏赐，所以就大胆一些。

"轿车？"牛牧师转了转眼珠。

"轿车！对！"眼睛多不知吉凶如何，赶紧补充："定大爷出门儿就坐轿车，别叫他小看了牧师！"

“他坐轿车，我就坐大轿！我比他高一等！”

眼睛多没有想到这一招，一时想不出怎么办才好。“那，那，轿子，不，不能随便坐呀！”

“那，你等着瞧！我会叫你们的皇上送给我一乘大轿，八个人抬着！”

“对！牧师！牧师应当是头品官！您可别忘了，您戴上红顶子，可也得给我弄个官衔！我这儿先谢谢牧师啦！”眼睛多规规矩矩地请了个安。

牧师咔咔咔地笑了一阵。

商议了许久，他们最后决定：牧师不坚持坐大轿，眼睛多也不必骑马，只雇一辆体面的骡车就行了。眼睛多见台阶就下，一来是他并没有不从马上掉下来的把握，尽管是一匹很老实的马，二来是若全不让步，惹得牧师推翻全盘计划，干脆连跟班的也不带，他便失去到定宅吃一顿或得点赏钱的机会。

宴会时间是上午十一点。牛牧师本想迟起一些，表示自己并不重视一顿好饭食。可是，他仍然起来得很早，而且加细地刮了脸。他不会去想，到定宅能够看见什么珍贵的字画，或艺术价值很高的陈设。他能够想象得到的是去看看大堆的金锭子、银锞子，和什么价值连城的夜光珠。他非常兴奋，以至把下巴刮破了两块儿。

眼睛多从看街的德二爷那里借来一顶破官帽。帽子太大，戴上以后，一个劲儿在头上打转儿。他很早就来在教堂门外，先把在那儿歇腿的几个乡下人，和几个捡煤核的孩子，都轰了走：“这儿是教堂，站不住脚儿！散散！待会儿洋大人就出来，等着吃洋火腿吗?”看他们散去，他觉得自己的确有些威严，非常高兴。然后，他把牧师的男仆叫了出来：“我说，门口是不是得动动笤帚呢？待会儿，牧师出来一看……是吧?”平日，他对男仆非常客气，以便随时要口茶喝什么的，怪方便。现在，他戴上了官帽，要随牧师去赴宴，他觉得男仆理当归他指挥了。男仆一声没出，只对那顶风车似的帽子翻了翻白眼。

十点半，牛牧师已打扮停妥。他有点急躁。在他的小小生活圈子里，穷教友们是他天天必须接触到的。他讨厌他们，鄙视他们，可又非跟他们打交道不可。没有他们，他的饭锅也就砸了。他觉得这是上帝对他的一种惩罚！他羡慕各使馆的那些文武官员，个个扬眉吐气，的确像西洋人的样子。他自己算哪道西洋人呢？他几乎要祷告：叫定大爷成为他的朋友，叫他打入贵人、财主的圈子里去！那，可就有个混头儿了！这时候，他想起许多自幼儿读过的廉价的“文学作品”来。那些作品中所讲的冒险的故事，或一对男女仆人的罗曼司，不能都是假的。是呀，那对仆人结了婚之后才发现男的是东欧的一位公爵，而女的得到一笔极大极大的遗产！是，这不能都是假的！

这时候，眼睛多进来请示，轿车已到，可否前去赴宴？平时，牧师权看不起眼睛多，可是又不能不仗着他表现自己的大慈大悲，与上帝的无所不知，无所不能。现在，他心中正想着那些廉价的罗曼司，忽然觉得眼睛多确有可爱之处，像一条丑陋而颇通人性的狗那么可笑又可爱。他爱那顶破官帽。他不由地想到：他若有朝一日发了财，就必用许多中国仆人，都穿一种由他设计的服装，都戴红缨帽。他看着那顶破帽子咔咔了好几声。眼睛多受宠若惊，乐得连腿都有点发软，几乎立不住了。

这是秋高气爽的时候，北京的天空特别晴朗可喜。正是十一点来钟，霜气散尽，日光很暖，可小西北风又那么爽利，使人觉得既暖和又舒服。

可惜，那时代的道路很坏：甬路很高，有的地方比便道高着三四尺。甬路下面往往就是臭泥塘。若是在甬路上翻了车，坐车的说不定是摔个半死，还是掉在臭泥里面。甬路较比平坦，可也黑土飞扬，只在过皇上的时候才清水泼街，黄土垫道，干净那么三五个钟头。

眼睛多雇来的轿车相当体面。这是他头一天到车口①上预定的，怕临时抓不着好车。

他恭恭敬敬地拿着那本精装《圣经》，请牧师上车。牛牧师不肯进车厢，愿跨车沿儿。

“牧师！牛牧师！请吧！没有跟班的坐里面，主人反倒跨车沿儿的，那不成体统！”眼睛多诚恳地劝说。

---

① 车口，停放车辆以等待顾主的地方。

牧师无可如何，只好往车厢里爬。眼睛多拧身跨上车沿，轻巧飘洒，十分得意。给洋人当跟随，满足了他的崇高愿望。

车刚一动，牧师的头与口一齐出了声，头上碰了个大包。原来昨天去定车的时候，几辆车静静地排在一处，眼睛多无从看出来骡子瘸了一条腿。腿不大方便的骡子须费很大的事，才能够迈步前进，而牧师左摇右晃，手足失措，便把头碰在坚硬的地方。

“不要紧！不要紧！”赶车的急忙笑着说：“您坐稳点！上了甬路就好啦！别看它有点瘸，走几十里路可不算一回事！还是越走越快，越稳！”

牧师手捂着头，眼睛多赶紧往里边移动，都没说什么。车上了甬路。牧师的腿没法儿安置：开始，他拳着双腿，一手用力拄着车垫子，一手捂着头上；这样支持了一会儿，他试探着伸开一条腿。正在此时，瘸骡子也不怎么忽然往路边上一扭，牧师的腿不由地伸直。眼睛多正得意地用手往上推一推官帽，以便叫路上行人赏识他的面貌，忽然觉得腰眼上挨了一炮弹，或一铁锤。说时迟，那时快，他还没来得及“哎呀”一声，身子已飘然而起，直奔甬路下的泥塘。他想一拧腰，改变飞行的方向，可是恰好落在泥塘的最深处。别无办法，他只好极诚恳地高喊：救命啊！

几个过路的七手八脚地把他拉了上来。牛牧师见车沿已空，赶紧往前补缺。大家仰头一看，不约而同地又把眼睛多扔了回去。他们不高兴搭救洋奴。牛牧师催车夫快走。眼睛多独力挣扎了许久，慢慢地爬了上来，带着满身污泥，手捧官帽，骂骂咧咧地回了家。

定宅门外已经有好几辆很讲究的轿车，骡子也都很体面。定大爷原想叫牧师进后门，提高自己的身分，削减洋人的威风。可是，女眷们一致要求在暗中看看“洋老道”是什么样子。她们不大熟悉牧师这个称呼，而渺茫地知道它与宗教有关，所以创造了“洋老道”这一名词。定大爷觉得这很好玩，所以允许牛牧师进前门。这虽然给了洋人一点面子，可是暗中有人拿他当作大马猴似的看着玩，也就得失平衡，安排得当。

一个十三四岁的小童儿领着牧师住院里走。小童儿年纪虽小，却穿着件扑着脚面的长衫，显出极其老成，在老成之中又有点顽皮。牛牧师的黄眼珠东溜溜，西看看，不由地长吸了一口气。看，迎面是一座很高很长的雕砖的影壁，中间悬着个大木框，框心是朱纸黑字，好大的两个黑字。他不会欣赏那砖雕，也不认识那俩大黑字，只觉得气势非凡，的确是财主住的地方。影壁左右都有门，分明都有院落。

“请!”小童儿的声音不高也不低，毫无感情。说罢，他向左手的门走去。门坎很高，牧师只顾看门上面的雕花，忘了下面。鞋头碰到门坎上，磕去一块皮，颇为不快。

进了二门，有很长的一段甬路，墁①着方砖，边缘上镶着五色的石子，石子儿四围长着些青苔。往左右看，各有月亮门儿。左边的墙头上露着些青青的竹叶。右门里面有座小假山，遮住院内的一切，牛牧师可是听到一阵妇女的笑声。他看了看小童儿，小童儿很老练而顽皮地似乎挤了挤眼，又似乎没有挤了挤眼。

又来到一座门，不很大，而雕刻与漆饰比二门更讲究。进了这道门，左右都是长廊，包着一个宽敞的院子。听不见一点人声，只有正房的廊下悬着一个长方的鸟笼，一只画眉独自在歌唱。靠近北房，有两大株海棠树，挂满了半红的大海棠果。一只长毛的小白猫在树下玩着一根鸡毛，听见脚步声，忽然地不见了。

顺着正房的西北角，小童儿把牧师领到后院。又是一片竹子，竹林旁有个小门。牧师闻到桂花的香味。进了小门，豁然开朗，是一座不小的花园。牛牧师估计，从大门到这里，至少有一里地。迎门，一个汉白玉的座子，上边摆着一块细长而玲珑的太湖石。远处是一座小土山，这里那里安排着一些奇形怪状的石头，给土山添出些棱角。小山上长满了小树与杂花，最高的地方有个茅亭，大概登亭远望，可以看到青青的西山与北山。山前，有个荷花池，大的荷叶都已残破，可是还有几叶刚刚出水，半卷半开。顺着池边的一条很窄，长满青苔的小路走，走到山尽头，在一棵高大的白皮松下，有三间花厅。门外，摆着四大盆桂花，二金二银，正在盛开。

“回事!”小童儿喊了一声。听到里面的一声轻嗽，他高打帘栊，请客人进去。然后，他立在大松下，抠弄树上的白皮儿，等候命令。

---

① 墁，铺。

花厅里的木器一致是楠木色的，蓝与绿是副色。木制的对联，楠木地绿字；匾额，楠木地蓝字。所有的瓷器都是青花的。只有一个小瓶里插着两朵红的秋玫瑰花。牛牧师扫了一眼，觉得很失望——没有金盘子银碗！

定大爷正和两位翰林公欣赏一块古砚。见牛牧师进来，他才转身拱手，很响亮地说："牛牧师！我是定禄！请坐！"牧师还没坐下，主人又说了话："啊，引见引见，这是林小秋翰林，这是纳雨声翰林，都坐！坐！"

两位翰林，一高一矮，一胖一瘦，一满一汉，都留着稀疏的胡子。汉翰林有点拘束。在拘束之中露出他既不敢拒绝定大爷的约请，又实在不高兴与洋牧师同席。满翰林是个矮胖子，他的祖先曾征服了全中国，而他自己又吸收了那么多的汉族文化，以至当上翰林，所以不像汉翰林那么拘束。他觉得自己是天之骄子，他的才华足以应付一切人，一切事。一切人，包括着白脸蓝眼珠的，都天生来的比他低着一等或好几等。他不知道世界列强的真情实况，可的确知道外国的枪炮很厉害，所以有点怕洋鬼子。不过，洋鬼子毕竟是洋鬼子，无论怎么厉害也是野人，只要让着他们一点，客气一点，也就可以相安无事了。不幸，非短兵相接，打交手仗不可，他也能在畏惧之中想出对策。他直看牛牧师的腿，要证实鬼子腿，像有些人说的那样，确是直的。假若他们都是直腿，一倒下就再也起不来，那便好办了——只须用长竹竿捅他们的磕膝，弄倒他们，就可以像捉仰卧的甲虫那样。从从容容地捉活的就是了。牛牧师的腿并不像两根小柱子。翰林有点失望，只好再欣赏那块古砚。

"贵国的砚台，以哪种石头为最好呢?"纳雨声翰林为表示自己不怕外国人，这样发问。

牛牧师想了想，没法儿回答，只好咔咔了两声。笑完，居然想起一句："这块值多少钱?"

"珍秀斋刚送来，要八十两，还没给价儿。雨翁说，值多少?"定大爷一边回答牧师，一边问纳翰林。

"给五十两吧，值!"纳雨翁怕冷淡了林小秋，补上一句，"秋翁说呢?"

秋翁知道，他自己若去买，十两银子包管买到手，可是不便给旗官儿省钱，于是只点了点头。

牛牧师的鼻子上出了些细汗珠儿。他觉得自己完全走错了路。看，这里的人竟自肯花五十两买一块破石头！他为什么不早找个门路，到这里来，而跟眼睛多那些穷光蛋们瞎混呢？他须下决心，和这群人拉拢拉拢，即使是卑躬屈膝也好！等把钱拿到手，再跟他们瞪眼，也还不迟！他决定现在就开始讨他们的喜欢！正在这么盘算，他听见一声不很大而轻脆的响声。他偷眼往里间看，一僧一道正在窗前下围棋呢。他们聚精会神地看着棋盘，似乎丝毫没理会他的光临。

那和尚有五十多岁，虽然只穿件灰布大领僧衣，可是气度不凡：头剃得极光，脑门儿极亮，脸上没有一丝五十多岁人所应有的皱纹。那位道士的道袍道冠都很讲究，脸色黄黄的，静中透亮，好像不过五十来岁，可是一部胡须很美很长，完全白了。

牛牧师不由地生了气。他，和他的亲友一样，知道除了自己所信奉的，没有，也不应当有，任何配称为宗教的宗教。这包括着犹太教、天主教。至于佛教、道教……更根本全是邪魔外道，理当消灭！现在，定大爷竟敢约来僧道陪他吃饭，分明是戏弄他，否定他的上帝！他想牺牲那顿好饭食，马上告辞，叫他们下不来台。

一个小丫环托着个福建漆的蓝色小盘进来，盘上放着个青花磁盖碗。她低着头，轻轻把盖碗放在他身旁的小几上，轻俏地走出去。

他掀开了盖碗的盖儿，碗里边浮动着几片很绿很长的茶叶。他喝惯了加糖加奶的稠嘟嘟的红茶，不晓得这种清茶有什么好处。他觉得别扭，更想告辞了。

“回事！”小童在外边喊了一声。

两位喇嘛紧跟着走进来。他们满面红光，满身绸缎，还戴着绣花的荷包与褡裢，通体光彩照人。

牛牧师更坐不住了。他不止生气，而且有点害怕——是不是这些邪魔外道要跟他辩论教义呢？假若是那样，他怎么办呢？他的那点学问只能吓唬眼睛多，他自己知道！

一位喇嘛胖胖的，说话声音很低，嘴角上老挂着笑意，看起来颇有些修养。另一位，说话声音很高，非常活泼，进门就嚷：“定大爷！我待会儿唱几句《辕门斩子》①，您听听！”

“那好哇！”定大爷眉飞色舞地说：“我来焦赞，怎样？啊，好！先吃饭吧！”他向门外喊：“来呀！开饭！”

小童儿在园内回答：“嗻！全齐啦！”

“请！请！”定大爷对客人们说。

牛牧师听到开饭，也不怎么怒气全消，绝对不想告辞了。他决定抢先走，把僧、道、喇嘛，和翰林，都撂在后边。可是，定大爷说了话：“不让啊，李方丈岁数最大，请！”

那位白胡子道士，只略露出一点点谦让的神气，便慢慢往外走，小童儿忙进来搀扶。定大爷笑着说：“老方丈已经九十八了，还这么硬朗！”

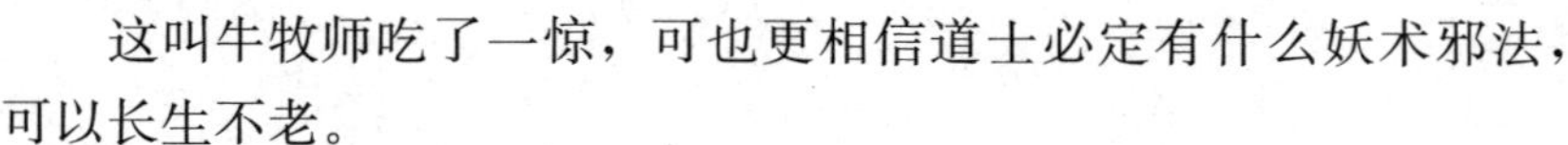

这叫牛牧师吃了一惊，可也更相信道士必定有什么妖术邪法，可以长生不老。

和尚没等让，就随着道士走。定大爷也介绍了一下：“月朗大师，学问好，修持好，琴棋书画无一不佳！”

牛牧师心里想：这顿饭大概不容易吃！他正这么想，两位翰林和两位喇嘛都走了出去。牛牧师皱了皱眉，定大爷面有得色。牛牧师则要走，定大爷往前赶了一步：“我领路！”牛牧师真想踢他一脚，可是又舍不得那顿饭，只好作了殿军。

酒席设在离花厅不远的一个圆亭里。它原来是亭子，后来才安上玻璃窗，改成暖阁。定大爷在每次大发脾气之后，就到这里来陶真养性。假若尚有余怒，他可以顺手摔几件小东西。这里的陈设都是洋式的，洋钟、洋灯、洋磁人儿……地上铺着洋地毯。

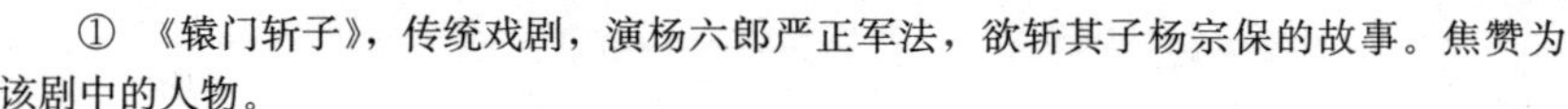

① 《辕门斩子》，传统戏剧，演杨六郎严正军法，欲斩其子杨宗保的故事。焦赞为该剧中的人物。

牛天赐传

Niutiancizhuan

一　天官赐福

要不是卖落花生的老胡，我们的英雄也许早已没了命；即使天无绝人之路，而大德曰生，大概他也不会完全像这里所要述说的样子了。机会可以左右生命，这简直无可否认，特别是在这天下太平的年月。他遇上老胡，机会；细细的合算合算，还不能说是个很坏的机会。

不对，他并没有遇上老胡，而是老胡发现了他。在这个生死关头，假如老胡心里一别扭，比如说，而不爱多管闲事，我们的英雄的命运可就很可担心了。是这么回事：在这个时节，他无论如何也还不会招呼老胡或任何人一声，因为他是刚降生下来不到几个钟头。这时候他要是会说话，而很客气的招呼人，并不见得准有他的好处；人是不可以努力太过火的。

老胡每天晚上绕到牛宅门口，必定要休息一会儿。这成了一种习惯。他准知道牛氏老夫妇决不会照顾他的；他们的牙齿已过了嚼糖儿豆儿的光荣时期。可是牛宅的门洞是可爱的，洁净而且有两块石墩，正好一块坐着，一块放花生笸子，好像特为老胡预备下的。他总在这儿抽袋烟，歇歇腿，并数一数铜子儿。有时候还许遇上避风或避雪的朋友，而闲谈一阵。他对这个门洞颇有些好感。

我们的英雄出世这一天，正是新落花生下市的时节，除了深夜还用不着棉衣。天可是已显着短了；北方的秋天有这个毛病，刚一来到就想着走，好像敷衍差事呢。大概也就是将到八点吧，天已然很黑了，老胡绕到“休息十分”的所在——这个办法不一定是电影院的发明。把笸子放好，他掏出短竹管烟袋；一划火柴，发现了件向来没有在那里过的东西。差点儿正踩上！正在石墩前面，黑糊糊的一个小长包，像“小人国”的公民旅行时的行李卷，假如小人国公民也旅行的话。又牺牲了根火柴，他看明白了——一个将来也会吃花生的小家伙。

老胡解开怀就把小行李卷揣起来了。遇到相当的机会，谁也有母性，男人胸上到底有对挂名的乳啊。顾不得抽烟了，他心中很乱。无论是谁，除了以杀人为业的，见着条不能自己决定生还是死的生命，心中总不会平静。老胡没有儿女，因为没娶过老婆。他的哥哥有儿子，但是儿子这种东西总是自己的好。没有老婆怎能有儿子呢？实在是个问题。轻轻的拍着小行李卷，他的心中忽然一亮，问题差不多可以解决了：没有老婆也能有儿子，而且简单的很，如拾起一根麻绳那么简单。他不必打开小行李卷看，准知道那是个男小孩；私生的小孩十个有八个是带着小麻雀的。

继而一想，他又为了难：小孩是不能在花生筐子里养活着的，虽然吃花生很方便，可是一点的小娃娃没有牙。他叹了口气，觉得作爸爸的希望很渺茫。要作爸爸而不可得，生命的一大半责任正是竹篮打水落了空！

不能再为自己思索了，这太伤心。

假如牛老夫妇愿意收养他呢？想到这儿，老胡替小行李卷喜欢起来。牛老夫妇是一对没儿没女而颇有几个钱的老绝户，这条街上谁都知道这个，而且很有些人替那堆钱不放心。

他拍门了，正赶上牛老者从院里出来。老胡把宝贝献出去。牛老者是五十多岁的小老头，不怎么尊严，带出来点怕太太的精神，事实上也确是这样。老者接过小英雄去，乐得两手直颤：“在这儿捡起来的？真的？真是这里？”

老胡蹲下去，划了根火柴，指明那个地方。老者看了看，觉得石墩前确有平地跳出娃娃的可能：“自要不是从别处拾来的就行；老天爷给送到门上来，不要就有罪，有罪！”可是，“等等，我请太太去。”老者知道——由多年的经验与参悟——老天爷也大不过太太去。他又舍不得放下天赐的宝贝，“这么办好不好，你也进来？”于是大家连同花生筐子一齐进去了。

牛老太太是个五十多岁，很有气派的小老太太，除了时常温习温习欺侮老头儿，（无论什么都是温故而知新的，）连个苍蝇也舍不得打死——自然苍蝇也得知趣，若是在老太太温习功课的时节飞过来，性命也不一定安全，老太太在动气的工夫手段也颇厉害。

老者把宝贝递给了太太。到底太太有智慧，晓得非打开小卷不能看清里边的一切。一揭开上面，露出个红而多皱的小脸，似乎活得已经不大耐烦了。老太太的观察力也惊人："哟！是个小娃娃！"越往下看越像小娃娃，可是老太太没加以什么批评。（真正的批评家懂得怎样谨慎。）直到发现了那小小的男性商标，她才决定了："我的小宝贝！"这个世纪到底还是男人的，虽然她不大看得起牛老者。

"咱们，咱们，"老者觉得非打个主意不可，可是想不出；即使已想出，也不便公然建议。

"哪儿来的呢？"老太太还不肯宣布政策，虽然已把娃娃揣在怀中。

老者向老胡一努嘴；远来的和尚会念经。

老胡把宝物发现的经过说了一番，而后补上："我本想把他抱走，我也没有儿子，可是老天爷既是把他送到府上来了，我怎能逆天行事呢！"他觉出点替天行道的英雄气概。

"你也看明白了那个地方？"老太太向老头儿索要证据。

"还摸了摸呢，潮渗渗的！"老者确知道自己不敢为这个起誓。

"真是天意，那么？"老太太问。

"真乃天意！"两位男子一齐答对。

这时候，第三位男子恐怕落后，他哭了。在决定命运的时机，哭是必要的。

"宝贝，别哭！"老太太动了心："叫，叫四虎子找奶妈去！"

老胡看明白，小行李卷有了吃奶的地方；人生有这么个开始也就很过得去了。他提起花生筐子来，可是被老太太拦住："多少次了，我们要抱个娃娃，老没有合适的；今天老天爷赏下一个来，可就省事多了。可是，不许你到外边说去！哼。"她忽然灵机一动，又把小行李卷抱出来，重新检查，这回是由下面看起。果然发现了，小细腿腕上拴着个小纸片。"怎样！"老太太非常的得意。

老头儿虽没有发现的功绩，但有识字的本事，把小纸片接过去，预备当众宣读。老者看字大有照像的风格，得先对好了光，把头向前向后移动了好几次。光对好了，可是，“嗯?”又重新对光，还是“嗯，怎么写上字又抹去了呢?”

老太太不大信任老伴儿的目力，按着穿针的风格，撅着唇，皱着眉，看了一番。果然是有字又抹去了。

什么意思呢?

“看看后边!”老太太并非准知道后边有字，这是一个习惯——连买柿子都得翻过来看看底面。

后面果然也有字，可是也涂抹了。

“这个像是‘马’字。”老者自言自语的猜测。

老胡福至心灵，咂摸透了点意思：“不是男的，就是女的，总有一个姓马的；谁肯把自己的娃娃扔了呢，所以写上点字儿；又这么一想啊，不体面，所以又抹去了：就好像墙上贴了报单儿，怪不好看的，用青灰水抹抹吧，一个样；大概呀，哼，有难说的事!”老胡为表示自己的聪明，话来得很顺畅；可是忽然想起这有点不利于小行李卷，赶紧补充上：“可也不算什么，常有的事。”还觉得没完全转过弯儿来，正要再想，被老太太接了过去：

“有你这么一说!”

老胡觉得很对不起小行李卷!

可是老太太照旧把娃娃揣起去了，接着说：“虽然是老天爷赏的，可并不像个雪花，由天上掉下来；他有父母！要不怎么我嘱咐你呢，你听过《天雷报》? 这是一；我们不愿以后人家小看他，这是二。你别给宣嚷去。给他十块钱!”末一句是对牛老者下的令。

十块钱过了手，老者声明：“六块是太太的，四块是我的。”

老胡怪不好意思的，抓了把花生放在桌上：“山东人管花生叫长生果，借个吉利，长命百岁!”

老太太听着很入耳：“再给他十块，怪苦的，只要别上外边说去!”

老胡起了誓，决不对任何人去说。于是十块钱又过了手，照样是“太太的六块，我的四块。”

老胡走了。

“四虎子这小子上哪儿玩去了?!”老者找不到四虎子，“我去，我自己去!”

“找不到奶妈就不用回来，听明白没有?”老太太鼓励着老伴儿。

“找到天亮也得把她找着!”老者也很愿努力。

老者走后，老太太细看怀中的活宝贝，越看越爱。老太太眼中没有难看的娃娃，虽然刚生下来的娃娃都那么不体面。嘴上有个肉岗，这便是高鼻梁。看这一脑袋黑头发，其实未必有几根，而且绝对的不黑。眼睛，更不用说，自古至今向无例外，都是大的。老太太的想象是依着慈爱走的，在看娃娃的时节。

拍着，逗着，歪着头看，牛老太太乐得直落泪。五十多岁有了儿子！而且是老天爷给放在门口的。就说是个丫环或老妈子给扔在这儿吧，为什么单单扔在“这儿”，还不是天意?这一层已无问题。然后盘算着：作什么材料的毛衫，什么颜色的小被子，裁多少块尿布。怎样办三天，如何作满月。也就手儿大概的想到：怎样给他娶媳妇，自己死了他怎样穿孝顶丧……

可是，怎么通知亲友呢?一阵风由天上刮下个娃娃，不大像话。拾来的，要命也不能这么说，幸而四虎子没在家，又是天意，这小子的嘴比闪还快。老刘妈，多么巧，也出去了，她的嘴也不比闪慢。两条闪都没在家就好办了，就说是远本家承继过来的——在很远很远的地方住。不对，住得那样远，怎能刚落草就送到了呢?近一些吧，刚生下来，娘就死了，不能不马上送来，行；可怜的小宝贝!

叫什么呢?“天意”，“天来”，都不好。“天来”像当铺的字号，“天意”，不是酱园有个“老天义”吗?天——反正得有个天，“天官赐福”，字又太多了。哼，为什么不叫“天赐”呢?小名呢，“福官”!老太太一向佩服金仙庵的三位娘娘，而不大注意孔圣人，现在更不注意他了。

这样，我们的英雄有了准家准姓准名。

二　歪打正着

合起来说，咱们算是不晓得牛天赐的生身父母是谁。这简直是和写传记的成心作难。跑马场上的名马是有很详细的血统表系的；咱们的英雄，哼，自天而降！怎么，凭着什么，去解释与明白他的天才，心力，与特性等等呢？这些都与遗传大有关系。就先不提这些，而说他的面貌神气；这也总该有些根据呀。眼睛像姥姥，一笑像叔父，这才有观念的联合，而听着像回真事儿。人总得扛着历史，牛必须长着犄角。咱们的英雄，可是，像块浮云，没根儿。

怎么办呢？

只有两个大字足以帮助我们——活该。

这就好办多了。不提人与原始阿米巴或星云的关系，而干干脆脆卖什么吆喝什么。没家谱，私生子，小行李卷，满都活该。反之，我们倒更注意四外敲打这颗小小的心的东西是什么。因为这些是有案可查，一个萝卜一个坑的。没有猜测，造谣，与成见的牛老夫妇，四虎子，小毛衫，尿垫子……是我们不敢忽略的；这些便是敲打那颗小心的铁锤儿们。遗传，在“心”的铸造上，大概不见得比教养更有分量。咱们就顺着这条路走吧，先说说牛老者。

世上有许多不容易形容的人，牛老者便是一个。你刚把光对好，要给他照了，他打个哈欠；幸而他没打哈欠，照上了；洗出来一看，他翻着白眼呢。他老从你的指缝里偷着溜开。你常在介绍医生，神相麻子丰等等的广告中看到他的名字，你常在大街，庙会，股东会议，商会上遇见他，可是他永远不惹你特别注意他。老那么笑不唧的，似乎认识你，又似乎不大认识；有时候他能忘了自己的姓，而忽然又想起来。你似乎没听过他说话，其实他的嘴并没闲着，只是所说的向无打动人心的时候；他自己似乎也知道：他说不说，你听不听，都没关系。他有时候仿佛能由身里跳出来，像个生人似的看看自己，所以他不自傲，而是微笑着自慰："老牛啊，你不过是如此。"自然他不能永远这样，有时候也很能要面子，摆架子。可是摆上三五分钟，自己就觉出底气不足，而笑着拉倒了；要不然牛太太怎会占了上风呢。假若他是条鱼，他永远不会去抢上水，而老在泥上溜着。

这可并非是说，他是个弱者，处处失败。事实上，他很成功。他不晓得怎么成的功。他有种非智慧的智慧，最善于歪打正着。他是云城数得着的人物。当铺、煤厂、油酒店，他全开过，都赚钱。现在他还有三个买卖。对什么他也不是真正内行，哪一行的人也不诚心佩服他。他永远笑着"碰"。可是多少回了，这种碰法使金钱归了他。别人谁也不肯要的破房，要是问到了他，恰巧他刚吃完一碗顺口的鸡丝面，心里怪舒服："好吧，算我的吧。"这所破房能那么放个七八年，白给人住也没人去，因为没有房顶。可是忽然有那么一天，有人找上门来，非要那块地方不可，只有那块地方适于开医院。他赚了五倍的钱。"好吧，算你的了。"他一笑，没人知道这一笑的意思是什么，他自己也不知道。他有这么种似运气非运气，似天才非天才，似瞎碰非瞎碰的宝贝。他不好也不坏，不把钱看成命，可是洋钱的响声使他舍不得胡花。他有一切的嗜好，可是没瘾。戏的好歹，他一向不发表意见；听就听，不听也没什么。酒量不大，将要吃过了量的时候也不怎么就想起太太来，于是没喝醉，太太也没跟他闹，心里很舒坦。烟是吸哈德门牌的，吸到半截便掐灭，过一会了再吸那半截，省烟与费火柴成了平衡；他是天生的商人。

就是没儿子，这个缺点，只有这个缺点，不能以一笑置之。可是当太太急了的时候，他还得笑："是呀，是呀，我没只怨你呀，俩人的事，俩人的事。"分担了一半过错，太太也就不便赶尽杀绝，于是生活又甜美起来：太太不生气，儿子只好另说吧，然后睡得很好，在梦里听说麦子要长价，第二天一清早便上了铺子，多收麦子。果然又赚了一笔。

牛老者的样子不算坏，就是不尊严，圆脸，小双下巴，秃脑顶，鼻子有点爬爬着，脑面很亮，眼珠不大灵动，黄短胡子，老笑着，手脚短，圆肚子，摇动着走，而不扬眉吐气，混身圆满而缺乏曲线，像个养老的厨子。衣服的材料都不坏，就是袖口领边的油稍多，减少了漂亮。帽子永远像小着一号，大概是为脱帽方便，他的爱脱帽几乎是种毛病。一笑，手便往帽沿上去了；有时候遇上个好事的狗，向他摆尾，他也得摸摸帽沿。每一脱帽，头上必冒着热气，很足引起别人的好感——揭蒸锅似的脱帽，足见真诚。

有两条路他可以走：一条是去作英国的皇帝，一条是作牛老者。他采取了这第二条，惟一的原因是他没生下来便是英国的皇太子；要不然他一定能作个很好的皇帝，不言不语的，笑嘻嘻的，到国会去说话都有人替他预备好了。

说真的，假如牛老太太是他，而他是牛老太太，他一定会成个更大着许多的人物。可是老天爷常把人安排错了，而历史老使人读着起急。牛老太太比他厉害得多，可是偏偏投了女胎，除了欺侮老伴儿，简直没有英雄用武之处。她天生的应当作个英雄，而作了个主妇。自然她看不起丈夫。她顶适于作英雄了，第一项资格她有——自私。世界是为她预备下的。可惜她的世界太小。但是在这小世界里，她充分的施展着本领。四虎子是她的远亲，老刘妈是她从娘家特选了来的。不跟她有点关系的不用打算在牛宅立住脚。牛老者不是她由娘家带来的，这是个缺点，可是不好意思随便换一个，那太不官样。

她很看不起牛老者。不错，他弄了不少的钱；但是她要是个男的，岂止是弄钱；声名，地位，吃喝玩乐，哪样也得流水似的朝着她来。跟老牛一辈子，委屈点。他没有大丈夫的狠毒手段，只是对付将就。他的朋友们吃他喝他，还小看他。所以除了她娘家的人，她向来不肯热诚的招待。一把儿土豆子——她形容他的朋友们。她的娘家是作官的。虽然她不大识字，她可是有官气。她知道怎样用仆人，怎样讲排场，怎样讲身分。他都不懂。也就是作官的娘家父亲死了，要不然她简直没法回娘家去。带着土豆子的丈夫见作官的父亲？丢人！当初怎说这门子亲事来的？她常常纳闷。

她很希望得个官样的儿子——拿老牛的钱，拿自己的理想，一定会养起个体面儿子。可是老牛连得儿子的气派都没有！他早就弄小。有她活着，趁早不用这么想。她不生儿子，谁也不用打算偏劳。抱一个小孩解解闷，倒是个办法。可是难处是在这里：他愿抱牛家的，她愿抱娘家的。她的理由软点，所以消极的不准他自由选择，暂且不抱好了。天赐的露面，解决了这个困难。他好像专为牛家生的。牛老太太把他一抱起来，便决定好了：在这小子身上试试手，成个官样的儿子。私生子，稍差一点；可是自己已经五十多了，恐怕不易再生小孩了；况且牛老者那个怯劲。算了吧，老绝户还有抱个哈叭狗当孩子养的呢，况且这是个真正有鼻有眼的小孩。天赐的机会太好。

牛老者上那里去找奶妈呢？他完全没个准备。可是他不慌。几十年了，他老是这么不慌不忙的；没有过不去的事。这种办法，每每使牛老太太想打他几个脖儿拐。她有官气——世界上的一切是为她预备好的，一招手就得来，什么都有个适当的地方，一丝不乱的等候着命令。老头儿没这么想过；世界便是个土堆，要什么得慢慢的去拨开土儿找，还不一定找得到。难怪老太太有时候管他叫作皮蛋，除了怕作赔了买卖，他无论怎说也不着急。

有时候太太告诉他去买胰皂，他把手纸买了来。忘了这样，拿那样补上，还不行么？据他看。他非常的乐观。这回，他可是记得死死的，找奶妈。手纸，胰皂，连洗脸盆算上，都不能代替奶妈。走出二里多地，还没忘了这个；可是也没想起上那里去找。准知道有些地方是介绍奶妈的，只是想不起那些地方在那儿。点上哈德门烟，喷了一口，顺势看了看天上的星。星星对他是没有意义的，可是使他想起太太的眼睛来；太太的眼睛是无所不知，无所不在的。他得赶快去找奶妈，完全不为自己，为是太太与那个小行李卷；要是为自己的话，找着与否满没关系。

找着个熟识的油盐店，进去打个招呼。有好多的事是可以在不可能中找出可能的，自要你糊涂与乐观的到家。牛老者常因为忘了买煤，而省下许多钱；想起来不是，煤忽然落了价钱。进了油盐店，仿佛奶妈已经找到了似的。

“周掌柜，”牛老者的圆脸上笑着，“给找个奶妈。”

“怎么，得了少爷？”周掌柜觉得天下最可喜的事就是得少爷。

“抱来的，承继过来的，”牛老者很得意，没有说走了嘴，“给找个奶妈去。今个，明儿，后天，后天请你喝喝。”

周掌柜想了想，看看铺中，觉得铺中绝对没有奶妈，非到外边去找不可。“你这里坐坐，我有办法。”他出去了，一恍似的被黑影给吞了去。

牛老者吸着哈德门，烟灰长长的，欲落不落，他心里正似这穗烟灰，说不清落下去还是不落下去好，脸上自动的笑着。

待了一会儿，周掌柜回来了，带着两个妇人。

牛老者心中打起鼓来，是找一个奶妈呢，还是找一对儿呢？出来的慌速，忘了问太太。

及至周掌柜一说，他明白过来，原来这两个妇人不都是奶妈，那个长得像驴的是介绍人。他觉得这似乎没有别的问题了：“走吧。周掌柜，后天请你喝喝。”

“上那儿去？”驴叫了声。

差点把老者问住，幸而他没忘了家：“家去，小孩没在这里。”

“咱们不先讲讲吗？”驴向周掌柜说。

“都是熟人。”周掌柜很会讲话。

“见了太太，什么都好办，”牛老者渴望卸了责任，睡个觉去，“跟太太说去。”

“在那儿呀？这么黑灯瞎火的！”这个驴不是好驴。

“雇车吧。”周掌柜建议。

“是，雇车。”牛老者慢慢点了点人数，“大概得三辆吧。”

到了家中，他把二妇人交给了太太。

太太见着驴，精神为之一振，她就是爱和这种妇人办交涉，为是磨磨自己的智力。驴，跟太太过了三五个回合，知道遇上个能非常的慈善，同时眼里又不藏沙子的手儿。没等她说，太太全交派下来：“有你三块钱的喜酒钱。她奶得好，先试三天。行呢，有她四季衣裳，一头银首饰。五块钱的工钱，零钱跟老刘妈平分。不准请假，不准有人来找。现在就上工。你把她的东西送来，雇来回的车！”

驴一看这面没有多少油水，想去敲那个奶妈，扯了她袖子一下。

老太太已把天赐递给奶妈，对驴说：“你从她的工钱里扣多少？”

“回太太的话，她吃了我好几天了；都不容易，太太。”

“好吧，赏你十块钱，从此不许你来找她，我要用着你的时候，打发人叫你去。”太太的官派简直是无懈可击。

驴败下阵来，可是知道自己并没吃亏，太太的办法正碰在痒痒筋上。

驴回去收拾奶妈的东西，太太才开始审核奶妈。奶妈的用处是在那点奶，奶好便是一切，脸长得什么样，脚有多么长，都不成问题。

奶妈已经解开怀，两个大口袋乳。太太点了点头。脸上也没有什么下不去的地方：本来是张长脸，不知怎么发展到腮部又横着去了，鼻下忽然接着嘴，嘴下急忙成了下巴，于是上长下宽，嘴角和眉梢一边儿长，像被人按了一下子的高桩馒头。可是这与奶没关系，故尔下得去。脚不小，脚尖向上翻着，老像要飞起来看看空中有什么。这与奶也没关系，也下得去。

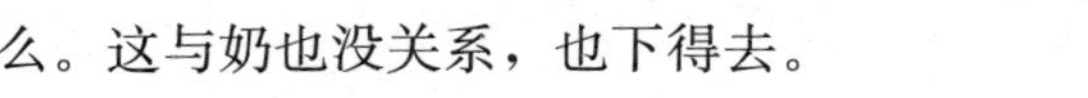

“姓什么呀？”太太问。

“唵？姓纪啊。”大扁嘴要顺着腮滑下去，乐呢。

太太更高兴了，纪妈是初次作事。训练人是一种施展能力而且不无趣味的工作。太太开始计划着怎样训练奶妈。

“家里都有什么人呀？”

“唵？”

“不必说这个唵！”

“有老的，有当家的，有小叔，有一个两月的娃子，没饭吃！”纪妈的鼻子抽了抽。

“给他吃吃看。”牛太太很替奶妈难过，可是天赐总得有奶吃，人是不能慈善得过火的。

天赐的小嘴开始运动，太太乐了。天赐有了奶吃，纪妈的娃子没了奶吃，合着是正合适。况且乡下的娃子是容易对付的。“哪村的？”

“唵？”

“说太太，不要这个唵！”

“十六里铺的。”

“哪个十六里铺？”

“黄家镇这边。”

“乡——”太太把个“亲”字吞了下去。不能和奶妈认乡亲。可是心里非常的喜欢。就是得清一色，打算齐家治国平天下都是一理。“我说，”太太一边叫，一边找了牛老者去，“我说，你打那里找来的奶妈呀？”太太不放心：假若老伴儿特意找来她的乡亲，即使是出于有意讨好，也足见他心里有个数儿。

“怎么啦？”老头儿不晓得出了什么毛病，“周掌柜给找的。”

“啊，没什么。”太太想着别的话：“我给他起了个名字，天赐；小名福官，天官赐福。”

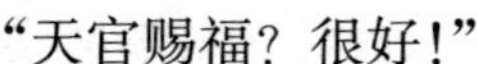

“天官赐福？很好！”

天赐大概是有点福气，什么都是歪打正着吗。

三　子孙万代

牛老太太的黄净子脸上露出点红，不少的灰发对小髻宣告了独立，四下里搭落着。一对陷进点去的眼发出没尽被控制住的得意的光，两只小脚故意的稳慢而不由的很忙叨。她得住了个施展才能的机会；英雄而得不到相当的机会，像千里马老拴在槽前。她预备天赐的三天呢，这与其说是为天赐，还不如说是为她自己；办三天不办，天赐一点也不在意，反正他有了纪妈那两口袋奶，还有什么可虑的呢。牛老太太得露一手。多少年了，老没个事儿办，这个机会不能轻易放过。

带领着老刘妈，四虎子，和牛老者，她摆开了阵式。牛老者不反对，可是没想到事情会这么复杂。他以为办三天不过是请上几家亲友，叫厨子作上几桌鱼肉多而吃完非睡觉不可的菜而已。太太告诉他的事，他简直莫名其妙。事多去了，拿叫厨子这一项说，就够写一本书的。几件小烧，几个饭菜，几件冷晕，几道点心，几个大件，哎哟，太太好像是要开饭馆子。菜定好，登时就是怎样赁桌椅，而桌椅上还要铺垫呢，而铺垫也有种种呢。牛老者作了一辈子生意了，没有一项生意像办三天这么复杂的。他的脑子仿佛要肿起来，直嗡嗡的响；只能照计而行，太太说什么是什么吧。太太有嘴，他有腿，跑吧。跑得太累了，他会找个地方睡会儿去，省得回到家中又被派出来。太太手下的几员大将，数他不中用。

老刘妈，别看快七十了，是非常的努力。一夜的工夫把桌子的铜件全擦得像电镀的，椅垫子全换了新套。她的脚太吃力，可是有摔几个跟头也不灰心的坚决。她的眼虽都睁着，可是左边那只和瞎了样，只管流泪，不负其他一切的责任。但这不成问题，左眼不中用，右眼便加倍的努力：歪着头，用右眼盯着东西，擦，洗，缝，补，嘴还唧唧的出声，颇像小鸡歪头出神的样子，可是没闲着。她不能闲着。她得捧姑奶奶一场。

刘妈打内，四虎子打外，这小子的腿好似是机器。从一方面说，牛太太对他很失望。他从十二岁便在牛宅，太太本想把他训练成个理想的仆人。四虎子干脆不受训练。二十岁了，还是用嘴呼吸气，鼻子只管流清汤。说话永远和打架一样，没有一句和气的。眉头子拧着，冬夏常青的脑门上出着汗。在另一方面讲，牛太太不能免他的职。他是她的亲戚，况且他忠实。办事不漂亮，可是不惜力呢；为买一斤白糖，他能来回跑六趟。这虽然费点工夫，可是跑得是他的腿，太太也就不便太挑剔了。他永远不等听明白了就往外跑，而后再跑回来问，要不然怎么老出汗呢。

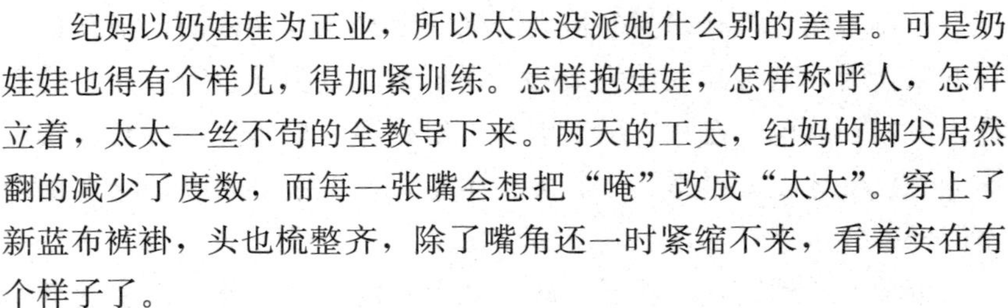

纪妈以奶娃娃为正业，所以太太没派她什么别的差事。可是奶娃娃也得有个样儿，得加紧训练。怎样抱娃娃，怎样称呼人，怎样立着，太太一丝不苟的全教导下来。两天的工夫，纪妈的脚尖居然翻的减少了度数，而每一张嘴会想把“俺”改成“太太”。穿上了新蓝布裤褂，头也梳整齐，除了嘴角还一时紧缩不来，看着实在有个样子了。

至于咱们的英雄，也真算露脸，吃的香，睡的好，尿的勤，哭得声高，仿佛抓住了生命而要及时的享受。他一哭，六只小脚全往这儿跑，纪妈先到，太太居中，刘妈殿军。一人有一种慰问，可是他全置之不理，任情的哭下去，直到口袋乳送到唇边为止。他晓得他是英雄，是皇帝。

三天到了。老鸦还作着梦呢，牛家的人就全起来了。世界上的人虽多，但是自家添人进口到底是了不得的事。细想起来，自要你注意自家的事，也就没那么大工夫再管世界了。牛老太太的自私是很有理的。一个娃娃的哭声使全家颤动，必须充分的热闹一回，孩子哭继以狗咬，生活才落了实。牛老太太高兴，她的儿子必须是全家大小与亲戚朋友的欣喜的中心。她自己打扮停妥，开始检阅部下：牛老者的马褂没扣好，首先挨了申斥。四虎子的耳朵上竟自还有泥，男人简直没办法！老刘妈都好，就是直打哈欠；太太本想叫大家早起，为是显着精神，敢情有的人越早起越不精神；理想与事实常这么拧股着。纪妈很不坏，就是不大喜欢，大概是想起自己的娃娃；这是她自己找别扭。天赐还睡呢，可是全份武装在半夜里已经披挂好：全是新的，头上还戴了小红帽，帽沿上钉着金寿星看着十分的不自然，可是很阔气。

检阅完毕，天还没亮呢。借着烛光，太太指挥着陈列礼物。牛老者的朋友大多数是商人，送来的多半是镜框和对联。镜框中的彩画十张有九张是“苏堤春晓”，柳树真绿，水真蓝，要是不从艺术上看，颜色的浓厚倒颇有可取；苏堤上立着个打洋伞的大姑娘，比柳树高着一头，据牛老者看这很有画意。框子可是不同，有的是斑竹的，有的是黑木头的，有的是漆金的。太太把漆金的定为头等，叫四虎子给挂在堂屋的正面，其余的分悬左右。对联都像是一个人写的，文字也差不多，最多的是“买卖兴隆通四海，财源茂盛达三江”。这都挂在东西屋；太太不大喜欢对联，因为与小娃娃没关系。到底是亲戚送来的切于实用，小衣裳，小帽子，小鞋，还有几匣衣料。按着规矩说，应当送小米鸡蛋糕与黑糖，可是大家都知道既非牛太太坐月子，似乎不必这样送。牛太太也很满意。自己既享用不着，都便宜了纪妈，那才合不着呢。这些礼物都摆在堂屋的条案上。陈列妥当，厨子到了，开始剁肉，声势浩大，四邻的识见不广的狗全叫起来。牛老太太叹了口气，这才像回事。打算叫自家威风凛凛，得设法使狗们叫，这才合规矩。

老刘妈的手指全是红的，染了多少红蛋，几乎没人能知道。鸡蛋设若会觉到骄傲的话，这是最好的时机了。就是那小而不起眼的蛋，涂得红红的便也登时显着特别的体面。况且那些平常和“蛋”发生关系的字眼，在此刻全似乎没有联属，而另有一些以“红”为中心的吉利话儿和它打成一气。老刘妈把染好的蛋都放在铜盘子上，像几盘子什么神秘的宝珠，鲜艳，浓厚，圆满，带着子孙万代的祥气。红蛋预备好，她和太太细心的研究了一番，把洗三该有的东西，如艾子水，如老葱，如带孔的老钱，如烧矾末，全都放在天赐的左右，看起来非常的严重，仿佛生命的开始比一师人马的开拔还要复杂；在一条小生命上的希望是无穷无尽的。

八点以后，亲友陆续的来到。牛老太太接待亲友的神气很值得注意。她的态度便是慈善的本身，笑着，老眼里老像含着点泪光，带出非常感激大家的意思。及至细一看，她是对自己笑呢。她觉到自己的能力，她是叫大家看看她的本事与优越。对那些穷苦一点的亲友，她特别的谦和，假如他们是借了债而来行人情的，那正足以证明她的重要与他们的虔诚。是的，她并没有约请这些苦亲友，而他们自动的赶上前来。无论怎样为难，他们今天也穿得怪干净，多少也带来些礼物，她没法不欣赏他们的努力——非这样不足算要强的人。王二妈的袍子，闻也闻得出，是刚由当铺里取出来的；当然别的物件及时的入了当铺。李三嫂的耳环是银白铜的。张六姑的大袄是借来的，长着一寸多。牛老太太的眼睛把这些看得非常的清楚；很想奖励她们一番，可是她的话有分寸："哎，没敢惊动亲友：这怎说的，又劳你的驾；来看看小孩吧。"

她心里明白——"本来没想请你们。"她们也明白，可也另有一派答对："应该的呀，给你来贺喜；要不是那个呀，昨天就来帮助你张罗了；都仗着你一个人，可真不容易！"

说着，来到天赐的展览室，大家一齐失声的"哟！怎么这么胖呀，多体面呀，可是个福相！"

屋里已坐定七八位老太婆与媳妇，把天赐团团围住，差不多都吸着烟卷，都夸奖着天赐的福相，都高声彼此的招呼，都嘴里谈着娃娃，而眼中彼此端详着衣裳打扮。屋里的温度忽然增高十度。后来的继续进来参观，先来的决不想让位；特别是有些身分的人，干脆坐在娃娃的身旁，满有自居子孙娘娘的气概。天赐莫名其妙，只觉得憋闷得慌，再也不能安睡，小眼睛直眨巴，这使大家更加倍的佩服：看这俩大眼睛，懂事似的！

男宾，除了至亲，没有详细参观娃娃的权利，都在东西屋里专等着喝喜酒。牛老者的招待方法与太太的完全不同，绝对没有一定的主意。他想不起说什么好，又觉得一言不发也未必对。他转着圆脸向四面笑，笑得工夫太大了，便改为点点头，点头太多了，便随便的说一句："可不是，""抽烟吧。"头上出了汗，这是个启示："什么时候了，天还这么热！"大家说："你是喜欢的，天并不热。"他哈哈起来。他的身后跟着四虎子，他一说"抽烟吧"，四虎子便把烟递过去——始终没管倒茶，因为主人没说。东西屋里的文化比起堂屋的来要低着很多，牛老太太知道这群土豆子专为来吃饭。她下了命令，先给东西屋开饭。

饭的确不坏，各位掌柜的暂时抛开关于作买卖的讨论，诚心的吃了个酒足饭饱，个个头上都出着热汗，然后牙上插着牙签，腾出手来用热手巾板狠命的擦脑门子。脑门擦亮，扑过烟筒去，吸着烟三三两两的偷着往外溜。

女宾席上可不这样简单，每一桌都至少吃个五六刻钟。这很官样。据牛老太太看。可是，有一点叫她未免伤心：各桌上低声的谈话，她扫听着，似乎大不利于天赐。屋中的光景仿佛忽然暗淡了好多，空气中飘着一片问号。牛老太太张罗着这桌，眼瞭着那桌：张六姑的薄嘴唇动得像是说“私孩子”。李三嫂神出鬼入的点了点头。无论你把谎造得多么圆到，你拦不住人们心里会绕弯。特别是那几位本族的，在牛太太的视线外，鼻子老出着凉气，这些凉气会使她觉得凉飕飕的，好像开着电扇。牛太太的心中不很自在。她知道牛老者是老实头，假如她们把他包围上，事情可就不见得好办。她得设法贿赂她们。天下最有效的办法就是收买；自己吃肉，得让旁人至少啃点骨头，英雄的成功都仗着随手往外扔骨头。自私的人得看准了肉而决定舍了骨头；骨头扔出去，自有自告奋勇愿意当狗的。老太太心中盘算开了：给她什么，给她什么，给她什么，然后对她说什么，对她又说什么，叫她们分离开，而后再一一的收拾。先分红蛋，这是个引子，引子是表示吉祥，吉祥的底下再有些沉重的东西，大家的鼻子自然会添加热度而冒出暖气来。

办法果然有效，大家看完洗三还不肯走，等着吃晚饭。牛老太太准知道她们一出大门，鼻子还会凉起来，可是在分别的时候彼此很和气。把客人送了走，她叹了口气，只成功了一半！她问老伴儿看出什么故典来没有，老者抓了抓头，他只看出大家吃得很饱，对于政治，他简直是一窍不通。不过这也好，牛太太正好把事情暗中都办了，叫他去顶着恶名。老太太所没看到的是这个：谁也晓得牛老头是老好子，而她是诸葛亮，聪明人就是有这点毛病，老以自己的藐小当作伟大，殊不知历史上并没有这样的事。要是有的话，人心早变成豆儿那么小了。

不论怎说吧，天赐的存在，是好是歹，已经是公认的了。自要红蛋被人分去，你想向生命辞职也不容易了！

四 钩儿套圈

满月也过了。虽然这应比三天更隆重，可是办得并不十分起劲，牛老太太确是把该堵塞的地方都设法堵住了，可是闲话这条河——像个烂桃——是套着坏的。天赐并没招惹着谁，名誉可是一天比一天坏。只有人是可以生下来便背着个恶名的，咱们还没见过自幼便不甚光荣的猪，天赐这口奶真不容易吃。

牛老太太可是很坚决，任凭大家怎样嘈嘈，天赐到底比从亲戚家抱来的娃娃强；愣便宜了外人，就是不跟亲戚合作，大家也只好白瞪眼。可是白瞪眼也不是全无影响——满月办得不甚起劲。眼虽白瞪，究竟是瞪了，无论怎说也有点别扭。英雄不是容易作的呀。

不用管这个了，反正满月已过，是好是歹得活下去了。专把洗三满月作得非常美满，而后便一命归西，也没多大意思。生命的最大意义仿佛就是得活那么几十年，要不然便连多糟蹋粮食的资格也得不到。天赐决定活下去，这是很值得赞美的。自然活下去也有活下去的苦处，但是他不怕；凡不怕生命的便得着了生命，因为粮食是他糟蹋的。

天赐的苦处还真不小呢。按照纪妈的办法，小孩是应当放在个沙子口袋里，过五六天把结成块的沙子筛巴一回，再连同小孩放进口袋去。十六里铺一带等处的弱小国民差不多都是这么养起来的。有的不甘心在口袋里活着，就在口袋里死去，倒也很省事。天赐可没受这个罪，他是官样孩子，不能装口袋而与机器面粉相提并论。他另有种苦处。虽然没装口袋，他的手脚可都被捆了个结实，一动也不能动，像一根打着裹布的大兵的腿，牛老太太的善意，惟恐他成了罗圈腿；后来，天赐的磕膝拧着，而脚尖彼此拌蒜，永远不能在三分钟内跑完百米；这个，牛老太太没想到。没有思想的善意是专会出拐子腿的。

手脚既然不能动，只好仗着啼哭运动运动内部了。这也行不通：每逢他一出声，乳头便马上堵住他的小嘴，他只好由哭喊改为哼哼，像个闷气的小猪。第一是孩子不应当哭，第二是纪妈的奶不应当存起来；牛老太太把账永远算得很清楚。设若由孩子的性儿哭，这便是费了孩子的力气，而省下纪妈的乳，按什么经济理论说也不大对。老太太似乎也明白，娃娃是应在相当的时候哭一会儿；但是一想到纪妈那对乳和月间的工钱，不由的她就叫出来：“纪妈，孩子又该吃了！”钱不但会说话，而且会逼着人说话，这不能专怨牛老太太。手脚没有自由，被子盖了个严，不准出声，天赐有点起急，可是说不出道不出，只好一赌气子要抽疯。这是娃娃最好的示威运动。可是也怕遇上谁，牛老太太总不听这一套，早就预备好抱龙丸，一捻金，救急散，七珍丹，丸散膏丹，一应俱全。一病就灌！对什么她都有办法，天赐惟一的抵抗是不抵抗，自己翻白眼比有声有色的示威强的多。养孩子的乐趣是在发挥大人的才干；孩子得明白这个，不然便是找不自在。

天赐认了命。一天到晚，吃了睡，睡了吃；睡不着的时候翻翻白眼。吃吃自己的拳头，踢踢腿，他满不敢希望。这么一来，他反倒胖了，这是多么体面呢！不止于体面呀，老太太还叫他“胖乖子”呢！刀把儿在别人手里拿着，你顶好是吃得胖胖的；人家要杀你呢，肉肉头头的，也对得起人；人家要不杀你呢，你也怪体面。天赐教给了我们这个办法，他似乎是生而知之的。

纪妈总算很尽心。但是为了几块子工钱，把自己的娃娃放在沙子口袋里，而来奶别人家的孩子，到底不是——也不应该是——件得意的事。她心中的委屈无处去诉，只好有时候四顾无人，拿天赐出出气。比如给屁股蛋子两掌，或是尿湿而不立刻给换布……虽然都不是照例的课程，不过三天两头有这么一次也够天赐受的。自然，我们无须为这个而悲观；可是生命便是个磨炼，恐怕也无可否认。

老刘妈本是可以和天赐没什么关系的，而且天赐也没故意和她套交情，可是她杀上前来。从牛老太太的眼中看，老刘妈是不可多得的人物；从别人眼中看，老刘妈纵有许多的长处，可是仍不失为走狗。按照走狗分类法说，至少有两大类的：一类是为利益而加入狗的阶级，一类是为求精神的安慰而自己安上尾巴。老刘妈属于第二类。在她年青的时候，家中倒确是寒苦，非出来挣饭吃不可。到了老年，家境已慢慢转过来，她有孙儿孙女，也有口饱饭吃。但是她不回去。偶尔回家一次，她一年所挣的工钱全花在晚辈身上，给孙子带来城里的玩具，给孙女买来小布人，给儿媳妇带来针头线脑，细齿的木梳，和作鞋面的零材料等等。大家都很尊敬她。大家还没尊敬完她，她向后转回了城。没有牛太太，她心中就没了主心骨。她得牺牲了一切舒服自在，以便得到精神上的安慰。牛老太太厉害，这使刘妈惧怕，怕得心里怪痒痒的，而后觉出点舒适痛快。有时候帮助太太去欺侮老爷，四虎子，或是门外作小买卖的，更使她的精神有所寄托——她虽然不是英雄，到底是英雄的助手，很过瘾。她越上年纪，这股子劲越增高，好像惟恐一旦死了而没能完成走狗的使命。她不是为金钱，而是为灵魂，她的灵魂会汪汪的叫，除了牛太太没人能把她吓止住。

太太有了少爷，老刘妈更高兴了；就是两眼全瞎了也不能辞职。设若太太是子孙娘娘，她必得是永远一旁侍立的仙女，给娘娘抱着娃娃。不过，纪妈来了；一个大打击。走狗最怕候补的走狗，而且看谁都是正往外长尾巴。和纪妈一块吃饭的时候，她嫌纪妈的嘴太大。嘴太大根本没有在城里作事的资格。况且纪妈老委委屈屈的呢，这更使她非常的生气。她不能明白为什么在牛太太手下而还觉着委屈，这简直是不要脸。老刘妈可以算是忠诚的人了，她只希望一个人的成功，不许大家诉委屈，因为那一个人的成功便是她的成功，虽然她未必得到物质上的好处，可是充分的过了狗瘾。她不能看着抱娃娃——太太的娃娃——而觉着委屈的纪妈而不生气。

但是她没法把纪妈赶了走，因为娃娃必须吃奶。前后这么一想，她除了看不起纪妈之外，还附带着不大喜欢天赐。天赐设若真是英雄好汉，据她想，就根本不能吃纪妈的奶。这个，她可不敢明言。当牛太太夸奖天赐的时候，她便多少给纪妈加上几句不大受用的话，而极力的奉承天赐。赶到太太对天赐有所不满的时候，她便也顺口答音的攻击这个娃娃。她是走狗中的能手。

纪妈受了老刘妈的气，也许是更爱天赐一点，也许在天赐身上泄怒，而天赐的屁股又加多了被拧的机会。生养在一个英雄——不管是多么大小的英雄——的手下，得预备好一座硬屁股，这是必需的。

天赐已会笑了。纪妈不大注意他的笑，她专留神他的哭；他不哭，她便少受申斥。天赐许多的笑是白费了事，没人欣赏。老刘妈瞎着一只眼，看不清娃娃的微有笑意的笑，即使看清，她也不热心的去给宣传。她的耳朵更有用，一听到孩子哭，她便自言自语的叨唠起来：这样的奶妈，老叫孩子哭，没有见过！这虽是自言自语，可是并不专为自己听；太太要是听见呢，自然便起了作用；纪妈听见呢，也好。反正有人听见便好，而她的自言自语是会设法使人听见的。

牛老太太自然喜欢娃娃的笑，可是不知道为什么，有她在一旁，天赐永远不笑。纪妈已经向太太报告过，娃娃已会撇嘴儿微笑。太太不信，而老刘妈以为奶妈是要加入狗的阶级，虚造事实，以便得宠。旧狗遇见新狗比遇见猫还气大，“太太，可得说奶妈子一顿，别这么乱造谣言！我就没看见娃娃笑过一回，哼!”

可是天赐确是会笑，牛老头儿知道。要说天赐已经会认识人，便是瞎话，可是他专爱对老者笑，也许他的圆秃脑袋能特别引起娃娃的注意——假如不能引起成人的趣味。事实给我们作证，多数的小孩喜欢“不”英雄的人。要不然怎么英雄有时候连娃娃一齐杀呢。老者天天要过来看天赐两三次，若遇上天赐正睡觉，他便细细看他的闭成缝儿的眼，微张着的小嘴，与一动一动的脑门，而后自己无声的笑一阵。若赶上娃娃醒着，他把圆脸低下去低声的不定说些什么，反正一句有意思的也没有：“小人！小伙计！吃饱了？睡忽忽了？还不会叫爸呀？真有你的！看这小眼，哟，哟，笑了!”天赐果然是笑了，那种无声而微一咧嘴的笑。

牛老者把这个报告给太太。太太心里微酸。纪妈已报告过，她不信；现在老伴儿又来这么说，分明他和奶妈联了盟，他是给纪妈帮忙助威！老太太自己没有看见娃娃笑，谁说也不能算数。“啊，我怎么没看见呢?”太太那对小深眼像俩小井，很有把老伴儿淹死的意思。

“也许是要哭，没准儿。”老者对于未经太太审定的事，向来是抱着怀疑的态度。

“少上纪妈屋里去，老了老了的，还这么杓杓颠颠的！”太太的酸意和真正山西醋一样，越老越有劲。自然，太太不是没有眼睛，不晓得纪妈的吸引力是很弱。不过，她得这么防备一下；英雄的疑虑是不厌精细的。看着该杀的，哪怕是个无害的绿虫儿呢，趁早下手。况且纪妈到底是个女人呀！

老头儿听出点意思来，一时想不出回答什么，笑了笑，擦了擦圆脸，啊了两声，看了看天花板，带着圆肚子摇了出去。他一点没觉得难过，可也没觉得好过，就那么不凉不热的马虎过去。

由天赐的笑，牛宅又闹了这么些钩儿套圈。牛老者来看他的次数减少了一半，他只好自己偷偷的笑了。

五　解放时期

糊糊涂涂，天赐不折不扣的活了六个月。到这儿，才与“岁”发生了关系。牛老太太训令纪妈一干人等：“有人问，说：半岁了。”“岁”比“月”与“天”自然威严多多了。天赐自己虽没觉出“半岁”的尊严在哪里，可是生活上确有变动。这些变动很值得注意，怎么说呢，假如人生六月而毫无变动，或且有那么一天，自朝及暮始终没出气，以表示决不变动，这个小人也许将来成圣成贤，可也许就这么回了老家。所以我们得说说这些变动，证明天赐在半岁的时候并未曾死过：传记是个人“生活”的记录，死后的一切统由阴间负责登记。

从一方面说，这是解放时期。牛老太太虽然多知多懂，可是实际上一辈子没养过小孩，所以对解放娃娃的手脚，究竟是在半岁的时候，还是得捆到整八个月呢，不敢决定。她赏了纪妈个脸，“该不用捆了吧？在乡下，你们捆多少天哪?”纪妈又想起沙子口袋来：“我们下地干活去，把孩子放在口袋里，不用捆，把脖子松松拢住就行。”老太太对纪妈很失望：凡是上司征求民意的时候，人民得懂得这是上司赏脸，得琢磨透上司爱听什么，哪怕是无中生有造点谣言呢，也比说沙子口袋强。纪妈不明白此理，于是被太太瞪了两眼。

到底是老刘妈。太太一问，她立刻转了眼珠——那只瞎的虽看不见东西，可也能转动助威——心里说：往常太太一问，街上有卖粽子的了吧，一定是要开始预备过五月节，或是太太想吃一顿嫩西葫芦馅的饺子。这么一想，便有了主意：“少爷不是快八个月了吗?”给太太一个施展学问的机会。

“谁说的，不是刚半岁吗。”太太的记性到底是比下人的强，“老这么老颠蒜似的！”

“个子那么大，说九个月也有人信！”老刘妈的狗文章不专仗着修辞，而是凭着思想的力量，沉重而发甜，像广东月饼，“其实半岁就可以不用捆了，该穿小衣裳了。”真的，她自己的孩子也是在口袋里养起来的，根本不晓得娃娃该捆几个月；太太既是问下来，想是有意给天赐松绑。设若太太问娃娃该在几个月推出斩首，老刘妈必能知道是应登时绑到法场。

无论怎说吧，天赐身上的捆仙绳被解除下去，而换上了连脚裤。纪妈看出来：六个月的工夫，捆仙绳确是有功效，天赐的腿绝对不能罗圈了，因为脚尖已经向里拐拐着。这回她留了个心眼，没向太太去报告。幸而如此；不然，天赐也许再被捆起来。

好在天赐是男子汉大丈夫，曲线美的曲法如何，他满不在意。反正松绑是件快事，他开始享受。拳头也能放在口中咂着，脚也会踢，他很高兴。

一个哭不好，笑也不好的人，如牛天赐——小名福官——者，顶好别太高兴了。天赐不懂事：两脚踢起，心中一使劲，两唇暴裂，他叫出一声“巴”来。由他自己看，这本是很科学的，可是架不住别人由玄学的观点看。牛老太太以为一个懂得好歹的，官样的娃娃应当先叫“妈”。天赐叫了“巴”。“巴”者“爸”也；就凭牛老者那个样，配吗？

牛老者自然很得意了。五十多岁才有人叫爸，当时死去也不算冤屈了，况且是没死而当活爸爸呢！他越高兴便越不知道怎样才好，全身的肉都微笑着，而眼睛溜着太太。太太怎看怎以为他不像个官样的爸爸，而这官样的娃娃偏叫他，真使人堵得慌。

老刘妈的尾巴又摇起来了，她歪着头看准了天赐的嘴：“叫妈！叫妈！”天赐翻了翻白眼，一声没出，偷偷的把连脚裤尿了个精湿。白活半岁，刘妈心里说。

其实我们的天赐并没白活；再往真切里说点，一切生命向来没有白活的时候。先不用说别的，天赐已长出点模样来；谁能说这六个月的奶白吃了呢？天赐一定是没闲着，别看他不言不语的，对于他要长成什么样必是思想过一番。不然，他为什么长成自己的面貌，而不随便按照纪妈或四虎子的样子长呢？生活是一种创造：红脸大汉拦不住儿子长成白面的书生。

天赐的腿是没办法了，这自然不是他的过错。他的脑杓扁平也不是他自己所能矫正的：牛太太是主张不要多抱娃娃的，六个月工夫，除了吃奶，他老是二目观天，于是脑杓向里长了去，平得像块板儿。现在虽穿上连脚裤，可是被抱着的时候仍然不多。纪妈自然不反对这个办法，牛老太太以为非这样不足养成官样儿子，疼爱是疼爱，管教是管教，规矩是要自幼养好的，娃娃应当躺着，正如老刘妈应当立着。天赐的创造是在脸部。我们现在一点还不敢断定他是个天才，或是个蠢才；不过，拿他自己计划的这张小脸说，这小子有点自命不凡。豪杰有多少等，以外表简单而心里复杂的为最厉害。天赐似乎想到了这个。眉毛简直可以说是被他忘记了，将来长出与否，他自己当然有个打算。眼睛是单眼皮，黑眼珠不大，常在单眼皮底下藏着，翻白眼颇省事。鼻子短而往上掀着点，好像时时在闻着面前的气味。薄嘴唇，哭的时候开合很灵便，笑的时候有股轻慢的劲儿。全脸如小架东瓜，上窄下宽，腮上坠着两块肉。在不哭不笑的时节，单眼皮耷拉着，鼻尖微卷，小薄嘴在两个胖腮中埋伏着，没人知道他是要干什么。脸色略近象牙的黄白，眉毛从略，脑顶上稀稀的爬着几根细黄毛。部分的看来，无一可取；全体的端详，确有奇气——将来成为豪杰与否还不敢说，现在一定不是个体面的娃娃。但是自己能创造出不体面的脸来，心中总多少有个数儿，至少他是有意气牛老太太。

虽然这么说，到底他有点艺术的手段，两腮的肉救了他的命。牛老太太当要对他生气的时候，往往因为那两块肉而把气压下去。官样孩子的基本条件是多肉；有眉毛与否总是次要的。况且“孩大十八变”，焉知天赐一高兴不长出两条卧蚕眉呢。老太太为减少生气，永远先看他的腮。客人呢，自然也找最容易看到的地方来夸奖：看这一脸的肉，有点福气！至于那些不得人心的地方，主人与客人都看得清楚，可是都持着缄默的态度。艺术，由此看来，就是个调动有方；假若天赐把肉都匀到屁股上去，那只好专等挨揍吧。

到了八个月，牛老太太由极精细的观察，发现出来：设若再不把娃娃抱起来，也许那个扁平的脑杓会更进一步把应长在后面的东西全移到前面来，而后面完全空空如也。把脑后的头发要都移植到脑门上来，前面自然威风凛凛喽，而后半一扫光怎样办呢？老太太考虑了许久，才下了第二道解放令：娃娃除在吃奶时间也理合抱一会儿。

随便解放，无论对于什么，是很危险的。最牢靠的办法是一把儿死拿；即使濛急的水会横流，反正不能只淹死一个人。抱娃娃令刚一下来，连四虎子也搭讪着走上前来。更气人的是天赐见着四虎子就往前扑，而且一串一串的喊“巴”！四虎子这小子，别看他愣葱似的，有时候一高兴也能作出巧妙活儿来。不知从哪里学来的，他很会抱娃娃。牛老太太虽然能把四虎子喝出去，可是没法子使天赐明白过来：一个官样的孩子怎能和个老粗相友爱呢。老太太越想把娃娃的身分提高，（而且是完全出于善意，）娃娃偏成心打坐坡，不知好歹。她自然犯不上为这个而想自杀，可是心中真不痛快。她在夏天嘱告四虎子多少回了，穿好了小褂！而四虎子在挑水去或打扫院子的时候，偏赤着背。没办法！现在，天赐又是个下溜子货。况且老太太不是不以身作则呀，顶热的天她也没赤过背，照旧是穿着官纱半大衫，在冰箱旁边的磁墩上规规矩矩的坐着。再说，她也没叫四虎子抱过一回，你说天赐是和谁学的，偏偏爱找四虎子！

老太太可是没完全灰心，该办的还得办，只求无愧于心吧。天赐该种痘了。老太太亲自出马去调查。施种牛痘的地方很多，天赐自然不能上这样地方去，身分要紧。花钱种痘的地方也不少，可是大概分为两派：一派是洋式的，只种一颗，而且不必一定种在胳臂上，腿上也行。一派是老式的，准在左右两臂上各种三颗，不折不扣，而且种的时候，大夫的手不住的哆嗦。她决定抱天赐到打哆嗦的地方去，理由是哆嗦的厉害了，也许应种六颗而种成七颗或八颗；牛痘不是越多种越好么？

择定了吉日，大举的去种痘。纪妈戴上应戴的一切首饰，穿上新衣。老刘妈也愿跟去，一半是走狗，一半是天气已暖，借机会去散逛一番。她也打扮起来。牛太太于装扮得尽情尽理而外，还找出檀香股子的老折扇；还不到拿扇的时节，专为表示大雅。天赐穿了新红洋绉的毛衫，头上的几根黄毛很勉强的扎成一个小辫，专仗着红绒绳支持着。脚上穿了黄色老虎鞋，安着红眼睛，挂白挂须。除了他自己，其余的都很体面。

活该天赐丢人！设若只种一颗，虽然也得哭——种痘而不哭的小儿恐怕是没有哭的本能——但绝对不会把哭的一切声调与姿态全表演出来。种六颗，不哭怎么办呢？好一阵哭，嘴唇好像是橡皮的，活软而灵动。眼中真落了泪，有往鼻子上流的，有在眼角悬着的，还有两三滴上了脑门。老虎鞋也踢掉了一只，小辫也和绒绳脱离了关系。连扁平无发的脑杓都红红的挂着汗珠，像一堆小石榴子儿。由全体上看，整是大败而归的神情。牛老太太要不是心疼扇股子，真想敲他一顿好的。好在医生很坚决，不种齐六颗不拉倒，因为牛太太有话在先：种六颗才送一块钱，短一颗扣大洋一角五分。天赐觉到非抽疯示威不可了，正要翻白眼，六颗种齐了；算是没成了最动心的悲剧。

回来的时候是抄小路走的，天赐还抽答呢！

痘发得不错，只瞎了两颗。天赐大概有点心里的劲儿，他并没大发烧，而且几天的工夫没怎么哭，大概是表示：你要不动我，我本来不愿多费眼泪。

痘儿落了痂，天赐开始喷牙。把“巴”似乎忘了，高兴便缩起脖子，小眼一挤，薄嘴唇一撅，噗！噗完之后，他耷拉着一双胖腮静候有什么效果。果然，大家都想看还包在牙床里的小嫩牙。他不叫看，谁过来噗谁个满脸花。身上的玩艺越多，生活的趣味越复杂；牙已露出一个，他觉得噗噗又太单调了，于是自己造了一种言语，以“巴”为主音，随时加上各种音乐：有时候管牛老头儿叫“嘟嘟”，有时候管老刘妈叫“啊”，有时候自己作一首诗——“嘟嘟巴巴噗——噗！啊——”用手一指，原来诗中的要意是要出去，上院里玩玩。牛老太太不准，“野小子！看谁敢上院里去!”没办法，他只好继续作诗，嗯，嗯嗯！据四虎子的解释，这首极短峭的诗是骂牛老太太呢。

天赐可是还不会爬。“七坐八爬”，老刘妈早就这么预言下了，而天赐决定不与她合作，偏不爬。事实上是这样，他是头沉腿软，没法儿爬。他于是发明了滚，肚子，脊背，来回翻转，会横着移动。有时候利用肚子朝上的机会，小麻雀向空中喷水，直起直落，都浇在自己身上，演习着水淹七军。“这小子官样不了了!”牛老太太心里说。可是四虎子赶上太太不在家的时候，特意过来烦演这一出。“来一个，伙计！来一个直直的！”天赐为表示感激，真来了直直的；四虎子把预备买袜子的钱给天赐买了一对哗啷棒，一个脑子是五个黑豆的小人，头一动就哗啦哗啦的响。这头一批玩具是四虎子的礼物；那些当权的人们谁也没想到这一层！天赐露着小牙叫了四虎子一串儿“巴”，老刘妈那只好眼差点也气瞎了！

六　哔唧棒儿

新落花生又下市了，天赐已经一岁。

在他十个来月的时候，纪妈心中已打开了鼓：她真愿回家看看自己的娃娃去，可是她又怕回去。城里的享受和想家的苦痛至多不过是一边儿重，有时候她宁愿牺牲了大米白面与整齐的衣服，而去恢复骨肉团聚的快乐；个人的物质享受没完全克服了她的心灵。(要不怎么老刘妈不喜爱她呢。)难处是在这里：把自己撇开不提；那点钱！那点钱！！那点钱！！！在她看，她自己有了吃喝，她必须把所挣的钱全数交给家中，这才对得起大家。在家中看，她的离开家庭是种高贵的牺牲，可是他们真需要那点钱。她愿意回去，他们也愿意她回来，但感情敌不过老辣的事实，那点钱立在他们与她的中间，像一个冷笑的巨鬼，使他们的血结成冰。她的心拴在她自己的娃娃身上，她的理智永远吻着那几块钱。回去，回去！有时候她跺着脚这样自言自语。可是她真怕——有那么一天还是非回去不可呢！假如天赐断了奶！在十个月左右断奶是常有的事。她常愣着，长嘴闭成一道线，什么也想不出，只有家，钱，家，钱，两个黑影来回的撞她的心。

幸而在十个月左右，牛老太太没有提断奶的事，走狗老刘妈也没提——有多少多少事，该作的事，太太要是想不起，老刘妈便也想不起；有多少多少事，无须办的事，太太自要一提，老刘妈便有枝添上叶；地道走狗吗。她们没有提，纪妈更会闭紧了嘴。可是她想起自己的娃娃，比天赐大着两个月，应当是一生日了。一生日了，自己的娃娃，会走了吧，长了多少牙，受别人的气不受，吃了什么，穿着什么……她看着天赐落泪，在夜间；白天，得把泪藏起来。

对于天赐，她有时候发恨，因为她自己的娃娃；有时候恩爱，因为她自己的娃娃。一想起自己的娃娃，她看天赐只是一堆洋钱，会吃奶的洋钱。可也有时候，她紧紧的抱着他，一个跟着一个的亲嘴，长嘴岔连天赐的胖腮都吸了进去，像虾蟆吞个虫儿似的，弄得天赐莫名其妙。在断奶与失业的恐怖中，她没法不更爱这堆洋钱了。她心中惟一的希望是：假如天赐懂得报恩，而不许她走，她便能多混几个月——长久的计划是不能想的。她加意的看护天赐，而且低声的把委屈都告诉了他，他似乎懂又似乎不懂的和她瞎嘟嘟。有的时候，她把娃娃放下，而恫吓着："我走了！再不回来了！"然后走出几步去看看有什么作用。天赐多半是滚起来，抬着头，两手用力支持着，啊啊几声。纪妈心中痛快些——这小子还有人心。不过也有的时候，他手脚朝天，口中唱着短诗，完全不理她；这使她非常的难过，"好东西；我走就是了！"可是她知道那几块钱的价值是不能这么随便舍弃的。她稍微瘦了些。

至于天赐是否爱纪妈呢？很难说。这小子有时候能非常的冷静，两腮一垂，眼角耷拉着，很像个不大得志的神仙，对谁也不表示亲热，特别是对牛太太。在这三个女人中，自然他和纪妈最熟，但熟不就是爱。设若他能爱的话，无疑的他最爱四虎子，其次是牛老者，大概他是愿作个男性的男子汉。可是他也爱花的东西，谁的衣裳上有花，他便扑过去；纪妈看出这个来，她可是不敢穿花衣裳。在她的简单而可敬的心中打算着，假如被辞退，她走的时候须穿上一件花衣。设若天赐能抱住她不放，她的机会便多了些。她想暗中托四虎子把一件蓝布衫卖掉，以便买几尺花洋布；她决不肯动用工钱中的一文。

可是在执行这条计策之前，她觉出她脚下的地已稳固了些。有一天老刘妈病了，得由纪妈下厨房作饭。老刘妈最讨厌别人动她的锅碗刀勺。只要她支持得住，决不肯离开厨房。十回有八回，她有病而不告诉人，怕别人占据了她的地位。由忠诚而忌妒是走狗的伟大，而是圣人的缺点。这回，她可是不能不离开厨房了，因为四虎子发现了她手里拿着炒勺，躺在水缸的前面，嗓子堵着一口痰，一口很有将她憋死的把握的痰。四虎子慌了，慌得惊鸡似的，越蹦越没主意。直到牛老太太来到，他才把老刘妈卷巴卷巴抱到她屋里去。牛老太太开开自己的药库，细细合算了一番，找出一包纸上带“朦”号的丸子来。牛老太太都文雅官样，就是记药包的办法是和送水和卖炭的学来的，在纸上画不同的鸡爪代表药的差别与功用：爪朝上的是妇科药，五爪的是治重病的。五爪丸灌下去，老刘妈喘过口气来，可是仍然不能动弹；太太也明白交派下来：非吃四爪丸不准下地。

这样，纪妈便非下厨房不可了。往常她每每张罗着帮老刘妈的忙，而都被拒绝了；老刘妈的势力范围是不许别人侵入的。四虎子倒能搭把手，如剥剥葱，洗洗米之类的不惊人的工作。可是四虎子是个“小子”呀；同性的不便合作，便给了异性的一些携手的机会。纪妈平日除了看孩子，次要的工作是作些针线活。老刘妈对这个是无可如何的，她的眼已不作脸了。可是她生气：不是她真愿包办一切，活活把自己累死，而是愿意一切都由她监管，她得在事实上算头一份儿。看看太太和纪妈讨论怎么裁，怎么作，完全没她的事，多么难堪！因此，她更得把厨房的门关得严严的了。现在，吃下五爪丸去，任凭纪妈侵略厨房，她觉得生命的空虚，像条一叫便咳嗽的老狗那么卧着。

纪妈自己知道不能和老刘妈竞争，就拿切葱丝说，她一辈子也不用想能切得那么细，像老刘妈切得似的。可是她心中痛快了点，自要一进了厨房，她以为便有可以顶了老刘妈的希望。她一点没有替老刘妈祷告快死的意思，但事实往往使人心硬一些：老刘妈吃了五爪丸，也许……呀！一个人的死会给别人一些希望。

更使她高兴的是天赐表示了态度，她正在煮饭，四虎子奉了太太的命令，调她急速回营，因为天赐和太太闹翻了。四虎子看着饭，纪妈脚尖高仰，脚踵急眦，头上的发髻一起一落，慌忙的跑来。天赐在床上仰卧，手脚乱蹬，哭得异常伤心，而没有充足的眼泪。

“看这孩子，看这孩子！”牛老太太叨唠着，“不跟我，翻波打滚！好的，越大越有样儿了！”

天赐一点也没有把妈妈放在心上，扑过纪妈去，一头扎在怀里，登时不哭了。藏了有一分钟吧，回过头来笑了，眼皮上还悬着两个舍不得走的泪珠。

“从此你就别再跟我，你个小东西子!”牛太太指着他的鼻尖说。

“啊，卜!”天赐毫不客气的反抗。

纪妈没敢作任何的表示，极冷静的守着中立；介乎两大之间，这是最牢靠的办法。可是她心中自在了许多——要是天赐能多来这么几次，她的地位可就稳固多了。

到天赐生日那天，老刘妈才又照常办公，已把五爪四爪三爪等丸药都依次吃过；太太的医术简直比看香的张三姑还高明——这在老刘妈心中是最高的赞扬，因为张三姑能用香灰随便治好任何病症。

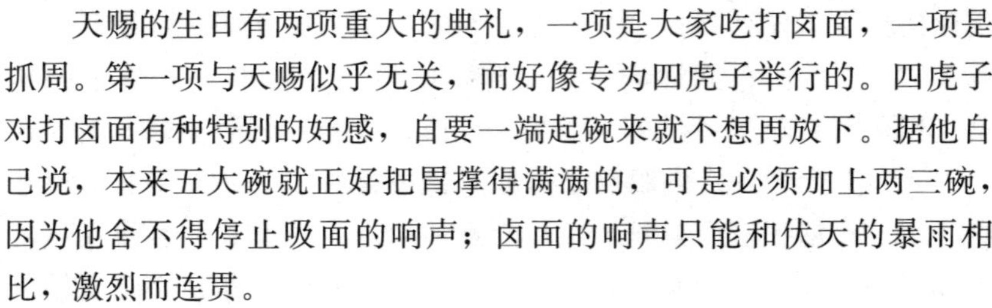

天赐的生日有两项重大的典礼，一项是大家吃打卤面，一项是抓周。第一项与天赐似乎无关，而好像专为四虎子举行的。四虎子对打卤面有种特别的好感，自要一端起碗来就不想再放下。据他自己说，本来五大碗就正好把胃撑得满满的，可是必须加上两三碗，因为他舍不得停止吸面的响声；卤面的响声只能和伏天的暴雨相比，激烈而连贯。

第二项可是要单看天赐的了。大家全替他攥着一把汗。纪妈惟恐他去抓太太所不愿意叫他抓到的东西，因为他是吃她的奶长起来的，他要是没有起色，显然是她的奶没出息。一个妇人的奶要是没出息?! 四虎子另有个愿望，他热心的盼望太太公道一些，把那对哗啷棒也列入，他以为小孩而不抓玩具简直不算小孩，而是个妖精。可是牛太太不能公道了，她早和刘妈商议好应用哪几件东西去试试天赐。太太有块小铜图章，是她父亲的遗物，虽然只是块个人的图章，可是看着颇近乎衙门里的印。太太最注意这件高官得作、骏马得骑的代表物。老刘妈建议：应把这块印放在最易抓到的地方，而且应在印钮——一个小狮子——上拴起一束花线，以便引起注意。其次便是一支笔，一本小书；二者虽不如马到成功伸手抓印的那么有出息，可是万般皆下品，惟有读书高，笔与书也是作官的象征，不过是稍绕一点弯儿。再其次是一个大铜钱，自从在咸丰年间铸成就没用过，非常的光亮。这是为敷衍牛老者，他是把钱放在官以上的人；天赐既是老爷和太太共同的产业，总得敷衍牛老者一下。

至于牛老者呢，他目下以为卤面高于一切，很有意加入一把羹匙，表示有卤面吃的意思——一个人有面吃，而且随便可以加卤，也就活得过儿了。可是他并没向太太去建议，少和太太办交涉是使卤面确能消化的方法，这个人专会为肚子而牺牲了理想。

纪妈当然没有发言权。四虎子向老刘妈打听明白，心中觉得不平。这太不公道了。况且怎见得哗啷棒便比铜钱低呢？可是，他自有办法。

一个非常美丽的秋天，浅远的蓝天上飞着些留恋的去燕。天赐抓周礼在正午举行，在桂香里飘来一两声鸡鸣。老刘妈把御定的几项物件都放在铜盘上，请太太过目。然后纪妈抱来天赐，他的脸还是耷拉着，仿佛一点也没看出一周年有什么可乐。虽然眉毛已有相当的进步，长出稀稀的几根。可是鼻子更向上卷了些，“不屑于”的神气十足。

老爷为保养肚子，带着里边的三碗卤面，已在床上打开了不很宜于秋高气爽的大呼。四虎子请了他一次，他嘟囔了几声，不知是要添点卤，还是纯粹为嘟囔而嘟囔。不管怎样吧，他依旧睡下去。

四虎子回来报告：

“老爷睡了；我替他吧？”

“你是什么东西？”太太说。

四虎子也愣住了，他自己不知道他是什么东西——这本是世上最难答的一个问题。可是他搭讪着站在屋里，手按着大褂的口袋，太太也没再驱逐他。

老刘妈比牛太太还热心，一个劲嘱咐天赐：“抓那个有花绳绳的小印，老乖子！”

天赐用小眼看了看铜盘，刚一伸手又缩回去，把大拇指放在口中，好像是要想一想看。屋中的空气十分的紧张。拔出手指，放在鼻前端详了一番，觉得右手拇指不高明，把左手的换上来咂着。咂着似乎不大过瘾，把食指探到小白牙的后面去掏，仿佛刚吃了什么塞牙的东西。

纪妈托住了他，往铜盘那边送，大嘴发出极轻微的声儿，就像窗上的纸口，裂得虽大而声儿很细，当风吹过来的时候：抓呀！抓呀！

天赐探着身，看桌上的小胆瓶颇好玩，定着眼珠看，用手指着：啊啊呀呀。对于铜盘一点也没看起。

老刘妈急了，要把着娃娃的手去抓。太太非常镇静的拦住她：等等，看他自己抓什么！

四虎子本没打算出声，可是不晓得嗓子里怎一别扭，嗽了一下。天赐的头回过来，张牙舞爪的往这边扑。这时候，四虎子再也忍不住，把久已藏好的哗啷棒从衣袋里掏出，哗啷了几声。天赐笑着，眼中发着光，鼻旁起了好几个小坑，都盛着笑意，身子往前探，两手伸出去。他要哗啷棒！

太太想喝止住他们，可是说时迟，那时快，花棒已换了手，天赐连踢带跳的摇起来，响成一片。

太太的一对深眼，钉着四虎子，问：“花棒，抓花棒，有什么说章呢？”太太的脸要滴下水来。

“说章？”四虎于想了想：“爱玩！”

七　两种生活

一岁，两岁，三步，光阴本来对什么都不挂心，可是小猫小狗小树小人全不住的往起长，似乎替光阴作消费的记录呢。天赐三岁了，看着很像回事儿。他说话，走路，断奶，都比普通小孩晚些，可是到了三岁他已应有尽有，除了眉毛不甚茂盛，别的还都能将就。一个小孩能全须全尾的活到三岁，并不是件容易的事；即使自己努力向善，有时候外来的势力会弄瞎他一只眼，或摔成罗锅儿，或甚至于使他忽然的一命呜呼。所以在自己努力之外，还得有些特别的智慧，能使自己的生长别和外来的势力顶了牛，如两个火车头碰到一处。天赐是值得佩服的，这三年工夫总算对付得不错。

牛老太太那份儿热心不止于负使天赐成了拐子腿的责任；专拿他的眉毛问题说，就剃过不知多少回。这个问题就很不易解决，而且很有把脑门剃过大口子的危险。天赐在这种地方露出聪明。原来的局势是：老太太以为非勤剃不可，即使天赐是块石头。而天赐呢，总以为长眉毛与否是他的自由，而且以为还没有到长眉毛的时候。设若这样争执下去，眉毛便一定杳无音信，而刀子老在眼前晃来晃去，说不定也许鼻子削下半个去。天赐决定让步，假装不为自己，而专为牛老太太，把生力运到脑门上去。这不仅是解决了小小的问题，和保全住了鼻子，而是生命哲学的基本招数。要作个狗得先长得像个狗，人也是如此。人家都有眉毛，你没有便不行，在这块没有自由，你想把它长得尖儿朝上像俩月牙似的都不行，要长就得随着大路，天赐明白了这个，所以由牛犄角里出来而到大街上溜达溜达。这未免有点滑头，可是老头儿有几个不是脑顶光光的？棺材里的脑袋多半是光滑的，这是“人生归宿即滑头”的象征。带着一头黑发入棺材固然体面，可是少活了年岁呢！

天赐非滑头不可。眉毛算是稀稀的足以支持门面了，还有头发问题呢。特别是那个扁脑瓢上，成绩太坏。还得剃！天下还有比剃头再难过的事？一上手，就把头部洗得和鱼那么湿。而后，按着头一劲儿剃，不准扬脖，不准摇动，不准打个喷嚏；得抿耳受死的装作死人，一点不关心自己的脑袋，仿佛谁把它搬了走也别反抗。偶然一动，头皮来个大口子；而且是你自己的不是。剃过一遍，还得找个二茬，脑袋好像是新皮球，非起亮不可。剃完以后，脑皮干巴巴的不得劲还是小事，赶到照镜子一看，无论多么好脾性的小孩也得悲观：头不像头，球不像球，就那么光出溜的不起美感，只好自比于烫去毛的鸡。头皮若是青青的也还好；像天赐的头皮，灰里发青，起着一层白刺，他简直没法看重自己。

因此，他决定长头发。头发有了不少而仍须剃的时候，他会装病，一听见剃头的唤头响他就宣布肚子疼。我已有了头发，为什么还得剃呢？他自己这样问心，而觉得假装肚痛是可告无愧的。

眉毛头发俱全，脸又出了毛病，越来越黑。一天至少得洗三遍！水本是可爱的，可是就别上脸。水一上了脸非胡来不可，本来脸不是盛水的玩艺。它钻你的眼，进你的耳朵，呛你的鼻子，淹你的脖子，无恶不作。况且还有胰皂助纣为虐呢，辣蒿蒿的把眼鼻都像撒上了胡椒面；你越着急，人家越使劲搓，搓上没完，非到把你搓成辣子鸡不完事，连嘴里都是辣的。不能反抗，你要抬头，人家就按脖子，一直按到盆里，使你的鼻子变了抽水机。也不能不反抗，你要由着性儿叫人家洗，人家以为你有瘾，能干脆把你的脸用胰子沫糊起来，为是显着白，整整糊四五点钟。天赐的办法是不卑不亢，就盼着给他洗脸人生病。事实逼的，连天赐也会发恨。

他一点也没觉得脸黑有什么障碍，脸黑并无碍于吃饭。他不知大人们为什么必替他操心。有许多他不能明白的事，而且是别问，一问就出毛病。他会学了自己嘟囔，对着墙角或是藏在桌底下，他去自言自语："桌子，你要碰福官的脑袋呀，福官就给你洗脸，看你多么黑！给你抹一条白胰子，福官厉害呀！不是福官厉害，他们跟福官厉害，明白了吧？臭王八！"这最后的称赞，他没肯指出姓名来，怕桌子传给那个人，而他的屁股遭殃。

天赐虽然说不出来，可是他觉到：生命便是拘束的积累。会的事儿越多，拘束也越多。他自己要往起长，外边老有些力量钻天觅缝的往下按。手脚口鼻都得有规矩，都要一丝不乱，像用线儿提着的傀儡。天上的虹有多么好看，哼，不许指，指了烂手指头！他刚要嚷，“瞧那条大花带儿哟，”必定会有个声音——“别指！”于是手指在空气中画了个半圆，放在嘴边上去；刚要往里送，又来了：“不准吃手！”于是手指虚晃一招，搭讪着去钻钻耳朵，跟着就是：“手放下去！”你说这手指该放在哪儿？手指无处安放，心中自然觉着委屈，可是天赐晓得怎样设法不哭。他会用鼻子的撑力顶住眼泪，而偷偷的跑到僻静地方去想象着虹的美丽，小手放在衣袋里往上指着。

多了，不准作的事儿多了。另有一些必须作的，都是他不愿意作的。他的小眼珠老得溜着，像顺着墙根找食吃的无娘的小狗。在那可怕的眼线外，他才能有些自由。对那些不愿作而必须作的，他得假装出快乐：当他遵照命令把糖果送到客人手下的时候，他会心中督促着自己：“乐呀！福官不吃，送给客人吃。因为妈妈说福官不馋！”把唾沫咽下去，敢情没有糖那样甜！

要是由着他自己的性儿发育，谁知道他长成什么样子呢。他现在的长相决不完全出于他的心愿。三岁的天赐是这个样：脸还是冬瓜形，腮上的肉还堕着，可是没有了那层乳光，而且有时候耷拉的十分难看。嘴唇也没加厚，只是嘴角深深的刻入了腮部，老像是咽唾沫呢——客人来多了，眼看着糖果的支出而无收入，还不能不如此！鼻子向上卷着，眼扣扣着，前者是反抗，后者是隐忍，所以二者的冲突使稀稀的眉毛老皱皱着；幸而是稀稀的，要不然便太露痕迹了。扁脑勺上长出个反骨来，像被烟袋锅子敲起来的。脸上很黑，怎洗也不亮，到生气的时候才显出点黄色。身子似乎太小点，所以显着头更大。拐子腿，常因努力奔走，脚尖彼此拌了蒜，而头朝下摔个很痛心的跟头。因此，他慢慢的知道怎样谨慎，要跑的时候他把速度加在胳臂上，而腿不用力，表示点意思而已。

嘴最能干。他说话说得很晚，可是一说开了头，他学的很快：有些很难表现的意思，他能设法绕着弯说上来。因此，他的话不是永远甜甘；有时候很能把大人堵个倒仰。可是他慢慢的觉悟出来，话不甜甘敢情是叫自己吃苦子，于是他会分辨出对谁应当少说，对谁可以多讲；凡事总得留个心眼儿。对四虎子，举个例说，便可以无所不讲，而且还能学到许多新字眼，如“臭王八”，“杂宗日的”……对牛老太太，顶好一语不发；勤叫着点“妈妈”是没有什么错儿的。

天赐也有快活的时候，我们倒不必替他抱不平。跟牛老头儿上街，差不多是达到任何小孩所能享受的最高点。在出发的时候，他避猫鼠似的连大气也不出，表示他到了街上绝对不胡闹。连这么样，还得到许多蔑视人格的嘱告：“到了街上别要吃的！好好拉着爸爸的手！别跑一脚土！”他心里跳着，翻着眼连连点头。一出了大门，哈哈，牛老头儿属天赐管了。“爸，你在这边走，我好踢这块小砖，瞧啊！爸！瞧这块小砖，该踢不该踢?”牛老者以爸爸的资格审定那块小砖：“踢吧，小子，踢！”

“爸！”天赐因踢小砖，看见地上有块橘子皮！“咱们假装买俩橘橘，你一个，福官一个，看谁吃的快?”

爸以为没有竞赛的必要，顶好天赐是把俩橘橘都吃了。两个橘子吃完，至多也没走过了一里的三分之一。爸决不忙。儿也不慌。再加上云城是个小城，——虽然是很重要的小城——爸的熟人非常的多，彼此见着总得谈几句，所谈的问题虽满没有记录下来的价值，可是时间费去不少。他们谈话，天赐便把路上该拾的碎铜烂铁破茶壶盖儿都拾起来，放在衣袋里，增多自己的财产与收藏。此外，路上过羊，父子都得细细观察一番；过娶媳妇的更不用说。在路上这样劳神，天赐的肚子好似掉了底儿，一会儿渴了，一会儿饿了。爸是决不考虑孩子的肚子有多大容量，自要他说渴便应当喝，说饿就应当吃。更不管香蕉是否和茶汤，油条是否与苹果，有什么不大调和的地方。自要天赐张嘴，他就喜欢，而且老带出商人的客气与礼让：“吃吧！苹果还甜呀！不再吃一个呀！”这有时候把天赐弄得都怪不好意思了，所以当肚子已撑得像个鼓，也懂得对爸作谦退的表示：“爸！看那些大梨，多好看！福官不要，刚吃了苹果，不要梨！”爸受了感动：“买俩拿家去吧?”天赐想了想：“给妈妈的?”爸也想了想：“妈不吃梨，还是给福官吧。”天赐觉得再谦让就太过火了：“爸，买三个吧，给妈一个；妈要是不吃，再给福官。”

爷儿俩在街上便完全忘了时间，幸亏爸没陪着天赐吃东西，所以肚子一觉出空还不至于连回家也忘了。“该回去了吧?”爸建议。天赐的肚子充实：“再玩玩，福官不饿。”爸不得已的说出自己的弱点：“爸可饿了呢!”儿子又有了办法：“吃个梨?”爸摇头：“爸要吃饭饭。”爸都好，就是肚子稍微有点缺点；假如爸老不饿，三天不回家又有什么关系？天赐轻轻的叹口气。

快到家了，天赐嘱咐爸：“妈要问，在街上吃了什么呀?”他学着牛老太太的语声。“就说什么也没吃，福官很乖，是不是，爸?”

“对了,”爸也觉得有撒谎的必要，“什么也没吃。可是，你别嚷肚子疼呀!”

“肚子疼也不嚷，偷偷上后院去。”天赐早打好了主意。为自己的享受与自由，没法儿不诡计多端。

可是事情并不这么容易。肚子早不疼晚不疼，偏在半夜疼起来。谁敢半夜里独自上后院呢？忍着是不可能的：肚子疼若是能忍住，就不能算是肚子疼了。

次日早晨，天赐的眼睛陷进去许多。牛老太太审问老伴儿。牛老者不认罪：“我带出他去，他是好好的；回来，还是好好的；半夜肚疼，能是我的错儿么?”老太太下了令，不许他们父子再上街。牛老者心里非常难过，一个作父亲的不常到街上展览儿子去，作爸爸还有什么意义呢？不该和太太顶嘴，嘴上舒服便是心上的痛苦，他决定不再反抗太太，至少是在嘴头上。

天赐就更苦了：什么也吃不着，一天到晚是稀粥白开水，连放屁都没味。也不准出去，只在屋里拿一点棉花捏玩艺儿，越捏越没意思，而又不敢不捏，因为妈妈说这是最好的玩法吗。

天赐觉得有两种生活，仿佛是。妈生活与爸生活：在妈生活里，自己什么也不要干，全听妈的；在爸生活里，自己什么也可以干，而不必问别人。自然他喜欢爸生活，可是和爸上街的机会越来越少了。次好的是四虎子生活，虽然四虎子不能像爸那样给买吃食，可是在另一方面他有比爸还可爱的地方。就以言语而论：四虎子会说谁也想不起怎说，而且要说得顶有力量的话。他能用一两个字使人心里憋闷着的情感全发出来，像个爆竹似的。一天到晚吃稀粥，比如说吧，该用什么话来解解心头的闷气？四虎子有办法：

“他妈的!”这三个字能使人痛快半天，既省事，又解恨。还有“杂宗”，“狗蛋”……这些字眼都不需要什么详细说明，而天然的干脆利落，有分量。天赐学了不少这种词藻，到真闷得慌的时候，会对着墙角送出几个恰当的发泄积郁。四虎子，在天赐眼中，差不多是个诗人。

“肚肚，你又饿了？他妈的！那个老东——”天赐回头扫了一眼：“狗蛋!”心中痛快多了。

八　男女分座

在天赐断奶之后，纪妈心里愁成个大疙疸。她恨不能飞回家去，看看自己的娃娃，真的；可是她不敢说，到底是娃娃还是工钱更可宝贵。

正在她最害怕的时候，老刘妈又病了，而且病得很重。

牛老太太虽然药多，可是她知道：药治得了病，治不了命。老刘妈是快七十的人。老太太为了难：万一刘妈死了呢，哪去找这么可靠的人？这并不是说，“老”就好，不是；老刘妈的好处是在乎老当益壮。老马要是能照样干活，谁舍得钱去买匹小的呢？况且养着能干活的老马也显着慈善不是？可是老马既然拒绝了吃草，那也说不上不另打主意。走狗的下场头啊！

为思路的顺便，牛太太自然而然的想到了纪妈。纪妈年轻力壮，而且也是乡亲，满可以代替老刘妈。可是纪妈自己有小孩，还能够叫她带来么？叫个不三不四的野孩子和天赐在一块，干脆不行，只能让她“暂代”，至于长远之计——忽然想起四虎子来。给四虎子娶个老婆，岂不一打两用：一来可拢住他的心，二来可以用个女仆，倒也不错。反正四虎子的老婆得由牛宅给娶，他自己没家没业。可是四虎子娶亲后，要是有小孩呢？这么一想，老太太不甚热心了。越是下等人越会生小孩，这使她气恨。好，没使成女仆，倒闹得天上地下都是孩子，那才有个意思呢！不行。

老刘妈的病可不这样犹疑，一天不如一天。四虎子下乡把她的儿子找来。牛太太说得好：“要死得死在自己家里。”老刘妈真没想到这个。太太应许了她一口棺材，作为她服务几十年的报酬。

老刘妈走后，纪妈暂行代理。不多的日子，刘妈死了。纪妈能否实任呢？牛老太太没有什么表示。她看纪妈很努力，可是孩子问题不能解决。正在这么个时候，乡下送上信来：纪妈的孩子死了。纪妈不敢放声哭，怕主人说丧气，可是两三夜眼泪没有干过。为那几块钱，把人家的孩子奶大，自己的娃娃可死了，死了！她梦见她的娃娃，想着她的娃娃，低唤着她的娃娃；永远不能见面了！她恨她自己，恨她的丈夫，恨天赐；世界上再没有爱。“穷”杀死一切。她两三天没正经吃饭，可是还得给别人作，油腥味使她恶心，使她想把碟子碗全摔了。到底她得横心，钱是无情的。她还得为丈夫奔，为大家想。她得自动的忘了她的娃娃，自己管住眼泪。钱不听，也不原谅，哭声！

她和太太请三天假，回家看看死娃娃。

“那么，你还愿意回来？”太太问。

纪妈用尽了力量回答：“愿意！”为那些工钱。命不是肉作的，是块比钱的分量轻的什么破铅烂铁。

太太合算了一番：为四虎子娶老婆得花一百多块。这笔钱早晚是得花的，不错；可是晚一点到底有利无弊。先叫纪妈试试吧：“自要你愿意，你就回来，我这也缺人。好在娃娃也死了，你也没的可惦记着了；作几年事也不错，乘着年轻。”

“没有可惦记着的了！”在纪妈心里来回的响，她的泪不由的落下来；看在钱的面上，她不能否认这句话。

太太还有话呢，纪妈没心去听，可是不能不听着。

“你回来，就干老刘妈的事了。话得说明白：以后你可不是奶妈了，我也不能给那么大的工钱。不在乎一两块子钱，规矩是规矩；奶妈照例是挣得多点。我也苦不了你：我这儿饭食不苦，这你知道。你好好干呢，我穿剩下的衣裳都是你的；三节还有赏钱。我不在乎一块半块子钱，我不能叫人笑话我；这城里没有五块钱一个月的老妈子。以后，我给你三块钱，这是规矩。你干的好呢，我再给你五毛点心钱，咱们以好换好。是这么着不是？”

纪妈点头，她说不出话来。在城里这么多日子了，她知道，老妈子的工钱真是三块钱一个月。她什么也说不出，这是规矩！

她走了三天，天赐就开始跟牛太太去睡。他和纪妈的关系，从此，也就说不上是好是坏来。纪妈老有点恨他，她老记着：她的娃娃比天赐大两个月。越看天赐长身量，她越难过——她的娃娃永远不长了。天赐自然是莫名其妙。可是久而久之，他觉到纪妈的眼神有点不大对，不能不躲着她了。不过纪妈也对他有好处，每逢他饿了，眼看着盘中的吃食而不敢要，他便偷偷去找纪妈。在这种时节，她的眼神不对也得算对，她总会给他烤块馒头什么的吃："吃吧，小东西！不饿也不找我来！"天赐没办法，只好先安慰了肚子，而后再管灵魂。他慢慢的把家里的人分为两组，一组男，一组女；女组是不好惹的。

他越大越觉出男女的不同，也越不喜欢女的。当四五岁的时候，牛老太太遇上亲友家有红白事，高兴便带了他去。在出发之前，看这顿嘱咐与训练：别当着人说饿，别多吃东西，别大声嚷嚷，别弄脏了衣裳；怎么行礼？作一个看看！怎给人家道喜？说一个……而后打扮起来：小马褂，袖儿肥阔而见棱见角，垂手吧，袖儿支支着；抬着手吧，像要飞。长袍子，腰间折起一块还护着脚面，不留神便绊个跟头。小缎帽盔，红结子——夏天则是平顶草帽，在头上转圈。这样装束好，他的脸不由的就拉得长长的；通体看来：有时候像缩小的新郎官，有时候像早熟的知县。他非常的看不起自己，当这样打扮起来。出大门的时候，他不敢看四虎子，准知道四虎子向他吐舌头呢。

在家里差不多快叫女的给摆弄碎了；到了外面，女人更多，全等着他呢。"哎哟，福官长这么高了！这个小马褂，真俏！"他只好低着头看自己的鞋尖，脸上发热。家里的女人在后面戳脖梗子："说话呀！处窝子！"他想不起说什么，泪在眼里转圈。而后，人家拍他的扁脑瓢，专为使小帽盔晃动，因为那里空着一大块。扒拉他的脸蛋，闻他的手；怎么讨厌怎办，这群女的。

虽然表面上这么表示亲善，可是他看得出她们并不爱他。有妈妈在跟前，大家乖乖宝贝的叫；妈妈不跟着，人们连理他也不理；眼睛会由小马褂上滑过去。更叫他伤心的，他要是跟人家的小孩玩耍，人家会轻轻的把小孩拉走，而对他一笑："待会儿再玩。"他木在那里半天不动，马褂又硬整，很像个没放起来的风筝。他不知这是因为什么，不过他——四五岁了——觉出有点什么不对的地方来。他只能自言自语的骂几声："妈妈的！"

等到回了家，还得被审：“谁跟你玩来着？”

“小秃；刚玩一会儿，小秃妈把小秃拉走。”

“呕！呕呕！”妈妈连连点头，脸上不是味儿。

爸要是带他出去，便没这些事。爸给亲友贺喜或吊祭去，只是为吃。在路上父子就商议好：你爱吃丸子，是不是？好吧，爸给多夹几个。吃完饭上哪儿呢？出城玩玩？还是上老黑的干果子店？要是上老黑那里去，爸可以睡个觉，而天赐可以任意的吃葡萄干，蜜枣；而且伙计们都愿陪着他玩：在柜里藏闷儿，拔萝芭，或是赌烟卷画儿。男人们不问这个那个的。况且老黑还有一群孩子呢。这群孩子中能走路的全不常在家。不过，要赶上他们在家，那个乐趣差不多和作一回皇上一样。这群孩子永远不穿小马褂，脚老光着，而经验非常的丰富。男的和女的一样。全知道城外的一切河沟里出产什么，都晓得怎样掏小麻雀，捉蜻蜓，捞青虾，钓田鸡，挖蟋蟀……他们的脸，脖子，脊背，都黑得起亮；有泥也不擦，等泥片自己掉下去，或是被汗冲了走。

天赐跟他们玩半天，才知道自己的浅薄，而非常高兴他们的和蔼可亲。他们都让着他，比如捉老瞎的时候，他要是被捉住，该打十板就只打五板，可是打得一样的疼。天赐忍着痛，不哭；他晓得他们的打手板是出于诚意，打得不疼还打个什么劲？他们诚意的告诉他，小马褂不是人穿的。假如出城去掏麻雀或捞青虾，可能穿着马褂吗？说得他闭口无言，而暗恨妈妈。提到了妈妈，他们更有办法：“妈妈？妈妈的腿慢呀。一打就跑；妈妈追不上。”

“妈妈要不给饭吃呢？”天赐问。

“就不吃！非等妈妈来劝不可。”

“妈妈要是不来劝呢？”

“先偷个馒头垫垫底儿。”

听了这个和一些别的，天赐开始觉到该怎样作个男子。和爸回家的时候，先得了爸的同意——在路上不用穿小马褂了。爸不反对。到了家中，他预备扒袜子，看光脚行得开行不开。把袜子扯下来，先到厨房探探纪妈的口气。

“你这孩子，找打呢！”

天赐心里说：“打？我会跑！”假装没事似的往妈妈屋中走，鼻子卷起高度的反抗精神。

“越学越好了!”预期的雷声到了:“谁兴的光脚啊?”

天赐沉着应战,假装没听见。

“说你哪!穿上去!”

“不爱穿!”

妈妈气得脸都白了:“好,好!你可也别吃饭!”

“先偷个馒头垫垫底儿!”天赐自己知道非失败不可了。不行,到底自己没那么多的经验!男子汉恐怕作不成了。

结果,还是穿上了袜子,托纪妈给说的情,自己认了罪,才吃上了饭。肚子饱得没什么味儿,可是也没办法。妈妈到底不是好惹的,而肚子又不给自己作脸,失败!

天赐苦闷,没有小孩和他玩。大门成天关得严严的,而院里除了他都是大人。四虎子虽然可爱,究非小孩。天赐常常见着老黑的那伙儿女,可惜是在梦里!

他只好独自在院中探险。大门里是四虎子的屋子,他常来玩玩,特别是妈妈睡午觉或不在家的时候。和这间屋子联着的是三间堆房,永远锁着。四虎子抱起他从窗纸的破处看过一回,里边的东西复杂而神秘。这是牛老者营商的史料保存所:招牌,剩货,帐竿,……全在这儿休息着。天赐对这三间屋子有点怕,又愿进去拾些玩具,可是进不去。对着这三间堆房是个小屏风门,进门便是三合房的院子了。北房前有两株海棠树,这有时候供给他一些玩的材料。有一回,树上落下两个小青海棠来,他和它们玩了整整三点钟。从北房与东房的拐角过去,有个小院。这个拐角,据天赐看,是军事上的要地:倒水的,送煤的,纪妈……都得由此经过,他常想藏在垛子旁边“昇”他们一声,吓他们一大跳。可是他昇过纪妈一次,而她把茶碗撒了手;所以他只能常“想”。小院里有三间屋子,纪妈住一间,厨房住一间,煤住一间,按照他的叙述法。

他一天到晚就在这个小世界里转,虽然也能随时发现些新东西,可是没人和他一同欣赏;遇必要时,他得装作两个人或三个人,从东跑到西,从西跑到东,以便显出生命的火炽。及至跑累了,他坐在台阶上,两眼看着天,或看着地,只想到:“没人跟你玩呀,福官!”

九　换毛的鸡

黄绒团似的雏鸡很美，长齐了翎儿的鸡也很美；最不顺眼是正在换毛时期的：秃头秃脑翻着几根硬翅，长腿，光屁股，赤裸不足而讨厌有余。小孩也有这么个时期，虽英雄亦难例外。“七岁八岁讨狗嫌”，即其时也。因为贪长身量而细胳臂蜡腿，脸上起了些雀斑，门牙根据地作“凹”形，眉毛常往眼下飞，鼻纵纵着。相貌一天三变，但大体上是以讨厌为原则。外表这样，灵魂也不落后。正是言语已够应用的时候，一天到晚除了吃喝都是说，对什么也有主张，而且以扯谎为荣。精力十足，在万不得已的时候才翻着跟头睡觉；自要醒着手就得摸着，脚就得踢着，鞋要是不破了便老不放心。说话的时候得纵鼻，听话的时候得挤眼，咳嗽一声得缩缩脖，骑在狗身上想起撒尿。一天老饿。声音钻脑子，有时候故意的结巴。眼睛很尖，专找人家的弱点：二嫂的大褂有个窟窿，三姨的耳后有点泥……都精细的观察，而后当众报告，以完成讨厌的伟业。狡猾，有时也勇敢，残忍，无处不讨厌。

天赐到了这个时期。七岁了。两腮的肉有计划的撤去，以便显出嘴唇的薄。上门牙一对全由他郑重的埋在海棠树下，时常挖出看看。身量长了不少。腿细而拐，微似踩着高跷。臂瘦且长，不走路也摇晃。小眼珠豆一般的旋转。鼻子卷着，有如闻着鼻梁上那堆黑点。扁脑瓢摇动得异常灵便，细脖像棵葱。

牛老太太对这个相貌的变化并不悲观，孩子都得变。她记得她的弟弟，在八九岁的时候整像个瘦兔，可是到了十六岁就出息得黄天霸似的。这不算什么。

她没想到的是这个：以她这点管教排练，而福官不但身体上不体面，动作上也像个活猴。她很伤心。一天到晚不准他出去学坏，可是他自己会从心里冒坏！越叫他老实着，他越横蹦乱跳，老太太简直想不出个道理来。越叫他规矩点，他越棱棱着眼说话，这是由哪里学来的呢？吃饭得叫几次才来，洗脸得俩人按巴着；不给果子吃就偷。胆气还是非常的壮，你说一句，他说两句；要不然他干脆一声不出，向墙角挤眼玩。打也没用，况且一身骨头把人的手碰得生疼。

最气人的是凡事他得和四虎子去商量！原来四虎子看天赐的门牙一掉，不敢再拿他当小孩子了，所以开始应用一个新字儿——咱哥俩。天赐也很喜爱这个亲切有味的字，一出屏风门便喊：“咱哥俩说个笑话呀?!”其实四虎子并不会说笑话，不过是把一切瞎扯和他的那点施公案全放在笑话项下。他的英雄也成了天赐的英雄；黄天霸双手打镖，双手接镖，一口单刀，甩头一子，独探连环套！据天赐看，四虎子既有黄天霸这样的朋友，想必他也是条好汉，很有能力，很有主意。所以他事事得和四虎子商议。四虎子也确是有主意：

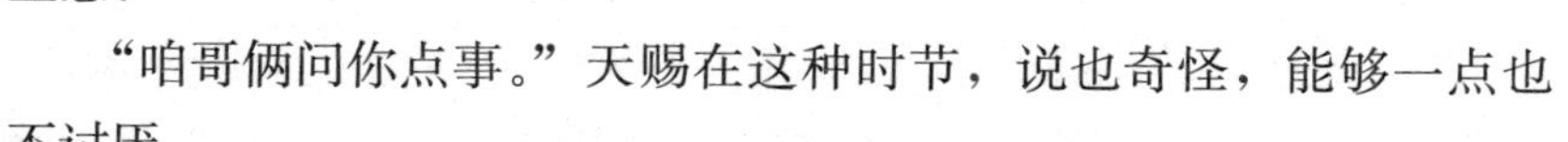

“咱哥俩问你点事。”天赐在这种时节，说也奇怪，能够一点也不讨厌。

“咱哥俩说吧。”四虎子也很真诚。

“想买把刀；街上不是有吗？鬼脸，刀，枪，布娃娃；我不要布娃娃，先买把刀得了。”天赐因为缺乏门牙，得用很大的力量把“刀”说清楚正确，于是溅了四虎子一脸唾沫星子。“妈妈不给钱，怎办?”

“单刀一口，黄天霸，双手接镖?”四虎子点破了来意。

天赐笑了，用舌头顶住门牙的豁子。

四虎子想了想：“跟爸上街，走到摊子前面，怎说也不再走；看，爸，那刀多好！可别说你要；就是一个劲儿夸好，明白不？爸要是给买了，回来你告诉妈妈，不是我要哇，爸给买的！棱棱着点眼睛说都可以。”

“爸要是不给买呢?”

“不走就是了!”

“镖呢?”

“那不用买，找几块小砖头就行。看着，这是刀，”毛啰子在四虎子的右手里，“往左手一递，右手掏镖，打！练一个！”

天赐聚精会神的接过啰子来，嘴张着点，睛珠放出点光，可是似乎更小了些，照样的换手掏镖。他似乎很会用心，而且作得一点不力笨。

爸果然给买了把竹板刀，刷着银色。在后院里，天赐练刀打镖，把纪妈的窗户纸打了好几个窟窿。他佩服，感激四虎子。凡事必须咱们俩商量，把牛老太太气得直犯喘。

有的时候，老太太还非求救于四虎子不可：天赐已经觉出自己的力量，虽然瘦光眼子鸡似的，可是智力与生力使他不肯示弱。他愿故意讨厌，虽然他可以满不讨厌。事情越逆着来，他越要试试他的力量，他的鼻子不是白白卷着的。恰巧牛老太太是个不许别人有什么主张的人，战争于是乎不能幸免。可是，妈妈与儿子的战争往往是妈妈失败。因为她的顾虑太多，而少爷是一鼓作气蛮干到底。

“福官，进来吧，院子里多么热！”

“偏不热！”天赐正在太阳地里看蚂蚁交战，十分的入味儿。

“我是好意，这孩子！”

“不许看蚂蚁打架吗?!”好意歹意吧，搅了人家的高兴是多么不近情理，况且看蚂蚁打仗还能觉到热吗?

“偏叫你进来!”

“偏不去!”又替黑蚂蚁打死三个黄的。

宣战了！可是太太不肯动手，大热的天，把孩子打坏了便更麻烦。不打可又不行。退一步讲，出去拉进他来，他也许跑了，也丢自己的脸。

“四虎子!”太太在屏风门上叫，不敢高声，怕失了官派，“你跟福官玩玩，别让他在太阳底下晒着。”

四虎子来了，在天赐耳旁嘀咕了两句。

“上门洞说去?”天赐跟着黄天霸的朋友走了。

太太不久也学会了这招儿，可是不十分灵验。

“福官，你要是听说呀，我这儿有香蕉!”

天赐连理也不理，谁稀罕香蕉！几年的经验，难道谁还不晓得果子专为摆果盘，不给人吃？妈妈是自找无趣。

为赌这口气，妈妈真拿了根香蕉。嗯，怎样桃子底巴上短了一口呢？三个，一个上短了一口！

“福官！这是谁干的？”

“桃儿呀？”福官翻了白眼：“反正，反正我才咬了三口，凑到一块还赶不上一整个！”

妈妈放声的哭了。太伤心了：自己没儿，抱来这么个冤家，无处去说，无处去诉！

天赐慌了，把妈妈逼哭了不是他的本意。拐着腿奔了四虎子去：“咱哥俩想主意，妈妈哭了！”

“为什么？”

“我偷吃了桃！”

“几个？”

“三口！”

“怎么？”

“一个上一口，凑到一块还不够一整个；挨打也少挨点！”

在桃儿的压迫下，算错了账是常有的事。

他们找纪妈去劝慰太太，太太更伤心了。没法说呀！不能说天赐是拾来的，不能。可是你为他留脸，他不领情。三个大桃，一个上一口！

好容易妈妈止了悲声，天赐和四虎子又作一度详细的讨论。四虎子的意见是“我要是偷，就偷一个；你的错处是在一个上一口！”

“求爸赔上妈妈三个呢？”天赐问。

“也好！”

偷桃案结束了以后，太太决定叫天赐上学；这个反劲儿，谁受得了？

孩儿念书，在老太太看，与其是为识字还不如是为受点管教。一个官样的少爷必得识字，真的；可是究竟应识多少字，老太太便回答不出了。她可是准知道：一个有出息的孩童必须规规矩矩，像个大人似的。因此，她想请先生来教专馆。离着先生近，她可以随时指示方针；先生实在应当是她的助手。

牛老者不大赞成请先生，虽然没有不尊重太太的主张的意思。商业化：他并不能谋划得怎样高明，可是他愿意计算一下；计算的好歹，他也不关心，不过动动算盘子儿总觉得过瘾。他的珠算并不精熟，可是打得很响。太太一定要请先生，也好；能省俩钱呢，也不错。他愿意天赐入学校。这里还有个私心；天赐上学，得有人接送；这必定是他的差事。他就是喜欢在街上溜溜儿子。有儿子在身旁，他觉得那点财产与事业都有了交待，即使他天生来的马虎，也不能完全忘掉了死，而死后把一堆现洋都撒了纸钱也未免有失买卖规矩。可是太太很坚决：不能上学校去和野孩子们学坏！她确是知道天赐现在是很会讨厌，但她也确信天赐无论怎样讨厌也必定比别人家的孩子强。再说，有个先生来帮助她，天赐这点讨厌是一定可以改正的。牛老者牺牲了自己的意见，而且热心帮忙去请先生；在这一点上，他颇有伟大政治家的风度。所以怕太太有时候也是一种好的训练。

牛老者记得死死的，只有“老山东儿”会教馆，不知是怎么记下来的。见着朋友，他就是这一句：“有闲着的老山东儿没有，会教书的?”

不久，就找着了一位。真是老山东儿，可是会教书不会，介绍人并没留意。介绍人还以为牛掌柜是找位伙计或跑外的先生呢。及至见了面，提到教书问题，老山东儿说可以试试，他仿佛还记得幼年间读过的小书：眼前的字们，他确是很能拿得起来，他曾作过老祥盛的先生。一提老祥盛，牛老者肃然起敬：

“老祥盛? 行了，家去见见吧！老祥盛，”这三个字有种魔力，他舍不得放下：“老祥盛的老掌柜，孟子冬，现在有八十多岁了吧? 那样的买卖人，现在找不到了，找不到了!”

王宝斋——前任老祥盛的管账先生——附议：孟子冬孟老掌柜那样的人确是找不到了；他死了三四年了。

王宝斋有四十多岁，高身量，大眼睛，山东话响亮而缠绵，把“腿儿”等字带上嘟噜，“人儿”轻飘的化为“银儿”，是个有声有色的山东人。

束脩多少，节礼怎送等等问题，王老师决定不肯说，显出山东的礼教与买卖人的义气：“你这是怎么了，牛大哥，都是自己银儿! 给多少是多少，给多少是多少；我要是嫌少，是个屌!”王老师被情感的激动，不自觉的说着韵语。

牛老者本来不敢拿主意，就此下台，回家和太太商议。太太有点怀疑王宝斋的学问与经验。老者连连的声明："老祥盛的管账先生，老祥盛的!"太太仔细一想：没有经验也好，她正可以连天赐带老师一齐训练。于是定了局：每年送老师三十块钱的束脩，三节各送两块钱的礼，把外院的堆房收拾出一间作宿室，西屋作书房，每天三顿饭——家常饭。

"就是花红少点!"牛老者的批评是。

"节礼!"老太太不喜欢商业上的名词，"以后再说，教得好就多送。"

八月初一开馆。天赐差不多是整七岁。

十　开市大吉

念书，请老师，不好就打……弄得天赐连饭也不正经吃了。什么是书呢？牛老太太虽然讲官派，可是牛宅没有什么书。牛老者偶尔念念小唱本，主要的目的是为念几行，眼睛好闭上得快一些。一本小唱本不定念多少日子，而且不定哪一天使用它裹了铜板。天赐不晓得书是什么东西，更不知道为何要念它。老师这个字也听着耳生，而且可怕——带“老”字的东西多数是可怕的，如“老东西”，老虎……

他得和四虎子商议一番：

“咱哥俩问你干什么念书?”

“念好了就作官，念不好就挨板子!”

天赐的心凉了半截。“什么是老师呢?”他的小眼带出乞怜的神气，希望老师是种较比慈善的东西。

“老师教给你念书，手里拿着板子。”四虎子不能不说实话，虽然很难堪。

天赐不言语了，含着眼泪想主意。待了半天，他问：“我打他行不行呢?”

“不行，他个子大，你打不了他。”

“咱哥俩呢，你帮助我?”

四虎子非常难过，他没法帮助他的朋友；老师是打不得的！他摇头，天赐哭了。

八月初一就快到了！天赐一天问四虎子六七次：“还有几天?”

“早着呢，还有三天!”四虎子想给朋友一点安慰，可是到底说了实话。三天！可怜的天赐！“不用怕，下学之后咱们还能练刀玩，是不是?”

这个都没引出天赐的笑来。挨了板子还有什么心程练刀呢!“三天以后，一定是八月初一?”

“一定!”

跑不了了!两个朋友都默默无言，等着大难临头。天赐所有的想象都在活动着：书也许是个小鬼，老师至少是个怪物，专吃小孩，越想越怕，而怕得渺茫；到底不准知道为什么，为什么给小孩请个怪物来呢?为什么必得念书呢?

“就不许咱们玩吗，连好好的玩也不许吗?!”天赐的小心儿炸开了。他直觉的知道玩耍是他的权利，为什么剥夺了去呢?为什么?

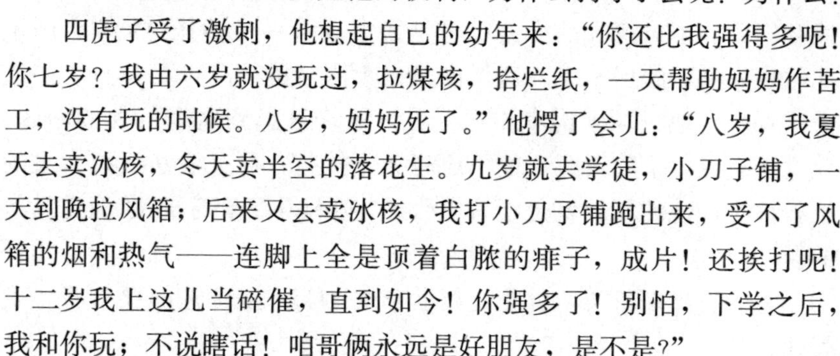

四虎子受了激刺，他想起自己的幼年来：“你还比我强得多呢!你七岁?我由六岁就没玩过，拉煤核，拾烂纸，一天帮助妈妈作苦工，没有玩的时候。八岁，妈妈死了。”他愣了会儿：“八岁，我夏天去卖冰核，冬天卖半空的落花生。九岁就去学徒，小刀子铺，一天到晚拉风箱；后来又去卖冰核，我打小刀子铺跑出来，受不了风箱的烟和热气——连脚上全是顶着白脓的痱子，成片!还挨打呢!十二岁我上这儿当碎催，直到如今!你强多了!别怕，下学之后，我和你玩；不说瞎话!咱哥俩永远是好朋友，是不是?”

天赐得到一点安慰。可是一进里院，这点安慰又难存在了。

“看你还用砖头溜我的窗户不?!”纪妈看天赐到了上学的年龄，怎能不想起自己的小孩；想起自己的小孩还能对天赐有好气?“一天到晚圈着你，叫老师管着，该!看你还淘气，拿大板子打，我才有工夫去劝呢!”

“用你劝?先打你一顿!”虽然这样嘴皮子强，天赐的心中可是直冒凉气。

妈妈还不住的训话呢。越躲着她越偏遇上她，一遇上就是一顿：“福官，你这可快作学生了，听见没有?事事都有个规矩。老师可不同妈妈这么好说话，不对就打，背不上书来就打。提防着!好好的念，长大成人去作官，增光耀祖，听见没有?”

天赐不敢不听着，低着头，卷着鼻子，心里只想哭，可又不敢，双手来回的拧，把手指拧得发了白。

爸是最后的希望。纪妈无足轻重。妈妈的话永远是后话：什么长大了作官，什么她死后怎样。四虎子的是知心话，但是他没去请老师，当然他不晓得老师到底怎么样。得去问爸，爸知道。

“爸！爸！”

“怎着，小子？请坐吧！”爸就是爱听“爸”字，喜欢得不知说什么好。

“老师几儿来？”

“八月初一。”

真的！

“老师爱打人呀？”天赐的心要跳出来。

“我不知道。”牛老者说的是实话。据他看，老祥盛的管账先生怪和气的，不像打人的样儿；可是太太设若一张劲托付，“老山东儿”也未必不施展本事。这个高身量大眼睛的先生，要是打人，还管保不轻。他只顾了讲束脩送花红，始终没想到这个打人的问题。他觉着有点对不起天赐。他不愿意儿子挨打，可又没法反抗太太的管教孩子。他的坏处就是没有主张。“咱们得商量商量。”他道歉似的说。

天赐看出来机会，学着纪妈着急时的口气：“老师要打我，我就死去！”

“可别死去！”老头儿揪着黄胡子想主意：“这么着吧，我先对老师说一声，别打人！他要是打你，我就扣他的工钱！”

天赐心里舒服了点。“老师也拿工钱哪，我也先扣他点！”

牛老者又觉得有点对不起王宝斋。左右一为难，想出条好办法来：马马虎虎就是了。妈妈是条条有理，不许别人说话；爸是马马虎虎，凡事抹稀泥。天赐就是在一块铁与一块豆腐之间活了七岁。

八月初一到了！天赐怕也不是，不怕也不是，一会儿以为老师是怪物，一会儿想起扣老师的工钱。

小马褂又穿上了，等着拜老师，天赐像闪后等着雷似的，脸上红一阵白一阵。

老师来了！四虎子报告的时候，声音都有点岔批儿。

天赐不敢看，又愿意看，低着头用眼角儿扫：原来老师是个人，高大，一眼看不到边！

老师似乎没大注意天赐，只对爸妈一答一和的说话儿，声音响亮，屋里似乎嗡嗡的响，天赐只听见了声音，可是听不明白大家是说什么；他觉着非常的慌乱，好像一切熟识的东西都忽然变了样，看着果盘上的鲜红苹果都不动心了。

牛老太太要考考老师，问先念什么书？老师主张念《三字经》，并且声明《三字经》和《四书》凑到一块就是《五经》。

牛老者以为《五经》太深了些，而太太则以为不然："越深越好哇！不往深里追，怎能作官呢！"

这些，对天赐都没意义；下面的几句，他听明白了："王老师，"妈妈的声调很委婉："追他的书是正经，管教他更要紧。自管打他，不打成不了材料！"

"嫩皮嫩骨的！"牛老者低声的说。太太可是没听见。

天赐的心反倒落下去了，跑是跑不了，等着挨打吧，"他妈的！"正在这么个工夫，忽听老师说："先拜圣人吧！"

天赐又吓了一跳，四外找，并不见什么圣人或生人。

牛老太太早就预备好了圣人牌，在条案上供着。牌前香炉蜡签，还有五盘鲜果。牛老者点着高香，插在炉内。牛老太太扯着小马褂，按在垫子上："给圣人磕头，磕九个，心里祝念着点，保佑你记性好，心里灵通！"

天赐看着香光烟雾，心中微跳，明知案上是个木板，可是由不的不恭而敬之，这块木板与普通的木板大有不同，这是圣人！

拜完了圣人该拜老师，王宝斋一劲儿谦恭，可是老太太非请他坐着受礼不可："师父，师父！老师和父亲一边儿大！"王宝斋没的可说，五脊子六兽的受了礼，头上出了汗。天赐莫名其妙，哭也不好，笑也不好，直大口的咽气。

拜完师，参观书房。天赐没顾得看别的，只找有板子没有。桌上放着呢！二寸宽，烟袋那么长。王老师拿起来，抡了抡："真可手，我的伙计！"天赐以为这就开张，嘴唇都吓白了！直往爸身后躲。"老师说着玩呢，说着玩呢！"牛老者连连解说。天赐看老师把板子放下了，又假装的笑了，笑得像个屈死鬼似的。

妈妈去监督纪妈作饭；菜是外边叫来的，四盘四碗四碟，该蒸的蒸，该热的热。纪妈急得直出汗，因为蒸完热完，再也摆弄不像原来那么好看；老太太得自己下手。

牛老者陪着老师在书房说话，天赐穿着小马褂在一旁侍立，来回的换腿，像个要睡的鸡。他们的谈话内容，他不十分懂，可是很耳熟，正像往常爸和客人谈的一样：铺子，行市，牙税，办货，三成利，看高，撒手……这些耳熟而不易明白的字在他们的话中夹杂着：这也许就是书？他想。

王宝斋很能讲话，似乎和爸说得很投缘。王老师本来也是要露一手：他想把牛老者说动了心，拿点钱叫他去开买卖，教书，他满没放在心里。闲着也是闲着，先有个吃饭的地方，慢慢的再讲。

酒饭上来，四虎子一边端菜，一边向天赐善意的吐舌头；天赐可忍不住了，哭出了声。

“别哭哇，小子！陪着老师吃饭呵！”牛老者安慰着儿子。

“不吃！不陪！操姥姥！”

“四虎子！带他玩会儿去！”

拉着四虎子的手，天赐把所有的委屈都翻上来，一边抽气一边叨唠，眼泪往小马褂紧滴，滴得带响。

“得，得了！太太可就上前院来，叫她听见又不答应！”四虎子劝着：“擦擦眼泪！啊，对了！那天咱们不是说，黄天霸打镖——打谁来着？”

天赐想起黄天霸来，心气壮起了点。四虎子跟他玩了会儿，说：“我还得端菜去呢。”天赐也没强留他，只嘱咐：“要是有丸子呀，给咱哥俩拿两个来。”四虎子给私运来一个馒头，两个丸子，天赐拿丸子当镖往嘴里打，吃得分外的香甜。

第二天开始上书，天赐无论如何也记不住：“人之初，性本善。”王老师瞪着大眼睛把嘴唇都说木了，徒弟还是记不住。他本来没有耐性，不过为讨牛老者的好，真不肯和天赐闹起来。他看着天赐怪可怜，本想和他瞎扯一回，又怕牛太太听见。他没想到教书会这么难！没办法，只好死教：人之初，人之初，人之初……说到不知是五百遍还是五百五十遍，他说走了嘴：人之初，狗咬猪！

“老师！我记住了，狗咬猪！”天赐心里非常的痛快：“我告诉四虎子去吧！人之初，狗咬猪，人一出来，一瞧，喝，狗咬着一个大母猪！”

王老师不敢高声的笑，憋得反倒要哭。他不能叫天赐出去：

“人之初，性本善，会说不会？”

“性——善是怎回事？”天赐大着胆问。

把老师问住了：“这是书，你得记着；不用问！”

天赐不问了，可是把狗咬猪记得死死的，怎么也改不过口来。王老师出了汗，这要叫老太太听见，像什么话呢?!

“先写字吧！”老师想出个主意来。天赐也觉得写字比念书有兴趣：笔，墨，红模子，多少有些可抓弄的，老师先教给拿笔，天赐卖了很大的力量，到底是整把儿攥合适。王老师也不管了：反正这不是个长事，给他个混吧，爱怎写怎写。天赐大把儿握笔，把墨都弄到笔上，笔肚像吃饱了的蜘蛛。然后，歪着头，用着力量，按着红道儿描；一顿一个大黑球，一顿又一个大黑球。描了几个字，墨已用干，于是把笔尖放在嘴里润一润，随着用手背抹了一下，嘴两边全长了胡子。又描了两个，墨色不那么黑了，有点不高兴，于是翻过纸来改为画小人，倒还有点意思。不喜欢谁就画谁，所以画妈妈。画了个很大的头，两个顶小顶小的脚。一边画一边想着“抱着小脚哭一场！”

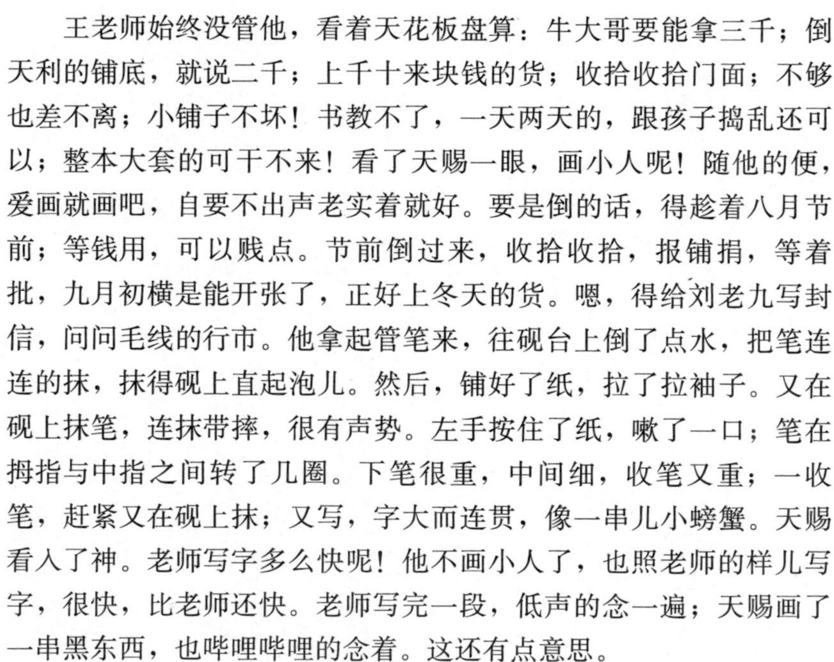

王老师始终没管他，看着天花板盘算：牛大哥要能拿三千；倒天利的铺底，就说二千；上千十来块钱的货；收拾收拾门面；不够也差不离；小铺子不坏！书教不了，一天两天的，跟孩子捣乱还可以；整本大套的可干不来！看了天赐一眼，画小人呢！随他的便，爱画就画吧，自要不出声老实着就好。要是倒的话，得趁着八月节前；等钱用，可以贱点。节前倒过来，收拾收拾，报铺捐，等着批，九月初横是能开张了，正好上冬天的货。嗯，得给刘老九写封信，问问毛线的行市。他拿起管笔来，往砚台上倒了点水，把笔连连的抹，抹得砚上直起泡儿。然后，铺好了纸，拉了拉袖子。又在砚上抹笔，连抹带摔，很有声势。左手按住了纸，嗽了一口；笔在拇指与中指之间转了几圈。下笔很重，中间细，收笔又重；一收笔，赶紧又在砚上抹；又写，字大而连贯，像一串儿小螃蟹。天赐看入了神。老师写字多么快呢！他不画小人了，也照老师的样儿写字，很快，比老师还快。老师写完一段，低声的念一遍；天赐画了一串黑东西，也哗哩哗哩的念着。这还有点意思。

一直到八月节，天赐并没学出什么来，可是和王老师的感情不坏。人之初还是狗咬猪，又学会好些山东话，什么桌子腿儿（带嘟噜的），银儿，他说得满漂亮。对于王老师的举动，如好拉袖子，用大块手巾擦脑门，咳嗽时瞪眼睛等，他也都学会。写字还是一疙疸一块，画小人可有些进步：满脸只有个嘴的是纪妈，只有眼睛的是王老师。可是一高兴也许把嘴画得很小，比如纪妈责备了他之后，他便把她的嘴画成一个黑豆似的：“看你怎吃饭！”

八月节是头一次该送节礼，虽然才教了半个月，但这是个面子。牛太太不送！书才念了两页，净画小人儿，也不打学生，节礼不能送！王老师愿意干的话得另打主意。

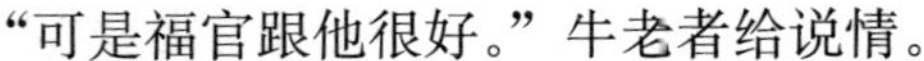

“可是福官跟他很好。”牛老者给说情。

“不能由着孩子！”

十一　没有面子

没送节礼，王老师也没什么表示。这叫牛老太太很悲观：有些人是非指着脸子说不可，不懂什么暗示与斗心眼！她得明告诉老师：这个教法不行！她实在不愿这么办，可又无法。

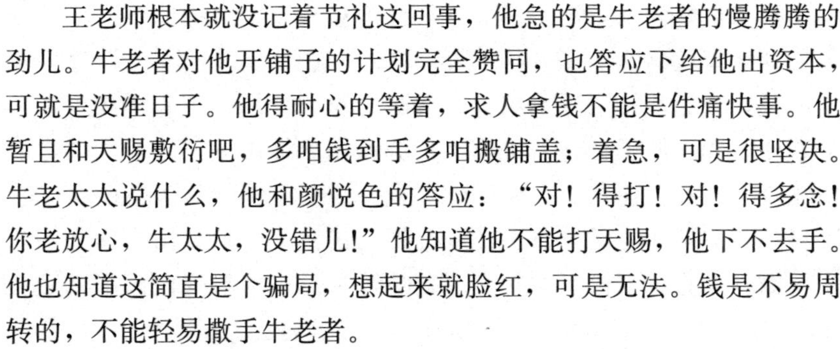

王老师根本就没记着节礼这回事，他急的是牛老者的慢腾腾的劲儿。牛老者对他开铺子的计划完全赞同，也答应下给他出资本，可就是没准日子。他得耐心的等着，求人拿钱不能是件痛快事。他暂且和天赐敷衍吧，多咱钱到手多咱搬铺盖；着急，可是很坚决。牛老太太说什么，他和颜悦色的答应：“对！得打！对！得多念！你老放心，牛太太，没错儿！”他知道他不能打天赐，他下不去手。他也知道这简直是个骗局，想起来就脸红，可是无法。钱是不易周转的，不能轻易撒手牛老者。

一直对付到年底，他和天赐成了很好的朋友。《三字经》走得很慢，可是天赐得到好多知识。王老师告诉了他许多事儿：山东有济南府，当锏卖马的秦琼秦二爷家住这里，还有贾家楼，群雄结拜。由这儿就扯到了《隋唐演义》，王老师出去买了一部石印的，以备参考。天赐最佩服李元霸，锤震四平山。此外，老师还说山东有泰山，有青岛，有烟台……都使天赐的想象充分活动开。山，海，烟台苹果……原来世界并不是四合房的院子，院里有两株海棠树！“烟台有多少苹果？”

“开花的时候，一二十里，一眼望不到边，就像地上堆起一夏天的白云！”

“！！！”天赐说不出话来了，他恨不能立刻飞到烟台，看看那一眼望不到边的苹果花。他并不想吃，是要看看那么些花！“比由门口到老黑的铺子还长？”

“长的多！都是花；到了七月，看那些果子吧，青的，半红的，像条花地毯似的，远看着。”

“多么好看！”

“还多么香呢！”

“怎么上山东呢？”

“坐火车。打这里呀，三等票，六块多钱，到济南府。离济南有二百地就是泰山，泰山上，夏天还得穿棉袍子，凉快极了！”

“火车是怎回事？”天赐聚精会神的问。

可惜王老师的科学知识太不高明，他说不上来火车到底是怎回事。他只会形容：“一串小铁屋子，屋子里有座儿；啊一响，小铁屋子全你拉我，我拉你，一直跑下去。”

形容也好，反正比《三字经》有意思。

这半年就这么下去了，天赐没有学到什么，可是心中觉得宽了，他常想起那一眼望不到边，又美又香的苹果；还有那高入了云的泰山，和小屋子会跑的火车，还有锤震四平山……对于人情，他也领略了一些。他觉到王老师的可爱。老师已经给他买过两本《三字经》了。他沾上唾沫掀书，一掀把书角掀毛了，再掀，落下一块来。掀着掀着，书掉下好些去。老师给买来一本新的！天赐不过意了：“这臭书，一掀就撕！”他实在是责备着自己。

“你要轻轻的一划，把书页的尖儿划起来，看，这么着，就撕不了了。”

果然，那样是轻俏而且有意思，第三本《三字经》的字一个也没弄残。偶尔要发疯而狂翻书页的时候，他会管束住自己，这本新书是老师给的：“老师，我把那本旧的快翻一回吧？看我能掀得多么快！”于是废物利用，那两本旧的专为过瘾用，呲呲的掀得非常的快，也很满意。

那块竹板还在，可是他已不再怕它，有时候反倒问老师：“老师，你怎老不用板子呢？”

“手心痒痒啊？”老师笑了：“不爱打人，我家里也有小孩！”老师不笑了：“三的跟你一边儿大。你几月生日？”

“过了八月节；那回不是老师放我一天学？”

“对了；三的是四月的，比你大。”

“他在哪儿呢?”

“在家里呢。”老师愣了半天才说：“作买卖真不容易呀!”

天赐不大明白这是什么意思，可是看得出老师有点不大欢喜，他不往下问了；赶紧磨墨写字，磨得天上地下全是墨。连耳朵后边都有一对黑点。

到了年底，王老师的地位再也维持不住了。牛老太太没说别的：“二十三祭灶，老师就请吧!”这也就很够了。二十二晚上，他和牛老者见了一面，牛老者背着太太借给他一千块钱。他没叫天赐知道，便搬了铺盖。临走他给了四虎子一块钱：“你花两三毛钱给天赐买个玩艺儿，剩下是你的；告诉你，伙计，天赐有聪明!”

知道王老师已经走了，天赐自言自语的在书房里转磨了半天。除了家里的人，王老师是他第一个朋友。这个朋友走了!他不爱念那臭书，他愿听王老师说山东，青岛，和烟台苹果。那些事他都记得真真的；可是王老师走了，他只能自己装作王老师，瞪着大眼睛，似笑不笑的，拉拉袖子，告诉天赐：“天赐，一眼望不到边，全是苹果!”天赐装得很像，可是往老师的椅子上一看，没了，什么也没有；仿佛在哪儿有点王老师的笑声和“银儿”，只是找不到!“你爱什么不是，偏不给你；你爱谁不是，偏走了!”他自言自语的说。

过了年，来了位新老师，也是老山东儿——四虎子管他叫作“倒霉的山东儿”。这位先生是真正教书的，已经在云城教过二十多年书，大家争都争不到手。云城人不知道米老师的简直很少。米老师的个子比王老师还高，大肚子，脑袋除了肉就是油，身上老有股气味。把他放在哪里，他也能活着；把什么样的孩子交给他，他也会给打闷过去。他没有老婆，似乎天生的不爱女人，专会打孩子。

天赐听说新老师来到，他不像初上学那样害怕了。由王老师的友爱，他断定新老师也必是个朋友。他没有小朋友和他玩，只能希望在成人中找点恩爱。他很高兴的上学。可是一见了米老师，他的心凉了。米老师坐在那儿，压得椅子直响，一脸的浮油，出入气儿的声音很大，嘴一嚼一嚼的嘎唧着，真像个刚出水的鳄鱼。

“拿书来!”米老师的嘴咧开，又嘎唧了几下。

天赐颤着把书递过去。

“念到哪儿了?”

天赐翻了两页，用小指头指了指。

“背!”老师的嘴嘎唧上没完了，好像专等咬谁似的。

天赐背了几行，打了磕巴。

老师的大手把书一扫，扫到地上：“拿去念！再背不上来，十板子，听见没有?”说完，嘴嘎唧着，眼闭上，一动也不动，就那么一篓油似的坐着。

按照妈妈的规矩，天赐不能去拾那本《三字经》，这是种污辱；按着爸的办法，满可以扯着长脸去拾起来。天赐不知怎样好。可是他的确知道，他讨厌这个老师，这个老师不是朋友。看老师的眼是闭着，他想溜出去，找四虎子商议商议。他刚一挪脚，老师的眼睛开了：“上哪儿?!”天赐本能的想跑。他已经糊涂了，只想躲开这个老东西。还没跑出两步，他的细胳臂被只胖手握住，往回一甩，他几乎摔倒。“念去!”老师的嘴嘎唧得很快，眼角露出点笑意。天赐决定反抗。他知道这个东西一定比妈妈厉害，但是不能再思索，他有时候不近情理的反抗妈妈，因为妈妈好管事，对这个上手就摔人的东西，他更不能够受。马上决定了，他走，看这个老东西怎样！他本想多一个朋友，谁知道世上有这样的老东西呢？他得反抗，这不是他的过错。他的嘴唇咬上了，翻着小眼珠看了看那堆肉。他慢慢的往前走；跑是没用的，他的腿不跟劲。老师以为他是来拾书，眼角的笑意更大了些。嗯，他还前走！老师的胖腿横在门上。天赐用手去推，用胸口碰，纹丝不动。老师笑得非常得意，这是一种猫对老鼠的戏弄，使他心里舒服。天赐更讨厌他了，下口去咬。老师的笑脸当时变了，一手揪住天赐的领子，一手抄起板子来。天赐叫上了劲，他一声不出，可是眼泪直落。

“来！把手伸出来!”

天赐咬着唇，耗了半天，“你敢!”这一声喊得非常的高，本想不哭出声来，可是没法不哭了。

牛老者在家呢，听见喊声跑了过来。

“米老师，孩子还小呢!”牛老者拉住了天赐。

四虎子也赶到了，把天赐抱了走。

牛太太也赶来，她责备牛老者不该这样护着孩子，牛老者看天赐那个样，决定和太太抵抗。这回他不能再听太太的话，他不能花钱雇个山东儿专来打孩子。他的态度不但使太太惊异，也使米老师动了气："不干就是了！不打，能教出本事？教了二十多年的学，没受过这个！"

牛太太不能舍弃这样负责的先生，可是老头儿今天似乎吃了横人肉，他一句不饶。正在这么个当儿，四虎子和纪妈都在院里，由四虎子发言，拥护天赐："看谁敢打？不揍折他的腿！"

在历史上，牛太太没经验过这样的革命。她虽尽力保持她的尊严，可是没法拦住大家的嘴。最没办法的是牛老者这次首先发难，她不能当着老师的面打丈夫几个嘴巴，不能。既然治不住丈夫，四虎子等自然就横行起来。连纪妈也向着天赐？这使她想起老刘妈来。纪妈并非一定向着天赐，不过看孩子受气便想起自己的孩子，而觉得孩子是该在活着时疼爱的，等孩子死了再疼就晚点了。牛老太太不便当着老师和男人们吵嘴，她找了纪妈去："有你什么事？鸡一嘴，鸭一嘴的！作你的事去！"把纪妈喝到后院去，她自己也回了北屋。跟头是栽了，可是不能失了官仪；在北屋等着牛老东西。牛老者也很坚决，坐在书房里不动。米老师有经验，先生和东家不和是常有的事，可是以先生的地位而镇静着，东家也不会马上就把先生赶出去。他还一篓油似的安坐在那里，等着东家给道歉。牛老者没有道歉的意思，吸着"哈德门"一劲儿说："要走就走！要走就走！打我的儿子，不行！"四虎子和天赐还在院里听着，四虎子直念叨："咱们给他一镖！"米老师把二论典故，字汇等收拾起来："好了，牛先生，咱们再见！看好了你的孩子，死了可别怨我！"牛老者的嘴笨，登时还不出话来。四虎子接了过去："走吧，小心着点你的肚子，洒了油可别怨我！"

米老师走后，太太和老爷开了火。牛老者一声也没出，只在心中玩味着胜利的余威。太太声明不再管请先生了："爱念书不念，爱怎闹怎闹！不管了，管不着！孩子大了没出息，别怨我，我算尽到了心。"

对于天赐，她拿出最客气的严厉：他叫妈便答应着；不叫，她连看也不看，眼睛会由他身上闪过去。她表示不再管他。这是件极难堪的事，但是没法不这样，她的善意没人领略，何必再操心呢?

牛老头儿心里也不好受，他真爱天赐，可是因为儿子而长期抵抗太太也不是办法。为平太太的气，他不大带天赐出去玩。于是天赐便成了四虎子的孩子。半年的工夫，没人再提请先生，他把那点《三字经》忘得一干二净，可是没忘了烟台苹果和米老师的嘎唧嘴。

十二　教育专家

天真是儿童的利器，希望是妈妈的“自己药片”。天赐的天真与妈妈的希望，渐次把家庭间的不和医治好了。妈妈到底还得关心孩子；撒手不管只能想到，事实上是作不到的。天赐还得上学；为闹脾气而耽误了孩子的书是种罪过。牛老太太厉害，可还不这么糊涂。

这次，决定去入学校，据调查的结果，云城最好的小学是师范附小。在这儿读书的小孩都是家里过得去的，没有牛太太所谓的野孩子，学费花用都比别处高。

天赐又穿上了小马褂。有爸送他去，他一点也没害怕，以为这不过是玩玩去。到了学校，爸把他交给了一位先生；看着爸往外走，他有点心慌，他没离开过大人。在家里，一切都有妈管着，现在剩了他自己，他不知怎么才好。也不敢哭，怕人家笑话——妈妈的种种“怕”老在他心里。及至看见那么多的小孩，他更慌了。他没想到过，一个地方能有这么多的孩子，这使他发怵。他不晓得怎样和他们亲近。诚然，他和老黑的孩子们在一块儿玩耍过，可是这里的孩子们不是那样。那些大点的差不多都穿着雪白的制服，有的是童子军，都恶意的笑他呢——小马褂！那些年纪小点的也都看着很精明，有的滚着铁环，有的拍着小球，神气都十足，说的话他也不大懂。这些孩子不像老黑家里的那么好玩，他们彼此也不甚和气：“给你告诉老师去！”“我要不给你告诉去才怪呢！”老在他们的嘴上。他们似乎都不会笑，而是挤着眼唧咕。那些大的有时候随便揪住两个小的碰一头，或是捏一下鼻子，而后唧咕着走去，小的等大的走远才喊：“给你告诉去！”小的呢，彼此也掏坏，有的用手指挖人家脚脖子一下，假如那位的袜子有个破口；有的把人家的帽子打在地上："赔你一个，行不行？爸爸有的是钱！"而后童子军过来维持秩序，拉过一个来给个坡脚；被踢的嘟囔着："还是他妈的童子军呢！"童子军持棍赶上来："哎，口出恶言，给你回老师去！"他们吹哨，他们用脚尖跑，他们唧咕……天赐看着，觉得非常的孤寂。他想回家。那些新入学的，都和他差不多，一个个傻子似的，穿着新衣，怪委屈的。他们看着大孩子们买面包，瓦片[①]，麻花等吃，他们袋里也都有铜子，可是不敢去买。一个八棱脑袋的孩子——已经念了三年书，可是今年还和新生们同级——过来招呼他们，愿意带他们买点心去，他们谁也不去，彼此看着，眼里含着点泪。

摇铃了，大孩子都跑去站队，天赐他们愣着。有个很小的，看人家跑他也跑，裹在人群里，摔了一交，哭成人阵。八棱脑袋的又来了，他是学识不足而经验有余，赶着他们去排班。先生也到了，告诉他们怎排，大家无论如何听不明白。先生是个三十来岁的矮子，扁脸，黑牙，一口山西话。他是很有名的教员，作过两本教育的书。除了对于新学生没有办法，他差不多是个完全的小学教师。天赐不喜欢他的扁脸。排了好大半天，始终没排好，他想了会儿，自己点了点头。他一个个的过去拉，拉到了地方就是一个脖儿拐："你在这儿涨着！"大家伙并不明自"涨着"的意思，可是脖儿拐起了作用，谁也不再动了。先生觉得这个办法比他的教育理论高多了，于是脖儿拐越打越响，而队伍排得很齐。再排一回，再排一回；有个小秃尿了裤子。天赐也撆着一泡，怕尿了裤子，于是排着队，撩着衣襟，尿开了。别人一看，也搂衣裳，先生见大事不好，整好队伍先上了厕所。先生的教育理论里并没有这一招儿，他专顾了讲堂里边的事，忘了学生也会排泄。

上了讲堂，天赐的身量不算矮，坐在中间。他觉得这小桌小椅很好玩，可是坐着太不舒服。先生告诉大家要坐正，大家听不明白，先生又没了办法，还得打脖儿拐。"绳子坐正！"拍！"绳子坐正！"拍！然后他上了讲台，往下一看，确是正了，他觉得有改正

---

① 瓦片，烤酥的形状如小瓦片的点心。

教育原理的必要。他开始训话："买第一册国翁，公明，算数；听明白了没有？一仍作一绳白制服，不准疮小马褂；听明白了没有？"他把"没有"说得非常的慢，眼珠还随着往一边斜，他觉得这非常像母亲的说话法，小孩子听了必定往心里去。"明白了没——有——"大家发愣。

磨烦到十点半钟，天赐一共挨了五六个脖儿拐，他觉得上学校也没什么意思。他也不敢反抗，因为别人都很老实地受着，这当然不是一个人的事，他不敢有什么表示。况且八棱脑袋的还告诉他："今个都好，就是脖儿拐没有去年的响！"天赐的想象又活动开：山响的脖儿拐大概也很有意思。看见爸来接他，他觉得上学更有意思了：看见的事太多了，简直报告不过来。本来在家里只能跟四虎子瞎扯，而所扯的全是四虎子的经验。现在他自己有了经验，这使他觉到自己的尊严，连挨脖儿拐都算在内。

"爸，人家都买面包吃，晌午我也买吧？爸，有一小孩尿了裤子，我没有。爸，别穿小马褂了，人家都穿白的——白的——爸，有一小孩把人家的帽子打在地上。爸，老师说话，我不懂，八棱脑袋的也不是懂不懂；横是他懂，喽！爸，还排队，拍，打我脑瓢一下，我也没哭。爸……"

爸有点跟不上趟了，只一个劲的"好！""那就好！"拉着天赐，天赐不住的说，眼看着爸的脸，不觉的就到了家。

顾不得吃饭，先给四虎子说了一遍。然后给妈妈也照样说了一回。妈妈说都好，就是不穿小马褂没道理。

刚吃完饭，就张罗上学。他准知道学校里有许多可怕的人与事与脖儿拐，可是也有一些吸力，叫他怕而又愿去，他必得去看那些新事和他的小桌小椅。他必须亲手去买个面包吃！在家里永不会有这些事。

上过一个礼拜的课，天赐的财产很有可观了：白制服，洋袜子，黄书包，石板，石笔，毛笔，铅笔，小铜墨盒，五色的手工纸，橡皮……都是在学校贩卖部买的，价钱都比外边高着一倍，而且差不多都是东洋货。牛老者对于东洋货没有什么可反对的，他抱怨这个价钱。并不是他稀罕这点钱，他以为学校里不应当作买卖；学校把买卖都作了，商人吃什么？牛老太太另有种见解：学校要是不赚钱，先生们都吃什么呢？孩子为念书而多花几个钱是该当的，这是官派。天赐不管大人的意见怎样，他很喜欢自己有这么些东西。最得意的是每天自己亲自拿铜子买点心吃，爱吃什么就买什么，差不多和妈妈有同样的威权。

在同学里，他不大得人心。在家里他一人玩惯了，跟这群孩子在一块，有的时候他不知怎样才好，有的时候他只看自己的玩法好，别人都不对。有时候他没一点主意，有时候他的主意很多。他没主意的时候，人家管他叫饭桶；他有主意的时候，人家不肯服从他。所以常常玩着玩着，人家就说了："没天赐玩了！"他拿出反抗妈妈的劲儿："我还不愿意玩呢！"于是他拧着手，呆呆的看着人家玩耍，越看越可气；或是找个清静没人的地方，自己用手工纸乱折一回，嘴里叨唠着。还有个大家看不起他的原因，他的腿慢。连正式作游戏的时候，先生也循着大家的请求："我们这队不要天赐，他跑不动！"两队分好，竞赛传球或是递旗，天赐在一旁呆着。有时候他不答应："我能跑！我能跑！"结果，他努力太过而自己绊倒。慢慢的他承认了自己的软弱。看着大家——连先生！——给得胜的英雄们鼓掌，他的薄嘴唇咬得很紧。他不能回家对四虎子说这个，四虎子老以为他是英雄，敢情在学校里不能和人家一块儿游戏！他只能心里闷着，一个人在墙根立着，听着大家嚷闹，没他的事。他得学爸爸的办法："也好吧，他妈的！"自然他会用想象自慰，而且附带着反抗看不起他的人："你等着，有一天我会生出一对翅膀，满天去飞，你们谁也不会！"可是在翅膀生出以前，他被人轻视。有的时候，人家故意利用他的弱点戏弄他，如抢走他的帽子或书包："瞎！你追来呀，追上我就给你！"他心里的腿使劲，可是身子不动："不要了，再买一个！"人家把他的东西放在地上，他得去拾起。因此，他慢慢的有点爱妈妈了。妈妈的专制是要讲一片道理的，这群小孩是强暴而完全不讲理。气得他有时非和妈妈讲论一番不可："可以把人家的帽子抢走，扔在地上吗？妈？"妈妈自然是不赞同："坏孩子才那样呢！"他心中痛快了一些，逐渐的他学着妈妈的办法判断别人："这小子，没规矩！"到他自己作了错事，他才马马虎虎。因此，他的嘴很强，越叨唠话越层出不穷。他能把故事讲得很好。

因为讲故事，他得到几个朋友——都是不好动的孩子，有的是身上有病，有的是吃多了动不得。他们爱和他玩，听他瞎扯。他因为孤寂惯了，很会无中生有的找些安慰，所以他会把一个故事拆成俩，或两个拼成一个，他们听得很高兴。在这种时节，他恢复了他的尊严，能命令着他们，调动他们："你别说话！""你坐在这儿！""咱们先点果子名玩，然后我说黄天霸。"大家只好点果子名玩，要不然他不给说故事。他觉得他有点像妈妈了，大家都得听他的。

先生也不很喜欢他，因为他自己的主意太多。爱听的，他便极留心听，他能回讲得极好，如司马光击瓮救小孩，如文彦博灌水取球，如两个青蛙对话。他不爱听的，完全马马虎虎，问他什么他不知道什么。先生教算数，他在石板上画小人；他不爱算数。先生不爱这路孩子，先生愿意学生老爱听他讲，不论讲什么。先生不愿意孩子们大声的笑，除非在操场上。天赐既不能参加游戏，人家越笑他越委屈，所以他有时候在讲堂上笑起来，比如他忽然想起一件可笑的事。他一笑，招得大家唧咕起来——在教室里至多只能唧咕，老师就永远不大笑而唧咕——于是秩序大乱，而天赐被罚，面壁十分钟。他越来越讨厌老师的扁脸，而老师也似乎越来越不爱他的扁脑袋。老师要是有意和孩子过不去还是真气得慌，有时候他被天赐气得吃不下去饭。可是天赐不是有心气老师，他以为老师应当多说些故事，少上点算数，而且脸别那么扁。这孩子对什么都有个主张；你越不顺着他，他就越坚决。只有罚站的时候，他没了主张。大家都坐着，只有他独自向壁，这不大好受。在这个工夫，他马马虎虎了，拉倒吧，就站站会儿去，向墙角吐吐舌头。

这种学校生活叫他越来越"皮"。他得不到别人的善遇，于是他对人也不甚讲交情。他会扯谎，他会在相当的时机报仇，他会马马虎虎假装喊着国文，而心里想着别的事。他也学会了唧咕，用舌头顶住腮，用眼睛笑。

只有和四虎子在一块，他还很真诚，把国文上的故事说给四虎子听，说得有声有色，而且附带着表演："你等等，我给你比方比方。"把击瓮救小孩的故事说到半截，他跑了。一会儿又回来了，袋里装着一块小砖，手里拿着个玻璃杯，杯里满盛着水。把一个粉笔头放在水内："这是小孩，噗咚，掉在水里，喊哪，救人哪——

喝，我听见了，我就是司马光。来了，不要紧；看着!”掏出砖头，拍！杯碎了，把粉笔头救了出来。“明白了没有?”

“玻璃杯可是碎了呢?”四虎子说。

“哟!”

商议了半天，还是得跟爸要钱赔上一个杯子。

“可是比方得真好!”四虎子诚心的欣赏这个表演：“这件事也体面!”

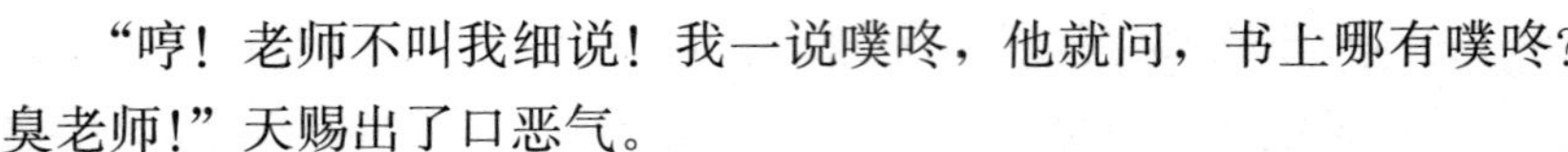

“哼！老师不叫我细说！我一说噗咚，他就问，书上哪有噗咚?臭老师!”天赐出了口恶气。

十三　领文凭去

到了三年级，天赐上学的火劲不那么旺了。上也好，不上也好，他学会了告假。有点头疼，或下点雨，算了，不去了。在家一天也另有种滋味。

所以使他松懈的原因是学校里的一切都没有准稿子，今天这样，明天那样，他的心力没法集中，所以越来越马虎。这个学校是试验的，什么都是试验。以主任说，一年就不定换上几个，每一个主任到职任事总有个新办法，昨天先生说上课时要排好，今天新主任来了说上课要赶快跑进去。这个主任注重手工，那个主任注重音乐，还有位主任对大家训话说，什么都是那回事，瞎混吧。有时候试行复式制，两三班在一块，谁也不知干什么好。有时候试验分组法，按着天资分组，可是刚分好组又不算了。主任的政策不同，先生们的教法也不一样。一年换一位先生是照例的事，而一年换三四位先生也常有。一位先生一个脾气，一个办法，有的说书包得挂在身旁，有的叫把它背在身后。天赐有一回把书包顶在头上也并没有人管。书也常换，念书的调子也常改。都是试验。先生与学生的感情也不一样，这位先生爱这几个小孩，过了两天，那位先生爱那几个小孩，好坏并没有什么标准。先生的本领也不一样，而一样的发威，有的先生天生的哑嗓而教音乐，他唱得比压着脖子的虾蟆还难听，可是不准学生笑。有的肥得像猪而教游戏，还嫌学生跑得不快，他自己可始终不动。有的一脖子黑泥给学生讲清洁，有的一天发困给学生讲业精于勤。

天赐不知道怎样才好，于是只好马马虎虎。每逢到了暑假前就更热闹了，一大批师范生来实习，一点钟换一位先生。大家哪里还顾得念书，专等给先生们起外号了。实习生有的由老远就瞪着眼来了，到了讲台上，没等学生坐好，就高声喊起来，连教育原理带心理学全给学生说了，直说一点钟。有的一上台就哆嗦，好像吃了烟袋油子的壁虎，一句一个“鄙人”。大家不敢笑，级任先生在一旁看着呢。等大家实习完了，学生也明白先生们才二五眼呢。

还有呢，哪位先生都要学生尊敬，可是先生们自己彼此对骂：张先生在课室上告诉学生，李先生缺德；李先生说张先生苟事。等到先生们有运动作主任的时候，那就特别的热闹：学生们得照着先生编好的标语写在纸条上，学生得回家告诉家长拥护王先生或是赵先生。一年说不定有这么几回，每回学生都无须上课一两个星期。学生们也不晓得到底谁好谁坏。一切都在忙乱复杂中，谁也摸不清是怎回事。只有一件事是固定的，就是学生用费越来越高，而学生也越来越多。“费”的名目很多：园艺费，游戏费，旅行费，演讲会费，手工费……费越高学生越多。云城是个买卖城，赚几个钱的商人都想把儿子造就起来，由商而官以便增光耀祖；花钱多的学校必是好学校，所以都争着上这里来。学校呢，得表现成绩以增高信用。除了先生们捣乱，就是开会，开会就又收费。运动会，恳亲会，游艺会，毕业会，展览会，每年必照例的举行。他们的会确是比别处的好，制服齐，学生脸上有肉，花样离奇。这是学生家里老太太小媳妇来玩一天的好机会，她们非常佩服那些先生，特别是自己的小孩参加一项或两项运动或游艺——那点“费”没白花！小六儿会表演“公鸡打鸣”，二狗子居然用三个指头行礼，当童子军！开会前后，没人再看课程表，画图的一天画图，作手工的一天作手工，一个好手儿给大家画，老师作的也写上学生名子，作文是改好了再抄，谁的字好谁抄。天赐没事。运动没他，他的腿不跟劲。游艺没他，他的脸不体面。他会说故事，可是一到台上他就发慌，他不会像别人那样装腔作势。什么也没他，他只和一些“无业游民”随便打转，或在课室温课，赶到回到家中，他给四虎子表演，很能叫好，可是在学校里他没有地位。他慢慢的惯下来，也就满不在意了。他的鼻子卷着，轻视一切，正像个学油子：凡事不大关心，也不往前抢，他混。

学校里的会不能不开，学校外的不能不去。提倡国货，提倡国术，提倡国医，提倡国语，都得是小学生提倡。他们提灯，他们跑路，他们喊口号，他们打旗，他们不知道是怎回事。天赐不喜欢参加这些个会，因为他的腿受不了。可是他必得去。人家那长得体面的，或手工图画好的，可以不去；老师们对运动会游艺会等的台柱子特别加意保护；学校外的会是天赐们的事，不去就开除的。他不明白为什么他必得去，去挨挤受冷受热和跑腿。他愿意安安静静的说个或听个故事，可是他必得上那人喊马叫的地方去挤，把灯笼挤碎，纸旗刮飞，嗓子喊干，算是完事。这些会比学校里的还难堪：学校开会，他可以逍遥无事，到图书馆中尽兴的看图画故事，叫他的心里丰富。学校外的会，除了跑酸了腿与跑成土猴，别无作用。

在这种忙乱纷扰中，他平日所要反抗的那些妈妈规矩倒变成可爱的了。他自幼就不爱洗脸，可是经过这么长久的训练他不喜欢自己变成土猴。他嫌妈妈禁止他高声说笑，可是在街上呐喊使他更厌恶。他不愿在家里受拘束，在街上的纷乱中叫他爱秩序。家庭的拘束使他寂苦，街市上聚会的叫嚣也使他茫然。他不知怎样好，他只觉得寂寞，还得马马虎虎，只有马马虎虎能对付着过去一天。他不再想刨根问底的追问，该去的就去，提灯就提灯，打旗就打旗，全都无所谓。

对于同学们，他也是这样，爱玩就玩，不玩就拉倒。有欺侮他的，他要找个机会报复；不能报复的，他会想出许多不能实行的报复计划。他们专爱叫他：拐子腿，扁脑杓！他也去细找他们的特点，拿搧风耳，歪鼻子等作抵抗；不易找到的时候，他只好应用，“拐子腿是你爸爸!”他们今天给你一张手工纸，明天就和你讨要，或是昨天托你给保存着一张小画，而今天说你抢人家的东西。他明白了界限，谁的东西是谁的；不要动别人的，也不许别人动自己的。可是把别人的东西弄坏一点，假如没有多大危险，如给帽子上扔把土，或把书摔在地上，是可以作的。大家都以弄脏别人的东西为荣，谁的爸爸更阔，谁便更敢这么作：“赔你！赔你!”是他们最得意的口号。那些大学生更了不得，腕上有手表，脚上穿着皮鞋，胸前挂着水笔，他们非常的轻看教员，而教员也不敢惹他们。天赐没有这些东西，妈妈不准小孩子这样奢侈。他很羡慕他们，再也看不起砖头瓦块什么的，这使四虎子很伤心。四虎子一辈子没有想到手表有什么用处，而天赐常和他抱怨："人家都阔阔的，手上有表!"

况且那些有表的学生可以随便上先生们屋里去，随便和先生们说笑，而天赐永没有和先生们说过亲密的话，先生也不拉他的手，也不拍他的脑袋。自然他也会不稀罕这些，可是鼻子终归得卷起很高才能保持自己的尊严。

羡妒和轻视是天然的一对儿。他嫉恨人家有手表，同时他看不起老黑的孩子们了。他渴望与他们玩玩，可是机会到了，他又不能跟他们在一块了。原先，他爱他们的自由，赤足，与油黑的脊背；现在，他以为他们是野，脏，没意思。他们身上有味，鼻垢抹成蝴蝶，会骂人；而他是附属小学的学生。他不再珍贵他们那些野经验。他知道的事，他们不知道。他们去捉蜻蜓，掏蟋蟀；他会拿钱买蜻蜓与蟋蟀。钱花的多，就买到更大更能咬的蟋蟀。他的同学谁没有几个蟋蟀罐儿，谁稀罕自己捉来的"老米嘴"与"梆儿头"？他不能再和他们在一块儿跑，他穿着雪白制服，他们光着腿，万一被同学看见呢？万一被先生看见呢？他们还捉苍蝇玩呢！先生不是说过，苍蝇能传染病？他们捉到小猫小狗，说不定就给剥了皮；先生不是说，得爱惜动物么？他心里真愿意弄死个小动物，可是他得装出慈善，他是学生！他什么也不真知道，可是他有不少的道理：由先生与同学得来的。这些道理是绝对没错的。由家里带一块点心到学校去吃是"寒蠢"。在学校里买才是真理。看着老黑的孩子们啃老玉米，他硬咽唾沫，也不肯接过来吃，他们不懂卫生！在学校里，比上那些有手表的，他藐小得很，比上老黑的儿女们，他觉出他是了不得的。

到了快毕业，他更觉得不凡。八棱脑袋的，据说，还得留级；别人都可以毕业，得文凭。天赐知道毕业不是什么难事，他准明白：这四年就那么晃晃悠悠的过去了，他并没有什么出奇的地方。可是比起八棱脑袋的来，他觉得到底他是心中有点玩艺；八棱脑袋的算数才得了五分！老师说了：八棱脑袋的设若得十分，就也准他毕业，他偏偏弄了个五分。天赐得了四十五分呢！况且国文是七十五分！豆细工，他拾了别人不要的一个，也得了六十分！他一定可以毕业。

连妈妈都尊敬他了，快毕业的学生！他得要一双皮鞋，一管带卡子的铁杆铅笔，一转就出铅，一盒十二色！妈妈都答应了。妈妈得去看毕业会；爸也得去！叫爸穿上绸子大褂。“爸毕过业吗？”他问妈妈。妈妈不能不说实话：“爸没有上过学校。”天赐有点看不起爸了：“爸的国文没得过分数！”他点头咂嘴的，带着小学毕业生——特别是云城的——那种贫样。

他就是不敢惹四虎子。一来因为他俩平日的感情，二来因为四虎子拿着他的短处。

“咱哥俩问你，”他还用着几年前的言语，“上海在哪儿？”

“上海？离天津不远！”

“你不知道，结了，完了！”

“不知道又怎样呢？”四虎子反攻。

“等我拿国文去。”天赐转了弯。

“没人爱看你的臭国文！我问你，下雨的时候，谁把你背回来？说！”

“咱哥俩呀！”天赐折溜子，知道下大雨要没人背着是危险的。

“结了，完了，”四虎子故意的学着敌人的用语，“少跟我耍刺儿；不高兴，背着背着一撒手，扔在河里喂了王八，我才不管什么毕业不毕业！上海在哪儿喽，瞎扯臊！”

“那反正，反正，结了！”天赐窝了回去。

“别长习气，蒜大的孩子！”

“你才是蒜，独头蒜，蒜苗！”

“去，一边去，不用理我！”

“偏理你！”天赐过去抓四虎子的痒痒肉，四虎子也不笑。天赐没脸，可是知道四虎子没真生气，也心中承认自己是有点装蒜。他从此不再对四虎子施展学问，表示身分。他得真诚的拿四虎子当作朋友。四虎子晓得他的一切。

真毕业了。开毕业会这天，天赐极兴奋。穿上了新皮鞋，胸袋上卡住了一转就出铅的笔。走路很用力，为是增高皮鞋的响声；可惜拐子脚，两脚尖常往一块碰，把鞋尖的皮子碰毛了两小块。一边催妈，一边催爸，去看会。他没觉到学校给了他什么，可是他今天特别的爱学校，学校今天给他文凭——连爸都没得过！四虎子在门口又向他吐了吐舌头。

同班的学友也都打扮的很整齐，差不多都穿着皮鞋，彼此听着皮底子的响声。八棱脑袋的虽然又留级，也穿上皮鞋，看别人毕业仿佛是他的最大快乐。级长——一个小白胖子——拿着张纸，看看，嘴里咕唧咕唧，又看看，又仰头咕唧，脸上一红一白的；他预备“答词”呢。天赐领着妈爸去看成绩。爸看见他的作文——七十五分。

“写的还可以？”妈低声的问。

“不错。”爸心里计算着：“七十五分，七钱五，差不多就是一两：比一块现洋还重点呢！”

天赐没敢指出他的豆细工来，虽然也得了六十分，可是不是他自己作的，他觉着有点亏心。他找算数卷子，没有找到，大概六十分以下的都没陈列出来，他很感谢先生们。学友们也都领着家长看成绩。家长们摇着扇子，慢慢的看，“还好！”点点头；卷子拿倒了，学生忙过去矫正。学生的态度也非常的自在，指指这，看看那，偷着往嘴里送个糖豆，顶在腮部，等泡湿了再嚼，以免出声。

开会了。毕业生坐在前面，家长在后边。台上是商会会长，师范校长，和其他的重要人物。先生们坐在台下左右，倒好像学生是商会会长教出来的。

国歌校歌都唱得很齐，还向国旗鞠躬。牛老者本来把草帽已摘下来，见别人戴着帽鞠躬，他又赶紧戴上了。老太太们还没立利落，人家已经鞠完了躬，只好再坐下。抱着小孩的根本立不起来，孩子被前边的人影壁挡住，什么也看不见了，急得哭起来。好几位邻居的老太太帮着劝慰，才住了声。再看台上，附小主任报告呢。主任穿着洋服，说一句话向上翻一下眼，报告了有四十分钟，大意是这些毕业生都是将来国家的栋梁；可是毕业只是学程上的一段落，学问是无穷的……他坐下，师范校长立起来。他说话声音很细小，好似不大耐烦和小学生们说话。可是也说了三十分钟：学业是永不休止，毕业不过是一段落……该商会会长了。鼓掌特别的激烈。会长说着惊人的四书句儿与国文上的名词：“学然后知不足，不论是银行的经理，还是古圣先贤，都是这样的。不论在水陆码头，还是商埠，也是这样的。活到老，学到老。诸位是将来的知县，将来的经理，可是得知道，学然后知不足。学是如此，个人的财产也是如此，有一万的可以赚五千；有一万五的赚八千；凑到一块就是两万多!”台下鼓掌如雷，连小孩子们都精神起来，会长趁着机会转了弯：“礼义廉耻，国之四维！凡事要拿圣贤的道理作准，圣人的道理就好比商会定的规矩！……”他一共说了四十多分钟。

天赐听着，吃着糖豆。屋里的空气越来越闷，他的眼慢慢的闭上了，牙自动的嚼着糖豆。商会会长下面还有五六位演说的，他都没听见。忽然听见一声：“牛天赐!”胁部挨了一肘，他醒过来：“我没吃糖豆!”

“拿文凭去!”

十四　桃园结义

天赐入了高小。只隔了一个暑假，他的地位可是高多了。他可以不大答理初小那些小鬼了，学校里的一切，他都熟习。他和有手表的们是肩膀一边儿齐了。老师虽是熟人，可是一上课就说给他们——现在是大学生了，不要再叫先生张心，大家须知自重。听了这番话，天赐细看自己，确是身量高了，而且穿着皮鞋！他得知道自重。又赶上这位老师对大家都很好，谁有什么长处他都看得出，他说天赐有思想。这使天赐的脸红起来，脚也发飘。他决定好好的用功。回讲的时候，他充分的运用着想象与种种名词，虽然不都正确与有用，可是连老师带同学都承认了他的口才与思想。他常到图书馆去借小故事书，他成了全班中的故事大王，于是也就交下几位朋友。

这些朋友可是真朋友了，吃喝不分，彼此可以到家中去，而且是照着“桃园三结义”的图拜过盟兄弟的。一共是五个人，天赐是老三。他很喜欢被叫作“老三”，想象着自己是张飞。大爷的爸爸是在县衙门里作官。天赐去给大哥请安，看到了官宦人家的派头并不和妈妈所形容的一样。大哥的家中非常的脏，乱；使他想不出怎么大哥的制服能老那么白。大哥的妈一天到晚吸着香烟，打着小牌，瓜子皮儿盖满了地。天赐不喜欢脏乱，可是也不敢否认这种生活的正当，因为大哥的妈到底是官儿太太，而大哥自己将来也会作官的。不论怎么说吧，盟兄弟们来往得很亲密，彼此也说着家事。大哥的爸仗着“活钱”进的多，所以妈妈有钱打牌。二哥的爸是当铺的掌柜，所以二哥的身上老有樟脑味儿。天赐也得告诉人家。他开始和妈打听：爸有几个买卖，多少所房子，多少钱。他把妈妈说的都加上一倍：爸有十来个铺子，十来所房子，钱是数不过来的；他想象着曾和爸数过一天一夜的钱，连四虎子也帮着，都没数过来！他也就这样的告诉了他们，虽然觉得有点不诚实，可是怪舒服。他把兄弟们“虎”住了。他们自然也不落后，他的爸越阔，他们的爸也越了不得。大哥的爸甚至于一夜赢了一千多块！这时候大家的想象都在钱上，而且要实际表现出来，大哥今天请大家吃糖；明天，二哥争先的应许大家，他请吃瓦片，每人五块！

可是，不到两个月的工夫，大家都觉得这有点讨厌了。大哥也不怎么看着二爷很不顺眼。恰巧这个时候，二哥告诉四弟：“你可别说呀！昨个，大哥的妈上我们铺子当了一个表，而且并不是好表！你可别说呀！”四弟本想别说，可是心中痒痒，于是告诉了大哥。大哥和二哥开了打，把以前彼此请客的互惠都翻腾出来：“谁他妈的吃了人家口香糖？”“对！也不是谁他妈的要人家的手工纸！”

天赐看不过眼去，想为两位盟兄说和，可是二位兄长都看他更讨厌：“你是干什么的？拐着腿！”

于是兄弟五人都“吹”了，手心上一口气，他妈的“吹！”“吹？那是！彼此谁再理谁是孙子！”

兄弟五人吹过，开始合纵连横另组织联盟，以便互相抵制。先生们也有在暗中操纵的，使某某几个人联合，以先生为盟主。家长们听说儿子与谁吹了，又与谁合了，也愿参加意见：“不用跟沈定好，他家卖米，咱们也卖米，世仇！听见没有？”天赐在这种党争里，充分的运动着想象：和谁合起来，足以打倒谁。他按照着“木羊阵”等的布阵法设下毒计，怎用翻板暗箭，哪里该设下消息埋伏，又怎样夜走荒郊，探听消息。他想到的比作到的多，可是他自己觉着作了不少；有时候想到便是作到了。他想到去探听谁和谁又有新的结合，他心里便作成一个报告：他和他在操场埋下炸弹，或是他请了他摆下天门大阵。这使他自己很恐慌，也有头有尾的告诉别人，于是班中的空气时时紧张起来，而先生骂他“瞎扯！”他也学会怎样估量人的价值：班上有几个永不得志的人，屈死鬼似的永远随着人家屁股后头；他们没有什么可说，说了也没人听。他们永远当“下手”，因为他们的爸爸不高明。谁的爸爸钱少，谁就得往后站。天赐的想象中永远不为他们摆阵设埋伏。

可是，不久他又变了主张。他开始自己读《施公案》，不专由四虎子那里听了。他学会了“锄霸安良，行侠作义”。这更足以使他的想象活动。一个人自己有钱，偏要帮助那穷苦的，这是善心。善心可远不如武艺的更有趣味：一把刀，甩头一子，飞毛腿！一个人有这等本领，随便把自己认为是坏人的杀了，用血在墙上题诗！他觉得班友的合纵连横没意思了；杀几个，或至少削下几个鼻子来，才有价值。但是，他没多大希望，他的腿成不了飞毛腿！纪妈已经封就了他：“你呀，属啄木鸟的，嘴强身子弱！”学校里有武术，他只能摆摆太极，两手乱画圈儿；打个飞脚，劈个叉，没他。武术先生说了：曾经保过镖，一把单刀，走南闯北，和“南霸天”比过武。“南霸天”一刀剁来，他一闪身，飞起左脚把刀踢飞！武术先生的确可以行侠作义，看那两条腿！天赐只能在想象中自慰，他想用软功夫，用太极行侠作义：见了恶霸，一刀剁来，他右手一画圈，腿往后坐，刀落了空，而后腿往前躬，依着恶霸的力量用力，一声不响把他挤在墙角，动不了身。是的，太极也行，自己的腿不快，软倒还软！他想好不少套招数，而且颇想试试。顶好是拿八棱脑袋的试手，八棱脑袋的天生的没劲。他右手一画圈，八棱脑袋的给他左脸一个嘴巴。天赐假装笑着，还往后坐腿：“你打着了我不是？我是没防备，我这儿练往下坐腿呢！你坐坐试试，能坐这么矮？”八棱脑袋的果然坐不了那么矮，可是天赐脸上直发烧。完了，太极也不中用，他只能在嘴皮子上行侠作义了。他很爱念小说，甚至结结巴巴的，连蒙带唬的，念《三国志演义》。四虎子不能再给他说，他反倒给四虎子说了。最得意的是妈妈有时候高兴，叫他给念一两段《二度梅》。他的嗓音很尖，用着全身的力量念，有不认识的字也没关系，他会极快的想怎合适怎念。念得满头是汗，妈妈给他一个果子：“明儿再念吧，天赐。”

年假后开学，天赐读小说的机会更多了。来了两个插班生，其中有一个就是昔年曾与他玩过而被妈妈拉走的那个小秃，现在是叫陆本善。他们是亲戚。学友因合纵连横的关系，彼此侦探家中的情形，而这位亲戚便依着他妈妈的心意把天赐叫作“私孩子”。这三个神秘而又卑贱的字使大家心跳，都用另一种眼神细细重新审定天赐：“拐子腿，私孩子是拐子腿的！或者扁脑勺是私孩子的记号？”

“私孩子”在大家的嘴唇上嘶嘶的磨着，眼睛都溜着天赐，没有人再和他亲近，没有人再约他到家中去玩，没有人再听他的故事。学校，对于天赐，成了一个绝大的冰窖。他们远远的看着他，嘀咕，窃笑。继而看他并不咬人，他们大着胆子挨近他来，碰他一下，赶紧又走开：“哟，私孩子身上也有肉，我的乖乖!”他们碰他，挤他，绊他的腿，瞪他，向他吐舌头。天赐恍惚的想起先前自己在家里捏棉花的情形，没有人跟他玩。不过，那时候没有人讥消他，现在一天看着别人挤眼。他可以忍受孤寂，但是受不了嘲弄。他不晓得到底什么是私孩子。有时候逼急了，他想用武力解决，可是他干不过他们。他的泪常在眼圈里转。

“妈！妈！他们叫我私孩子!”他想妈妈必能给他出气。

可是妈妈没有什么表示，只极冷静的说：“甭理他们!”

他向四虎子要主意，四虎子主张：“跟他们干，我帮助你，单个的钓出城去，揍!”

天赐很满意这个办法，可是事实上作不到。“我告两天假吧?”他提议。

“你一告假，他们就更欺侮你，”四虎子说：“去，天天上学，看他们把你怎样了？太爷不含糊!”

天赐确是有点怕他们了，可是四虎子壮起他的气来，他会消极的抵抗，自幼他就会。他拿准了时间，约摸着快上堂了，他才到。上课的时候他低着头听讲，下课后他独自嚼点什么，仰脸看天。图书馆是他的避难所，要不然就回家来。他就不想交朋友了。念小说，温功课，他觉得出自己的功课有了进步，虽然心里很堵得慌。他会想象，独自个会在心中制造出热闹的世界来。他的心比身强。

只有礼拜天是快活的。爸和妈大概有了什么协定，爸每到礼拜总张罗带他出去玩，而妈并不拦阻。在爸的左右，他忘了想象与计算，爸对什么都马马虎虎。他们爷儿俩在城外，或在戏园，会无忧无虑的发笑。可是赶到在回家的路上，天赐心中的黑影又回来了，他愿和爸谈心。爸在这种时节，能给他一些无心说而有心听的激刺。“管他们呢，”爸会说：“管他们呢！一个人自要成了事，连狗都向你摆尾巴。我一辈子马马虎虎，也有好处。你说是不是?”这会儿爸变成极体面而有智慧的人。天赐又想象了：一旦自己成了大事，别人，哼，对我递嘻和①，我也不答理！他试着把自己比作赵子龙，秦琼，和黄天霸。不，他得是张良，或是朱光祖。他还得上学去，故意的气他们。谁也不理。他匀出点心钱，买了把用洋火当子弹的小手枪。手枪在袋里，手按着枪柄，看谁不顺眼，心里就向他瞄准，而口中低声的：訇！又死了一个！

到了暑假，他考得很好。翻着小眼，他看着同学们。他们的嘴撇得更大了。他们不甘心在私孩子的后面，老师设若愿意干的话，得把天赐降到十名以外；不然的话，他们就退学。他们见了主任。主任嘱咐先生把天赐降到第十五名，原来他本是第四名。胜利是他们的；主任觉得这样办非常的公道，一个被大家看不上的学生当然不能列在前几名的。老师可是同情于天赐，但是他没办法，他不能得罪别的学生；附小向来有这个规矩——榜示的名次是可以随意编排的。

天赐哭了。他决定不再上这个学校来。可是妈妈不答应："偏去！偏去！看他们把你怎样的了！你要是不去，那可就栽到了底！咱们还怕他们？你等着，我找主任去，我不把他的学校拆平了！"牛老太太是说得出行得出的。她可以去找商会会长，她在县衙门也有人，她连师范校长都能设法打通。她不能受这个！

天赐见妈妈急了，他反倒软下来。他取了爸的态度。他不愿妈去捣乱；想象使他热烈，也有时使他惧怕，他想象到妈妈打主任几个嘴巴！他还上学就是了；好在隔着一个暑假呢。

暑假里没有同学来找他。他又想起老黑的孩子们来。到底是这些孩子可爱，他们不笑话谁，不挑拨事，他们只知道玩耍。他找了他们去。他们——一共五个，最大的是个姑娘，有十四岁了——同他出城去玩，一天有事情作，没有工夫瞎扯与冒坏。他特别爱这个黑姑娘。她有顶黑的眼珠，黄黄的头发。她现在已不赤背，可是到城外还扒下袜子。那四个男孩完全受她的指挥，他们管她叫"蜜蜂"。

云城的北门外有一道小河，河身不深，水很清，水草随着水溜流着绿叶。河心还浮着金与银的小睡莲，圆叶像碧玉的碟儿。两岸

① 递嘻和，递，送；嘻和，笑语。即向人笑脸说话，有致歉、赔罪的意思。

都是杨柳，长条与蝉声织成一片绿的音乐。河边上有小鱼，短苇里藏着小水鸟，风里有各色的蜻蜓。河岸左右都是田地。“蜜蜂”领着他们在河岸上玩，不用带着玩具，动物植物都供给他们一些玩的材料。他们知道什么苍蝇最好钓什么样的蛙，什么树上有长犄角的“花牛”，什么样的蜻蜓是最好的“招子”。天赐跟着他们，忘了学校里的一切，他非常的快乐。他也不嫌他们脏了，他们并不脏，至少是他们的脚，一天不知在水里浸多少次。他们会用裤子作成水骆驼，在河里骑着。那凉凉的水，柳树下的不很热的花树影；脚在水里，花树影在脊背上，使他痛快得大声的喊叫。他们也喊。于是他与“蜜蜂”各领一军作水战。他的想象与设计，使“蜜蜂”佩服他的战略，他也佩服她的勇敢。

他舍不得离开他们，他们也拉着他不放，非到他们家去吃饭不可。他去了。老黑没有理会他，直到快吃完了，才问“蜜蜂”，怎么多了一个孩儿？哎呀，原来是福官来了！你看大家这个笑！

十五　天罗地网

第二学年的开始，天赐不打算再上学。妈妈有点犯喘，说是被他气的。他不敢再别扭，他不肯把妈妈气病了。入学之后，大家对他不像先前那么坏了，因为大家的注意已移到一两个新学生的身上。有一个新学生的姐姐，据说，叫作“大美人”。师范和中学的学生在课后常往那条街上跑，去看“大美人”。他们管“大美人”的弟弟叫作“二美人”。二美人长得很俊秀，头发被油沤的像洋磁盆那么亮。他很老实。大家摸他的脸蛋，抹他头上的油而深呼吸的闻着，抢他的手绢。他不反抗，只在教员休息室门口立着，好避免大家的进攻。天赐讨厌他们的这种行动，可是敢怒而不敢发作。他知道，设若公开的护着二美人，大家一定会把他和二美人放在一类。他心中很难过，可是为自己的利益他不敢主持公道。要动同情心的时候他得马马虎虎，他得冷静。在作文的时候，他有一次把他的愤怒发泄出来一些——他的文字只能说出心中所要说的十分之一。可是先生给他批上：“不平之鸣非小学生所宜发；和平实养天机。”先生对于大家欺侮二美人也不管不问，似乎那是该当的。这个，使天赐又想起来行侠作义，他真希望半夜里取下他们的人头，而后留下一张小纸，印着一朵梅花。他花了十个铜子刻了一个小木头戳子——一朵梅。

学校又起了风潮。主任被撤职，教员们拒绝新主任。旧主任本来和学生们没有多少接触，更提不到彼此有什么感情。可是经先生们在教室里一演说，学生们全动了心，甚至于落了泪。先生们说：主任家里有十个买卖，家里的人有五六个作官的，他本人原来就不爱干这个穷事，可是他为教育，为学生而牺牲，放着知县都不作，而来作主任。这样的人不应当拥护么？再看新主任吧，一个穷光蛋，父亲是个木匠，木匠！

没有说完，大家已经决定了，附小绝对不能要木匠的儿子来作主任！谁的爸爸也比木匠高，甚至于二美人的爸爸也比木匠高。云城里，木匠是没有地位的。拥护主任，主任要是走了，太阳就没法再出来了。学生家长一律气炸了肺，什么？木匠的儿子？太好了，再等两天，打扫茅厕的还作主任呢！绝对不行！

课不上了，标语写了两刀多纸：誓死反对小木匠；拥护革命的主任……课虽不上，大家可是都得上学。全体童子军一律拿木棍当纠察。有不来的便是走狗；打倒小木匠的走狗！其余的学生分为文牍股，庶务股，交际股，宣传股，会计股，侦探股，卫生股，交通股，八大股。一年级的小学生也分在各股服务。天赐被分在侦探股。这股的办事细则还没拟好，不过主要的工作已派定：校里校外探听消息，随时报告给先生们。股员有四十多人，有在厕所里巡逻的，看见有人去挤尿便得报告，而一二年级的小学生这两天因为没事可干，常常去挤点尿解闷，于是被报告的不少。天赐看不起这种工作，可是这紧张的空气激动了他的想象，他想到些别人没想到的危险与阴谋。他专在主任室外巡视，生怕房脊上偷爬着穿夜行衣靠的来行刺。越看那个屋脊，这越有可能。他偷偷的去裁了些小纸，印上一朵梅的暗号，并题上“狗主任，一刀一个不留情!”主任室门上，教员休息室内一带等处，都贴了一张。然后他拿着一张去报告：“报告，有行刺的!”先生到各处一找“无名帖”，全学校的脸色全变白了。天赐立刻成了英雄。大家争着问他：“你是看见了吗?”天赐的薄唇用力缩紧，一字一字的往外爆：“主任的房脊上，俩背单刀的!”一个传十，十个传百，没有半天的工夫，已经成为“牛天赐说的：他看见十个背单刀的!”听说的唯恐不确，必须亲自来问：“你是看见十个背单刀的吗?”天赐不便否认，“还许是十一个呢，跑得太快，都是飞毛腿，不容易数，准得是十一个!”天赐的名誉恢复了，他一点也不能是私孩子了，谁也没这么说过；他是朱光祖了。主任亲派他为侦探股副主任。连主任上厕所都有十个纠察随着，怕那里有行刺的。天赐向来没呼吸过这么甜的气，他并没把副主任搁在心上，而所喜的是他可以随便运用想象，想象出来的

不但使别人惊恐，连自己也害怕。他会由闹着玩而渐变为郑重其事的干，他觉得真有刺客埋伏着了。他向先生们建议：得把武术先生请来教给大家打镖。这又是独到的，谁也没想起武术教员来——教员们平日是不大看起他的。教员们也都佩服了牛天赐。

正在这个当儿，真正严重的消息来了：新主任已跟县里接洽好，要带二十名保安队来武装接收！大家向武术教员要主意，他说他一个人能打四十个小伙子。他是铁布衫，朱砂掌，刀枪不入。可是待了一会儿，他偷偷的溜了。他一溜，大家更恐慌了。开了全体大会，一年级的小学生吓得直尿裤子，当时由卫生股去相机处理。自然教员出了好主意：门口安电网。初级的学生暂放三天假。高级的全得带武器来，在电网后堵防。学生登时都回了家去拿兵器，有的就没敢回来。天赐非常的热烈，他管电网叫作天罗地网，这必会拿住几个妖精。他把旧竹板刀找出来，没告诉妈妈，偷偷又回了学校。校门上果然安上了铁丝，可是还没有通上电。天赐抱着竹板刀，在大门内站着，他的眼光四射，薄嘴唇咬着，一心等着厮杀，他十分的真诚。门口来往的人都向大门上细看：电网！电网！这回可有个热闹！这叫天赐的心跳得更快，他是行侠作义的真黄天霸了。到了下午两点，高级生虽只回来一半，可是不能再等了。大门关上，通了电流，天赐听着门外的声音，好像隐隐有天兵天将呐喊！

等到四点不见动静，天赐不耐烦了。散了吧，歇会儿去，他来了爸的劲儿。他上了教员休息室，他是副主任。随便拿起先生们用的茶碗喝了一碗，气魄极浑厚。找了个座儿坐下，把刀顺在腿旁。身上一累，脑子便迟钝，他就想睡觉。他闭上了眼。约摸着有四点半钟吧，他被人唤醒。眼前站着两个保安队："叫什么？"

"牛天赐。"天赐莫名其妙。

"干什么的？"一个问，一个往小本上写。

"侦探股副主任！"

"副主任，哎？"保安队打量了天赐一下，笑了，"走，回家去！"

"我这儿服务呢！"天赐还不肯定。

"去你的吧，小孩子！"保安队扯着他的肩膀，往外一搡。

到了院中，天赐的心凉了，各处都把上了保安队。原来新主任知道大门有电网，由后面登梯子跳墙进来了。他只好回家吧，虽然很后悔没能厮杀一阵。

过了两天，他到学校去看一眼。门外的标语已经换了：“欢迎有革命精神的×主任！”“打倒帝国主义走狗的×主任！”他认识这个笔迹，他的级任先生写的。大门的旁边贴着张布告：“……牛天赐……等十名，应即开除！”

天赐糊涂了，这是什么把戏呢？再看，不错是他被开除了。他不敢进去质问，门口有个保安队站着，带着枪！

他极慢的走回家去，不敢去告诉妈妈，妈妈这几天不大舒服。可是不能不告诉，这不是丢了一管铅笔什么的那种事。怎么告诉呢？他思前想后，越想越糊涂。不必想了，先看看妈妈去，假若正赶上妈妈喜欢呢，就告诉她。他假装没事人似的进了妈妈的屋中。他的眼神与气色把他自己卖了，妈妈看得出来：“福官，学校怎么着了？”

天赐想笑，没笑出来。一个小学生最大的羞辱恐怕就是开除吧？“没，没——”他结巴起来。

“怎么了？福官！”妈妈的神气有点可怕。

“开，开除了！”天赐的头扭在一边。

“谁？你？”

“我！”

妈妈半天没说出话来。养起个官样的儿子，就这样呀！十几年的心血，白费！天赐被人家开除了！但是妈妈必须知道个水落石出，为什么开除呢？

天赐说不上来。

妈妈得到学校去问。为减少对于儿子的失望，妈妈希望这是学校当局的错误。她得去问。假若真是学校不对，她不能这么善罢甘休；她在云城有个名姓！

天赐怕妈妈去，她的身体不大好。可是又希望她去。问个明白。

“走！跟我去！”妈妈很坚决。

天赐知道妈妈的脾气，不敢不去。多么难堪！妈妈去和先生吵嘴；还能不吵嘴吗？平日最应尊敬的不是妈妈与先生么？看着他们吵嘴！他的手哆嗦了。

牛老太太拉着天赐，极官样尊傲的往校门里走。天赐要钻到地里去才好。他受不了这种争斗。他好玩，也可以不玩；玩的时候运用着想象，不玩的时候便马马虎虎；他怕妈妈这种郑重的实际的攻伐。保安警察拦住了他们。

“牛天赐的母亲牛老太太见你们主任!”妈妈一口气而字字清楚的说。

“主任不见，”警察说，神气也够傲慢的。

“你说的？是你——说的?”妈妈的眼钉住了警察的脸，“好吧，咱们县里说去!”

警察毛了。他看了看牛老太太的穿张，开始收兵：“看看去，主任也许见。”

“也许干吗？牛老太太赏他脸才来呢，叫出他来!”

天赐觉得妈妈的手拉得更紧了些。他要佩服妈妈，可是不能，他以为这太严重了。

主任出来，把牛老太太让到接待室。

“牛老太太?”主任搓着手。三十多岁，一身洋服，上面安着个虾蟆头，说话吸着气。

“你就是跳墙过来的那个主任呀?”牛老太太眼皮扣着，手放在膝上，声音低而有力，很像位太后，“我不是来求你再收留天赐，听明白了；我来问问你，为什么开除了他?”老太太这才抬起眼皮，看着那个虾蟆头。

主任搓手，吸气，咧嘴，心中很得意：老太太并不要求收回成命，这就好办了；说话好听不好听的，没大关系。虽然如此，他可是一时想不起说什么好。再搓手，吸气，咧嘴。天赐替他很难过。

“是的，是的，”主任搓着手：“没什么，老太太请回去吧!”

“你还没说明白呢，”老太太的深眼坑里窝着点黑火：“为什么开除了他?”

“是的，教员们的主张，我刚到，不大清楚。”

“看你就露着糊涂样子吗，还清楚得了!”

主任要生气：“老太太可也别——”

“别怎样？别？老太太今天高兴来教训教训你！你，就凭你，还有什么蹦儿?！你打听去吧，我有个名姓！我要叫你安安顿顿的作主任，我不算是我妈妈养的!”老太太对于这点并没有把握，可是她知道云城的教员们是不敢惹绅商的。

果然，主任又不生气了；他就怕有家长出来捣乱。同行的捣乱好对付，家长是另一回事；在云城办教育而得罪了学生家长是满有被人推到河里去的危险。他又搓手，很像个不得主意的大苍蝇。“是的，是的，老太太请回吧！我去商议商议看，自有办法！”

“用八人大轿往回抬，我们也不在这里念了，用不着你的办法。我来问你为什么开除了天赐；你说不上来！要不是你糊涂，就是你爸爸糊涂。搁着你的，放着我的！这是怎么说的！天赐，给主任鞠躬，咱们走！”

主任只剩了吸气，可是十分的努力把老太太送到校门外：“老太太慢走！是的！”

天赐非常的难过。他想起老黑的小孩在城外钓青蛙，为贪吃一个苍蝇，蛙的腮挂在钩上，眼努出多高，腿在空中踢蹬着，可是没办法，连叫也不会叫了，任凭人家摆弄，它只鼓起肚皮。主任很像这个青蛙！他一天没吃饭。

十六　一命身亡

老太太与主任的战斗虽然不很热闹，她可是没省了力量。本来身体就不甚好，加上这一气，她到家就病了。在精神上，胜利是她的；事实上，她的高傲的办法使主任得去便宜。她这种由人格上进攻的战法，在二十年前或者还能大获全胜；主任是读书要脸面的人呀，按老规矩说。按老规矩，王朗是可以被骂死的呀。可是，现在的主任只求事情过得去：开除了，学生不要求回来，这岂不很顺手；骂几句算得了什么？老太太白费了力气，没把主任怎样了。她觉出她该死了。她一辈子站在礼义廉耻上，中等人家的规矩上，现在这些似乎已不存在了。她越想越气。

天赐很难过。妈妈为他的事气病，没想到的事。遇到实际上的问题，他不能再想象，因为眼前的事是那么真切显明，他没法再游戏似的去处置。妈妈生病，事儿太郑重，他不能再“假装”怎样了。他能假装看见学校房上有十一个背单刀的，因为那里的事不切近；妈妈是真哼哼呢，妈妈真是为他的事而生病。这里边有他！他迷了头。他着了急：为妈妈去找药，为妈妈去倒开水，他一心的希望妈妈好了。可是妈妈的病越来越沉重。他愿常问问妈妈好些没有？妈妈的身上疼，他愿说——我给轻轻捶一捶？可是，他说不出口，他在屋中打转，说不出。妈妈说他没良心，纪妈责备他不懂事。他有口难辩。在家里，在学校里，一向是生闷气的时候多；同情往往引起是非，而且孤高使他不愿逢迎。他会说故事，可是这并不能使他对人甜言蜜语的。遇到了真事，他怕。在想象里他能郑重；在真事里他不能想象，因而也不能郑重。他真愿安慰安慰妈妈，可是妈妈是真病了，怎能假装的去问呢？不假装的还有什么可说呢？

妈妈和一般的六十多岁的老人一样，有病便想到了死，而且很怕死。这倒不一定是只怕自己不吸气而去住棺材，死的难堪是因为别人还活着。死去也放心不下活着的，这使死成为不舒服的事。越到将死越觉出自己的重要，不然这辈子岂不是白活？她设若死去，她自己盘算：天赐该怎办呢？老头子由谁照应呢？那点产业由谁管理呢？……越想越觉得自己死不得，而死也就更可怕。有一分痛苦，她想着是两分，死越可怕，病势便越发仿佛特别的沉重。她夜夜差不多梦见死鬼！

在亲戚们的心中，牛老太太死在牛老头儿的前头是更有些道理的。他们惹不起她，可是她若在最后结个人缘的话，顶好是先死。他们自然没法把她弄死；她自己生病可是天遂人愿，他们听说她病了都觉着心里痛快。他们拿着礼物来看她，安慰她，同时也是为看看她到底死得了死不了；设若她的气色正合乎他们所希望的，那点礼物算是没白扔了。天天有人来看她，也很细心的观察天赐。天赐直发毛咕。在他们心中，老太太要是一病不起，他们会想法叫牛家的财产落在牛家人的手里。天赐觉得他们的眼角有点不是劲儿。

牛老者给太太请了医生。医生诊了脉，说不怕；吃两剂小药就会好的。他开了二十味小药。牛老太太吃了一剂，病更重了，二十味小药没有一味有用的。又换了位医生，另开了二十味小药；这二十味大概是太有用了，拿得老太太说起胡话。

妈妈不像样儿了。在灯下，她十分的可怕。她闭着眼，嘴唇动得很快，有时出声，有时无声，自己叨念。有时她手摸着褥边："对了，你拿这二十去吧；那三十你不能动！"她睁开了眼，向四外找："走啦？拿了钱就走！早知道，少给他……"她愣起来，吧唧了两下："给我点水喝！"

天赐大着胆给了妈点水，妈咽了半口，"不是味！"天赐没了主意。他没想到妈妈会有这么一天。他和妈妈的感情不算顶好，可是妈妈到底操持着一切，妈妈是不可少的。妈叫他呢："福官，这来！"天赐挨近了妈妈。"我呀，大概不行了。把抽屉里的小白布包递给我。"天赐找到了小包，要叫声妈，可没叫出来，他的泪下来了。他没和妈这样亲密过，妈向来不和他说什么知心的话。"打开，有个小印，小图章，不是？你带着它，那是你外祖父的图章。你呀，福官，要强，读书，作个一官半职的，我在地下喜欢。你外祖作过官！老带着它，看见它就如同看见我，明白不？”

天赐说不出来什么。他想不出作官有什么意义，也顾不得想。他心中飘飘忽忽的。他看见了死。妈又说话呢，说的与他没关系。这不像妈，妈永远不乱讲话！妈又睡去，全身一点都不动，嘴张着些，有些不顺畅的呼吸声儿。越看越不像妈了，她没了规矩，没了款式，就是那么一架瘦东西。她的身上各处似乎都缩小了，看不出一点精力来。这不是会管理一切的妈妈。他不敢再看，转脸去看灯。屋中有些药味。他仿佛是在梦里。他跑去喊爸。

爸来了，屋中又换了一个样。爸的圆头大肚使灯光都明了好些。屋中有了些热气。天赐看看爸，看看妈，这一间屋中有两种潮浪，似乎是。他可怜妈那样瘦小静寂，爸也要落泪，可是爸的眼好看，活的。

妈睁开了眼，看看他们，极不放心的又闭上了，没看完的一点什么被眼皮包了进去，像埋了点不尽的意思。

妈的眼永不再睁了。

天赐哭不出声来，几年的学校训练使他不会放声的哭。他的心好像已经裂开了，可是喊不出，他裂着嘴干泣。妈妈的寿衣穿好，他不敢再看，华美的衣服和不动的身体似乎不应当凑在一处。

吊丧的人很多，可是并没有表现多少悲意，他在嘈杂之中觉得分外的寂寞。有许多人，他一向未曾见过，他们也不甚注意他。他穿着孝衣，心里茫然，不知大家为什么这样活泼兴奋，好像死了是怪好玩的。妈妈死了，一切的规矩也都死了，他们拿起茶就喝，拿起东西就吃，话是随便的说，仿佛是对妈妈反抗，示威呢。

到了送三那天，他又会想象了。家中热闹得已不像是有丧事，大家是玩耍呢。进门便哭着玩，而后吃着玩，说着玩，除了妈妈在棺材内一声不发，其余的人都没话找话，不笑强笑，他们的哭与笑并没什么分别。门口吹鼓手敲着吹着，开着玩笑。门外摆着纸车纸马纸箱纸人，非常的鲜艳而不美观。院里摆着桌面，大家吃，吃，吃，嘴像一些小泔水桶。吸烟，人人吸烟；西屋里还有两份大烟家伙。念经的那些和尚，吹打着“小上坟”，“叹五更”，唱着一些小调。孩子们出来进去，野狗也跟着挤。灵前点着素烛，摆着一台“江米人”，捏的是《火焰山》，《空城计》，《双摇会》。小孩进门就要江米人，大人进门就让座。也有哭一场的，一边抹泪，一边“先让别人吧”，紧跟着便是“请喝吧，酒不坏！”祭幛，挽联，烧纸，金银元宝，红焖肉，烟卷筒，大锡茶壶……不同的颜色，不同的味道，不同的声音，组成最复杂的玩耍。天赐跪在灵旁，听着，看着，闻着，他不能再想妈妈，不能再伤心，他要笑了，这太好玩。爸穿着青布棉袍，腰中横了一根白带，傻子似的满院里转。他让茶让烟让酒，没人安慰他，他得红着眼皮勉强的笑，招待客人。那些妇女，穿着素衣分外的妖俏，有的也分外的难看，都惦记着分点妈妈的东西，作个纪念。她们挑眼，她们彼此假装的和睦，她们都看不起爸。天赐没法不笑了，他想得出更热闹的办法，既然丧事是要热闹的。他想象着，爸为什么不开个游艺会，大家在棺材前跳舞，唱“公鸡打鸣”？为什么大家不作个吃丸子竞赛，看谁一口气能吃一百？或是比赛哭声，看谁能高声的哭半点钟，不准歇着？这么一思索，他心中不茫然了，不乱了；他郑重的承认了死是好玩的。一个人应当到时候就死，给大家玩玩。他想到他自己应当死一回，趴在棺材里，掏个小孔，看外面大家怎么玩。或者妈妈就是这么着呢，也许她会敲敲棺材板说：“给我碗茶喝！”他害怕起来，想象使他怕得更真切，因为想象比事实更复杂而有一定的效果。他应当去玩，他看不出在这里跪着有什么意义，他应当背起单刀去杀几个和尚，先杀那个胖的，血多。

事实是事实，想象只是一种奢侈。他听见屋中有位脸像埋过又挖出来的老婆婆，说：“这孩子跪灵算哪一出呢?!”一个大白鼻子的中年妇人回答：“死鬼呀都好，就是不办正事。不给老头子娶个二房，或是由本家承继过小子；弄这么东西！”大家一同叹息。天赐知道这是说他呢。妇女们的眼睛都对他那么冷冷的，像些雪花儿往他身上落。他又茫然了。一提到他自己，他就莫名其妙。他曾问过妈妈，为什么人家管他叫私孩子，妈妈没说什么。他是不是私孩子？妈妈说他是妈妈生的。私孩子有什么不好？妈妈不愿回答。纪妈，四虎子，爸，也都不说什么。他不明白究竟是怎回事。在想象中，他可以成为黄天霸或是张良，他很有把握。一提到他真是什么，他没了主张。现在人家又骂他呢。他并不十分难过，只是不痛快，不晓得自己到底是什么。而且更不好受的是在这种时节他不能再想象，既不是黄天霸，又不是任何人，把自己丢了！在这种时节，生命很小很晃动，像个窄木板桥似的，看着就不妥当。

有十点来钟吧，席已坐过不少桌，外面的鼓又响了。进来一个妇人，带着四个孩子，都穿着孝衣，衣上很多黄泥点子，似是乡下来的。妇人长得很像雷公奶奶，孩子们像小雷公。天赐一眼没看见别的，只看见五个尖嘴。妇人进来就哭，哭得特别的伤心，头一句是："我来晚了，昨天晚上才得到信呕，我的嫂子——"四个小雷公手拉着手站在妇人后面，一声也不出。妇人把来晚，与怎么起身，乡下的路怎么难走，和四个孩子怎么还没吃饭，都哭过了。猛然的把鼻子抓了一把，而后将天赐用脚踢开，好像踢着一块碍事的砖头。紧跟着把四个孩子都按在灵旁："就在这儿跪着，听见没有？动一动要你们的命！"转过头来，眼泪还满脸流着："茶房！开饭，开到这儿来，给他们一人一碗丸子，五个馒头！"然后赶过牛老者去："大哥！嫂子过去，我没什么孝心，就是这一身孝，四个孩子来跪灵；你二弟病了不能来，叫妹妹来了。那个小子是谁？"她指天赐："大哥你这就不对了，放着本家的侄子不要，不三不四的找个野孩子，什么话呢？我们穷啊，穷在心里，没求哥嫂给个糖儿豆儿！今个咱们可得把话说明白了，当着诸亲众友，大水冲不了龙王庙，一家人得认识一家人；你的侄子是你的骨肉，虽然咱们不是亲手足，可也不远。不能叫野孩子这儿装眉作样的！"又转过头去："好好的吃！别叫人耻笑！"

这一片独白引起大家的同情，埋过又挖出来的老婆婆，大白鼻子，红眼边，全一拥而上把牛老者围在当中。各人争着说，谁也没听见谁的，牛老者头上冒了汗。他不用挨着个儿细听，反正大家都责备他呢。他又不能答话，想不起说什么。男人们有关系的不过来，由着妇女打前阵，没关系的站着看热闹。说着说着，大白鼻子也把个孩子按在灵前，红眼边一下子按倒了三个；一急把别人家的孩子也按在了那儿。不大的工夫，灵前跪了一片白。最后，还是雷公奶奶挑头儿："把那个野孩子赶出去！"

天赐在棺材旁边立着呢。他觉得那些人可怕，可是说不上来怎么可怕。羞辱他常受，不足为奇。在人群中他觉着孤寂，也是平常的事。他不慌，只是不知道怎样才好。他站着不动。爸被人围住，不能过来。他找不到一个同情于他的人。妈妈是死了。灵旁跪着的孩子们听见雷公奶奶的呼吓，有个大点的立起来，和天赐眼对着眼。天赐不动。那个孩子搂起袖子。正在这个时候，搂袖子的少爷挨了个很响的脖儿拐。四虎子扯起天赐就往外走。

“怎样？打人吗?!”多少人一齐喊。

“妈的臭!”四虎子的头筋跳着，连推带搡的从人群中穿出去。大家不知他是何许人，没敢动手。及至大家打听明白了他是谁，已经太晚了，这使他们非常的丧气。

出了门，天赐反倒哆嗦起来。四虎子一声没出，把他领到老黑的铺子里。

黑家的孩子们都在家呢，他们热烈的欢迎天赐，可是天赐没有心情跟他们玩。四虎子跟老黑说了几句，老黑点头：“没错，交给我吧；钉这么擦黑的时候，我把牛掌柜找来，没错!”

“你上哪儿?”天赐问四虎子，“可别回去，他们打你!”

“我不回去，你好好的在这儿玩吧，回头见!”四虎子走了。

老黑派“蜜蜂”等陪着天赐在家里玩，不准出去。蜜蜂把大家领到后院去，直玩了一天。他们现在已经“文明”了：蜜蜂的大弟弟已去念书。他把书教给大家替他记着，蜜蜂记人之初，他自己记性本善，二弟弟记性相近……他要是在学房里背不过书，到了家中就都想起来，所以他常在家里，非等大家请求他再去学两句新的他不上学。他不记字，只记一句的声音，记不准确也没关系，大家可以临时创造。所以黑家的这本《三字经》是与众不同。他一人上学，大家可都有笔，后院的墙上满画的是图。老黑很喜欢家中有了“书气”。

玩着玩着，天赐慢慢的把愁事都忘了，他开始说故事给他们听。他们很爱听黄天霸，不爱听青蛙和小鱼说话，因为知道青蛙不会说话。听完了几段故事，他们决定举天赐作他们的先生。天赐很感激他们，他向来没受过这样的尊敬。先生得教给他们书，他编了几句：黄天霸，耍单刀，红帽子，绿裤腰，……大家登时背过，而且不久就发现了，原来红帽子绿裤腰是说的五妹妹，五妹妹的裤腰，因为褂子短，确是露着一块儿绿的。大家非常佩服天赐。

黑家的孩子们不认识钟表，天黑了就睡。在哪儿困了就躺在哪里，“蜜蜂”得把他们抱到一张大床上，点好数儿。有时候数目不对就很麻烦，因为有睡在煤筐里的就不大容易找着。他们睡了，天赐坐在柜台里十分的寂寞。他又想起早半天的事来。他不明白其中的故典，一想起来就觉得自己应该是大人了，不该再和孩子们玩，也不该快乐。他的稀眉毛皱起来。

八点多钟，爸才来。爸也改了样，脸上的纹深了些，不是平日马虎的神气了，那些纹都藏着一些什么，像些小虫吸着爸的血。父子都没话可讲。坐了半天，爸说：“咱们上街走走去。”

爸不像是想说话的。天赐忍不住了：“爸！你真是我的爸？”他扯了爸的袖口一下。

“真是!”爸点头。

“你还要我，爸?”

“要你!”

“他们为什么赶出我来?”

“他们要钱。”

“给他们不就完了?”

“完不了，他们嫌少。”

“不会多给点？钱算什么?!”

“不能多给，我的钱!”

这不像爸。没想到爸能这样。爸不是遇上事就马马虎虎么？为什么单在这几个钱上认真呢？钱为什么这样可爱呢？

“我的钱!”爸又重了一句，“我爱给谁，都给了也可以；我不爱给谁，谁也抢不了去!”

“不给多多的钱，他们不走，我就不能回家?”天赐问。

“偏回家！怎么不回家呢?! 我接着他们的！钱是我的!”

天赐不能明白爸了。钱必是顶好的东西，会使爸不马虎。这是爸第一次这么认真。他不敢再问，只觉得妈是在爸身上活着呢，爸和妈一样的厉害了。

“咱们回家!”爸的皱纹在灯光下显着更深，更难看了。

天赐怕回家，可是必须为爸显出勇敢；妈死了，爸只有他，他不能再使爸不痛快。

四虎子在门口呢，天赐壮起点胆子来。院中冷清清的，多数的客人都在送三的时候走了，和尚也去休息。西屋有两三位预备熬夜的。灵前点着一对素烛，烛苗儿跳动着。灵后很黑，棺材像个在暗中爬伏的巨兽。天赐哭了。他觉得非常的空虚寂寞，妈是在棺材里，爸为几个钱要和人家打架。

四虎子过来安慰他："别哭啊，伙计！你看我，我不哭！妈死了，咱们就不是小孩子了，咱们跟他们干！"

妈常说："得像个大人似的！"妈死了，这句话得马上实现出来，"不是小孩子了！"天赐觉得心中老了一些。是的，他不能再和"蜜蜂"们玩，不能再随便哭，他得像个大人。怎么像个大人呢？他得假装，假装着使他能郑重，他似乎明白了爸，钱是不能给人的，一个也不能给，他是大人了。大人见了叫化子就说："去！没有！"即使袋中带着许多钱。这是大人的办法，他也得这样。怪不得爸变了脾气，大概是爸在妈死后才成了大人。他收了眼泪，盘问四虎子，他得关心，既已不是小孩子了。

四虎子告诉他：他们要钱，爸不多给，他们说了，送殡的那天还得闹。有两个办法可以避免闹丧：爸多给他们钱。或是爸坚持到底。他们都知道爸老实，可是爸真不往外多拿钱，他们也得接收爸愿给的那点。

天赐的心里赞成多给钱，可是他现在是装作大人，不能多给，钱是我们的，爸是完全对的。他的薄嘴唇咬起来，眼睛扣着，手背在后面，脚尖抓住了地。他似乎抓住点什么，自己是一种势力，一种天不怕地不怕的威能。即使他们因为钱少而闹丧，也只好凭着他们去闹，钱是不能添的，不能添的！爸并不马虎，爸是可佩服的，他必须帮助爸去抵抗。他睡了，连和尚念经也没吵醒他，他有了自信的能力。

十七　到乡间去

殡是平安的出了。双方都没栽了跟头。原本是牛老头儿决不添钱，而亲族们预备拦杠闹丧，不许天赐顶灵。双方都不让步。过了两天，双方都觉悟出来，打破了谁的脑袋也怪疼，谁又不是铁作的。于是想到面子问题。设若面子过得去，适可而止，双方一齐收兵也无所不可。直到开吊那一天，大家的眼还全红着，似乎谁也会吃人。到了出殡那天早晨才讲好了价钱，大家众星捧月的把棺材哭送出来，眼泪都很畅利。雷公奶奶把嫂子叫的连看热闹的都落了泪，她一边哭一边按着袋里的一百块洋钱票。大白鼻子等也哀声震天，哭湿了整条的手绢。殡很威武：四十八人的杠，红罩银龙。两档儿鼓手，一队清音，十三个和尚，全份执事，金山银山，四对男女童儿，绿轿顶马，雪柳挽联，素车十来辆。纸钱撒了一街，有的借着烧纸的热力直飞入空中。最威风的是天赐。他是孝子，身后跟着四名小雷公。四虎子搀着他，在万目之下，他忘了死的是谁，只记得自己的身分。他哭，他慢慢的走，他低着头，他向茶桌致谢，他非常的郑重，因为这是闹着玩。他听见了，路旁的人说："看这个孝子，大人似的!"他把脸板得更紧了些。直到妈妈入了土，大家都散去，他才醒过来："妈妈入了土!"他真哭了，从此永不能看见妈妈！他坐在坟地上，看着野外，冷清清的，他茫然——什么事呢?

由坟地回来，天已黑了。天赐很乏了，可是家中的静寂如同在头上浇了些凉水。他的眼，耳，鼻找那点熟识的面貌，声音，与味道。没有了，屋中的东西还是那样，可是空气改变了。没人再张罗他吃喝，甚至没有人再呼吓他。他想起妈妈的好处，连她的坏处也成了好的。他含着泪坐下，他必须是个大人了；已经没了妈妈。他可怜妈妈在那清冷的坟里，正如同他在这空静的屋里。他似乎明白了一点什么。

爸躺在西屋的床上，衣服带着许多黄土，就那么睡着了。他仿佛明白妈而不明白爸了。爸这几天改了样子。他看着爸，那短黄胡子有了不少根白的，脸上多了皱纹，睡着还叹气。这是那慈善的爸么？他有点怕。找了四虎子去。

“我怎办呢？”他问。

“先跟纪妈要点吃的，”四虎子给出主意，“吃完了睡。”

“在哪儿睡？”一切的事都没有准地方了！妈活着，他恨那些规矩；妈死了，他找不着规矩了，心中无倚无靠，好似失了主儿的狗。

“跟爸去睡！”四虎子在牛老太太死后显着很有智慧。

丧事的余波也慢慢平静，老头儿把该开付的账都还清，似乎没有什么可作的了。他常和天赐在一块，有的也说，没的也说，这给他一些快乐。天赐在这种闲谈中，得到许多的知识，因为爸说的都是买卖地上的话。对于金钱，他仿佛也发生了趣味。爸的一辈子，由谈话上显出来，就是弄钱。在什么情形之下都能弄钱。跟爸到铺中去看看，伙计们非常的敬重他，称呼他作少爷。铺子里的人们收钱支钱，算账催账，他们都站在钱上。妈妈给他的小印，他系在贴身小袄的钮上，可是这个小印已没有多少意义：他想不出作官有什么好处，钱是惟一的东西。钱使爸对他慈善，要什么就买什么；钱使爸厉害，能征服了雷公奶奶。四虎子没钱，纪妈没钱，所以都受苦。他长大了，他想，必须作个会弄钱的人。他买了个闷葫芦罐，多跟爸要零钱，而往罐里扔几个。不时的去摇一摇，他感到这里是他自己的钱。他问四虎子种种东西的价钱，而后计算他已经到了能买得起什么东西的地位。啊，他能买一个大而带琴的风筝了！普通的小孩买不起带琴的！他觉到自己的身分与能力。他很骄傲。他问爸：咱们这所房值多少钱？爸说值三千多，木架儿好，虽然不大。三千多！这使他的想象受了刺动。七毛钱就能买个很好的风筝；三千多！爸必是个有能力的人。爸决不是马马虎虎的，不是！他必定得跟爸学。“爸，明儿个我长大了，你猜我能挣多少钱？一月一千！”

“好小子！”爸很喜欢，“好小子！”

“爸你挣多少钱?”

“我?哪摸准儿去;作买卖有赔有赚!”

“别赔呀,干赚,不就好了吗?”

“对呀!”爸点着头,十分欣赏儿子的智慧。

可是“怎么就赚了呢?”

“得长眼睛,”爸的眼睛并不高明,可是说着很有意思:“货缺了就得勒着,货多了就得快放手。作买卖得手快心狠,仗着调动;净凭随行市卖大路货不用打算赚钱!”

“呕!”天赐没都明白了,可是假装明白了。

跑到后院去找纪妈,“纪妈!咱们的米多还是面多?”

“多又怎样呢?”

“少就得勒着,多了放手!”他不但自傲能用这两个词儿,并且觉得他已能管辖纪妈。

“扯你的淡去!”妈妈死后,纪妈没了规矩。

“给你告诉去!”

“去!趁早走!”她知道天赐不肯走。自从妈妈死后,天赐的吃喝冷暖都由她在心。“嗐,我说,你跟我下乡好不好?”纪妈自从由奶妈改为女仆每年回家三四天。现在又该她休息了,她怕没人照管天赐,所以想带着他。

天赐愿意去,他没看见过乡下。“等我告诉爸去,多要点钱,给他们买点点心拿着!”他不自觉的学着妈妈的排场。

爸答应了,并且把太太的旧衣裳给了纪妈些。太太的东西能偷的被雷公奶奶等偷去不少,爸不在乎这些物件,不过不应当偷,所以一赌气给纪妈这些东西。“我爱给谁就给;偷我,不是玩艺!”妈一死,爸直添脾气。

正是冬月将残,腊月就到的时候,天赐穿了不知多少衣服,脖上缠了围巾,戴上手套,厚棉裤把腿挤得直往外叉。将出太阳,他和纪妈出了城门。天气还好,太阳虽不很热,幸而没风。纪妈的眼非常的亮,抱着一包零碎衣服,满心的盼望。天赐提着一包儿点心——爸给纪老者买的。出了城门,纪妈雇了两头驴。天赐的心跳开了,他没骑过驴。纪妈很在行,两只脚翻翻着而不登镫,身子前仰后合的而很稳当。天赐被赶脚的搀上去,驴一动,他趴下了身,嘴找了驴脖子去。赶脚的揪住他的腿，重新骑好，纪妈一劲嚷扶着他！驴慢慢走开，天赐的厚棉裤只管旋他的腿，简直夹不住驴，一会儿向前，一会儿向后，有时候要横着掉下去。他的脸发起烧，用力揪住软鞍子，眼盯住驴耳朵。驴晓得这是个外行，一会儿抬起头来闻闻空气，一会儿低下脖子嗅嗅尿窝儿，一会儿摇摇身上，一会儿岔开腿，抽冷子往起颠一下。天赐没有抓弄，觉得两脚离地很高，而头是在空中。走了不远，他的屁股铲了。纪妈说：随着驴的劲儿！他找开了驴劲，驴低他高，驴往前他往后，一会儿离了鞍子，忽然的落在鞍上找不着驴劲，而把自己颠得发慌。他没了办法，赶脚的没了办法，驴倒还高兴。天赐扫了兴，平日净和纪妈夸口，他会这个会那个，原来他治不住一头驴！况且肚子还饿了呢，没有这么饿过！冷空气，驴尿味，和上下的颠，好像使肚子没了底儿。虽然已在家中吃了两个鸡子，可是肚皮似乎已与脊背碰到一处，他好像能看见自己的身子已完全透光儿了。

幸而路旁有个野茶馆，摆着烧饼与麻花。滚下驴来，他吃开了烧饼。嚼着烧饼，他看明白了，原来已到了乡间；一路上他什么也没见，只看见了驴耳朵。啊，这是乡间！他不大喜欢乡间的样子：没有铺户，没有车马，四外都是黄灰的地，远处有些枯树。看哪儿都一样：地，树，微弱的阳光。偶尔有个行人，不是挑着点什么，便是背着粪筐，乡下似乎没有体面的人，也没有闲逛的人。他想城里。城里的烧饼多么酥！他不饿了，把没吃完的烧饼给了赶脚的。

紧走慢走，晌午了才到十六里铺。十六里铺只是一个小村，在田野里摆着，孤苦伶仃的，村外有条大道，通到黄家镇。把着村口有个小铺，破石墙上贴着“你吸什么烟呀？哈德门！”石头很多，路上的石头缝里有点碎马粪渣儿。路旁高起一块好像用石堆起的河堤，堤上有堆着的秫秸与磨盘。门外有的趴着狗，有的站着一两个小孩，都叼着手指，瞪着眼看他们。门上很少有漆的，屋子都是平土顶，墙多半是石块堆起的。没有悦目的颜色，除了有一家门垛上贴着四个红喜字。也没有什么声音，天赐只听见一两声鸡叫；门外有老人晒暖，叼着长烟袋一声不出。处处都那么破，穷，无声无色，好像等着一点什么风儿把全村吹散了。连树木都显着很穷，树干上的皮往往被驴啃去，花斑秃似的。路旁有个浅坑，坑中水不多，冻成一层黑色的冰，冰上有不少小碎砖块。纪家在坑上的右边，几间小屋在一株老槐树旁藏着，树底下有几只鸡和一只鸭子。驴奔了坑去，孩子们开始跟过来看，大人们也认出来纪妈，大家很亲热的招呼她，可是眼都看着天赐。他滚下驴来，赶脚的把那包点心递给他。他立在坑沿上看着大家，大家看着他，都显着很傻，像邻村的狗们遇到一处那么彼此愣着。

纪老者出来了。他有七十多岁，牙还很齐；因为耳有点沉，眼睛所以特别的精神，四外看看，恐怕有人向他说话。小短蓝布棉袄，没结钮，用条带子拢着，露着胸的上部，干巴巴的横着些铜紫色的皱纹。背微弯了些。

“爹！”纪妈高声的喊。

“哎！哎！”老头子楞磕磕的笑了，眼中立刻有点不是为哭用的泪，“哎！回来了！好！”

“这是福官。”纪妈喊着。

“哎！少爷来了，好！哎，进来吧！长这么高了！”

天赐觉得这个老头儿可爱，他把点心包递过去，可是想不出说什么。

“给你买来的点心，爹！”纪妈扯了爹一把。

“哎，好！好！啊！”爹没的可说，泪落下来一半个。“哎，少爷，还惦记着我，哎，好！进来吧！”

纪妈的男人也出来，跟着三个小孩。他有四十来的岁，高个子，麻子脸，不说话。三个小孩都蓬着头，穿着短袄，有两个裤缝里露着鸡鸡的。

一进门，一大堆粪；粪堆旁立着个女人，比纪妈还老，可是小婶。“嫂子回来了？快屋里去吧！”她赶着去掀北屋的厚草帘子。邻居们也全跟进院来，在粪堆前站着看。爹笑着嚷：“都进来坐！进来！”没人动弹。爹又说了：“不进来，就走！”大家还不动。

屋子是一明两暗，很低很暗，土地，当中供着财神爷的纸龛。纪妈让天赐上东间去，一铺随檐大炕，山墙架着一条长板子，板子上放着一锅盖的棒子面饼，像些厚鞋底儿。天赐找不到椅子，只好坐在炕沿上。墙上有不少臭虫血，还有张熏黑的年画——“恶虎村”，他又遇见了黄天霸。看着这张旧画——天霸的刀上抹了一个臭虫——他又茫然了。没想到过，世界上有这样的人家。

老爹在炕与板案之间转了个圈：“给少爷什么吃呢，哎？老大，先煮几个鸡子去！”老大还没说话，出去找鸡子。三个孩子以为爷爷是疯了，低声的问妈：“妈！妈！怎么爷爷要煮鸡子？鸡子不是留着卖的吗？”妈妈用袖子甩了他们一下子。爷爷没听见可是看见了，以为孩子们是要吃食：“哎，吃饼子吧！拿去吃！穷是穷，有饼子就吃，爷爷可不能饿着孩子们！吃去吧！”一人拿了一块饼子，眼还溜着天赐。纪妈已上了炕：“爹，你吃点心吧，少爷给你买了会子！”爹又笑了：“哎，我吃！我吃！少爷还惦记着我！自从你妈妈死的那年，我没吃过一块大饽饽！什么年月！哎，好！”他可是没去动手，眼睛找了纪二娘去：“二的，你去烧水呀。”纪婶看嫂子穿的头蓝布袄，还沿着青假缎子边，都看愣了。听爹喊，她才想起招待客人。“妞子！”爹在炕席底下摸出五个铜子：“快跑，上小铺买两包高末儿去，高的！哎，早年间，家里哪有没茶叶的时候！”他坐在炕沿上，愣起来。

“爹，二弟还没信？”纪妈问。

爹摇头。纪妈的小叔是当木匠的，自从被大兵拉夫拉了去，始终没有消息。小婶很好，只是爱犯羊角疯，没法儿出去作事。

“今年的地呢？”

“什么？”爹没听明白。纪妈重了一回。“呕，地？咱们那几亩冤孽产又潦了，连根柴火也没剩。租的都收得很好，有八成；可是一交了租……哎，不用提了！你那几块子钱，金子似的，金子！可是这不像句话啊，老在外头，算怎回事呢？哎，我老胡涂了，想不出法子来！”

纪妈也不言语了。

老者抹了抹胡子：“回来先喝点水，吃俩鸡子，少爷！乡下，苦乡下，没的吃！”他和天赐招呼着。

纪家的二三十亩地，只剩了那几亩洼的，没人要。他们租着点地种，可是粮食打下来不值钱！

天赐听着看着，他不懂。在家里，爸老是说钱，几百，成千；这里，席底下放着五个铜子！这里什么都没有，鸡子是为卖的！他摸摸袋中，还有一块多钱呢。他摸着那块现洋，半天；拿了出来，顺着光亮的炕沿一溜，眼看着纪妈：“给老头儿吧？”

老爹的眼光更精神了，声儿也更高：“哎，少爷你收着！你已经给我买了点心！我不能收这块钱！姓纪的一辈子豪横，谁叫——哎，谁知这是怎回事呢？你收着，我要是接你的，我是小狗子！”爹向外边喊：“茶还没得呢，怎么了？”

天赐可更莫名其妙了。这些人，穷，可爱，而且豪横；不像城里的人见钱眼开。可是他们穷，为什么呢？谁知道这是怎回事呢？他又看着墙上的黄天霸，在刀上抹了一条臭虫血。

十八　月牙太太

纪家的鸡子特别好吃，真是新下的。饼子也好，底下焦，中间松，甜津津的有个嚼头儿。大妞们善意的送了天赐块白薯，他可没接过来，嫌他们的手脏。

一擦黑大家就去睡，天赐和老头儿在一炕上。老头儿靠着有灶火的那头儿躺下："少爷，累了吧？歇歇吧！洋油贵，连灯也点不起！哎！"天赐也躺下，原来炕是热的！一开头还勉强忍着，以为炕热得好玩；待了一会儿，他出了白毛汗。仰着不行，歪着不行，他暗中把棉裤垫上，还不行。眼发迷，鼻子发干，手没地方放，他只好按着裤子，身子悬起，像练习健身术。胳臂一弯一伸，肚子上下，还能造一点风。可是胳臂又受不了。把棉袄什么的全垫上，高高的躺下，上面什么也不盖；底下热得好多了，可是上边又飘得慌。折腾了半夜，又困又热又不好意思出声。后半夜，炕凉上一点来，他试着劲儿睡去。

第二天起来，他成了火眼金睛，鼻子不通气。

不行，他受不了这种生活。他想着不发娇，可是纪家的人太脏，他不能受。村里，什么也没有；早上只有个卖豆腐的和卖肉的，据说都是每三天来一次。村口的小铺是惟一的买卖，可是也不卖零吃。纪老头儿急得没有办法，只好给他炒了些玉米花和黄豆，为是占住嘴。村外也没的可玩，除了地就是地，都那么黄黄的；只看见三四株松树，还是在很远的地方。天赐想起年画上有张"农家乐"，跟这个农家一点也不同。这里就没的乐。这里的小孩知道什么是忧虑，什么是俭省，一根干树枝也拿回家去。这里笼罩着一团寒气，好似由什么不可知的地方吹来的。天赐一天也没个笑容。他想家。

住了两夜，纪妈带天赐回了城。纪老者送下他们来，并且给天赐拿了二十个顶大的油鸡蛋。

回到家中，天赐安稳了许多，他一时忘不了纪家那点说不清的难过劲儿；作梦还看见那三个小孩——那个顶小的穿着破花布屁帘，小手拿着块饼子。他细问纪妈关于乡间的事，听得很有趣。乡下是另一个世界：只有人，没有钱。

他要求爸给纪妈长点工钱，爸答应了。爸为什么能这样痛快呢？他不明白。他想象着自己应当是黄天霸，半夜里给纪老头送几块钱去；纪老头是可爱的，可敬的。但这只是想象，没有用处。反过来想到他自己，他又高了兴。他幸而是城里的人，他爸有钱。可是为什么他有钱，别人没有呢？不能想明白了，他只能自庆他的好运气。

过了年他已十五岁，按着年节算岁数。他身上起了些变化：薄嘴唇上的小汗毛稍微重了一些，有一两根已可以用手揪起。喉头也凸出点来，一上一下的很像个小肉枣，说话不那么尖了，脸上起了些红点。身量并没长多少，可是他觉出身上多了一些力量，时常往外涨，使他有时憋闷得慌。他懂得了修饰。自己偷偷的买了瓶生发油，不敢叫别人看见，可是高了兴便叫纪妈闻闻他的头发。很好照镜子，见了姑娘可又不好意思，又愿看又不敢，虽然在镜子中他以为他很漂亮。老多日子也没找“蜜蜂”去，因为那是姑娘。有好些事儿使他心中不安，可是不好意思去问人，连四虎子也不好去问。他觉得自己是往外长，又觉得堵闷得慌。因为这种堵得慌，他把十六里铺慢慢的忘了。他自己是更值得注意的。世界上只有他自己在变化着玩，仿佛是。他不爱从前爱玩的东西了，他爱块漂亮的小手绢，什么背后画着个姑娘的小镜子，偷着吸了半根“哈德门”，晕了半天。没事就擦皮鞋尖。这时候他更爱乱想，越想越寂寞，有时候觉得搂抱谁一下才痛快。

爸愿他去学买卖，好继承那些事业。他记得妈的遗言，作官比作买卖好。他不能决定。有时候他会为自己打算。及至说到真事，他又不屑于细想了。他是少爷。他有时会装作马马虎虎：“学买卖？”他一笑。没意义。和爸要个三毛两毛的在街上转倒也逍遥自在。

既不去学买卖，又一时不能作了官，总得有点事作似乎才对得起爸。既对得起爸，又不失掉自由，还是去读书。可是学校没意思，老师不好，同学也不好。现在的天赐不是以前的天赐了，不能再到学校去当小菜碟儿；要上学校去的话，他应当作主任！他见过世面了：死过妈妈，顶过灵，上过十六里铺，骑过驴，买过生发油！什么他不懂得?！他不要再上学校。其实呢，他心中也有点怕。两件事使他想起就怕，妈妈的死和学校里的冷酷。顶好还是请位先生，在家里读书，爱读什么就读什么，不必学算数，上体操。

不过，他不能直接和爸说去，他学会了留心眼。叫四虎子去说，要碰了钉子反正是四虎子碰。他还得运动四虎子一下，送给他点礼物。是的，送了礼便好说话，妈妈活着的时候不老这么办吗？

“虎爷！”这是他新创造的名词，很有些男子气：“过了会子年，还没送你点礼物呢！要什么？说吧！”揪起嘴上一根小毛，作为是胡子。

“别瞎扯淡，这两天心里不痛快！”四虎子出的气很粗。

“怎么了，虎爷？”

“怎么了？我不干了，伺候不着！”四虎子越说越上气。

天赐愣了，没有四虎子便没了世界，四虎子不是最老最老的朋友么？

“我告诉你，”四虎子看天赐愣住，心中舒服了些：“自从有你的那年，死鬼老太太就说给我娶亲。今年你十几了？”

“十五。”

“我娶了媳妇没有？”

天赐摇头。

“完啦！我告诉你，钱要是在人家手里，媳妇就娶不上。我看透了！不干了，不伺候了，我四虎子离了牛家还吃不了饭是怎着?！”

天赐看清楚牛家不对，可是不甚明白到底娶媳妇为什么这样重要，至于使四虎子这么着急。设若四虎子必得要媳妇的话，他自己也应当要一个。媳妇不就是姑娘，而姑娘不是很好看么？“虎爷，我跟爸说去，咱们一人娶一个；要不然的话，一人娶俩；大狗子他爸不是有俩媳妇么？”

“别胡扯，”四虎子可是笑了，“我这儿是说真事儿呢。我不能跟别人说，你是我的老朋友，是不是？我就能跟你说。”

天赐板起脸来，心中十分高兴，身上似乎增加了分量。老朋友，一点不错！“虎爷，我真跟爸说去。”

虎爷又觉得不好意思了：“可是，可是，别说是我叫你去的，那多没脸！”

“说谁的主意呢？”

“干脆吹了吧，没媳妇就没有，认命！”虎爷又软了。

“对啦，让纪妈去说！老朋友？好啦，哎！”他点着头，学着纪老者，“我也求你点事。”

“说吧，什么事都行，咱哥俩的话！”

天赐把要请位先生的意思说明，虎爷答应给办。二位老朋友非常的痛快，由天赐出钱请虎爷吃了两串冰糖山楂，代替送礼。

两边的话都到了爸的耳中，爸照例允准，只是没主意。请谁教书呢？说谁家的姑娘呢？俱无办法。

天赐认识个姑娘——“蜜蜂”，马上推荐。爸觉得很好，“蜜蜂”已经十六岁，按照云城的办法是满有当媳妇的资格。可是老黑不愿意，嫌虎爷的岁数太多。他愿把蜜蜂给天赐，可是牛老者又不愿意，因为老黑在商界的地位太低。末了还是由纪妈为媒，在十六里铺说了个姑娘，据说人材本事都好，就是嘴不十分好，歪着。虎爷倒不在乎这点，自要人好就行。天赐不大赞成，一听十六里铺他就堵得慌；可是老朋友既然愿意，他也就不便多说，反而想象着十六里铺的好处：“虎爷，那儿还有驴呢，不坏！”亲事就算定了，纪妈兼了媒人，身分猛进。

四虎子是三月里结的婚，天赐在四月才找到了先生。这位先生姓赵，大学毕业，好念书，会作诗，没事作，挺穷。赵先生在学校里教过几次书都失败了，他管不住学生。他的脑袋不知怎长的，整像头洋葱，头顶上立着几根毛儿，他可是很会教天赐。他和天赐说开了：你爱念什么就念什么，不明白的问；不问也没关系。天赐很乐意这么办。每天有一课叫作“思想”，师生相对无语，各自想着心事。想完了就讨论，想不出就拉倒。天赐想改造十六里铺，先修一条马路，赵先生给补上：马路两边得有树和流水。天赐很佩服赵老师，问他一切的问题，老师都有的说。天赐念小说，老师敢情能背《红楼梦》！爸要来查看，天赐就练字，老师教他写魏碑。爸走了，师生就研究林黛玉的性格与习惯。老师会说：“你闭上眼想想看！”一闭上眼，天赐很会想象，他看见了黛玉！他很想找“蜜蜂”去；蜜蜂可是不会黛玉那样呢！大概世界上没有第二个黛玉了，除非再想出一个来。他想，他拿笔瞎写，有一天写了篇“蜜蜂”，赵老师很夸奖，叫他再去看她，回来再写。他找了她去。“蜜蜂”已长成个大姑娘，脸似乎长了些，也不光着脚，黑眼珠还是那么黑，可是黑得不能明白了。她走路非常的轻巧，大脚片不擦地似的。天赐不敢多看她，她不是先前那样自然了，她会笑出点什么意思来。天赐回来了，皱着稀眉毛想：假如“蜜蜂”的嘴再小一点，鼻子再长出一分，然后配上那俩黑眼珠？那一定更好看。蜜蜂得光着脚，在河岸上，绿阴凉底下，不出声的轻走！好了，他就这么写了一篇。赵老师说：“这就对了，这就是文学，你明白了没有？可是你没写出个主点来，‘蜜蜂’哪儿最好？当然是那对眼，黑的，怎个黑法？”他等着天赐自己想。

“黑得像——墨！”

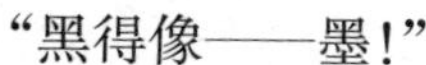

老师摇头。

“黑得像——夜里！”

老师拍了桌子：“河岸上，绿阴凉下，眼黑得像夜里！天赐你行了，你比我高！你猜我想象什么？像两颗黑珠子。珠子是死的呀，夜会动会流，流到不知道多远，是不是？”

天赐明白了，他也学着作诗，没人管他，他自己会用功。他什么都细心的看，而后去想。他管四虎子太太叫“月牙太太”，因为她的嘴歪；虎爷差点恼了他。虎爷说天下的歪嘴要算他的太太第一，天赐说月牙也只有一个，于是他们照旧是好朋友。

爸很怀疑赵老师到底教了些什么乱七八糟。他和老师谈，老师夸奖天赐有天才。爸不懂。老师拿出天赐的文章来，爸才相信天赐的书没白念，有一篇文章用了六张红格子纸！爸没看说的是什么，数了数字数，够一千五百字！“一千多字！这简直是作论了！”赵老师笑了：“有三年的工夫，他什么也会作了！”

“可也别太累了他，”爸转了念头，“我就有这么一个小子！作论累心哪!”爸信服了赵老师，也替儿子骄傲。逢人必说天赐会作论。天赐也很高兴，遇上爸叫他作点事的时候，他会说：“别，别乱了我的心思，正在这儿作论!”

十九 诗人商人

跟赵先生一年多，天赐在文字上有了很大的进步，写得也怪秀气。爸的铺子的春联都由他写，伙计们向他伸大拇指，他怪害羞的挺得意。

爸承认赵先生是好老师；可是在另一方面，他发现了：书房中的书籍增多了，但是短了别的东西。桌上的磁瓶，铜墨盒什么的都不见了，天赐使着个小粗碟子当砚台。爸追问四虎子，虎爷不知道。问天赐，天赐笑了。老师没钱买书或别的东西，便拿起点东西去卖掉。

“为什么不跟我要钱呢?”爸糊涂了。

“赵先生说了，屋里东西多，显着乱得慌!”

“可那是我的东西!”爸倒不在乎那点东西，他不喜欢这个办法。

“卖了你的东西和向你要钱还不是一样?”天赐完全投降了赵老师。

“在我的门口卖东西?!”这太丢人了，爸以为。

“常卖着点，老师说，好忘不了穷；穷而后工!”天赐非常的得意：“前天，我把皮鞋卖了，卖了一块半钱；我请老师吃了顿小馆，老师很喜欢!”

“你是我的儿子，还是他的儿子?”爸的脸沉下来。什么都可以马虎，可不是这么个马虎法，这是诚心教坏!

天赐没回答出什么来，他晓得妈与爸的规矩，但是赵老师的办法更有意思。这能使他假装穷，而穷得又不像纪家那样。这是卖了皮鞋去吃小饭馆。赵老师是真穷，天赐得陪着。就是赵老师的穷，虽是真的，也非常的好玩。赵老师会卖了铜墨盒买本小书，而后再卖了书买烟卷。由爸与十六里铺，他明白了钱的厉害；由赵老师，他得到个反抗钱的办法，故意和钱开玩笑。钱自然还是好东西，可是老师的方法使钱会失去点骄傲，该买书的偏买了香烟，用鼻子向钱哼几声！肚子饿了就卖棉袍，身上冷就去偷煤，多添点火，老师有办法，而且挺快活。

爸受不了这个：“好吗，先生还偷东西，教给孩子卖皮鞋？我只懂得买，不准卖！”爸非辞赵先生不可。纪妈以为爸是对的，他们偷煤，而且把没点完的洋蜡放在地上喂老鼠！碟子当了砚台，筷子当作通火的铁条，因为铁条与铲子都没了影！

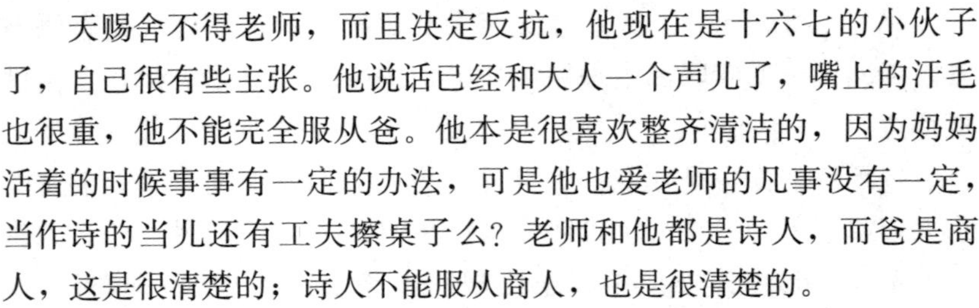

天赐舍不得老师，而且决定反抗，他现在是十六七的小伙子了，自己很有些主张。他说话已经和大人一个声儿了，嘴上的汗毛也很重，他不能完全服从爸。他本是很喜欢整齐清洁的，因为妈妈活着的时候事事有一定的办法，可是他也爱老师的凡事没有一定，当作诗的当儿还有工夫擦桌子么？老师和他都是诗人，而爸是商人，这是很清楚的；诗人不能服从商人，也是很清楚的。

虎爷怕事闹僵了，出头调停，以后不准他们再卖东西，由他把守大门，担任检查。爸也不要再生气，因为虎爷相信天赐既会作论，将来必能作官。赵老师算是没被逐出去，遇到该卖东西的时候，不等虎爷检查出来，就先声明：“出去创造点钱，远远的，不在门口卖！”虎爷也就不深究，因为他也觉得有些东西早就该卖，堆着只管占地方，没别的好处。况且老师卖了东西还请客呢，虎爷常吃他的水果与零食；嘴上得到便宜，眼睛还能不闭上么？

爸还有个不满意的地方——天赐常去看“蜜蜂”。天赐很喜欢找她去，她现在已是“夜里的蜜蜂”。老黑夫妇没工夫管孩子们，由着他们的性儿反。天赐也跟着他们反，而且和“蜜蜂”特别的亲密。他不嫌他们脏了，因为他自己也学着赵老师的样子，不再修饰；他那瓶没有用完的生发油早送给了“月牙太太”。他喜欢蜜蜂的什么也不知道，他背诗，他念“记蜜蜂”，她都睁大了黑眼，“哟！挺好听！”他学着小说上的语调对她说：“我与小姐有一度的姻缘！”她还是“哟，很好！”她可是长了本事，也会用针给弟弟们缝补袜子什么的，头发上往往挂着点白线头儿，天赐替她取下来，摸摸她的头发，她也不急。下雨的天，她还是光了脚。

爸有回到老黑铺子去，遇上了他们在一块玩。爸叫天赐回家。天赐看爸的神色不对，没说什么回了家，和赵老师讨论这件事。赵老师说，没有女的就没有诗，诗人都得爱女人！姑娘是杨柳，诗是风，没有杨柳，风打哪里美起？天赐问老师怎不去找女人？老师说被女人打过一个很响的嘴巴，女人打嘴巴如同杨柳的枝子砸在头上，没意思了。

爸没再提这回事，可是暗中给天赐物色着媳妇；跟老黑家的孩子打连连①，没有好儿。

爹近来确是长脾气，他总好叨唠。他爱和天赐闲谈，可是谈不到一处；天赐有时候故意躲着爸，而爸把胡子撅起多高。爸似乎丢了从前那个快活的马虎劲儿。年岁越大越关心他的买卖，而买卖反倒不如以前那么好了。三个买卖在年底结账的时候，竟自有一个赔了的。爸一辈子没赔过，这是头一次。为什么赔了，爸找不出病根来。他越闷气越觉得别家买卖不像话，没有规矩。可是人家那不像话的赚了，他赔！他觉着云城的空气也不怎么比从前紧起来，作买卖的大家拼命的争赛，谁也不再信船多不碍江这句话。大家无奇不有的出花样，他赶不上人家，也不想赶；想赶也不会！钱非常的紧，乡下简直没人进城买什么。他相信那些老方法，在相当的程度上他也货真价实。可是他赔了钱。那些卖私货的，卖假货的，都赚。商人得勾结着官府，甚至得联着东洋人。而且大家都打快杓子，弄个万儿八千，三万二万便收锅不干了；他讲老字号，论长远，天天二三十口子吃饭，不定卖几个钱呢！他不明白这是怎回事，正如纪老者不明白乡下为什么那样穷。人家卖东洋货，他也卖，可是他赚不着。人家减价，他也减价，还是没人来买他的。他用血本买进来，他知道那些洋钱是离开了云城，而希望再从乡间送来；乡下只来粮食，不来钱。乡下人卖了粮，去到摊子上买些旧衣服，洋布头，东洋高粱粉条，不进他的铺子来。他一点也不敢再像从前那样大意，他也赶着买，赶着卖，可是赶不上别人。人家包卖一大批胶皮鞋，个巴月的工夫干拿走三四万；他批了一角，没人问。人家是由哪儿批下来的？他摸不着门。他赔着卖也没人家的

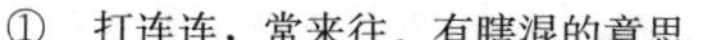

① 打连连，常来往。有瞎混的意思。

贱。他有门面，人家雇几十人满街嚷嚷。他得上房捐铺捐营业捐赈灾捐自治捐，人家不开铺面。以前，他闭着眼也没错，自要卖就能赚，而确是能卖。现在，他把眼瞪圆了，自己摸着算盘子儿，没用。他只能和些老掌柜们坐在一块儿叹息。他们都不服老，他们用尽心思往前赶，修理门面，安大玻璃窗，卖东西管送去，铺中预备烟卷，新年大减价，满街贴广告，没用。赚钱的就是洋人的买卖，眼看着东洋人的一间小屋变成了大楼，哈德门烟连乡下也整箱的去。他惟一的安慰是看着新铺子开了倒，倒了又开；他的到底是老字号。可是假若老这么赔下去，他也得倒！作了一辈子的买卖，白了胡子而倒了事业，他连想也不敢再想了。而天赐偏不爱学买卖！他怎能不叨唠呢？

天赐听说这个赔钱的消息，忙去告诉老师，老师很高兴。“这与咱们有什么关系？不但没关系，而且应当庆祝商业精神的死亡。咱们打点酒庆贺这个？”

“可别叫爸知道了！”天赐小心一些。

“其实他应当欣赏此举。钱在哪儿心就在哪儿。三个铺子都倒了，岂不完全省了心，作了自由的灵魂！”

赵先生说的确是有味，可是天赐到底有点不放心：“假如爸的买卖都倒了，我怎办呢？”

“那有什么难办？一对儿流浪诗人，完了。天下到底是穷人多，我们怕什么呢？”

这个又打动了天赐的幻想：赵老师，蜜蜂，虎爷和虎太太，他自己，都在四处漂流。都光着脚，在树荫下，叫蜜蜂捞点鱼，大家吃吃，倒也自在。这种生活必定比处处有拘束，有规矩强。

尤其使他高兴的是他的一小篇小文，由赵先生给寄到天津一家报馆去，居然在文艺栏里登出来。报馆给他寄来三份。看见自己的名子印在纸上，他哆嗦起来。自幼儿除了虎爷敬重他，到处他受人欺侮，私孩子，拐子腿，被学校开除。现在他的名子登在报纸上！他觉得爸的财产算不了什么，最有价值的是名，不是利。报纸上有自己的名子，大概普天下都知道了。继而一想，也许不能，在十六里铺就没看见有报纸，老黑铺中的报纸只为包裹铜子。云城的人家里，据他所知道的，就很少有书有报的。云城那两份小日报，除了一些零七八碎的新闻，和些大减价的广告，只有剑侠小说还有点人看。赵老师管这些小说叫作“黄天霸文艺”，连报馆都该烧了。可是他自己这种“非黄天霸文艺”有什么用呢，谁看呢？天赐怀疑了：假若没人读，写它干什么呢？还是钱有用，至少比文字有用。这他可不敢和赵老师说。

到了八月节结账，三个买卖全不赚，只将够嚼谷。这比赔了还难过。一个商人的心里只有两面，赚或赔，如同日之与夜。不赚不赔算怎回事呢？说着都丢人。会作买卖的才敢赔。牛老者的气色很难看，他的圆脸瘦了一圈，背弯了许多。可是他还挣扎。夜里睡的工夫越小，他越爱思索。他很想照着从前那样马虎，可是作不到。从前瞎碰出来的成功，想起来使他舒服些，自己一笑；及至拿从前的年月和现在一比，他茫然了。他觉着心中堵得慌。一到天亮他就再也睡不着，起来在院中走溜儿，他咳嗽。

天赐的心软了些。他得帮助爸，爸需要同情。他不能一天到晚作诗人。作诗人不过是近来的事，妈妈管了他十多年，妈妈不是一切都有办法么？

他和爸说了，他决定帮助爸。爸笑了。可是他能帮助什么呢？细一想，他什么也不懂，十六七年的工夫白活。手艺没有，力气没有，知识没有。他是个竹筒儿！该感激的还只有赵老师，只有赵老师教给他一些文字，其余的人没教给过他任何的东西。大概他只能等着作官或作诗人了！他没有办法，承认了自己的没用。

算了吧，先睡个觉去！他把头蒙上，睡了个顶香甜的大觉。

二十　红半个天

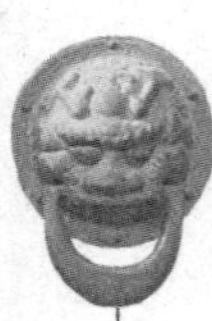

转过年来，赵老师自动的不干了。他的一本小说印了出来，得了二百五十块钱。“天赐，我创造出钱来了，想上上海；跟我去？”

天赐听到“上海”，心里痒了一阵。但是他不能去，他到底是商人的儿子，知道钱数；二百五不是个了不得的数目。妈妈死的时候，花了一千多，棺材寿衣还不在内。更使他惭愧的是他分三别两，谁的是谁的，妈妈的教训；他不能跟赵老师去，完全花老师的钱。老师要是花他的倒无所不可，他到底比老师阔，虽然钱不在他手里。他向老师摇头。

“二百五十块大洋，在上海可以花几天，”赵老师把烟卷吃到半根就扔了，“上海，醇酒妇人，养养我的灵魂！”

天赐不想说而说出来了：“钱花完了呢？”

“钱既是为花的，怎能不完？完过不止一次了。想当初，爸死，给我留下好多钱，不知怎么就完了。有钱就享受，没了钱也享受，享受着穷，由富而穷，由穷而富，没关系。就怕有了二百五而不花，留着钱便失了灵魂！你不去？吾去也！虎爷呢？得请请虎爷。”赵老师给了虎爷五块钱，没给纪妈任何东西，他不喜欢纪妈。

天赐以为老师必定打扮打扮，既然是“发了财”。至少应整理整理东西，既然是要走。老师没事人似的，吸着烟卷。下半天，老师空手出去了，一直等到吃晚饭的时候还不回来。天赐在书房的墙上找着个小纸条：“销魂者唯别而已矣，再见！”据四虎子说，他看见老师出去，可是没说话，眼睛红着点。天赐没吃晚饭。

这次的寂寞是空前的。他不是小孩子了，不能有点玩艺就满意的玩半天了。他要朋友，不是学校中拜盟兄弟那种朋友，是真朋友。虎爷与纪妈在感情上是朋友，可是他们与他谈不到一处了。“蜜蜂”也失去魔力，既不“记”蜜蜂了，她由想象中的价值落下来许多；她的美一大半是由他创造的。赵老师走了，没人再陪着他白天作梦玩了，她还是她。过去是一片没有多少意义的恐怖；将来怎样他还不甚关心，可是也不光明，自己到底去作什么呢？他不明白这个世界，云城是这样，十六里铺是那样，怎回事呢？只有赵老师能给他一些空虚的快乐，虽然是空虚的。他似乎看明白了他没法对实际的问题发生兴趣。只有在瞎琢磨的时候，他心中仿佛能活动，能自由。到了真事情上，他不期然而然的要抓住妈妈那些规矩，云城那些意见，爸的马虎。他“自己”想不出高明主意来。他不会着急，蒙头大睡是最大的反抗。

对着镜子，他好像不认识自己了。眉毛多了些，嘴上有一半圈小毛，薄嘴唇有了些力量，鼻子可是不似先前卷得那么有劲了。脸上找不出一些可靠的神气，眼珠黄了些。“自己”是丢失了些，也没地方去找。有时候他坐在书房里，一坐便是半天，想起王老师，米老师，学校那些位老师，和赵老师。他们到底都是干什么的呢？不明白。米老师的嘎唧嘴法使他发笑而又害怕。有时候他想写一点什么，费了许多的纸，什么也写不成。往往一个字使他想一天，结果是蒙头去睡，那一个字断送了一大篇文章，说不定那是多么美的一篇呢！一个字！

这个时候——天赐十八岁——云城起了绝大的一个变动。男女可以同学，而女子可以上衙门告爸爸或丈夫去！自然男女兼收的地方是男的女的都不去，而衙门里也还没有女子告爸爸的纪录，可是有了这么股子“气儿”了。云城在新事情上是比别处晚得许多的。这股子气儿使老年人的胡子多掉了许多根；带着怒气抹胡子是不保险的。妈妈们的心整天在嗓子眼里，惟恐儿女作出不体面的事来。有好多人家的子女就退了学，而学校教员改行教私学的也不少。云城的规矩是神圣的老人们尽了抓钱的责任，所希望于儿女的就是按着规矩男大当娶，女大当聘，而后生儿养女，乖乖的很热闹。年轻的人们，大多数是随着父亲作买卖的，对于这个新事也反对，可是乐意看看：街上有一对男女同行，使他们的眼睛都看流了泪，酸酸的很痛快。干这路新玩艺的只是些学生。学生们开会，学生们走街，学生们演说，学生们男女混杂。连被强迫退了学的学生也偷偷的出来参加。不久就由人们造出个名词来——“闹学生”；和闹义和团，闹鬼子，闹大兵的闹是一个字。学生们也确是很喜欢这些事，他们跟爸要了钱出来，而后在爸的门前贴上“打倒资本主义”，很有趣。老人们越瞪眼，他们越起劲。

天赐的心跳起来，他看着他们，居然有了穿洋服的！他咽了唾沫。这才是生命！不受家庭的束管，敢反抗，所谈的是世界，国家，社会；云城算得了什么？他忙去理发，理成“革命头”，又穿上了皮鞋，在街上听着看着。他敢看女人了，女人也看他，都是女学生！在打扮上他是可以赶得上他们的，只可惜他不在学校里，不能参加他们的集会与工作。

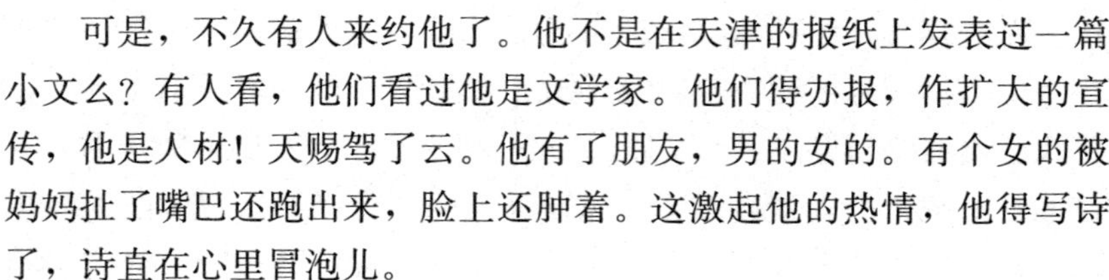

可是，不久有人来约他了。他不是在天津的报纸上发表过一篇小文么？有人看，他们看过他是文学家。他们得办报，作扩大的宣传，他是人材！天赐驾了云。他有了朋友，男的女的。有个女的被妈妈扯了嘴巴还跑出来，脸上还肿着。这激起他的热情，他得写诗了，诗直在心里冒泡儿。

千金的嘴巴，
桃腮上烧起桃云；
烧吧，烧尽了云城，
红半个天！

天赐作的。挂在大家的口上。有人批评“千金”用的不妥，他为自己辩护，说这是双关语，既暗示出这个嘴巴的价值，又肯定的指出女性；这是诗！他辩论，自傲，想象他的伟大。连赵老师也没他强了，他是革命的，赵老师不过会受穷。他爱国，爱社会，可怜穷人。这在云城是极新颖的事。云城的人没有国，没有社会，穷人该死。他的眼光很远，他是哲人，他不知道自己是怎回事。

“闹学生”正在热闹中间，北方起了内乱。云城人最怕战事，因为一打仗不但买卖受损失，他们还得凑军饷，上临时捐，分认军用票。虽然在战前战后他们可以抬高物价，勒死穷人，但究竟得不偿失，而且不十分像买卖规矩。云城是崇拜子贡的，“孔门弟子亦生涯”，如果能保存点圣贤之道，也不便完全舍弃；假如不能，也就无法，不是他们的错儿。他们永远辨不清这些内战县谁跟谁打，也不关心谁胜谁败，他们只求军队不过云城；如若过来，早早过去。他们没有意见，只求幸免。如有可能，顶好挂挂日本旗子。

听说军队已到了黄家镇，一催马便是云城。使天赐大失所望。学生们不闹了。他还在想象中，正在计划一些宣传的文章。不知怎的大家都散了。他在想象中，对于真事的觉到就比别人迟得多。他在真事中，他比别人的主意少得多。大家散了以后，有人说已听见了炮声，他才醒过来，一点主意没有。

爸忙起来。他不怕炮声，听惯了。他怕炮打了他的铺子。爸忙叫天赐去帮忙，天赐插不上手，也插不上嘴。他在这时节既不能作诗，又不能作事，只会给人家添乱，一着急会平地绊个跟头。他饿的比别人早，还得别人伺候着。在忙乱中他不自觉的讲款式；他忘不了妈妈的排场与规矩，除非在想象着当野人或诗人的时候。伙计们尊敬他，伺候他，他是少爷。他觉得这也倒还有趣，闹学生他是人材，闹大兵他是少爷，左右逢源。

自要战事在云城一带，谁都想先占了云城；这个城阔而且好说话：要什么给什么，要完了再抢一回，双料的肥肉。兵到了！多数的铺子白天已关上，只忙了卖饼的，县里派烙，往军营里送。饼正烙得热闹，远处向城内开了炮。城内的军队一手拿着大饼，一手拿着枪，往城墙上跑。有的双手都拿着饼，因为三个人抱一杆枪。城外的炮火可是很密。打了一天，拿大饼的军队势已不支，开始抢劫；正在半夜，城的各处起了火。牛老者在家中打转，听着枪声，不住的咳嗽。远处有了火光，他猜测着起了的地方，心里祷告着老天爷别烧他的铺子。天赐很困，但也睡不着，他看着爸，心里十分难过，可是想不出怎样安慰爸来。纪妈，虎爷夫妇，也全到前院来，彼此都不愿示弱，可是脸上都煞白。

“福隆完了！”爸欠着脚向南看：“一定是！”爸哆嗦起来。

“不能……不能是福隆！”大家争着说。

“我的买卖，我还不知道在哪块？是福隆，三十多年的买卖！虎子，你扶我上墙看一眼！”爸哆嗦的很厉害，出入气很粗，可是他要上墙去看。

“爸，我去!”天赐不能不冒险了，枪子还直飞呢。

“你去看吗？你那两只眼!”爸不信认任何人的眼。

天赐没法，他只知道福隆在南街上，真测不出距离来。

爸非上墙不可，福隆烧起来，他只能对枪子马虎了，他必须亲眼看看去，他准知道福隆是在哪角。

天赐拿着灯；虎爷扶着牛老者，登了一条长板凳。爸上不去，他哆嗦，张着嘴，头上出着冷汗。扶着虎爷的手，他喘；憋足了气，借着虎爷的力量，上去一只腿。就那么一脚在上，一脚在下的歇着，闭上了眼。他积储力量呢。猛的，他那哆嗦着的手握紧虎爷的，想再上那一只脚。拍拍拍拍一阵机关枪！虎爷也出了汗：“下来吧，鸡冠子枪!”老头不语，一手扶墙，一手握住虎爷，还往上去。到底他上去了，咳嗽了一阵，手在墙头上抓着，死死的抓着，他看见了。南街的道东，红了一片，大股的黑烟裹着黑团与火星往高处去；黑团与火花起在半空，从烟中往下落；烟还往上升，直着的，斜着的，弯弯着的，深黑的，浅灰的，各种烟条挤着，变化着，合并着，分离着。忽然一亮，烟中多了火花火团，烟色变浅。紧跟着火光低下去，烟又稠起来，黑嘟嘟的往上乱冒，起得很高，把半天的星斗掩住。空中已有了糊味。那是福隆和它左右的买卖。没有人救火，自由的烧着。他像木在那里，连哆嗦也似乎不会了，只有两只眼是活着，看着三十多年的福隆化成一大股黑烟，弯弯着，回绕着，汹涌而又依依不舍的往北来，走着走着还回回头。

虎爷虽然是双手扶着他，架不住他的上半身猛的往下一倒，他摔了下来。天赐叫了一声，灯落在地上。全是黑的，只是天上隐隐的有些浮光，飞着纸灰。

二十一　人面桃花

战事完了。云城果然红了半个天，应了天赐的诗句。爸的福隆只剩下点焦炭与瓦块。重要的账簿与东西，在事前已拿了出来；货物可全烧在里面。爸从前的马虎是因为他有把握，那是太平年月，眼看着福隆完了，他觉得无须再活下去了。这几年他不敢马虎，而结果反倒是这样，对于买卖与他自己完全不敢信任了。火是无情的，枪子是没眼睛的，他的老年是在火与枪弹中活着，没想到过！他病了一大场。

天赐多少日子也没到书房去，他不能再作诗。他对不起爸，不应当作那“红半个天”的句子。他对不起云城，南街北街烧了两大片，最热闹的地方成了土堆。在作诗的时候他小看云城；当云城真受了伤，他反倒爱它了。不该诅咒这个城，他觉得。他不敢多上街去。营商是他所不喜欢的，但是随便把别人的房子烧了，他简直没想到过；他后悔作过那样的诗。他到底是爸的爱子，感情使他怜惜着爸。他很细心伺候爸，惟恐爸就这么死了。妈妈是为替他争气而死的；不能再把爸咒死。他觉出他的矛盾来，可是没法调和；爸的病是真的，不能因为爸的志愿不高尚而不管，他没有那样的狠心。听着爸在床上哼哼，他不能再逃往诗境；生死是比柳风明月更重大的，虽然他不甚明白关于生死的那些问题。

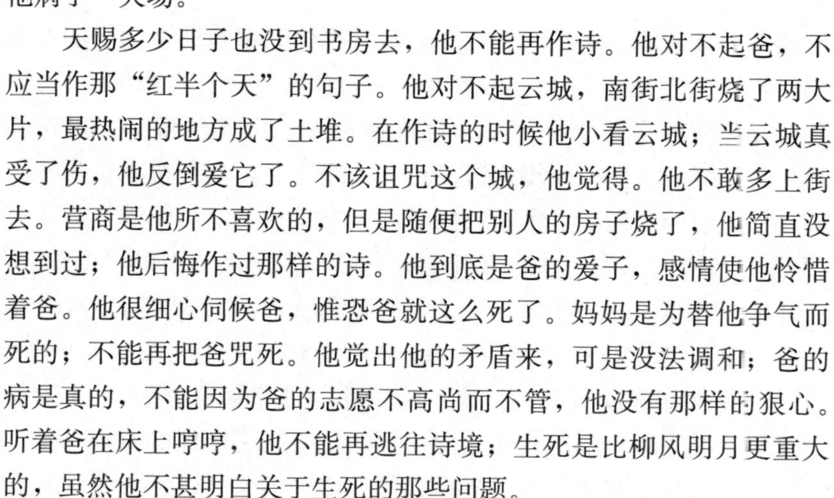

学生们耻笑他，说他开倒车去尽孝道。赵老师来信，说他不同来上海是他的不伟大；干什么就干什么；脚踏两只船是不可能的。天赐不理他们，由他们说去，先看爸的病要紧，这是种责任。

爸的病慢慢的好上来。没人在他面前敢提“福隆”。他自己反倒笑了：“你们都不提福隆，好！其实，算什么呢？在病里我琢磨出来了：我没本事，一向马马虎虎，运气叫我赚了俩钱。后来我打算不马虎了不是，福隆倒连根烂了。我不明白，我也不想明白。还是马虎好，老了老了，何必呢?!”

他虽是这么说，大家谁也不信。及至他能出去活动活动了，总绕着走，不由福隆的火场经过。他拄上了拐杖，一边走一边和自己说，白胡子一起一落像个白蝴蝶。他念道“福隆”呢!

爸能出去活动，天赐也又有了事作。他加入了云社。这是云城几家自古时就以读书作官为业的所组织的诗社。社里的重要人物的门前差不多都悬着“孝廉”，“文元”等字样的匾。他们走在县衙门前咳嗽的更响亮，走在商会事务所外鼻子哼出凉气。他们的头发虽剪去，可是留得很长，预备一旦恢复科举好再续上辫子。他们的钱都由外省挣来；幼年老年是在云城，中年总在外边；见过皇上与总统的颇有人在。他们和云城这把儿土豆子没来往。天赐本没资格加入云社，可是经小学的一个同学的介绍，说他是孝子，并且能诗，虽然是商家的子弟，可是喜欢读书，没有一点买卖气。所以他们愿意提拔他。这个同学——狄文善——虽也才二十上下岁，可已经弯了腰，有痰不啐，留着嗽着玩。云社是提倡忠孝与诗文的，所以降格相从许天赐加入。云社每逢初一十五集会，他们不晓得有阳历。集会是轮流着在几家人家里，也许作诗钟，也许猜灯谜，也许作诗，有时候老人们还作篇八股玩玩。天赐这又发现了个新世界，很有趣。这里的人们都饱食暖衣的而一天发愁——他们作诗最喜欢押“愁”，“忧”，“哀”，“悲”等字眼。他们吸着烟卷，眼向屋顶眨巴，一作便作半天，真“作”。什么都愁，什么都作。天赐第一次去，正赶上是作诗，题是“桃花”。他学着他们的样子，眼向上眨巴，“作”。他眼前并没有桃花，也不爱桃花，可是他得“作”。大家都眨巴眼，摇头，作不出。他觉得这很好玩，这正合他的胃口，他专会假装。他也愁起来。愁了半天，他愁出来四句：“春雨多情愁渐愁，百花桥下水轻流，谁家人面红如许，一片桃云护小楼。”他自己知道这里什么意思也没有，纯粹是摇头摇出来的。假如再摇得工夫大一些，也许摇出更多的愁来。他不能再摇，因为头已有点发晕。及至一交卷，他知道他有了身分，这些老人——原本没大注意他——全用一种提拔后进的眼神看他了。他开始以为他的诗有点意思，可惜头摇得工夫小了些！老人们爱那个“愁渐愁”。有个老人也押愁字，比天赐的差得多——“流水桃花燕子愁”。可是大家闭上眼想了半天，然后一齐如有所悟：“也很深刻!”老人自己想了想：“谁说不是!”天赐也闭眼想了想，或者燕子也会愁，没准。

除了作诗以外，天赐还看到种种的新事，人家屋中有古玩，有字画，果盘中摆着佛手。人家喝茶用小盅，一小盅得喝好几次。人家说话先一咧嘴，然后也许说，也许不说。人家的服装文雅，补钉都有个花样。人家不讲论饭馆子，而谈自家怎样作小吃。人家的笑带钩儿，还带着“我看不起你”的意思。人家什么事都有讲究。人家称呼他“赐翁”!

他也得那样，当然的。这些人与赵老师不同而且更好了：赵老师不讲究衣服，这些人也穿得很随便，可是这些人在不讲究中有讲究；他们把绸子作里，而拿布作面，雅。赵老师三个月不理发是常事，这些人的发也很长，可是长得有个样子，不使油而微有些香水味。他们不穿皮鞋，可是穿丝袜子；老式的千层底缎鞋，丝袜，有种说不上来的调和与风雅。这是妈妈的办法，而加上点更高的审美，这像桂花，花朵不鲜明而味儿厚。天赐爱这个。妈妈对了，人是得作官，离开云城去作官，见过皇上或总统的人毕竟不凡。这些人看不起白话文，白话诗，连读小说都讲究唐人作的。他很惭愧他作过白话诗。这些人看不上男女同行，他们讲究纳妾，纳妾好作诗，风流才子。他们不问他的家事，不问家中有什么财产；他们偶尔谈到钱，是说有件古玩已见过二千五还没卖。他们能拿起件古东西而断定真假。他们差不多都会画山水，自己夸奖着，他们懂得医术，自己能开方配丸药。他们提到一个人，先说一大套官衔，哪年哪月升的，哪年哪月撤差，都丝毫不乱。他们管本县县长叫“徐狗子”。

他回家就脱了皮鞋。看屋里，俗气通天！登上椅子把“苏堤春晓”的镜框扯下来，扔在厨房去。他得去设法弄字画，如一时没有钱买古玩的话，佛手是必须摆上的。他自己的服装是个问题，即使爸给钱，他不晓得怎样去做，也叫不上来那些材料的名儿来。

狄文善给他出了主意，叫他到元兴估衣铺去买几件“原来当”的老衣服，如二蓝实地纱袍子，如素大缎的夹马褂；买回来自己改造一番，又经济又古气。狄文善随着他去，给他挑选，给他赊账，再给他介绍裁缝铺。天赐没钱没关系，狄文善愿借给他；要不然，狄文善就全给他赊下，到节下把账条直接送给爸——一个才子给爸拉点账是孝道的一种，天赐爱这个办法，这可以暂不必和爸直接交涉，等账条到了再说。狄文善什么都在行，而且热心；什么老铺子都赊得出东西来，而且便宜。铺子里都称呼他“二爷”，他们给二爷沏茶，让二爷吸烟，陪着二爷闲谈。二爷要赊账，他们觉到无上的光荣。二爷弯着点腰，看他们的东西都有毛病，他咳嗽着，摇头，手指轻弹着象牙长烟嘴。二爷挑好东西只说一句“节下再算”。他们把二爷送到门外。

天赐打扮上了，照了照镜子——不像样！扁脑杓，拐子腿，身腔细，穿上古装，在满身上打转；真像穿上了寿衣。二爷给他出主意：“弯着点腰，以软就软，以松就松；再摇着点，自然潇洒。”天赐摇起来，果然是脱了俗气，和吕洞宾有点相似！初在街上摇摆，大家看他，他要害羞；和二爷走了两趟，他的鼻子利用原来的掀卷顶到了树尖上去，闻着仙人在云中留下的香气。他的脚尖不往一块碰了，因为用脚踵走，走得很慢很美。扇子之类的小零碎，在云城不易买到古式的，二爷有时送给他点小玩艺，有时卖给他。卖给他的，并不当时要钱，也不说价，二爷不是商人：“先拿着用吧；这把扇子还是祖父在杭州作官时买的，画得好，写的也不坏。扇股可别用汗沤，这是斑竹，可不同普通的竹子，把花纹沤黑了可糟!”二爷是真朋友，什么都教给他；为他，二爷赔了好多钱。生活也确是有了趣味，什么都作，而作的不伤神；什么都谈，谈得很雅。他们一同到城北去垂钓——绝不能说钓鱼——二爷的鱼竿值三十多块钱，二爷说！钓着鱼与否全没关系，为是养神。天赐真觉得必须养神，不趁着年轻力壮养神，什么时候才养呢？二爷的鱼虫是在磁罐里养过一个多月的，用湿细草纸盖着，通红，像一条条的珊瑚枝。钓了半天，二人才钓上一寸多长的一对小“柳叶”，可是有多少诗意呢！

天赐也到二爷家中去。二爷的姐姐比二爷大着两岁，是个才女，会画工笔牡丹，会绣花，会吹箫。二爷的母亲很喜爱天赐。去过两趟，老太太就许他见见才女。才女出来周旋了两句就进去了，可是天赐以为是见了仙女。才女叫文瑛，长长的脸，稳重，细弱；两道长细眉，黑而且弯。穿得随便而大雅。文瑛是她父亲在广州作官时生的，父亲死在任上，她会讲广州话！狄老夫人顺口答音的把天赐家中情形都探了去，（没问，是顺口答音的探。）而后二爷透了点更秘密的表示，假如这三位才子联为一家……天赐落在一种似恋非恋的境界里，又想起来“我与小姐有一度姻缘”。可是没法叫她知道了，她不常见他，偶尔给他一两声箫听听！他得作诗了，“如此箫声疑梦里，桃花一半在云间！”他哼唧着，摇着头，落在枕上一两点养神的泪，因为睡不着。

狄老夫人非常的厚待他，有什么不对的地方也委婉的说他，她说：“我拿你当作亲儿子！”她告诉他说话要小心，举止要大方，帽子别着了土，鞋底边得常刷点粉，衣服该怎么折，茶要慢慢的喝。“在我这儿都可以随便，咱们这样的交情；在别人家就得留点神，是不是?”她找补上。他很感激，他就怕人家笑话他是商人的儿子。到别人家去，献上茶，他干脆不喝；渴就渴，不能失仪！在狄家他稍微随便一些，既然狄老夫人对他那么亲热。有时候狄家来了客，他可以不走，而躲在二爷屋中去。文瑛会在这种时节给他端一小碗八宝粥，或是莲子羹来。“怕老妈子手脏，我自己给你端来了。”她把碗放下，稍微立一会儿，大方而有意的看他一眼，轻轻转身，走出去。天赐不再想回家。

这些，他都不敢让爸知道。他的古装不在家里穿。虎爷看见了他的打扮，他告诉虎爷：“这便宜呀，旧的改新；你摸摸这老材料够多么厚，十年也穿不坏，省钱!”没法子，对虎爷不能不说这种无诗意的话，饶这么说，虎爷还直吐舌头。

最放心不下的是那些账条。设若到年底，爸忽然接到它们而不负责还债，怎办？怎办？他假装马马虎虎，可是不能完全忘掉。他甚至于想起个不肯用，而到万不得已时还非用不可的办法：赵老师的钱的创造法——偷东西去卖。这个不是高明法子，也有点不体面，但是为自己在外边的身分与尊严，为这种生活的可爱，到必要时还非这么干不可。即使得罪了爸，也不能舍弃这种生活。这是在云间的生活，高出一切。他开始觉到人应当有钱。爸的弄钱是对的，不过不应那么花。人须先有钱，而后像云社的人们那样花，花得有趣而没有钱声与钱味。钱给他们买来诗料。

更使他不忍舍弃这种生活的自然是文瑛。一个会画会写的女子在家里！一对儿才子才女！天天在一块儿作诗，替桃花发愁，多么有趣！文瑛必是爱他的，他想。不是女学生那种随便交际，而是尽在不言中的一点幽情；那碗八宝粥！把爸的钱都花了而得到她，也值。他念《西厢记》，送完粥，临去秋波那一转！他的想象使他的全身软起来，他觉得自己该变成个女的——安静，温柔，多情，会画工笔牡丹，多愁善病。决不能再作黄天霸了，那可笑。他得是张生，贾宝玉多情多得连饭都可以不吃，身子越瘦越会作诗。人得像蝴蝶似的，一天到晚在花上飞。他愿化为蝴蝶，一个小小的黄蝶，专爱落在白牡丹上！他得偷爸的东西，好当蝴蝶。

二十二　家败人亡

爸的病始终没好利落，好几天，歹几天；他自己向来不会留神，稍好一点他便想吃口硬的，吃了便又不舒服。他不想恢复福隆了，没那个精神；那两个买卖，他也不大经心，他得恢复他的马虎，这可是另一种马虎，一种不能不承认自己的衰老的马虎。这种马虎是会杀人的。

天赐十九，爸七十。天赐愿给爸办整寿，他有了会写会画的朋友，他得征求寿文寿诗寿图，以减少爸的商人气，而增高自己的名士身分。爸打不起精神干这个，可是也不便十分拦阻，这是儿子的孝心。他已给儿子还了不少的账——连狄二爷那把扇子开来账条——爽性叫儿子再露一手。他还那些账的时候，不能不叨唠几阵，可是同时心中也明白，儿子不是为吃喝嫖赌花了，是为制衣服买东西，虽然那些破东西没有一样看上眼的。他想开了，儿子本是花钱的玩艺，不叫他这么花，他会那么花。他看不起云社那群“软土匪”，可是他们也有用处：商会办不动的事，他们能办，他们见县官比见朋友还容易。儿子不和他们打拉拢，很好；能和他们瞎混，也好。这年头作买卖不是都得结交软土匪与官场么？随儿子的便吧，他管不了许多。天赐的婚事倒是常在他心里，他怕儿子被云社那群人吃了去，真要娶个官宦人家的小姐来，那才糟。他自己吃过了亏。他自己年轻的时候，也是迷着心，而老太太的娘家父亲爱上他的和气与财力，非让他作女婿不可。他一辈子没翻过身来。他并不恨老伴儿，可是想起来不免还有惧意。结婚最保险的办法是女的比男的穷，身份低；驸马爷至多会唱四郎探母！是的，他得赶紧替天赐张罗着，趁着自己还有口气。先办寿，后办婚事，花吧，反正自己还有多少年的活头？福隆都烧了，身子落在井里，耳朵还能挂得住？

天赐比妈妈又厉害了，先排练虎爷：“虎爷，有人来找我，你站在屏风门外喊‘回事’，明白不？等我答了声，你再向外喊，‘请’。然后拿着客人的名片，举得和耳朵一边齐，你，在前面，叫客人跟着，不要慌，慢慢的走，眼看着地，会不？来，练习一个！”

虎爷想了想：“咱哥俩说开了，我不会；就是会，我也不来这套，明白不？你要是不要我的话，吹！我不会耍猴儿玩。告诉你，你那头一对哗啷棒是我给你买的，不是揭根子，我懂得交情。我就是不干这路钩套圈，明白不？”

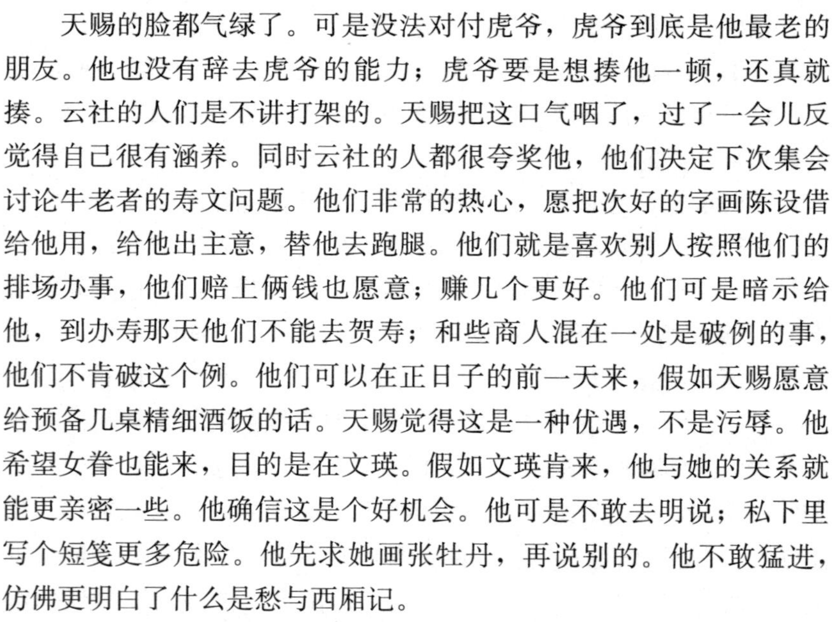

天赐的脸都气绿了。可是没法对付虎爷，虎爷到底是他最老的朋友。他也没有辞去虎爷的能力；虎爷要是想揍他一顿，还真就揍。云社的人们是不讲打架的。天赐把这口气咽了，过了一会儿反觉得自己很有涵养。同时云社的人都很夸奖他，他们决定下次集会讨论牛老者的寿文问题。他们非常的热心，愿把次好的字画陈设借给他用，给他出主意，替他去跑腿。他们就是喜欢别人按照他们的排场办事，他们赔上俩钱也愿意；赚几个更好。他们可是暗示给他，到办寿那天他们不能去贺寿；和些商人混在一处是破例的事，他们不肯破这个例。他们可以在正日子的前一天来，假如天赐愿意给预备几桌精细酒饭的话。天赐觉得这是一种优遇，不是污辱。他希望女眷也能来，目的是在文瑛。假如文瑛肯来，他与她的关系就能更亲密一些。他确信这是个好机会。他可是不敢去明说；私下里写个短笺更多危险。他先求她画张牡丹，再说别的。他不敢猛进，仿佛更明白了什么是愁与西厢记。

爸的寿日的前三天，爸的精神很好，叫纪妈作了点汤面，吃完，想到铺中看看，刚要走，来了个伙计，告诉他：“源成银号倒了。”

“什么？”爸的眼直了。

“源成倒了。”

爸没说出第二句话，就瘫在那里。

天赐慌了，忙叫虎爷帮着把爸抬到床上，而后去请医生。医生没给开方，告诉他预备后事。

爸就那么昏昏迷迷，挺在床上，呼吸很慢可是很粗，白胡子一起一落，没有别的动作。

爸不信服银行，他的钱全交在源成，一个山西人的老买卖。自从广东的“稻香村”顶了山西人的干果店，浙江人也顶了山西人的银号。可是源成没倒；几次要倒，都是谣言；牛老者没有信过一回这种谣言：“源成要是倒了，就没了天下！”他笑着说。他不信那些新事儿，什么保火险，买保险箱，他都不干。他只信源成，源成在他年轻的时候已经是老买卖；况且源成确能使他信靠，交钱支钱，开个汇票，借个三千五千，全没错儿，而且话到钱来，没有银行那些啰哩啰嗦。源成真倒了，没了天下！他什么也不知道了。他的俩买卖能不赔不赚的维持；源成拿着他的命。

天赐想不到这些，他着急，可是还迷着心作那个官样的寿日。他只信医生一半话，还希望爸会起来，仍然作七十整寿。他看着爸，爸睁了几次眼，都没说出什么又闭上了。爸的手已不能动。到了半夜，他开始怕起来，爸的呼吸更困难了，眼睛已不再睁开。他又看到了死，死又使他清醒过来：“虎爷，爸不好！”他的泪随着下来。他希望爸——像妈那样——跟他说几句话。爸一辈子没说过什么漂亮的，可是爸可爱，爸是真爱他。哪怕胡说几句话呢，他愿听听爸的最后的声音。死时而一语不发比死还难堪，爸不是还有点呼吸么？他不由的叫出来：“爸！爸！”爸连眼也不睁！“爸！你说一句！”爸不语：他觉到许多地方对不住爸，他不应当看不起爸；爸要死，而他无从跟爸说他的过错！爸真的是可爱的。纪妈和虎爷主张给爸穿寿衣，以免死后倒动。他不肯，他不肯那样狠心拿活人当作死人待，爸还有气儿呢。可是他扭不过他们去，寿衣找出来，刚穿上褂子，爸已不再呼吸。他放声的哭起来。妈死的时候没使他这样伤心，并不是爸的身分与智慧比妈高，不是；爸可爱，不管他是商人还是强盗。

怎办呢？他没主意，他想坐在爸的身旁看着，看到永远；或是去睡觉。他不能去睡。他必须出主意，妈死的时候有爸操持一切；现在，爸也找了妈去，只剩下他自己。他知道这个，可是没办法。虎爷，虎爷是他的老友，他要求虎爷。虎爷没放声哭，可是泪始终没干，头上出着冷汗。虎爷从十二岁就跟着爸。爸死，虎爷把以前的委屈都想起来，况且以后他没了家——牛家就是他的家。

虎爷出了主意，先到铺子取点钱，然后通知亲戚。天赐怕那群亲戚，但是没法不通知。对于取钱，他想多取一些，这场丧事必须办得体面，像预定的办寿那样体面，这才足以对得起爸，爸的钱还给爸用。

虎爷一清早就出去了，先去取钱。只取来二百！他和铺子里打听明白了：铺子有“账”：人家欠铺子，铺子也欠人家，作买卖本是一种活动周转。爸死了，欠人家的债得还，而账本上人家欠铺子的未必能要进来。这么一翻身，两个铺子所有的货、钱，未必够还债的。源成是倒了，存的钱已连根烂，而且没地方再周转去。两个买卖都得倒。天赐傻了，他不懂买卖，他以为买卖就是平地挖钱。怎么他也没想到买卖会要倒。他更觉得爸不应死，可是已经死了！他想到云社那群朋友，他们必定有主意，他至少还有两所房屋。房子可以不要，爸的丧事必须办得风光，只有这个可以补上一点孝心，等爸入了土不就太晚了么？他嘱咐虎爷去请亲友，也请几位云社的人，主要的是狄文善。他似乎很有把握了，有云社的朋友来，亲戚们便不敢闹，朋友们是随便可以见知县的。朋友们来必定会指着两所房弄些钱来，他必须为父亲花一两千。

虎爷跑了一天。晚间，天赐希望来几个人；没个人影。第二天，铺子来了几个人，慌忙着又走了，只留下两个学徒帮忙。天赐等着近亲来到好入殓；没个人影。寿木是早已预备下的，爸自己看的木料。没人来，只好按时入了殓，连虎爷也哭放了声。

接三，除了铺中来了几位，还有两三家远亲。别人都没到。

源成倒了的消息早已传遍全城，跟着就是牛老者死的消息。谁肯来吊丧呢？云社的人本和天赐没关系，他们提拔天赐，因为他好玩，而且知道他有钱。现在他的钱没了，还理他作甚？他们不提“钱”这个字，可是关于钱的消息比谁也灵通。近亲更不用提，对于钱的来去比人的生死更关心多多了。他们都知道了，何必再来烧纸吊孝，白费些钱？他们等着呢，等天赐卖房时再说，他自要敢卖房，他们就有个阵式给他瞧。他如不卖，他们会叫他卖。他们盯着那两所房；死几个牛老者也没大关系，他们才不来白赔眼泪。

送三的时节，天赐哭得死去活来，冷清清的只有他一人穿着重孝，虎爷落着泪搀扶着他。几个伙计腰中围了孝带，手中拿着长香。和尚在空静的街上打着乐器，打得极快。后面跟着几个看热闹的孩子。送三回来，虎爷已熬了两夜，倒在条凳上就睡去。两个学徒和纪妈虎太太商议好分着前后夜。灵前跳着点烛光，天赐坐在一旁，眼哭得干巴巴的疼。他都明白了：钱是一切，这整个的文化都站在它的上面。全是买卖人，连云社的那群算上，全是买卖人，全是投机，全是互相敷衍，欺弄，诈骗。他不应当看不起爸，爸是对的，况且爸还慈善呢，至少是对于他。他不恨任何人了，只恨他自己，他自己没有本事，没有能力，他仗着爸的钱去瞎扯淡，他不知将来怎样，没主意。小小的个人，已经看到两次死，死是总账。他想起妈妈，和那颗小印。妈妈嘱咐他作官，爸临死什么也没说，他到底去干什么呢？干什么不都得死么？他不再想了，死是总账。他就那么坐着打开了盹儿。他看见过去的事和爸，迷迷糊糊的。猛一点头，他醒了，爸在棺材里，他在棺材外，都像梦。和尚又回来念经，他继续打盹，可是不能再迷糊的看见什么。

出殡依然冷落，没有几个人。爸挣了一辈子钱，妈妈的殡反倒那么风光！他已哭不出，只和虎爷一边走，一边落着泪。走到狄家门口，文善文瑛都在门口站着呢，就那么站着，没有任何表示。文瑛设若躲进去，也还算有情。她不动，正和街上看殡的人一样冷静，她似乎绝不认识天赐。他认识了自己："天赐，你什么也没有，除了爸那几个钱；现在钱完了，你什么也不是！"

出了城，"杠"走得非常的快。爸和妈并了骨。他的泪又来了，爸和妈全永远埋在这里，只有那个坟头是他们曾经活过几十年的标记，像两个种子深深埋在地下，只等腐烂！他捉不到什么，什么都是坟地样的空虚。

他怕回家，那个空家。但是必须回去，家到底是个着落。可是，不久这个着落也得失去！他和虎爷回来，虎爷是他惟一的朋友。虎爷不会作诗，没有排场，不懂什么，可是有一颗红的心。

铺中掌事的等着他呢，买卖是收与不收，听他一句话。收呢，马上报案；不收呢，他得有办法；他如能周转钱去便可以不收。他没有那个能力，也没心情作买卖。收！

家中怎办呢？他独自带着虎爷与纪妈过日子么？吃什么呢？房

必须出手。卖去大的，再买所小的。纪妈得回家，虽然极舍不得她。平日和纪妈并没怎样的好感，现在可舍不得她，她是他的乳娘，自幼把他看大。前途是暗淡的，他想捉住过去的甜蜜，他爱老朋友。但是纪妈得走，没法子。他亲自送她到城外，给她雇上驴；走出老远她还在驴上掩着脸哭呢。他不能放走虎爷，虎爷也不想走。“不怕，不怕！”虎爷红着眼皮说：“咱们有法子，不怕！”

决定卖房子，房子就分外的可爱，没有一个犄角儿没有可纪念的事儿的，他闭着眼摸也会摸不错任何东西，它们都有历史，都可爱。

可是房契在哪儿呢？虎爷不知道，天赐不晓得。虎爷知道牛太太活着的时候，是在她手里；她死后，谁知道牛老者把它放在什么地方了呢？虎爷到铺子去问，大家都笑起来，铺子岂是存房契的地方？他回来，和天赐翻箱倒柜的找，找不到。爸是马虎人。

“虎爷，”天赐在爸死后头一次笑，“我看出来了，大概就是这点家具准是咱们的，别的全糟了！”

“不能，”虎爷仿佛是有把握，“不能！契纸一定在家呢，慢慢的找！”

什么地方都找到了，没影儿。天赐好像觉得这怪好玩了：“别是叫老鼠拉去了吧？”

虎爷没说什么。

买卖报了歇业，连福隆的地皮卖出去，仅够还账的。过了个把月，消息传到天赐的耳中，房契是在铺子掌事的手里，爸交给他的。他已经跑了，用契纸押了三千块钱。房契还在云城，没有三千块钱赎可是回不来。天赐得马上搬家，人家要房住。

天赐反倒笑了：“虎爷，我说什么来着？别的少说，咱们找房吧。”

虎爷以为天赐的嘴不吉祥，但是事实真是这样，他也只好拿出笑脸来：“不怕，咱们把东西卖巴卖巴，租个小房，再想办法，活人还能饿死？”

天赐虽不能高兴，也不太悲观，开始写小纸签，该卖的都贴上，没签的是留下来的。狄二爷卖给他的那把扇子也贴上了小纸条！爸的衣服，他舍不得，“虎爷，我仿佛觉得这些衣服还有热气呢，不能卖!”

“你是玩呢，还是干真事呢?”虎爷问。

天赐没回答出来。

待了半天，虎爷想起来了：“你是爱玩；想当初你抓周的时候，抓的是哗啷棒。”

二十三　隐士卖梨

正在整理东西，有人来找虎爷，说他的老丈母娘在城外等着他呢，有很要紧的事。虎爷走了，天赐独自看看这个，动动那个，信手的贴小签儿。

进来一伙人，雷公奶奶领头。天赐一看见她就木住了，好像虾蟆见了蛇。一个男人把月牙太太困在后院，另一个男人把天赐拉到门口："看着我们搬东西，一出声或是一动，你看这个！"袖口中露出个刀子尖，在天赐的肋部比画了一下。门口放着辆敞车。

天赐不敢动，呆呆的看着男女们往外搬运东西，搬得很快。雷公奶奶撅着尖嘴，仰着头，一趟一趟的搬，很有仙气，看着看着，天赐感到了趣味，他欣赏他们给他的地位——大家好像都是他的仆人，而他监督着他们给搬家呢，他的身分很高。虽然刀子始终没离开他的身旁，可是他觉得他须及时的享受，他微笑着，有时还帮句嘴儿："掉地上一把扇子，老太太。"他惹不起他们，可是他会想象着乐观。

人多好作事，不到一顿饭的工夫，细软的东西和好搬的小件已装满了车。袖里藏刀的那位很客气的代表大家对他说："大件的木器给你留着，咱们是亲戚，不能赶尽杀绝，是不是？再见吧！"

天赐以为这种客气几乎可以媲美云社的人们，他也不能失礼："谢谢诸位！要是愿意的话，再拉一趟吧！"

"那就不必了，大家都很忙，没那个工夫，再见。"

大家依依不舍的分了手。

桌子大柜，箱子什么的都留在原处；柜中箱中可是都空了。椅子一把没留。墙根上落下一把扇子——狄二爷卖给他的那把。天赐拾起扇儿，心中茫然。月牙太太从后院跑来，厨房并没动，只搬走了两口袋面。天赐不愁，也不生气，低着头在屋中走溜，一点主意与思想都没有。

虎爷回来可愣了：“调虎离山计！哪儿有什么老丈母娘呀！你就老老实实的看着他们抢？”

天赐觉得“调虎离山”用的十分恰当：“不老实着怎办呢？肋条上有把刀子！”

虎爷又开始点东西，看看有多少木器；再说，堆房里还有些零七八碎呢。天赐拦住了虎爷：“虎爷，歇歇吧，怎知道他们不再回来拉木器呢？”

“敢！再来？人命！”虎爷气得脸都紫了。

“那才合不着。好腻烦，睡会儿去！”天赐上了西屋，床上的被褥已经搬了走，他就那么躺下去。

虎爷虽然不怕出人命，可是也不敢找雷公奶奶们去，她们是牛家的本族，他怎能够管。他只好马上把木器们挫出去，能卖多少钱卖多少，别等他们真再回来。厨房的东西留下一部分，还留下床和两只箱子，其余的全卖。他上街去找旧货贩子，叫虎太太锁上大门，非等他回来不开。

那么些东西只卖了一百五十多块钱，还是三家合股买的，云城好像要穷干了。虎爷准记得那张条案是三十多块买的，可是人家说得好：“现在谁要这种老沈货呀？谁花三十多买一张桌子呀？东西是好哇，可是得在手里压着，一辈子未必有个买主。你这是老人家了！”这末一句称赞使虎爷落了泪。老人家了！虎爷狠了心，卖；总比又被人家抢了去强，虽然这比被抢也差不了许多。

有了这点钱，天赐又有主意，他计划着，想象着，比如他和虎爷开个小铺子，或是一同上上海，主意太多了，他也说不上哪个较比的好。这么乱想使他快活；他看着妈妈的箱子与爸的床被人抬走本想要哭。虎爷不撒手钱，并且告诉天赐少瞎扯淡。虎爷有主意，他先去租三间房，然后再讲别的。叫月牙太太把钱票给他缝在小褂的里面，他出去找房。天赐觉到虎爷的能干，好吧，随他办吧；有人办事就好，他自己只会想象。

房租好，虎爷买了两把椅子，因为椅子都被人抢去。桌子就用板子支搭，用不着买。厨房的东西一点不缺，搬过去马上可以作饭。就剩了搬运。天赐的脸白起来，泪在眼中转；这真得离开家了！就剩了那么点点东西！他舍不得那两株海棠，舍不得那个后院——练镖耍刀的宝地！不能白天搬，妈妈活着肯白天搬家而只搬着两只空箱与一些碎煤么？妈妈是可爱的，那些规矩是可爱的，妈若是活着，不会落到这步田地，不会！就是爸活着也不能这么四大皆空。他曾反抗妈，轻看爸；如今，他自己就是这样！他不许虎爷白天搬运，等太阳落了再说，反正东西不多。他不怕别的，还不怕云社的人看见么？

虎爷不听这一套。“你不用管好了，我们俩搬；你看看门横是行了吧？”

天赐独自看守大门，不能再闹玄虚了，这是真事！他恨他自己，什么本事也没有，连点力气都没有，到底是干什么的呢？只会玩，只会花钱，只懂得一点排场，当得了什么呢？他应当受苦，他没的怨。

不大会儿虎爷夫妇已把东西运完，看房的也来到，该走了。天赐不肯迈那个门坎，这一步便把他的过去与将来切开，他知道。十九年的生活舒适饱暖，门坎的外边是另一个世界。他不肯哭，可是泪不由的落下来。他瘫软在那里。虎爷也红了眼圈，一把扯住天赐，连拉连扯的走了出去。他们都不敢回头，门洞中两块石墩有什么样的黑点都清清楚楚的在他们心里。

虎爷租的三间屋是西房，院中大小一共七家儿，孩子有三十来的个。最阔的是邮差，多数是作小买卖的，还有一家拉车的。炉子都在院里，孩子都在院里，院里似乎永没有扫过。三间西屋的进身非常的小，要是摆上张大八仙桌便谁也不用转身。虎爷用木板支了张长案，正合适。进身小，可是顶子高，因为没有顶棚。墙上到处画着臭虫血。天赐住北边那间，虎爷们住南间，当中作厨房。

天赐受不了这个。窗户上的纸满是窟窿，一个窟窿有一只或两只眼看着他，大概院中的孩子们有一半都在这儿参观呢。“扁脑杓儿，”“还穿着孝呢，”大家观察着报告着。虎爷已经很累，倒在床上睡了，好像这三间屋子非常可爱似的。天赐也倒在床上，看着屋顶的黑木椽，椽上挂着不少尘穗。他睡不着。想到在云社的人们家里集会，作诗，用小盅吃茶，他要惭愧死。

虎爷醒了，出去买吃食。他们夫妇吃窝窝头，单给天赐买了三个馒头。菜就是炒咸菜。天赐看见单给他买馒头，生了气“为什么看不起我呢？我能吃粗的！”

“好吧，以后不再给你单买。”

天赐放在口中一块窝窝头：“好吃；这不跟十六里铺那饼子是一样的面吗？很可以吃。”

“吃过三天来就不这么说了，”虎爷还把馒头送在天赐的手下。“说，咱们干什么呢？”

“咱们？”天赐又要施展天才。

“别胡扯，说真的！”虎爷迎头下了警告。

“真的？我没主意。”

“咱们这儿还有一百多，作个小买卖怎样？”

“叫我上街去吆喝？”天赐不觉的拿起馒头来。

“我吆喝，你管账，摆个果摊子；我会上市。”

“叫我在街上站着？”

“还能在屋里？”

“我不干！”天赐不能在街上站着卖东西：“我会写会作，我去谋事，至少当个书记。”

“哪儿找去？”

天赐不晓得。“要是饿死的话，我是头一个，我看出来了。”

“实话！”虎爷一点也不客气。“你是少爷，少爷就是废物，告诉你吧。”

天赐没法儿反抗，他真是废物。他那个阶级只出小官，小商人，和小废物。他怕虎爷生气，虎爷是惟一的，也是最好的朋友。把虎爷再得罪了，他大概真有饿死的危险。他答应了，作小买卖吧，谁叫他自己没主意呢。既答应了这个，他又会思想了；他就怕没主意，一旦有了主意——不管是谁的——他会细细的琢磨。他会设身处地的推想。自要他走入了一条道，他便落了实；行侠仗义，作诗人，当才子，卖果子，都有趣味。趣味使他忘了排场与身分，这是玩。他想开了：老黑铺子北边就不错，那里短一个果子摊，而且避风；赶上有暴雨，还可以把东西存在老黑那里。想起这个，便想起“蜜蜂”，应该看看她去，她也是老朋友。

吃过了饭，他立在屋门口看着街坊们。他觉得这群人都也有趣，他们将变成他的朋友，他也要作小买卖了。他们都没有规矩，说话声音很高，随便跟孩子瞪眼，可是也很和气，都向他点点头，让他屋里坐，连妇女也这样。他们吃饭就在院里，高声的谈他们自己的事：什么使出张假钱票，什么蒙了个五岁的娃娃，他们都毫不羞愧的，甚至于是得意的，说着。天赐很容易想出来：城里的都是骗子，钱多的大骗，钱少的小骗，钱是一切。只有一个真人好人，据他看，纪老者。纪老者不骗人。他想起纪妈，她还进城来不呢？

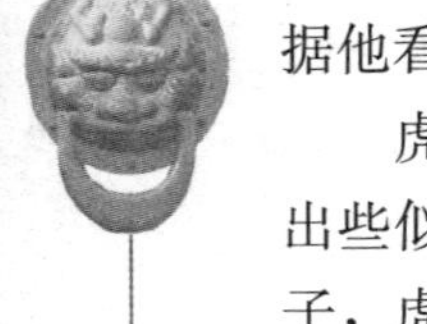

虎爷没工夫管邻人们，他忙着筹备一切。天赐插不上手，只会出些似乎有用又似乎没用的计划，他想象着由果摊就能变成个果局子，虎爷作掌柜，他还可以去作诗。他得把摊子整理得顶美观，有西瓜的时候得标上红签，用魏碑的字体写上“进贡蜜瓜”。他得起个字号，“冷香斋”！诗人的果摊！他非常的得意。

正是四月天气，市上没有多少果子。虎爷打了两“炮”樱桃，一些萧梨，香蕉，和青杏；配上点花纸的糖，红盒的葡萄干，也倒还像个摊子。天赐主张把青杏摆在小碟子上，盖上菠菜叶。虎爷没那个心肠。虎爷大概的把货物摆上，天赐看不上眼。等虎爷家去吃饭，他把筐上的竹箍扯下来，削成细签。然后从新摆弄果子，摆成塔和各种堆儿，果子不服从命令要滚，便用竹签互相的插上，仿佛作豆细工似的。梨上还插上个红樱桃，颇为美观。虎爷回来差点气疯了：“把梨都插烂了，你是怎回事呢？你？”天赐不再管了，偷了点钱，去买了几本小书，坐在摊后，他细心的读念，称呼自己为隐士。他是姜太公，有朝一日必有明君来访，便作宰相。可是赶上他独自看摊子的时候，来了买主，他很会要价，该要一毛的，他要四毛，人们不还价就拉倒，要是还一毛五就多赚着五分。这是他从院中的邻居们学来的，他以为这很对。大家既都是骗子，作小买卖的吃了前顿没有后顿，便更应当骗，骗得合理。爸有好多钱还想再赚，白了胡子还一天到晚计算，何况只摆个果摊呢。高兴的时候，他很会讲话，拿出他说故事的本领，运用着想象，他能把买果子的说得直咽唾沫，非马上吃个梨不可。他的梨治一切的病：“老太太，拿上一堆，一堆才十五个，专压咳嗽！看这小梨，颜色是颜色，味道是味道。先尝一个，买不买不要紧。我拉个主顾！地道北山香白梨。”老太太不为自己吃，是给孩子们买。他登时改了口：“小孩吃这个顶好了，专消食化水。”老头儿，小伙子，大姑娘，都必吃他的梨；他的梨连猩红热都能治。说着说着，他自己也真信了他的活，他也得吃一个，因为觉得有点头疼。吃完一个果子，顺手打开一盒葡萄干，看着书，随便的捏着吃。赶上他不高兴，什么都是一毛钱一堆，拿吧。遇上老黑的孩子们从这儿过，果子是可以随便拿的。孩子们专会等虎爷不在摊上由这儿过。有时候被虎爷看见，天赐会说：“我给他们记着账呢！”

由孩子们的口中，他知道“蜜蜂”已出嫁，两个大男孩已在铺中帮老黑的忙。现在这一群是后起之秀；老黑自己也不准知道自己有多少孩子了。“蜜蜂”出嫁，嫁了个纸铺的伙计。天赐心中有点不得劲，拿了两包糖给孩子们：“给蜜蜂送去！”

二十四　狗长犄角

在杂院中，天赐明白了许多事儿。邮差住着北屋，身分最高，不大爱理人，早晚低着头出入，好像心中老盘算门牌的号数。几个作小买卖的是朋友；虎爷既也作买卖，所以他们对他很亲热，彼此交换着知识，也有时候吵起来，吵完便拉倒，谁也不大记着谁。拉车的身分最低，可是谁也不敢惹他，他喝俩钱的酒，随便可以拼命。大家对天赐显着客气，都管他叫“先生”。他越对他们表示好感，他们越客气。他身上有股与他们不同的味儿，仿佛是。妇女们看他在院中便不好意思赤了背。他学着说他们的话，讨论他们的事，用他们的方法作事，用他们的推理断事；他到底是他，他们不承认他是同类。他们的买卖方法不尽诚实，他们得意自己的狡猾，可是他们彼此之间非常的像朋友。为一个小钱的事可以打起来；及至到了真有困难，大家不肯袖手旁观，他们有义气。他们很脏，不安静，常打孩子。天赐看出来，这些只是因为他们没有钱，并不是天生来的脏乱。他们都有力量，有心路，有责任心，他们那么多小孩都是宝贝，虽然常打。他不如他们，没力量，没主意，会乱想。他们懂得的事都是和生活有密切关系的，远一点的事一概不懂。他们是被一种什么势力给捆绑着，没工夫管闲事。手抓来的送到口中去。他可怜他们，同时知道自己的没用。他们管他叫“先生”，是尊敬，还是嘲笑呢？他不能决定。

他想郑重的帮助虎爷，他必须变成他们中的一个。端阳节到了，虎爷红着心作一笔生意，除了果品，还添上粽子，连月牙太太也忙起来，她得管洗米，泡枣，煮叶，和包粽子。买卖确是不错，天赐高兴起来，把书本放下，一天钉在摊子上。他的脸色红起来，吃饭也很香，力量也长了。他觉出自己有了真本事。邻人们都称赞着：“先生有点劲头了!”他不爱这个“先生”，而暗喜自己长了力量。节前，东屋老田夫妇打起来，他过去拉劝，为是试试自己的力气；被田家夫妇把他揍在底下；架打完了，他还在地上趴着呢。大家都觉得对不起“先生”，而“先生”也承认了自己是“先生”。

节下的前一天，街上异常的热闹。虎爷在太阳出来以前就由市上回来，挑着樱桃桑葚红杏。月牙太太包了半夜的粽子。天赐也早早起来，预备赶节。满街都是买卖的味儿，钱锈与肉味腻腻的塞住了空中。在这个空气里，天赐忘了一切，只顾得作买卖，大家怎么玩，他会跟着起哄的。他头上出着汗，小褂解开钮，手和腕上一市八街的全是黑桑葚的紫汁，鼻子上落着个苍蝇。他是有声有色的作着买卖，收进毛票掖在腰带上，铜子哗啦啦的往簸箩里扔，嘴里嚼着口香蕉。稍微有点空儿，便对着壶嘴灌一气水，手叉在腰间，扯着细嗓：“这边都贱哪，黑白桑葚来大樱桃!”他是和对过的摊子打对仗：“这边八分，别买那一毛的，嗨!”虎爷是越忙越话少，而且常算错了账：“又他妈的多找出二分!”天赐收过来：“那没关系，我的伙计，明儿个咱们吃燉肉！哎，老太太要樱桃？准斤十六两，没错!”正在这么个工夫，他一回头，狄文瑛在摊旁站着呢。她还那么细瘦，眉弯弯的，稳重。她没向他点头，也没笑，就那么看了他一眼，不慌而很快的走开。

天赐木在了那块，忘了他是作买卖，他恨作买卖！一声没出，扣上他三毛钱的草帽，走了。

走了一天，到落太阳才回来。

虎爷恨不能吃了他：“你上哪儿啦?!”

他不出声，戴着草帽收拾东西，皱着眉头。

第二天是节下，他告诉虎爷他歇工。

“你歇工？我揍出你的粪来！你怎回事呀?”

“不怎回事，作买卖没我!”

月牙太太怕二人吵起来，“得了，帮帮忙吧，明天再歇工；不卖今天卖几儿个?! 瞧我了!”

天赐的心软了：“好吧，就帮今个一天!”

“你简直不是玩艺!”虎爷是真着急。

“别说啦，走吧!”虎太太给调解着。

过了十点钟，应节的东西已卖得差不离，天赐想起燉肉：“虎爷，收了吧；下半天还有买卖吗？家去吃肉。”

虎爷答应了，他以为天赐是想起往年过节的风光；钱已卖满簸箩，虎爷也会体恤人。

“真想给纪妈送点东西去!”天赐一边收拾，一边念道。

“过了节的。家里的该住两天娘家，你送她去，就手看纪妈。我也歇两天，反正现在也没什么可卖的。节后得添酸梅汤了，是不是?”

正这么一边收摊，一边闲扯，摊前过去个人，高身量，大眼睛，小黑胡子，提着两个点心匣子。他看了天赐一眼，天赐也看了他一眼，觉得面熟。他可是走过去了。走出没有多远，他又回来了，站在摊旁看着虎爷。虎爷以为他是买东西的，拿出收摊子不再伺候的劲儿，不去招呼。

“你是虎爷吧，我的银儿?”高个子说。

“什么？王老师?!”他们一齐的跳起来。“留了胡子?!”

“可不是我!”大眼睛瞪圆了，拉了拉袖子。“哪儿都找到了，找不着你们。福隆没了，别的买卖倒了，房子别人住着，听说老头老太太都过去了。怎么回事儿？怎么回事儿?”

他俩争着要说，谁也不再顾得收拾东西。

“这儿不行，走，吃饭去，我的请；不请你们是个屌!”王老师先起下了誓。

“也得等把东西收起去?”虎爷说。

“也得家去告诉虎太太一声儿去?”天赐说。

“怎么？虎太太！有小老虎没有呢？快收，虎爷你收，天赐你家去言语一声，咱们在外边吃；回来再看虎太太去。”

天赐向来没跑这么快过，摔跟头也不怕，因为不怕也就没摔。到了家，在窗外只说了：“王老师请吃饭。”磨头就往回跑。

虎爷已把东西寄放在老黑那里。王老师的点心本是给牛老者买的，也暂放在那里。三人去找饭馆，节下都歇灶，只有家羊肉馆照常营业。

“将就了吧，”王老师领路，“改天再请吃好的。”

王老师一定请他们点菜，怎说也不行，非点不可，他们是真点不上来；王老师喊得和打架一样。他们胡乱的要了俩，王老师又给补上了八个。然后问他喝什么酒。天赐不会喝，虎爷也没多大量。王老师自己要白干，给他们要了点黄酒。

“一晃儿十几年，嘿!”王老师看着天赐：“在街上不敢认，不敢认！虎爷也改了样，可是还能认得出。我自己也老多了，老多了!”他抹了抹黑胡子。

王宝斋确是老了些，可是还那么精神；脸上胖了些，配上小黑胡子，很像个大掌柜的。他发了财。拿着牛老者的一千块钱，他上了天津，也不短到上海。他什么也干，自要赚钱他就干。他私运东洋货，偶尔也带点烟土，受朋友的托付也代销赃货。可是他也越来越厚道，对于朋友。拿黑心赚钱，可是用真心交友，到外他是字号人物。他始终没忘了牛老者。要不是那一千块钱，他无论如何也倒不过手来。那一千块钱，加上他自己的运气，他就跳腾起来。这次，他特意来看牛老者。他不能把那点钱汇来，他得亲自送上，牛老者对他有恩。

他问天赐的事。天赐像说故事似的述说了一遍，虎爷随时加上点短而确当的补充材料。王老师一面让他们吃菜，一面给他们想主意：“卖果子不像回事呀!”

他以为源成是连根烂了，那俩买卖也无从恢复；那两所房还能弄回来。可是也有困难，既是押出去当然有年限，就是马上有钱赎也不行。再说，赎回来也没用：“俩卖果子的住两所大房，不像话！你们可别多心，咱们是老朋友！吃菜!”只有一条好办法，干脆把房子出了手：要是典主愿意再出点钱呢，一刀两断，房子便归了他。他要是不愿意呢，或是找钱太少呢，就另卖。这自然很麻烦，因为契纸没在天赐手里。可是也有办法，王老师有办法；非打官司不可呢，也只好打它一场。王老师去给办，他现在眼皮子很宽，他有人有钱，官司打输了——就打算是输了——也得争这口气。

“一卖，本家又来呢?”虎爷问。

“都把他们锁到衙门去，”王老师的脸已喝红，一劲儿扯袖子：“衙门里咱有人，军队里咱有人，好虎爷的话，咱王宝斋为朋友不能含忽了！老山东有个牛劲!”

吃过了饭，王老师的小褂湿得像水洗了的，擦了五把手巾。“你们上哪儿?”他们没地方去。“这么着吧，干你们的去，咱们明天不见后天见。我去看几个朋友。要找我的话，南街南头万来栈。那两匣点心，你们拿家去，我就不到老黑那里去了。先替我问虎太太好！你们住在哪儿?”

天赐借笔给老师写下住址。老师已是五十多的人，眼已有点花，掏出大水晶墨镜看了看：“我说你有聪明，看这笔字，我要不给你找个文墨事儿作，我是个屌!”他开发了饭账，就手给了虎爷十块一张的票子：“给虎太太买点什么吃。”

天赐们回了家。吃得过于饱，在道上就发了困；躺在床上，可又睡不着，他想着王老师。起来，得和虎爷谈谈：“虎爷，老师真能给找个事吗?”

“哪摸准儿去!”虎爷也困眼矇眬的。“给她，一给十块；没我的事!”虎爷已把十块钱给了月牙太太，他不能扣下她的。

“要是找着事，咱们可就不用作买卖了?”

“八字还没有一撇，先别闹油!”

“咱们先来包小叶喝喝，横是行了吧?”

“那倒行，我也怪渴的，烧羊肉太咸了!”

月牙太太的月牙更斜了，她张罗给买小叶去，她有了十块钱，袋里藏着呢。

“你要是把那十块钱丢了，不把你打成小叶，你踢着我走!放下!”

月牙太太把票子给了天赐，“你给我拿着，我得先作件褂子，看我这件，看!”

“你们是一路货!”虎爷下了总评语。

“我要是作了官，虎太太，”天赐故意的气虎爷，“给你作件纱的!”

喝过了茶，二人全睡了。虎爷鼻子眼上爬着三个苍蝇，他利用打呼的力量把它们吹了走，而后又吸回来。天赐床上的臭虫为是过节，白天就出来了，他会用脊背蹭，把臭虫辗碎。他们睡去，虎太太由天赐的袋中掏出票子来，上了街，去买布——三个人一人一件大褂料，她并不自私。

等了两天，玉宝斋没露面。天赐嘬不住劲儿了。可又不好意思找老师去。就是去也得买点礼物，这是规矩。跟虎爷商议。虎爷也怕王老师鲇溜了，可是反对送礼。天赐是非带着礼物不去。折衷的办法是把卖剩下的果子挑好的装一筐，二人都同意。到了万来栈，王老师还没走，可是出去了，不一定什么时候回来。天赐稍为放点心。

第五天头上，栈里的伙计找他们，说王先生在五福居等着他们呢。二位都穿上新大褂，连虎爷也不抱怨月牙太太了，新大褂到底是体面。

五福居是云城最出名的饭馆，有几样拿手菜，苍蝇特别的多，老鼠白天就在地上跑。五福居发财都仗着这苍蝇和老鼠，不准打；一打它们，买卖准出毛病。

王老师在间雅座里看苍蝇们彼此对追玩呢。“来了，伙计们？坐，宽了大褂！我说，我已经定了几个菜，你们还要什么。客气是个屌！”王老师的真诚是随时用起誓封起来的。

酒饭吃个不离，王宝斋开始报告：“房子还是归了典主，这省点事，虽然伤耗俩钱儿。两所房按现在的价值，值五千五，卖不上六千，云城穷啊！押了三千，总算他妈的会押；现在人家愿再找一千五。一千五就一千五吧，咱们不是等着钱使？这算是停妥了，只等你去画押，天赐。这有了一千五，是不是？吃菜！我呢，欠牛老者一千，他连利钱也没要过，好银儿！一年按一分利算，我就欠着你，天赐，连本带利两千多，是不是？喝一盅！我不多还，也不少，还你二千五，行不行？算在一块儿，这是四千。’王老师喘了口气，把一小碟菜扒拉在嘴里。“这四千，我可不能交给你，你不用瞪眼；吃菜！我想好：给虎爷五百，开个小果局子。”

“哼，先摆着摊子好。”虎爷说的很不响亮，因为嘴里堵着一口菜：“买果子的里里外外，我还没全摸着门；拿摊子试手也好。再说呢，一个大摊子并不比小局子的买卖小。”

“不管你怎样吧，反正给你留下五百，对给个铺子，哪时用哪时取。合着咱们还有三千五。天赐你有聪明，我想了，你应当念书去。跟我上北平，到那儿我把你安置好，你上你的学，我去干我的。钱，我给你存在银行里，一年取五百，四年是二千。这二千存活账，那一千五存长期四年，毕了业好手里有俩钱。钱是你的，花多少可得由着我；一年五百足足的够了。是这么着不是?”

天赐的心要跳出来，北平！上学！一年五百！可是“我连中学都没上过呀!”

“那没关系!”王老师瞪着眼：“没关系。我虽不懂学校的事儿，可是常来来往往，常有人托我办这路事。北平有卖文凭的地方，买一张中学文凭。前些日子我还替孙营长的少爷买过一张。买了文凭就去报考，自要你交钱，准考得上。咱们熬个资格，你有聪明！作买卖你不行，天生来的文墨气儿，是不是?”

“咱们什么时候走呢?”天赐的心已飞出去。

“过两天，听我的信儿。”

“把虎爷搁在这儿?”天赐舍不得虎爷。

“你带着他干吗？放假的时候不会来看他吗?”

吃过饭，大家又分了手，天赐的鼻子又卷起多高来。虎爷家去整理天赐的铺盖，天赐和他要了几块钱在街上转转，得制办点衣裳。

小摊上有身白布洋服，长短合适，只是肥着些，天赐花了两块钱买下。又买了条东洋领子，一条花蛇皮似的领带，运回家来。叫月牙太太给他浆洗了，他把裤子趁着潮劲放在褥子底下，躺在床上压了半天。一边躺着一边盘算：还得买汗衫，皮带，皮鞋，洋袜……还得要钱。

虎爷又给了他十五块钱。他不赞成这鬼子衣裳，可是天赐就要走了，不能再勒着他。二十年的工夫，看他长大的，虎爷心里很难过，不能还不往外掏钱。

制买齐全，天赐上了装。白洋服像莲蓬篓，不抱着腰，而专管和袖子磨擦。领子大着一号，帽子后边空着一指，无风自转。裤腿短点，露着细腿腕，一挺胸就揪上一大块来。皮鞋可是很响，花领带也精神。虎爷说：“真够洋味，狗长犄角!”全院的精神也为之一振，“先生”发了洋财，孩子们向他嘀哩嘟噜，作为是说洋话。天赐要笑又不好笑，把手放在裤袋里，心中茫然。

虎爷送他们上车，给天赐买了盒避瘟散，怕他晕车。火车一动，他的泪落下来。天赐平地被条大蛇背了走。直到车没了影，虎爷还在那儿立着呢。

天赐后来成了名，自会有人给他作传，——不必是一本——述说后来的事。这本传可是个基础的，这是要明白他的一个小钥匙。自生下到二十岁的生活都在这里。我们可还是不晓得他的生身父母是谁；大概他的父，也许他的母，是有点天才的。以上所记的很可以证实这一点。聪明是天生带来的，至于将来他怎样用他的聪明，这里已给了个暗示。这是个小资产阶级的小英雄怎样养成的传记。

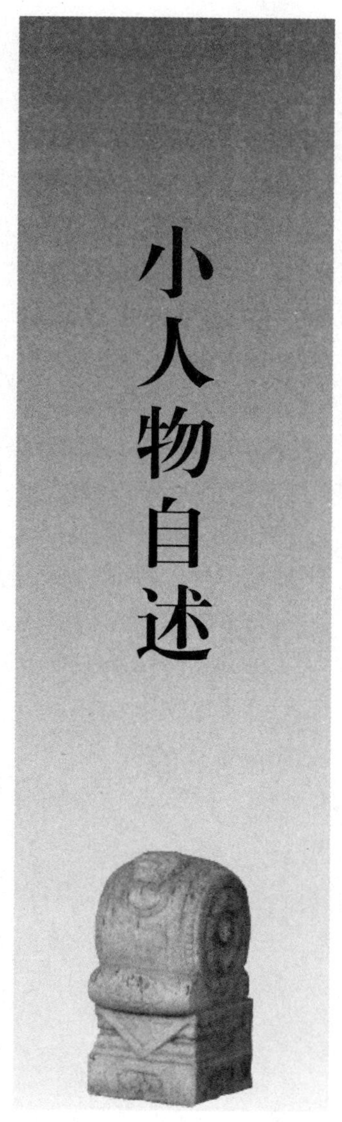

小人物自述

Xiaorenwuzishu

一

假若人类确是由猴子变来的。像一些聪明人有板有眼的那么讲说，我以为在介绍我自己的时候，就无须乎先搬出家谱来了。

干脆的说吧，我姓王，名叫一成。我不敢说我喜欢这个姓，也不敢说一定讨厌它。人既必须有个姓，那么我碰上哪个就是哪个吧。再说呢，张王李赵几乎可以算作四大标准姓，将来政府施行姓氏统制的时候——我相信会有这么一天的——大概我还可以省去改姓的麻烦，这无论怎说也得算一点好处。至于我的名字，我倒常想把成数加高一些，即使不便自居“十成”，反正也须来个六七成吧。不过呢，据说这个名字是父亲给起的，而且我们父子的关系好像只有这一点——因为在我活到十一个月的时候，他便死去了——那么，设若我贸然的改了名字，岂不把这点关系也打断，倒好似我根本没有过父亲么？好吧，假若用好字眼遮掩起坏心眼是件不十分对的事，我便老实的承认自己的藐小，只弄一成生命敷衍过去这一辈子吧。容或父亲，在给我起这个名字的时节，是另有心思的，比如说希望我成个什么专门家，明一经通一史，或有份专门的技艺；可是，我无从去探问这个，他既是死得那么早。我曾屡屡的问过母亲，她，连她，也一点不晓得父亲的心意。这几乎成了宇宙间小小的一个谜。即使我嫌它的成数过少，把生命打了很低的折扣，我也不肯轻易换掉它，唯恐破坏了那点神秘性。

是的，我的确是藐小。就拿我降生时的情形说吧，我没有一点什么主张与宣传，要不是我大姐从婆家赶回来，几乎没人知道王家又多了一个男孩，更不用说增光耀祖什么的了。

那时候，大姐已经出嫁，而且有了个女小孩。我倒不因为生下来便可以作舅舅而感谢大姐，虽然这是件值得自傲的事。我感谢她，因为她是头一个人发现了我，而把我揣在怀中的。要不是她，十之八九我想我是活不成了的，不管我是怎样的贪生怕死。

事实是这样的：父亲在外作生意，哥哥已去学徒，家中只有母亲和小姐姐。东屋的邻居关二大妈是满好而颇肥胖的，但是耳朵聋得像块碌碡似的。已寡的姑母是和我们住在一处的，她白天可不常在家，总到东邻西舍去摸索儿胡，有时候连晚饭也不回来吃。

母亲一定是愿意生个“老”儿子的；可是，大概也想到了长女已经出嫁，生了娃娃，似乎有点怪不好意思，所以谁也不肯惊动，只教小姐姐请了老娘婆来。那是腊月中旬，天冷得好像连空气也冻上了似的——谁要说我缺乏着点热情，应当晓得我初次和世界会面的时节，世界就是那么寒冷无情的。

正是日落的时候，我的细弱啼声在屋中宣读着生命的简单而委屈的小引言。生命的开始是多么寒俭呢！

我哭啼，母亲背过气去。小姐姐的哭声压过了我的去。她不知怎样才好，只双手捂着脸哭。无疑的，她是喜爱小弟弟的，可是在那生死不大分明的黄昏时节，也无疑的她更爱妈妈；所以，她简直没搭理我。我生下来活不活几乎是不成个问题，她只想用眼泪给母亲救活了。我到如今也未曾讥讽过她一句，说她只爱妈妈而不爱弟弟，因为我一到懂得爱妈妈的年纪，我也是老把妈妈当作我一个人的那么爱着。

正在这个时候，关二大妈来到了外间屋，掀开布帘向里间屋打了一眼。不知是怎么一股子巧劲儿，她一口咬定，说母亲是中了煤气。别人的话是没用的，她听不见。因此，她也就不和任何人辩论，而简当的凭着良心该干什么便干什么去。她闹哄着去找酸菜汤，又是去找解毒散；这些都没找到，她只由抽屉里翻出几个干红枣，放在了炉口上，据说这是能吸收煤气的。

这点十分真诚而毫无用处的热心使小姐姐哭得更厉害了。

“没事儿干吗又号丧?！丫头片子!”窗外喝了这么一声。姑母摸够了四五把儿牌，大概还输了几吊铜钱，进门儿便没好脾气。

小姐姐虽然一向怕姑母，可是大胆的迎了出去，一头扎在她的身上：“妈妈断了气!”

“啊？干吗无缘无故的断了气？我说今儿个丧气，果不其然的处处出岔子！扣叫儿的幺四万会胡不出来，临完还输给人家一把九莲灯！”姑母是我们家中的霸王，除非父亲真急了敢和她顶几句，其余的人对她是连眼皮也不敢往高里翻一翻的。

“妈妈生了小孩！”小姐姐居然敢拉住了姑母的手，往屋里领。

“啊！孩子还不够数儿！添多少才算完呢？”姑母有过两个孩子，据她自己的评判，都是天下最俊秀的娃娃，在哪里再也找不出对儿来。特别是那个名叫拴子的，在一岁半的时候便什么也会说，什么事儿也懂，头上梳着，啊哟，这么长，这么粗的一个大甜锥锥。姑母要是和些老太太们凑索儿胡，拴子就能在炕上玩一天，连口大气也不出。不过，可惜的是有一天拴子一口大气也没出就死了，多么乖呢！拴子没拴住，拴子的妹妹——眼睛就好比两汪儿雨水似的！——也没好意思多活几年。所以，姑母老觉得别人的孩子活着有点奇怪，而且对生儿养女的消息得马虎过去就马虎过去，省得又想起那梳着甜锥锥的宝贝儿来。

可也别说，姑母抽冷子也有点热心肠，也能出人意外的落儿点同情的泪，教人家在感激她的时候都不大想说她的好话。小姐姐一拉她的手，她的心软了起来：“你爸爸呢？”

“没回来！”

“嗯！”姑母一手拉着屋门，一手拉着小姐姐，想了一会儿：“去！叫你姐姐去！快！”

小姐姐揉着眼，像疯了似的跑出去。

据关二大妈后来对我说故事似的细批细讲：姑母进到屋中，一个嘴巴把收生婆打到院中去，回手把炉口上的几个红枣全搂在火里，然后掏出些铜钱来摆在桌上算账，大概是细算算一共输了多少钱。她并没有往炕上看一眼！要不然关二大妈也就不会坚持着说母亲是中了煤气了。

大概那时候我要是有什么主意，那一定就是盼着大姐姐快来。她来到，叫了一声“妈”，顺手儿便把我揣了起来，她的眼泪都落在我的拳头大的脸儿上。我几乎要了母亲的命，而姐姐用她的泪给我施了入世的洗礼。

三小时后，母亲才又睁开了眼。

后来，每当大姐姐和小姐姐斗嘴玩的时节，大姐姐总说小姐姐顾妈不顾弟弟，小姐姐却说大姐姐顾弟弟不顾妈。母亲看看她俩，看看我，不说什么，只微微一笑，泪在眼眶里。这时候，姑母必定揪过我去："要不是我出主意找姐姐去，你也活到今儿个?"她说完，看着大家，看明白大家的眼神完全承认她的话，才找补上一声"啊"！然后，右手极快的伸进和白面口袋一边宽的袖子，掏出个铜子儿来，放在我的手心上："臭小子，哼!"

二

我一点不能自立：是活下去好呢？还是死了好呢？我还不如那么一只小黄绒鸡。它从蛋壳里一钻出来便会在阳光下抖一抖小翅膀，而后在地上与墙角，寻些可以咽下去的小颗粒。我什么也不会，我生我死须完全听着别人的；饿了，我只知道啼哭，最具体的办法不过是流泪！我只求一饱，可是母亲没有奶给我吃。她的乳房软软的贴在胸前，乳头只是两个不体面而抽抽着的黑葡萄，没有一点浆汁。怎样呢，我饿呀！母亲和小姐姐只去用个小沙锅熬一点浆糊，加上些糕干面，填在我的小红嘴里。代乳粉与鲜牛乳，在那不大文明的时代还都不时兴；就是容易找到，家中也没有那么多的钱为我花。浆糊的力量只足以消极的使我一时不至断气，它不能教我身上那一层红软的皮儿离开骨头。我连哭都哭不出壮烈的声儿来。

假如我能自主，我一定不愿意长久这么敷衍下去，虽然有点对不起母亲，可是这样的苟且偷生怎能对得起生命呢？

自然母亲是不亏心的。她想尽了方法使我饱暖。至于我到底还是不饱不暖，她比任何人，甚至于比我自己，都更关心着急，可是她想不出好的方法来。她只能偎着我的瘦脸，含着泪向我说：“你不会投生到个好地方去吗？”然后她用力的连连吻我，吻得我出不来气，母子的瘦脸上都显出一点很难见到的血色。

“七坐八爬”。但是我到七个月不会坐，八个月也不会爬。我很老实，仿佛是我活到七八月之间已经领路透了生命的滋味，已经晓得忍耐与敷衍。除了小姐姐把我扯起来趔趄着的时候，我轻易也不笑一笑。我的青黄的小脸上几乎是带出由隐忍而傲慢的神气，所以也难怪姑母总说我是个“姥姥不疼，舅舅不爱的小东西”。

我猜想着，我那个时候一定不会很体面。虽然母亲总是说我小时候怎么俊，怎么白净，可是我始终不敢深信。母亲眼中要是有了丑儿女，人类即使不灭绝，大概也得减少去好多好多吧。当我七八岁的时候，每逢大姐丈来看我们，他必定要看看我的“小蚕”。看完了，他仿佛很放心了似的，咬着舌儿说——他是个很漂亮的人，可惜就是有点咬舌儿——“哼，老二行了；当初，也就是豌豆那么点儿!”我很不爱听这个，就是小一点吧，也不至于与豌豆为伍啊!可是，恐怕这倒比母亲的夸赞更真实一些，我的瘦弱丑陋是无可否认的。

每逢看见一条癞狗，骨头全要支到皮外，皮上很吝啬的附着几根毛，像写意山水上的草儿那么稀疏，我就要问：你干吗活着？你怎样活着？这点关切一定不出于轻蔑，而是出于同病相怜。在这条可怜的活东西身上我看见自己的影子。我当初干吗活着？怎样活着来的？和这条狗一样，得不到任何回答，只是默然的感到一些迷惘，一些恐怖，一些无可形容的忧郁，是的，我的过去——记得的，听说的，似记得又似忘掉的——是那么黑的一片，我不知是怎样摸索着走出来的。走出来，并无可欣喜；想起来，却在悲苦之中稍微有一点爱恋；把这点爱恋设若也减除了去，那简直的连现在的生活也是多余，没有一点意义了。

简单的说吧，我就是那么皮包着骨，懈懈松松的，活起来的，很像个空室里的臭虫，饥寒似乎都失去了杀死生命的能力，无可奈何它。这也许就是生命的力量吧？

快到一周年了，我忽然的振作起来。父亲死在了外乡。哥哥太小，不能去接灵；姑母与母亲，一对新旧的寡妇，也没法子出去。路途的遥远，交通的不便，金钱的困难，又把托朋友或亲戚给办理的希望打断。母亲与小姐姐的眼都哭得几乎不能再挣开。就是正在这个时节，我振作起来：穿着件二尺来长的孝袍，我昼夜的啼哭，没有眼泪，只是不住的干嚎。

一两天下去，母亲，姑母，与小姐姐，都顾不得再哭父亲，她们都看着我，抱着我，勉强的笑着逗我玩，似乎必须得先把我逗笑了，她们才好安心的去痛哭父亲。我的啼声使她们心焦，使她们莫名其妙的恐惶不安，好像我若不停住哭声，就必有一些更大的灾难将要来到这个已够阴暗的家庭里。姑母，那么有脾气，好安适，居然在半夜起来抱着我，颠弄着在屋中走蹓儿。桌上一盏菜油灯，发着点略带鬼气的光儿，小姐姐披着被子在炕上坐着，呆呆的看着墙上的黑影，看一会，揉一揉红肿着的眼。“妞子，睡吧！”姑母温和的劝说。小姐姐摇了一摇头，发辣的眼睛又湿了一次。姑母抱着我，母亲立在屋角，时时掀起衣襟擦着眼睛。我还是哭，嚎，瘦小的脸儿涨紫，窄胸脯儿似乎要爆炸开，生命仿佛只是一股怨气，要一下儿炸裂，把那细细的几根嫩骨都散碎在姑母的怀中。姑母一会儿耐性的逗我，一会儿焦躁的叫骂，一会儿向我说长道短的讲理，一会儿连我的父亲也骂在内。没有任何效果。最后，她把我扔给母亲，跑回自己的屋中数数唠唠的骂了一阵，而后又擦着泪跑回来：“还把他交给我吧！”

小而零碎的方法用尽。而困难依旧在眼前，那就非往大处想一想不可了。舅舅家的二哥，与大姐姐，都被请了来，商议个妥当的办法。二哥是最有热心肠的人，而且是这个场面中唯一的男子，当然他的话最有力量，不管他的意见是怎样的不高明。他主张去接父亲的灵，因为我的不合情理的哭嚎，一定是看见了鬼，小孩眼净，而无所归依的孤魂是不会不找到家中来的。假如能凑出一点钱来，他情愿跑上一趟，哪怕是背着呢，他也愿意把尸身背回来，安葬在祖茔里。

他的理由，他的热烈，都使大家点着头落泪；假若能凑出钱来，他的话是没有一句可驳回的。不过，哪儿凑钱去呢？姑母手里有一点积蓄，而且为这件事也肯拿出来。母亲可是不能接受，把这点钱用了，指着什么还补上呢？即使不用偿还，我们可有养活姑母的能力没有呢？不能这么办，无论姑母是怎样的热诚与义气。大姐姐的家中也还过得去，她愿意向公婆去说。母亲又摇了头：这笔钱，不管是借谁的，是只能用而不能还的；那么，怎能教女儿受公婆一辈子的闲话呢。此外，别无办法，连二哥也是从手到口，现挣现吃的人。谁能狠心的把丈夫的尸身抛在异乡呢，若是但分有主意可想的话。母亲可是横了心，她的泪并没有浸软了她的刚强，她只恨自己是个妇道，不能亲自把丈夫背负了回来；至于为这件事而使别人跟着吃累，说什么她也不能点头。在她的心要碎的时节，她会把牙咬紧。

于是，二哥又出了次好的主意，灵若是可以暂时不接，至少家中得请几个僧人来念一台经，超度超度，世界上没有比这个再好的方法了，因为这能不费很多的周折就办到；大家在凄凉之中感到一点轻松与安慰。据母亲的意思呢，只须请五个和尚——因为这是个起码的数目——接个光头儿三就行了。这就是说，和尚傍天黑的时候来到，打打法器，念上几句，而后随着纸人纸马去到空场；纸东西燃着，法器停响，和尚们就不用再回来；省事省钱，而法器的响动——据母亲看——即使不能安慰孤魂，也总可以镇吓住它不再来惊吓将到周岁的小宝宝。苦人的正气是需要一点狠心维持着的，母亲是想独自办了这件事，不求任何人来帮忙。

姑母与大姐当然是不能赞同的，大姐姐以为糊烧活必定是她的事，以一个出了嫁的女儿来看，这点孝心不但是义务，也是权利，别人是没法抢劫了去的。姑母呢，就着事情自然的程序，把和尚扩充到七名，而且是必须念一整夜的经。死了的是她的弟弟，无论怎样也不能只用法器惊动一下的。

于是，大姐姐给糊来一份儿很体面的车马，二哥七拼八凑的献了一桌祭席，姑母监视着七位僧人念了一台经，母亲给僧人们预备的素菜与柳叶儿汤。当送出烧活的时候，二哥搀领着哥哥，小姐姐抱着我，全胡同的邻居都笑着出来看热闹，而抹着泪走进街门去。

回来，我便睡在小姐姐的怀中，再也不哭嚎了。

到夜里三点多钟，和尚们念到“召请”：正座儿戴起目莲僧式的花帽，一手掐诀，一手摇着集魂铃，然后用掐过诀的手指抓起些小面球向前面扔去，意思是打走那些冤魂怨鬼，而单让父亲平安无阻的去参见阎王。小姐姐哆嗦着，一手捂着眼，一手在地上摸，拾起些这避邪壮胆的小面球，留给我吃。

小面球必定是很灵验的，因为我再也不见神见鬼的瞎闹。直到我廿多岁，这点“坡”派风味的故事还被亲友们记忆着，他们都晓得我能看见鬼，我的眼必是与常人的不大相同，我见了鬼还能不怕，因为曾在幼小的时期尝过那带有佛法的面球儿。有一回，一位在东洋学过化学而善于拘鬼的人，请我去参观他所召集的鬼群，不知怎的，我连个鬼毛儿也没看到。不知是他的法术欠佳，还是因为我的眼睛近视了一些，到如今这还是个值得研究的问题。

三

当母亲与姑母讨论是否去接灵的时候，她们心中都隐藏着一点不愿说出来的话。我们有不动产，就是我们住着的那所破房。房子无论怎么破，契纸总是庄严而完整的，盖着衙门里的大红印。指着这份契纸，无疑的我们是可以借到一些钱的。这个，她们都晓得。

可是，母亲等着姑母先出这个主意，因为在买房的时节，父亲与姑母是合股出的钱，虽然契纸是落在父亲的名下。姑母呢，不愿出这样的绝户主意。她知道，借了款就没法还上，那么到时候人家再找过一点钱来，房子便算人家的了。不错，房子一半是她的，可是自从她一守寡，便吃着弟弟，受弟妇的服侍，她愿意把这点产业留给内侄们，才能在死去的时候心里不至于太不舒服了。所以，她一声没出。

姑母既不言语，母亲就更不便于多嘴。她看得非常的清楚，此后的生活是要仗她自己维持了。怎样去维持？她还没想好。不过，责任是没法不往自己身上叫过来的。那么，先有几间破房住着，哪怕是一家大小挨饿呢，总还不至于马上到街上去出丑。关上两扇破门，墙儿外的人是无从看见我们的泪容的。为教儿女们住在屋里，便只好把丈夫的尸骨扔在异乡，狠辣的手段出自慈善的心肠，寒家是没有什么浪漫史的。

我便在这所破房子里生长起来。这是所敞亮而没有样子的房子，院子东西长，南北窄，地势很洼，每逢下了大雨，院中便积满了水，很像一条运河。北屋三间，有两个门，我们住两间，姑母住一间，各走各的门。东屋两间，租给关二大妈和她的学油漆匠的儿子住着。她的耳朵极聋，她的眼睛很大，也许是因为她老听不见话，所以急得她常瞪着眼吧。东屋的背后是小小的厕所，空气还不算十分坏，因为是露天的；夜晚一边出恭，一边就可以数天上的星星，也还不怎样寂寞。因为院子南北里窄，所以两间南房是在西尽头，北房的西垛子对着南房的东垛子，于是两间的垛子形成了一座关口似的，下雨的时候，这里的积水最深，非放上板凳不能来往。

这所房，通体的看来，是不宜于下雨的。不但院中可以变作运河，而用板凳当作桥，屋子里也不十分干燥，因为没有一间不漏水的。水最多的当然是那两间南房，原因是自从我能记事的时候起，我就没看见它有过屋顶。这是两间很奇怪的屋子。

院里一共有三棵树：南屋外与北屋前是两株枣树，南墙根是一株杏树。两株枣树是非常值得称赞的，当夏初开花的时候，满院都是香的，甜酥酥的那么香。等到长满了叶，它们还会招来几个叫作“花布手巾”的飞虫，红亮的翅儿，上面印着匀妥的黑斑点，极其俊俏。一入秋，我们便有枣子吃了；一直到叶子落净，在枝头上还发着几个深红的圆珠，在那儿诱惑着老鸦与小姐姐。

那棵杏树简直提不得。我不记得它结过杏子，而永远看见它满身都是黑红的小包包，藏着一些什么虫儿。它的叶子永远卷卷着，多毛的绿虫一躬一躬的来往，教谁都害怕。

母亲爱花，可是自从父亲死后，我们的花草只有减无加；买花自然得用钱，而为每月的水钱也少不得要打一打算盘的，我们只剩下一盆很大的粉红双瓣的夹竹桃，与四棵甜石榴。这五株花的年纪都比小姐姐还大，它们一定是看见过母亲的青春的。年纪大，它们已好似成为家中人口的一部分，每当小姐姐教给我数算家中都有谁的时候，我们必定也数上夹竹桃与甜石榴。所以，我们谁也不肯断绝了它们的清水。再说呢，这种木本的花儿都很容易养，好歹的经一点心，它们便到时候开些花。到冬天，我们把它搬到屋里来，给夹竹桃用旧纸糊一个大风帽，把叶子都套在里面，省得承受一冬的灰土。石榴入冬没有叶子，所以用不着戴纸帽，反之，我们倒教它们作一些简单易作的事情，比如教它们给拿着筷子笼与小笊篱什么的。一冬都无须浇水，我们只在涮茶壶的时候，把残茶连汁带叶的倒在盆里，据说茶叶中是有些养分的。到了“谷雨”左右，菠菜已有三尺来长的时候，我们把它们搬到院中去，到四五月间，我们总有些照眼明的红花。配上墙根的一些野花，屋瓦上一些小草，这个破院子里也多少有一些生气。及至到了中秋节，我们即使没能力到市上买些鲜果子，也会有自家园的红枣与甜石榴点染着节令。

院子的南墙外，是一家香烛店的后院，极大，为的是好晒香。那边的人，我们隔着墙不能看见，只听见一些人声。可是，在墙这边，我们能看见那边的各色的蜀菊花，与一棵大楮树，树上在夏天结满了鲜红的椹子。我们的老白猫，在夜间，总是到那边去招待朋友，它们的呼号是异常的尖锐而不客气，大概猫的交友与谈话是另有一种方法与规矩的，赶到我们呼唤它的时候，十回倒有八回它是由楮树上跳到墙头，而后再由那棵似乎专为给它作梯子用的杏树跳到地上来。在我的小小的想象里。我仿佛觉得老猫是来自个什么神秘的地域，我常幻想着我有朝一日也会随着它到“那边”去探探险。

过了这个香厂子，便是一家澡堂。这更神秘。我那时候，就是欠起脚来也看不见澡堂子的天棚，可是昼夜不绝的听到打辘轳的声音，晚上听得特别的真；呱嗒，呱……没声了，忽然哗——哗——哗啦哗啦……像追赶着什么东西似的。而后，又翻回头来呱嗒，呱嗒。这样响过半天，忽然尖声的一人喊了句什么，我心里准知道辘轳要停住了，感到非常的寂寞与不安。好多晚上的好梦，都是随着这呱嗒的声音而来到的！好多清早的阳光，是与这呱嗒呱嗒一同颤动到我的脑中的。赶到将快过年，辘轳的声音便与吃点好东西的希望一齐加紧起来！每到除夕，炮声与辘轳是彻夜不断的，我们没钱买炮放，压岁钱也只有姑母所给的那几个，清锅冷灶的一点也不热闹，一家大小就那么无从欢喜，也不便于哭的，静静听着辘轳响，响得有点说不出来的悲哀。

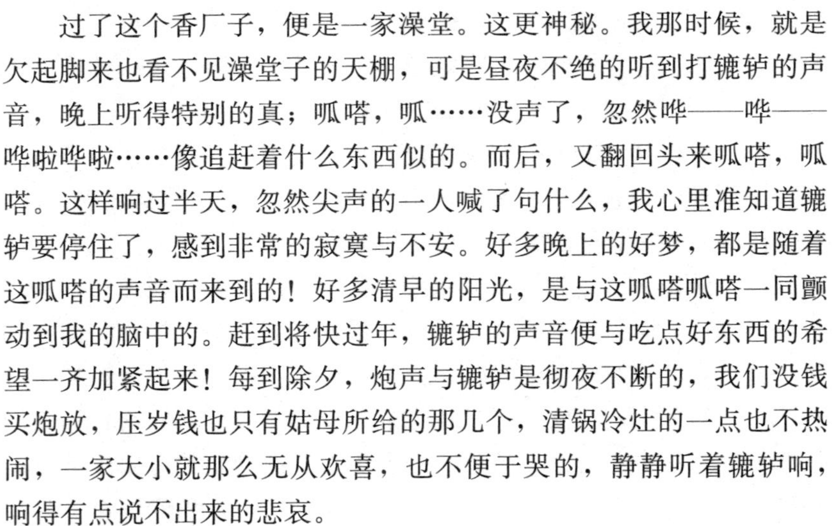

我们的胡同是两头细中间宽的。很像地图上两头有活口的一个湖。胡同的圆肚里有我们六户人家，和两棵大槐树。夏天，槐树的叶影遮满了地，连人家的街门都显着有点绿阴阴的。微风过来，树影轻移，悬空的绿槐虫便来回的打着秋千。在这两株大树下面，小姐姐领着我捡槐虫，编槐花，和别家小孩们玩，或吵嘴；我们不知在这里曾消磨过多少光阴，啼笑过多少回。当我呆呆的向上看着树叶的微动，我总以为它们是向我招手，要告诉我些什么怪亲密和善的言语似的。

这些个记住不记住都没大要紧的图像，并不是我有意记下来的，现在这么述说也并不费什么心力；它们是自自然然的生活在我的心里，永远那么新鲜清楚——一张旧画可以显着模糊，我这张画的颜色可是仿佛渗在我的血里，永不褪色。

因此，我常常有一些几乎是可笑的恐怖：比如说吧，我这个孤儿假若没有这样的一个家庭，或假若我是今天搬到这里明天搬到那里，我想我必不会积存下这些幅可宝贵的图画。私产的应该消灭几乎是个有点头脑的人都能想到，家庭制度的破坏也是一些个思想前进的人所愿主张的。可是据我看，假若私产都是像我们的那所破房与两株枣树，我倒甘心自居一个保守主义者，因为我们所占有的并不帮助我们脱离贫困，可是它给我们的那点安定确乎能使一草一木都活在我们心里，它至少使我自己像一棵宿根的小草，老固定的有个托身的一块儿土。我的一切都由此发生，我的性格是在这里铸成的。假若我是在个最科学化的育婴堂或托儿所长起来的，也许我的身心的发展都能比在家里好上好几倍，可是我很不放心，我是否能有一段幼年的生活，像母亲，小姐姐，和那几株石榴树所给我的。

当我旅行去的时候，我看见高山大川和奇花异草，但是这些只是一些景物，伟丽吧，幽秀吧，一过眼便各不相干了，它们的伟丽或幽秀到不了我的心里来，不能和我混成一个。反之，我若是看见个绿槐虫儿，我便马上看见那两株老槐，听见小姐姐的笑声，我不能把这些搁在一旁而还找到一个完整的自己；那是我的家，我生在那里，长在那里，那里的一草一砖都是我的生活标记。是的，我愿有这种私产，这样的家庭；假若你能明白我的意思——恐怕我是没有说得十分清楚——那么也许我不至于被误会了。不幸我到底是被误会了，被称为私产与家庭制度的拥护者，我也不想多去分辩，因为一想起幼年的生活，我的感情便掐住了我的理智，越说便越不近情理，爽性倒是少说的为是吧。

四

我们的街门门楼是用瓦摆成了一些古钱的，到我能记事的时候，可是，那些古钱已然都歪七扭八的，在钱眼里探出些不十分绿的草叶来。每逢雪后，那可怜的小麻雀在白银世界里饿着肚子，便悬在这些草梗上啄取那不丰满的草粒儿。两扇门的破旧是不易形容得恰到好处的；大概的说，它们是瘦透玲珑，像画中的石头那么处处有孔有缝。自然这一点也无碍于我们天天晚上把它们关好，扣上钉锦儿，签好插关。并且倚上一块大石头；我们的门的观念反正是齐全的。门框上，有许多年也没贴过对联，只在小姐姐出阁的那一年，曾由我亲自写过一副：我自信是写得很好，可惜被母亲把上下联贴颠倒了。左右门垛上的青灰并没有完全脱落，我确乎记得有那么两三块，像石板似的由水夫画满了鸡爪形的记号，好到月底与我们算账；姑母有时候高兴，便顺手把鸡爪擦去一两组，水夫与我们也都不说什么。

门洞只有二尺多宽，每逢下小雨或刮大风，我和小姐姐便在这里玩耍。那块倚门的大石头归我专用，真不记得我在那里唱过多少次“小小子，坐门墩”。影壁是值不得一提的，它终年的老塌倒半截；渐渐的，它的砖也都被抬去另有任用，于是它也就安于矮短，到秋天还长出一两条瓜蔓儿来，像故意要点俏似的。

长大成人之后。我逛过一次金銮宝殿。那里，红墙接着红墙，大殿对着大殿，处处碰壁，处处齐整，威严倒也威严，可是我很怀疑，皇太子可曾看见过影壁上长出来的瓜蔓。假若他有意和我换换住处，我还真不喜欢那些死板板的院落呢，对着那些红墙，我想，就是比太白还聪明的人也难得写出诗来吧。反之，我们的破房子，处处萧疏洒脱，凡是那些清癯的诗人们所描画的颓垣败瓦，与什么落叶孤灯，在这里是都能领略到的，我们的院里，在夏日晚间，确是有三五萤火与不少蟋蟀的。

至于我们的那几间屋子，不知怎的说起来倒不如院里这些东西有趣。我最熟悉的当然是我们住着的那两间。里间是顺檐的一铺大炕，对着炕是一张长大的“连三”。这张桌子上有一对画着“富贵白头”的帽筒，里面并没有什么东西，外面可有不少的铁锯子。桌头摆着个豆青地蓝花的大掸瓶，样式拙重，只装着一把鸡毛掸子，有些大而无当。炕与连三之间，靠着西墙，是一个大木箱，也兼作凳子，当屋中的座位都被占据了的时节，便得有人上这箱子上去，可是无论怎样坐着不能显出很自然的样子。两只红漆小凳是随便放在哪里都可以的，但是每天早上必定在连三的前边，暂时充当洗脸盆架。我不敢说我不喜爱这些东西，和它们陈列的方法，可是我也不十分迷信它们。大概它们最大的缺陷还不是它们本身的恶劣，而是屋中的空隙太小，所以哪样东西都带出点“逼人太甚”的意味，因而我也就感到一些压迫似的。

外间屋就好得多了：北墙根有张八仙桌，桌面的木板是那么不平正，放点什么也不会安妥的立住，所以上面永远是空的。八仙两旁有两把椅子，是榆木擦漆的；冬天，火炉在里间屋内，没人来坐它们；夏天，一遇到返潮，那些漆皮就偷偷的抽敛起来，出着一些颇有胶性的汗味，也就没人敢去牺牲裤子。空的桌，空的椅。永远有种使人敬而远之的威严，于是我对它们就发生了点有相当距离的爱慕。只有春秋不冷不潮的时节，我才敢爬上椅子去，坐那么一会儿，觉得分外的香甜适意。

东墙根是一张佛爷桌，上面供着灶王龛与财神爷，他们分享着一份儿小号的锡烛台，香炉可是一大一小的两个。龛头上的旧佛字被香烟熏的渺茫阴暗，看过去总有些神秘。到新年的时候，便有一只小瓦盆，盛着年饭，饭上摆着几个红枣与一块柿饼；我总是不放心那几个枣子，所以还到不了初五六便都被我偷吃干净；我的肚子，我以为是十分靠得住的地方。佛桌下面横搭着一块板，托着很厚的尘土。尘土，在器物上，是多少有点可怕的，所以我很久就想动一动板子上的东西，可是许多次手到那里又缩了回来。最后，我攒足了胆量去探险，我在那里发现了三本《三侠五义》与好几本《五虎平西》。前者的纸很绵软，字儿很小而秀气，而且有一本全是小人儿。后者极不体面，纸黄，本子小，字儿大而模糊。我把那有小人儿的一本当作了宝贝。姑母虽不识字，可是据说姑父在世的时候是个唱戏的，所以姑母懂得许多戏文，许多故事，闲着的时候也喜欢去听大鼓书词和评讲《包公案》什么的，并且还能评判好坏，因为姑父是地道内行的戏子呀。她看了看那本书，告诉了我哪个是包公，哪个是老陈琳，于是我就开始明白：除了我所认识的人以外，还有些人是生长在书里的。

佛爷桌的对面是一口大缸，缸上横着一块长石板儿，放着个小瓦罐。我看不见缸里的水，可是我会把嘴张在石板儿的一头下，等着一滴滴的水落在我的口中。在夏天，什么地方都是烫手的热，只有这口缸老那么冰凉的，而且在缸肚儿以下出着一层凉汗，摸一摸好像摸到一条鱼似的，又凉又湿。

总之，外间屋是空灵静肃的。每天早上初次由里间走出来，我总感到一些畅快；虽然里外间只是一帘之隔，可是分明的有两样空气与情景。晚饭后，还不到点灯的时候，佛龛前便先有六个安静的火星儿，徐徐的冒着些香烟。灶王与财神是每天享受三炷香的。不过，有时候我只看见一炷香孤立在炉中，我便知道母亲的袋中又没了钱，而分外的老实一些，免得惹她生气。自然，还有时候连一炷香也没有，神们和人们就都静默无言，很早的都睡了觉。

我不常到姑母的屋中去。一来是她白天不常在家，二来是她好闹脾气；所以除非她喊我进去，我是不便自动的跑去讨厌的。况且我还不喜爱那间屋子呢。姑母屋中有我们那么多的东西；不，恐怕是比我们的东西还多呢，比如说，她的大镜子与茶叶罐，便是我们所没有的。母亲与小姐姐梳头，只用一面很小的镜子，每次都会把鼻子照歪了的。姑母的这么些东西都放在一间屋子里，无疑的是彼此挤着，压着，好像谁也喘不出来气。在这里，我觉得憋得慌。还有呢，姑母若是急于出去听鼓书或摸索儿胡，便不顾得收拾房间，盆朝天碗朝地的都那么撂着。母亲不喜爱这项办法，所以小姐姐与我也就不以为然。更使我们看不上眼的，是姑母独自喝茶的时候，总是口对壶嘴，闭住气往下灌。到有客来的时候，她才陪着用一次茶杯。我们很自幸不是她的客人，永远不喝她的茶；我们也暗中为客人们叫苦，可是无法给他们点警告。

脆快的说吧，我对这间屋子的印象欠佳。自然，若是有人强迫着我报告那里都有什么东西，我是不会失败的。不过，我真不愿去细想，因为东西和人一样，一想起便头疼的总是关闭在心中好；过于直爽的人，我看，是不会作诗的。

关二大妈的那两间东屋没有隔断，一拉门便看见屋中的一切，那铺大炕是那么大，好像是无边无岸的，以至于使我想到有朝一日它会再大起来，而把一切的东西都吞并下去。这可也并不很难实现，因为屋中是那么简单，简直没有什么东西可以阻住大炕的野心的。

东西虽然不多，可是屋中，在夏天，非常的热；窄长的院子的阳光与热气仿佛都灌到此处来。关二大妈在屋中老是光着脊背，露着两个极大而会颤动的乳。她的身上，与母亲的大不相同，简直的找不到筋骨，而处处都是肉，我最喜爱用手摸她的脊背，那么柔软，那么凉滑。因而我常劝告母亲也学着点关二大妈。把肉多往外长一长。母亲不说什么。只不像笑的那么笑一下。

关二大妈的可爱战胜了那两间屋子的可憎。我一天倒在那里玩耍半天。我嚷我闹，她都听不见；她总夸奖我老实安稳。有时候我张开大嘴去喊，故意的试试她讨厌我否，我失败了。她便顺手数数我的牙有多少，然后称赞我的牙个个都可爱。当她后来搬走了的时候，我在梦中都哭醒过好几次，口口声声的要二大妈。白天，我偷偷的跑到那空屋去，念念叨叨的：“二大妈，给你菠菜，你包饺子吧！”我想象着她坐在炕沿上，向我点头，向我笑；可是我摸不到她的胖手了。急得无法，我便到院中拾一两朵落花，给她送去。因为她是极喜欢戴花的，不管是什么不合体统的花。她总是有机会便往头上插的。落花送到炕沿上，没有那与笑意一同伸出来的手；关二大妈！我绕着墙根儿叫遍。没有任何动静！

有母亲，没父亲；有姑母，没姑父；有关二大妈，没关二大爷，合着我们院中的妇人都是寡妇。所以，我那时候以为这是理当如此的，而看那有父亲的小孩倒有点奇怪。用不着说，我久而久之也有点近乎女性的倾向，对于一切的事都要像妇女们那样细心的管理，安排。而且因此对于那不大会或不大爱管家事的妇女，不管她是怎样的有思想，怎样的有学问，我总是不大看得起的。自然，我决不会帮助谁去喊：“妇女们回到厨房里去！”可是我知道，我也不会帮着谁去喊：“妇女们，上戏馆子里去！”

现在该说那两间破南屋了：有炕的那一间，是完全没有屋顶的。据说，当年我祖母的寿材就放在那里；自然那时候屋顶是还存在一些的。当我大姐姐十六岁的时候，有人来相看她，而且留下一对戒指，她就藏在棺材后面蹲了一天，谁叫她，她也不肯应声，更不用说是出来了。到了晚间，她的眼泪大概已经洒完，而腹中怪空虚，才给了母亲个面子，回到北屋吃了两碗茶泡饭。有这段历史的屋子，后来，只剩了半截儿炕，炕上长着很足壮的青草。没有炕的那一间的屋顶还留着个大概，里面放着一块满是尘土的案子，案子上横七竖八的堆着一些无用的东西。当我的腿一会迈步的时候，我就想到这里去检阅一下，看看有没有好玩的物件。这间屋子破得既可怜，又可怕，我的怜悯与好奇凝成一股勇气，时时催促着我到里面看看。

那是在何年何月？可惜我已记不甚清了。我到底是钻进了那间可怕的屋子里去。按说，这个年月是绝不应忘记的，因为这是值得大书而特书的——我在那里发现了些玩具。我是怎样的贫苦？不大容易说，我只能告诉你：我没有过任何的玩具！当母亲拆洗棉被的时候，我扯下一小块棉花；当家里偶尔吃顿白面的时候，我要求给我一点：揉好了的面，这就是我的玩艺儿。我能把那点棉花或面块翻来覆去的揉搓，捏成我以为形态很正确的小鸡小鱼，与各样的东西。直到我进到这间破屋子里，我才有了真正的玩具；我得到十几个捏泥饽饽的模子，和几个染好颜色的羊拐子。也许是哥哥学徒去的时候，把它们藏在了那里吧？不去管吧，反正我有了好玩的东西，我的生命骤然的阔绰起来！我请求小姐姐给缝了个小布袋，装上那几个羊拐；至于那些模子，便收藏在佛爷桌底下，托灶王爷与灶王奶奶给我看守着；连这么着，我还要一天去看几十遍。到了春天，调一点黄泥，我造出不少的泥饽饽来，强迫着小姐姐收买；她的钱便是些破磁片儿。我等到我把货都卖净，便把磁片儿再交回小姐姐，教她重新再买一次或几次。

（未完）

（原载一九三七年八月一日《方舟》第三十九期）